Conforme à la loi 49-956 du 16 Juillet 1949

La Prophétie de la Terre des Mondes

Livre I - l'Artéfact d'Hesmon

Seconde édition

Remerciements

Je tiens, tout d'abord, à remercier Sudarènes éditions pour avoir permis à *La Prophétie de la Terre des Mondes* de voir le jour. Merci à toi, David, d'avoir accepté de rééditer ce premier tome. Il était important de le retravailler pour donner plus de cohésion à l'ensemble de la saga. Un grand merci pour ton soutien.

Je tiens également à remercier Anaëlle, Jean Baptiste, Morgane, Louise et Célia, mes bêta lecteurs, pour leur patience, leur travail de relecture et pour les précieux conseils qu'ils m'ont donnés.

Un grand merci à la graphiste Aurélia pour la couverture de ce volume, qui n'a été que très peu modifiée par rapport à la version initiale tant elle était belle.

Je remercie mon frère, Quentin, qui a été une source d'inspiration pour l'écriture de mes livres, ainsi que Christelle, Alain, Lee et Audrey qui m'ont toujours soutenue dans mes projets d'écriture.

Enfin, un grand merci à tous mes lecteurs. N'hésitez pas à me suivre sur les réseaux sociaux (Facebook, Instagram et YouTube) pour plus d'informations sur l'univers de la Terre des Mondes.

De la même auteure

La Prophétie de la Terre des Mondes :

Livre I – L'Artéfact d'Hesmon
Livre II – Salamoéna, le Pouvoir Suprême
Livre III – La bataille des peuples
Livre IV – Au nom de la Paix, partie I
Livre IV – Au nom de la Paix, partie II

La Terre des Mondes

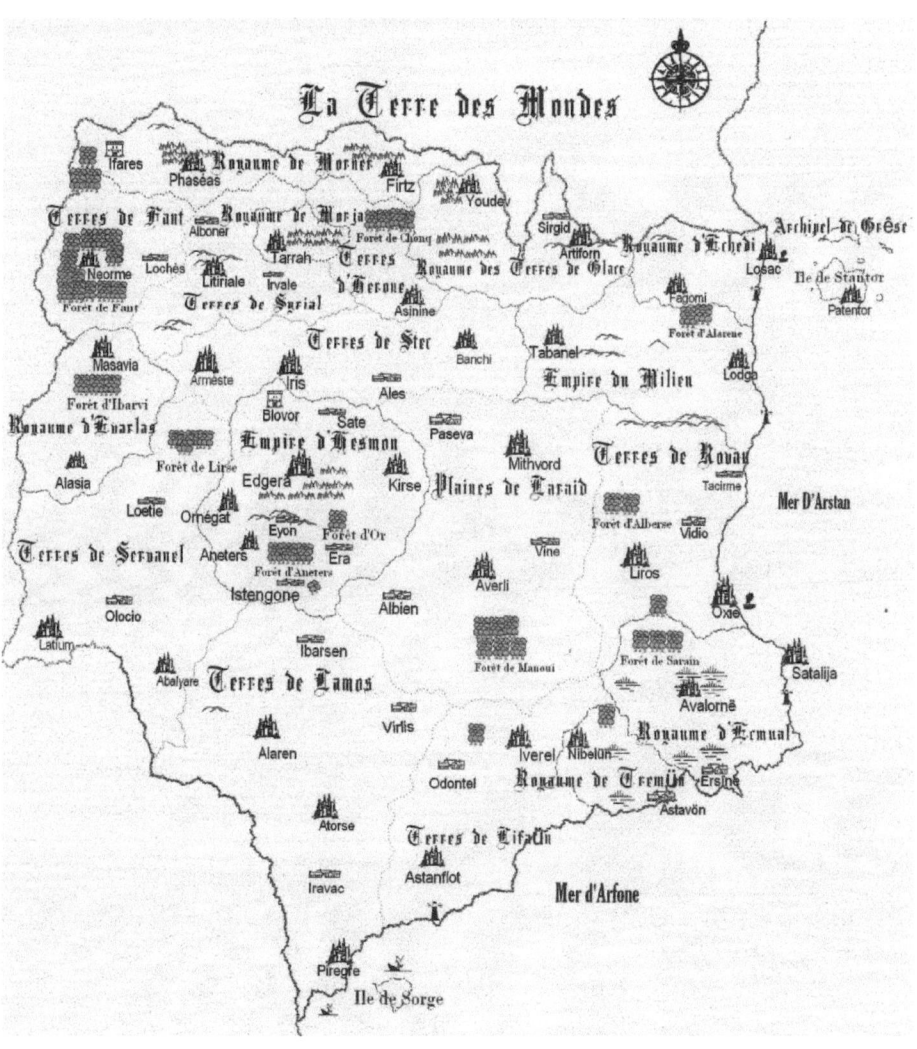

Prologue

« Il y a un peu plus de mille ans, sous l'Ère que nous nommons « Première », naquit notre monde dans l'harmonie la plus parfaite. Notre Terre se peupla de Nains : petits êtres robustes venus du Nord et artisans d'exception, de Nâgas : Seigneurs des mers et Maîtres des rivières, et d'Elfes : sages créatures de l'Ouest au talent inné pour la magie. Vinrent ensuite les Hommes : êtres du Sud et guerriers ambitieux.

Certains Hommes, nommés Dragons, se différenciaient des autres en raison d'un pouvoir exceptionnel qu'ils avaient reçu à leur naissance, un pouvoir divin qui leur octroyait la capacité de maîtriser les éléments de la Nature. De nombreuses légendes prétendent que ces Hommes avaient obtenu leurs pouvoirs des Maezules, lézards ailés des temps anciens, qu'ils avaient réussi à dompter. Aujourd'hui encore, bien que les dragons aient disparu, leurs pouvoirs sommeillent en de nombreux humains. Ceux-ci sont reconnaissables au tatouage de lézard ailé qu'ils portent sur l'épaule.

Peu après la race humaine, les Centaures, coursiers des plaines, amoureux du vent et de la liberté sont arrivés du Nord. C'est à partir de ce jour que l'on nomma notre continent : « Terre des Mondes ».

Pendant cinq cents ans, chaque Seigneurie de chaque Peuple mena une existence paisible, emplie d'échanges et de partages. Pour protéger la paix, Hommes, Elfes, Nâgas, Nains et Centaures décidèrent de se réunir en une assemblée qu'ils nommèrent Conseil Majeur. Cet organe s'imposait comme le protecteur et le conservateur de l'harmonie terrestre. Trois fois par mois, se réunissaient dans la Cité d'Iris, le cœur de la Terre des Mondes, vingt Seigneurs élus par leur peuple pour débattre sur le développement du Continent.

Pour donner au Conseil le moyen de protéger leur Terre, les Mages et les Prêtres les plus érudits de chaque Peuple combinèrent leurs pouvoirs. Ils reçurent deux cadeaux de la part des Dieux Primaires, créateurs de l'univers, qui étaient au nombre de quatre : le Feu, l'Eau, la Terre et l'Air.

Ces cadeaux furent quatorze Pierres de Puissance contenues dans deux Trophées. Les sept premières composaient le Trophée de Clairvoyance et conféraient à l'utilisateur la capacité de lire les plans de ses ennemis, elles portaient en elles la magie de l'Eau et de la Terre. Les sept autres composaient le Trophée de Destruction, fruit du Feu et de l'Air, et octroyaient une force d'arme colossale à quiconque s'en servait.

En guise de gardiens des Présents Divins, les Dieux désignèrent cinq humains auxquels ils octroyèrent des pouvoirs Dragon démesurés. Leur magie commune rivalisait avec celle des quatorze Pierres réunies. En langue ancienne, ce pouvoir se nomme Salamoéna, ce qui signifie « Pouvoir Suprême ».

La paix aurait pu perdurer si les êtres pensants ne portaient pas en eux l'amour de la puissance et du pouvoir.

L'Ère Seconde marque un tournant dans l'Histoire de la Terre des Mondes. Des colonies de Lutins, petits êtres pacifiques au talent inné pour l'Alchimie, s'installèrent au Nord et de nouveaux royaumes se créèrent au sein de chaque Peuple, les divisant un peu plus.

D'une manière générale, les relations interraces, rongées par les flammes de la jalousie, commencèrent à s'envenimer.

Nombre de rois humains furent pointés du doigt pour leur désir de conquête. Les Pierres de Puissance ne cessaient d'attirer la convoitise des monarques de l'époque.

Les Elfes furent critiqués pour leur arrogance et pour leur croyance en la supériorité de leur race sur les autres Peuples.

De nombreux conflits éclatèrent entre les Centaures et les Nâgas, qui se reprochaient mutuellement leur manque d'implication dans les affaires de la Terre des Mondes.

Ce furent d'ailleurs les premiers à se retirer de l'Assemblée, lassés de participer à un Conseil dont l'autorité déclinait de jour en jour. Ils furent suivis de près par les Nains. Seuls les Elfes et les Hommes restèrent au cœur de la politique du continent. Ce fut, bien évidemment, le commencement d'une sombre époque, qui perdura jusqu'à nos jours.

Plus les siècles passaient, plus la corruption étendait son emprise, telle une obscurité grandissante dans la clarté de la paix, un orage de lances et d'épées prêt à éclater sur la Terre des Mondes.

En l'an 450 de l'Ère Seconde, un Homme nommé Fendhur Trémior, fils de Trévor et Souverain du Royaume de Morner, fut le premier à tenter l'impossible. Il convainquit son frère, qui siégeait au Conseil, de dérober les deux Trophées Divins pour que sa patrie s'approprie leurs pouvoirs. Bien évidemment, il s'arrangea pour éliminer les détenteurs de Salamoéna, avant même que l'Assemblée de la Terre des Mondes n'eût compris ses intentions. Par un odieux stratagème, Fendhur sépara les Cinq Dragons et les tua un par un.

Tandis que nombre de royaumes humains se ralliaient à Morner, le Seigneur Fen Saënel, membre émérite du Conseil, rassembla une armée d'Elfes pour récupérer les Trophées. Mais elle fut contrée.

Fendhur Trémior réveilla le pouvoir de la Création, qui avait jusqu'alors connu un sommeil profond. Morner détenait la puissance ultime, ou du moins une partie de celle-ci, car il arriva une chose à laquelle personne ne s'attendait. À l'heure de réveiller les Pierres de Vision, ces dernières restèrent endormies et le rituel échoua. Seul le pouvoir de Destruction avait été conféré à Fendhur et à ses hommes. Ainsi leur Armée devint puissante, mais à quel prix ? Il est impossible d'utiliser les pouvoirs d'un Trophée sans ceux de l'autre, au risque de bouleverser l'harmonie de la Nature en séparant l'Eau et la Terre, de l'Air et du Feu.

Une malédiction ne tarda pas à frapper le Royaume de Morner. Pour les punir de leur crime, les Dieux transformèrent la totalité de leurs habitants en bêtes. Clairvoyance et bonté disparurent de leurs âmes. Seules leur restaient la quête de la gloire et l'envie de régner sur le monde. Ils attaquèrent leurs voisins, qu'ils conquirent sans difficulté, et détruisirent les derniers Dragons susceptibles de reconstituer le pouvoir de Salamoéna.

Ils se vengèrent des Elfes, qui avaient tenté de leur reprendre les Artéfacts, éliminant avec haine une grande partie des nôtres.

La seule ombre dans leur tableau était que le Trophée de Clairvoyance restait définitivement éteint. Ils tentèrent d'activer les Pierres de Vision à plusieurs reprises, mais sans succès... Jusqu'au jour où Tréyen Trémior, le fils de Fendhur, accablé par la souffrance de son peuple, s'empara de l'Artéfact pour l'éloigner de la folie de son père. Il traversa la Terre des Mondes pour trouver refuge dans le Royaume d'Hesmon, un pays ennemi à Morner, assez puissant pour résister à la haine de son géniteur.

Lorsque Fendhur eut vent du vol du Trophée et de la trahison de son fils, il déclara la guerre à Hesmon et mit en marche ses plus puissantes Armées. Ce fut sans nul doute la plus grande bataille de toute l'Ère Seconde.

Les combats ne cessèrent que cinq ans plus tard, lorsque le Roi d'Hesmon, en désespoir de cause, activa les Pierres de Vision, sa seule chance de repousser l'assaillant. À l'aide du Pouvoir de Clairvoyance, Hesmon parvint à évincer Morner.

Mais en dépit de ses intentions louables, le Souverain hesmonnois fut puni à son tour pour n'avoir utilisé qu'un seul Trophée. Une malédiction frappa sa famille et ses citoyens. Leurs corps s'affaiblirent. Nombre de maladies se développèrent et réduisirent le Royaume à néant. Hesmon sera rebâti sous la forme d'un Empire, quelque temps plus tard. De nos jours, sous l'Ère Troisième, il est l'un des pays les plus avancés et les plus prospères du continent.

Les conséquences de la guerre furent terribles et la vie ne redevint jamais ce qu'elle était auparavant. Les Elfes ayant survécu au génocide orchestré par les Mornéens s'exilèrent de la Terre des Mondes ou s'isolèrent à l'Ouest. Les Nains se cantonnèrent dans leurs montagnes et les Nâgas disparurent sous les eaux.

Les royaumes humains et les tribus de Centaures se renfermèrent sur eux-mêmes et vécurent en quasi-autarcie. Il ne fut plus jamais question d'alliances interraces.

C'est dans ce contexte que notre Terre entra dans l'Ère Troisième et c'est ainsi qu'elle demeura, jusqu'à ce que l'Histoire ancienne fût volontairement oubliée.

Mais plus pour longtemps... Je sens qu'une menace grandit de jour en jour au nord de la Terre des Mondes. Depuis quelques années, la soif de sang de Morner ne cesse de croître. Le Roi Isiltor Trémior réclame vengeance. Il désire reprendre ce que *son pays possédait jadis pour reformer le pouvoir des deux Trophées et lever à jamais sa malédiction.*

Mais derrière cette ombre, je sens grandir un espoir, chaque jour une lueur brille devant mes yeux... Je perçois un autre pouvoir que celui des deux Artéfacts, un pouvoir éteint depuis des siècles entiers, qui sera bientôt mis à l'œuvre et qui jouera un rôle décisif dans la survie de la Terre des Mondes. Salamoéna s'est aujourd'hui réveillé : le pouvoir qui pourrait nous sauver tous... »

Namiren Sérendelle

Partie I

Chapitre 1
Une menace pour l'Empire

Gerremi sursauta au son des trois coups frappés sur la porte de sa chambre. Le corps trempé de sueur, les membres tremblants, il lui fallut un certain temps pour quitter les limbes du sommeil.

Avant qu'on ne vienne le réveiller, il était plongé au beau milieu d'un rêve terrible et étrangement réaliste. Il pouvait se souvenir de chaque détail, comme si la scène s'était déroulée sous ses yeux éveillés. Une Dame de haute noblesse, aux longs cheveux blond cendré, était agenouillée devant la statue d'une déesse mi-femme, mi-chouette, que Gerremi ne connaissait pas. Le regard empreint d'adoration, plongé dans celui de la divinité, la Dame psalmodiait à propos de Trophées, de dragons et d'un pouvoir salvateur nommé « Salamoéra » ou « salaména », peut-être. Un mot qui ne signifiait absolument rien en langue commune.

Après l'image de la femme, Gerremi avait rêvé d'une guerre. Une armée de bêtes démoniaques à la peau grise, ou recouverte d'écailles, attaquait une vaste Cité aux étendards bleus ornés d'un cygne d'argent.

Le jeune homme avait ressenti les horreurs de la guerre comme s'il était lui-même sur le champ de bataille. Tortures et massacres en série s'étaient succédé devant ses yeux horrifiés.

La dernière image dont Gerremi se souvenait, avant d'être réveillé en sursaut, était la prise de la ville par les démons et la mise à mort de son régent.

En repensant à cette dernière scène, le jeune homme frissonna. Jamais un songe ne l'avait autant effrayé.

On tambourina de nouveau à sa porte, cette fois-ci, avec plus d'entêtement.

— Gerremi, dépêche-toi un peu ! La fête pour tes dix-huit ans a lieu ce soir et il y a encore tout à préparer ! Les invités arrivent en fin d'après-midi !

Le jeune homme soupira puis se leva. Il se pencha à sa fenêtre pour prendre une bouffée d'air frais avant de commencer sa journée. Sa mère ne serait pas contente, mais il avait besoin de se vider la tête. Son cauchemar l'avait bouleversé.

Le soleil commençait à se lever et dévoilait peu à peu le paysage campagnard dans lequel il vivait. De sa fenêtre, il pouvait apercevoir la petite maison coquette au toit de chaume de ses voisins. Elle donnait sur un jardin fleuri et soigneusement entretenu par la maîtresse de maison. Lorsque Mme Andat n'était pas occupée à écouter les derniers racontars au lavoir ou dans les auberges, elle restait chez elle pour choyer ses plantes, comme s'il s'agissait de ses propres enfants. Tout autour des fleurs, la voisine avait disposé une large collection de nains de jardin à la mine patibulaire.

Gerremi s'étonna de la quiétude du foyer. Normalement, ses voisins étaient toujours levés les premiers, et, tandis que le mari partait aux champs, la femme veillait à faire assez de bruit pour réveiller tout le voisinage.

Derrière leur cottage s'étalait le village blanc d'Istengone, calme et paisible à cette heure matinale. L'activité de ses habitants se limitait à l'ouverture des échoppes et aux allées et venues des paysans qui partaient au travail, la tête encore lourde de sommeil. Leurs va-et-vient étaient rythmés par le chant des coqs et les meuglements du bétail paissant dans les pâturages.

À quelques lieues des derniers champs se dressait la colline divine et sacrée d'Istengone. Selon les Prêtres, les Dieux eux-mêmes avaient fait de cette butte leur sanctuaire en plantant, à son sommet, un chêne à l'écorce dorée, bien plus haut que tous ceux de la région. Les anciens aimaient raconter que cet arbre avait donné à l'Empire son symbole : un chêne d'or.

Tout autour du mont s'étalait la forêt d'Astéflone, par laquelle on pouvait rejoindre Aneters, la Cité la plus proche d'Istengone.

Il faisait bon dehors et l'aube offrait un spectacle plaisant, mais Gerremi ne pouvait pas se permettre de s'attarder plus longtemps. La patience de sa mère devait commencer à s'amenuiser. La journée s'annonçait déjà longue et pénible… s'il y ajoutait les reproches de sa maman, elle deviendrait tout bonnement insupportable.

Gerremi prit la première tunique qui lui venait sous la main et s'habilla. Il aspergea sa figure avec de l'eau froide, donna un coup de peigne à ses cheveux châtains et jeta un coup d'œil rapide dans son miroir. Outre son regard océan, ce qui le différenciait des autres garçons du village était le tatouage, à l'effigie d'un dragon crachant un jet de flammes et des gouttelettes d'eau, qu'il portait sur l'épaule droite.

Aussi loin que remontait sa mémoire, Gerremi l'avait toujours possédé. Ses parents lui avaient dit qu'il était né avec et qu'il le garderait toute sa vie. Ils y voyaient l'empreinte d'une protection divine, mais, par mesure de sécurité, Gerremi n'était pas autorisé à en parler autour de lui. Les habitants d'Istengone se méfiaient des marques de naissance étranges comme de la peste. Pour nombre d'entre eux, elles étaient synonymes de malédiction.

Gerremi jeta un dernier coup d'œil dans la glace, puis descendit déjeuner.

La cuisine occupait une petite pièce à l'arrière du salon. Une marmite bouillonnant dans la cheminée l'emplissait d'une odeur agréable qui lui mit l'eau à la bouche.

Gerremi attrapa un bol qu'il remplit de lait et se découpa deux tartines de pain.

Sa mère entra au même moment, courbée sous le poids des seaux d'eau qu'elle portait. Elle poussa un soupir de soulagement lorsque son fils se précipita pour l'aider à porter son fardeau, puis étira son dos douloureux.

Syrima Téjar était une grande femme brune, à la silhouette longiligne. Depuis une chute accidentelle, deux ans plus tôt, alors qu'elle s'occupait des rayonnages de la bibliothèque du village, elle était devenue très fragile.

— J'y serais allé, maman. Inutile de te briser le dos…

Une lueur de contrariété s'alluma dans les yeux clairs de sa mère.

— Tu y serais allé quand ? Je t'ai dit de te lever il y a plus d'une demi-heure ! La vaisselle ne peut pas attendre, pas aujourd'hui ! Dépêche-toi d'aller couper du bois pour le feu. Après, tu m'aideras à ranger la maison.

Elle attrapa une assiette d'un geste brusque, l'enduisit de savon et la plongea violemment dans le seau d'eau.

Gerremi soupira. Il comprenait que sa mère puisse être contrariée par son retard, mais de là à se mettre dans tous ses états… Le jeune homme se demanda si c'était son passage à l'âge adulte qui la perturbait autant. Il n'y avait pourtant rien de mal à cela… Au contraire, le jour de ses dix-huit ans devait être le plus beau de sa vie. Une journée merveilleuse ponctuée de festivités et de présents pour fêter sa sortie de l'enfance. Ce serait le jour où il commencerait à prendre une place réelle dans la société, où il serait en droit d'exercer un métier ou d'entrer à l'université, et, bien entendu, de se marier.

En songeant au mariage, Gerremi sentit un étau d'angoisse lui nouer l'estomac. Il ne se sentait pas prêt à épouser une femme. Bien que sa petite amie eût un an de moins que lui et qu'ils dussent attendre l'année suivante pour se marier, il espérait que leurs fiançailles auraient lieu le plus tard possible. Pour le moment, il n'aspirait qu'à quitter la vie monotone d'Istengone pour s'installer dans la Cité d'Aneters, y étudier l'Histoire, et, après obtention de son diplôme, devenir enseignant.

Gerremi s'égarait dans les voiles de son avenir lorsqu'une pensée amère le ramena à la réalité. Ses parents n'auraient sûrement pas les moyens de lui payer de telles études. Ils avaient déjà beaucoup donné lorsque Fédric et Kaël, ses deux frères aînés, étaient partis à Aneters, l'un pour s'engager dans l'Armée, l'autre pour étudier l'Alchimie.

À midi, Gerremi et sa mère eurent le droit à la visite inopinée de leur voisine, venue leur faire part d'un problème, apparemment, existentiel.

— Syrima, dis-moi, pour la fête de ce soir, je suis en pleine hésitation. Tu préfères du rose ou du jaune ? Je pensais amener des renoncules pour décorer les tables, c'est la fleur de l'amour secret – elle adressa un clin d'œil entendu à Gerremi –, en plus, leur couleur rosée se mariera à merveille avec le gâteau qu'Ivon a préparé pour l'anniversaire. J'ai eu l'occasion de le voir, félicitations… tu as très bon goût. Autrement, je pensais aux jonquilles pour illuminer cette soirée. La jonquille est le symbole de la joie et de la bonne humeur, important pour une fête. Et puis, nous sommes en été, le jaune est parfaitement de saison. Qu'en dis-tu ? Amour ou soleil ?

Cette visite surprise, qui dura près d'une heure, eut pour effet de porter la mauvaise humeur de Syrima à son comble.

— Ces voisins vont me rendre folle, râla-t-elle une fois que Mme Andat se fut retirée, j'ai une montagne de travail à faire et elle vient me parler de ses jonquilles !

Lorsque toutes les corvées furent terminées, Gerremi se hâta de quitter la maison pour rejoindre Enendel Galarelle, son meilleur ami. Comme à son habitude, il le trouva dans son lieu d'entraînement favori, la prairie d'Erboi, à quelques pas du village.

Enendel était le seul Elfe d'Istengone et probablement de tout l'Empire. Du même âge que Gerremi, il avait été adopté bébé par un couple de soldats. Un beau matin, alors qu'elle rentrait de son service de nuit, sa mère l'avait trouvé abandonné dans un panier, dans la niche abritant leur autel familial. Il ne portait sur lui qu'un collier dont le pendentif représentait un croissant de lune percé de trois flèches, un symbole dont personne n'avait jamais trouvé la provenance.

Gerremi savait qu'il existait quelques peuplades elfiques au nord de la Terre des Mondes, mais il ne connaissait pratiquement rien sur elles. Il avait simplement lu dans des livres d'Histoire et d'ethnologie que, depuis l'Ère Seconde, les royaumes elfiques préféraient la vie en autarcie aux échanges avec les autres peuples.

En tout cas, à Istengone, personne ne semblait faire attention aux oreilles en pointe d'Enendel ou à son visage imberbe, aux traits rectilignes, auquel il était impossible de donner un âge. Il avait toujours été très bien intégré parmi les habitants du village.

Gerremi s'arrêta à la hauteur du talus qui bordait la prairie pour ne pas déranger son ami.

L'Elfe avait bandé son arc au maximum. Il était concentré sur la cible de bois qu'il avait suspendue à un arbre. D'un mouvement à la fois puissant et habile, il décocha sa flèche qui atterrit au beau milieu du cercle. Il encocha un second trait qui vint se planter à quelques centimètres du premier.

En tant que fils de soldats, Enendel avait toujours été passionné par les armes et il montrait un certain talent dans leur maniement.

Lorsqu'il repéra son ami, l'Elfe rangea son arc et lui donna une tape amicale dans le dos.

— Joyeux anniversaire ! Je me demandais quand tu viendrais.

— Je serais venu plus tôt si j'avais pu, assura Gerremi, j'étais coincé à la maison. J'ai dû aider ma mère à préparer la fête. Elle était d'une humeur massacrante. J'aurais préféré venir m'entraîner avec toi.

Un large sourire s'étala sur le visage d'Enendel.

— Les mères sont toutes pareilles, elles ont peur de voir grandir leurs enfants. Si tu avais vu la mienne, le jour de mes dix-huit ans. L'idée de me marier la rendait folle. Comme aucune femme ne m'intéresse à Istengone, elle était prête à me mettre en couple avec n'importe qui. Heureusement que mon père l'en a dissuadée… Je ne sais pas avec qui elle aurait arrangé mon mariage…

— Tu as raison, je crois que le mariage obsède ma mère. Yasmina est trop jeune pour des fiançailles et elle ne l'a jamais appréciée. Je suis sûr qu'elle veut me trouver une fille à son goût. Cela ne présage rien de bon… quand on voit le résultat avec Fédric…

Enendel esquissa une grimace compatissante.

Puisque Fédric n'avait jamais eu d'amoureuse, leur mère lui avait présenté Grisella, fille d'amis de la famille. En apparence douce et réservée, elle était en fait une véritable démone maniant le fouet comme personne. Fédric avait eu beaucoup de chance de pouvoir divorcer. Depuis, il ne voulait plus entendre parler des femmes.

— Je ne veux pas me marier, poursuivit Gerremi, et encore moins avec une fille choisie par ma mère. Tu imagines si elle se décide pour Veruka ? Depuis qu'elle l'a aidée à puiser de l'eau, elle la trouve adorable.

Enendel eut un rire moqueur. Veruka était une camarade de classe et probablement l'élève qu'ils aimaient le moins dans leur école. Elle avait une obsession maladive pour la gent masculine, en particulier pour les guerriers. Deux ans plus tôt, elle avait jeté son dévolu sur Enendel et elle n'en avait jamais démordu. Elle aimait dire qu'il était le garçon le plus musclé et le plus affriolant d'Istengone, que ses longs cheveux blonds coiffés en arrière ne le rendaient que plus viril.

Elle avait peut-être raison sur ce point… Enendel plaisait beaucoup aux filles. Il était malheureusement très compliqué en matière de femmes.

L'Elfe ramassa une épée en bois et la tendit à Gerremi.

— Pour ton anniversaire, tu ne refuserais pas un combat ?

Le jeune homme attrapa l'arme, la leva pour signifier à son ami qu'il relevait son défi et l'attaqua d'un coup latéral. Enendel le para sans aucune difficulté. Il enchaîna une série de mouvements, frappant Gerremi à tous les niveaux. Le jeune homme bloqua tant bien que mal les attaques, mais, concentré sur sa parade, il ne remarqua que trop tard le fauchage de l'Elfe. Il tomba lourdement sur le sol. Son épée lui échappa des mains. Enendel pointa la sienne sur sa gorge. Il avait gagné le premier combat.

Gerremi se releva, quelque peu agacé. Son ami avait beaucoup plus d'expérience que lui à l'épée, mais tout de même... être désarmé en moins de vingt secondes ?

— Surveille tes jambes, conseilla Enendel, elles sont ta faiblesse principale. Fais également attention à la façon dont tu tiens ton épée. Serre-la avec plus de force, sinon elle t'échappera au moindre coup.

Gerremi accepta les remarques de son ami sans broncher. Enendel avait toujours été un excellent entraîneur, il lui devait énormément. Depuis que Fédric était parti à Edgera pour intégrer la Garde Impériale, l'Elfe était devenu son compagnon d'armes préféré.

Tous deux s'apprêtaient à entreprendre un second combat, lorsqu'une voix claire résonna dans leur dos. Une fille s'élançait vers eux, un large sourire accroché aux lèvres. Sa longue chevelure blonde flottait dans son dos tel un étendard d'or porté par le vent.

— Yasmina, murmura Gerremi, le cœur battant la chamade.

— Joyeux anniversaire, mon chéri, souffla-t-elle en l'embrassant.

Elle se dirigea ensuite vers Enendel et l'étreignit.

— Vous vous entraînez encore ? Vous avez déjà passé plus de quatre heures hier à tirer à l'arc, cela ne vous suffit pas ?

— Si je veux, moi aussi, faire partie de l'Élite Impériale, répondit Enendel, il me faut une maîtrise parfaite de tous types d'armes. J'aimerais monter en grade rapidement au sein de l'Armée. Et ça ne fait pas de mal à Gerremi de se dépenser un peu après tous les travaux que lui a donnés sa mère aujourd'hui.

Il donna un léger coup de coude à son ami qui acquiesça en soupirant.

— Mais je ne serais pas contre l'idée d'aller boire quelque chose.

— Je suppose que tu ne comptais pas t'entraîner avec nous aujourd'hui, ajouta-t-il en regardant la robe bleu azur que portait la jeune fille.

En fin de journée, se promener dans le village d'Istengone était très plaisant. Le soleil estival, qui avait martelé les maisons blanches durant tout l'après-midi, commençait à descendre. La température était douce et agréable.

À cette heure, les commerces battaient leur plein. De nombreux passants arpentaient les rues et s'échangeaient les dernières nouvelles. Certains habitants avaient même installé chaises et tables devant la façade de leurs maisons pour fumer la pipe, lire ou encore jouer aux cartes.

Le centre du village, qui abritait les tavernes, était toujours le lieu le plus fréquenté. Le voisin de la famille Téjar y passait le plus clair de son temps libre. On y recensait également l'unique auberge d'Istengone : la Poule d'Or. Les trois amis aimaient beaucoup s'y rendre. Il y régnait toujours une ambiance chaleureuse et on y servait boissons et nourriture de qualité.

Gerremi, qui avait enfin dix-huit ans, s'avança fièrement vers le comptoir pour commander une bière locale.

— Le petit dernier de la famille Téjar est entré dans le monde des adultes à ce que je vois, lança l'aubergiste d'un ton guilleret, fini les jus de groseille. Maintenant, on boit comme un homme ! Allez, mon garçon, pour la peine, je t'offre un verre.

Gerremi le remercia, tout sourire. Il avait attendu le jour où il pourrait enfin goûter de l'alcool avec tant d'impatience… Fédric et Kaël, qui ne lésinaient jamais sur une pinte de bière, lui avaient toujours mis l'eau à la bouche.

— En revanche, pour la petite demoiselle, continua l'aubergiste, ce sera toujours un jus de framboise ? Et pour notre futur Elfe-guerrier, je sers aussi une bière ?

Leurs boissons en main, les trois jeunes gens s'assirent à une table du fond, près d'une cheminée au manteau orné d'entrelacs. Yasmina déplia le rouleau de parchemin qu'elle avait acheté au crieur public, relatant les dernières nouvelles de l'Empire, et commença à lire :

L'Empire d'Hesmon est menacé.

Un royaume nordique du nom de Morner a affirmé, il y a peu, son intention de conquérir la Terre des Mondes. Les éclaireurs impériaux rapportent que la guerre a déjà commencé au Nord. Le Roi Isiltor Trémior de Morner, aidé de ses alliés de l'Empire du Milieu, a fait tomber le Royaume d'Échedi deux semaines plus tôt. Le Roi Norvert Falhdig s'est rendu après six mois de combats.

Nos éclaireurs nous rapportent que les Mornéens ont également étendu leur influence sur les Terres d'Hérone, où un peuple de nomades a été contraint de fuir vers le Sud. La Cité de Banchi, sur les Terres de Stec, leur a offert l'asile. Selon les dires des exilés, les Mornéens ne sont pas des Hommes comme nous, mais d'étranges créatures hybrides.

D'après nos informateurs, Morner aurait, depuis la prise du Royaume d'Échedi, les yeux tournés vers le centre de la Terre des Mondes et tout particulièrement vers notre Empire.

Bien que la déclaration de guerre ne soit pas encore officielle, les autorités impériales prennent très à cœur cette menace. Des fonds colossaux ont été levés pour préparer la défense de l'Empire. Nos généraux enchaînent les conseils de guerre et commencent à réunir les troupes au nord du pays. Si la guerre vient à éclater, nous serons prêts à riposter.

Gloire à l'Empire ! Gloire à l'Empereur Edjéban Vizia !

— Morner… Mais qui sont-ils pour s'en prendre à des peuples totalement inoffensifs ? s'exclama Yasmina d'une voix aiguë qui fit se retourner tous les clients de l'auberge, tout le monde sait que les marchands nomades de la contrée d'Hérone ne se mêlent jamais de politique. Ils ont toujours été respectés pour leur hospitalité et leur gentillesse ! Pourquoi s'en prendre à eux ? Et que nous veulent-ils ? Nous n'avons jamais eu d'hostilités envers eux !

— La guerre n'a pas de sens, elle ne sert qu'à asseoir son pouvoir, soupira Enendel. En ce qui nous concerne, nous pouvons nous estimer heureux. Notre Empire est puissant, respecté et nous avons des alliés tout aussi forts. Si Morner vient nous embêter, nous devrions les repousser sans peine.

Le jeune Elfe se tourna vers Gerremi, resté jusqu'alors silencieux. Son visage arborait une expression interdite.

— Ça ne va pas ? s'enquit-il.

Gerremi ne répondit pas. Une armée de bêtes assoiffées de sang qui massacrait ses voisins… cela faisait écho à son rêve. Il frissonna en se rappelant toutes les atrocités auxquelles il avait assisté en songe. Le jeune homme porta une main instinctive à son tatouage de dragon.

— Je crois que j'ai déjà entendu parler de Morner, répondit-il d'une voix amère, il me semble que j'ai rêvé de ces monstres, cette nuit. Ils n'attaquaient pas Échedi, mais un autre royaume. L'étendard de la Cité en flammes était bleu avec un cygne d'argent.

Enendel et Yasmina l'observèrent avec des yeux ronds.

— Je n'ai jamais entendu parler d'un tel pays, commença la jeune fille, mais si tu as rêvé de ces bêtes, c'est que tu dois avoir un don de voyance…

— Ça pourrait être lié à ton tatouage, risqua Enendel.

Hormis le Maire d'Istengone et sa famille, ses deux meilleurs amis étaient les seuls à connaître son secret.

— Je ne sais pas, si j'avais un don quelconque, j'imagine qu'il se serait déjà manifesté. Ma mère l'aurait probablement fait savoir à tout le village. D'après mes parents, ce tatouage est simplement le signe d'une protection divine.

« En tout cas, si c'est bien Morner que j'ai vu en rêve, c'est un royaume très puissant. Ils ont des armes qui crachent le feu, leurs soldats sont deux fois plus grands que des hommes ordinaires et bien plus forts. Avec une telle menace, l'Empereur va réquisitionner toutes ses troupes et – la voix de Gerremi se brisa – Fédric ne pourra pas venir à ma fête. Edgera est située à un mois et demi de marche d'Istengone, aller-retour.

Le jeune homme soupira. Il en ignorait la raison, mais, depuis son rêve étrange, et plus encore depuis la lecture du journal, un pressentiment ne cessait de grandir en lui, comme si son inconscient essayait de le mettre en garde contre un danger imminent. Morner allait leur déclarer la guerre très prochainement, il en était sûr, et rien ne serait plus comme avant. Il fallait qu'il voie Fédric, au moins avant qu'il ne parte au combat.

— Quelle journée infernale…, déplora le jeune homme, toutes ces tâches ménagères, ma mère qui s'est transformée en furie, cette nouvelle stupide… j'ai besoin de prendre l'air.

Gerremi se leva brusquement et sortit de l'auberge d'un pas raide. Tous les clients lui lancèrent un regard interrogateur, puis se tournèrent vers Enendel et Yasmina, désireux de savoir ce qui avait bien pu mettre leur ami dans cet état.

Le teint de la jeune fille vira au rouge vif. En ce moment précis, elle aurait tout donné pour rentrer sous terre.

— Mais enfin, qu'est-ce qui lui prend ? demanda Yasmina, si c'est l'absence de son frère qui le tourmente, il peut se rassurer.

Fédric a forcément eu une permission. Pour une fête aussi importante que celle du passage à l'âge adulte, nos généraux peuvent faire une exception et perdre un soldat... Et puis, le Royaume de Morner n'a pas encore déclaré la guerre, ce n'est qu'une menace. Fédric vient peut-être d'arriver à Istengone en ce moment même.

— J'en doute, Yasmina, s'il y a une quelconque menace, il faut que l'Empire soit prêt à se défendre et, pour cela, l'Empereur a besoin de tous ses soldats. En particulier d'un membre de l'Élite Impériale comme Fédric.

— Peut-être, mais vu le nombre de soldats que l'Empereur possède dans chaque Cité, chaque forteresse et en particulier dans la capitale, il peut se permettre d'en perdre un pour à peine deux mois. En plus, vu la puissance de ses troupes, ce n'est pas un seul soldat qui fera la différence entre une victoire et une défaite.

— Tu devrais te renseigner un peu plus sur le fonctionnement militaire, Yasmina, même si ça ne t'intéresse pas, rétorqua Enendel, on ne fait pas de cas par cas dans l'Armée, anniversaire ou pas. C'est le devoir qui prime.

Le jeune Elfe se leva et ajouta :

— Je pense qu'on ferait mieux de sortir d'ici avant d'être la cible de racontars. À Istengone, tout s'apprend et tout se sait.

Il désigna de la tête un groupe de vieilles femmes qui les lorgnaient du coin de l'œil.

Gerremi marchait dans les rues blanches d'un pas si rapide, qu'il faillit renverser un enfant jouant au chevalier.

L'animation qui régnait dans le village lui donnait mal à la tête et la lumière du soleil le fatiguait. Depuis qu'il avait appris que le Royaume de Morner étendait son emprise sur la Terre des

Mondes, les images de son cauchemar ne cessaient de tourner en boucle dans son esprit.

Il quitta le vacarme de la rue principale et prit une ruelle tortueuse qui montait sur sa droite. Il stoppa devant une petite maison à colombages. Une enseigne placée au-dessus de l'entrée indiquait qu'il s'agissait d'une forge. En temps normal, Gerremi détestait y venir en été. C'était un endroit infernal où il régnait une chaleur insoutenable.

À l'intérieur, de part et d'autre de la salle, étaient installées des enclumes sur lesquelles les employés frappaient des morceaux de métal brûlant à l'aide de marteaux, sous le regard impérieux de Mme Orgon, la gérante.

La femme, occupée à exposer haches et épées sur une table de pierre, soupira en voyant Gerremi se diriger vers le poste de travail de son père. Fort heureusement, elle ne lui fit aucun commentaire. Tant qu'il ne s'attardait pas, elle tolérait sa présence.

Ténim Téjar était occupé à sortir du feu une fine lame d'acier. Grand et musclé, il avait le dos légèrement voûté, d'épais cheveux châtains et des yeux noirs, à l'image de l'endroit dans lequel il travaillait.

À la vue de son fils, il tenta, tant bien que mal, de dissimuler une lame brillante sous un amas de marteaux, de faucilles et de haches.

— Qu'est-ce que tu caches ? demanda Gerremi.

— Oh, rien du tout, répondit-il d'un ton désinvolte, tu as préparé la fête avec ta mère, aujourd'hui ?

Gerremi opina puis il lui raconta ce qu'il avait appris à l'auberge avec ses amis.

— Ne t'inquiète pas, lui glissa son père, notre Empire a déjà subi de nombreux assauts dans le passé et nous ne sommes jamais tombés pour autant. Nous avons une armée exceptionnelle, la meilleure de toute la Terre des Mondes à ce qu'on dit. Le seul souci, c'est que Fédric va rester à la capitale et qu'on ne le verra pas ce soir. Nous avons reçu sa lettre cet après-midi. Il t'a également envoyé un cadeau.

— Peut-être, mais ça ne remplacera jamais sa présence...

Ténim prit son fils par les épaules et lui dit de sa voix rauque :

— Je sais à quel point la présence de ton frère va nous manquer. Mais n'oublie pas que tu as dix-huit ans, aujourd'hui. Tu es un homme, essaye de ne pas t'apitoyer sur ton sort. À l'avenir, il va falloir que tu sois fort.

Gerremi remarqua que le ton de son père n'était pas celui qu'il prenait habituellement. Il crut entendre un léger tremblement dans sa voix.

L'homme soupira puis reprit :

— Assez parlé ! Maintenant, il faut que tu rentres, Mme Orgon n'est pas une femme très patiente. Et puis, la famille ne devrait plus tarder à arriver. On reparlera de ça à la maison.

Gerremi sortit, perdu dans ses pensées. Dehors, il retrouva ses deux amis assis sur un banc.

Chapitre 2
Fête et visions

Lorsque Gerremi revint chez lui, la famille tout entière était déjà arrivée. Jamais le jeune homme n'avait vu autant de monde dans la maison de ses parents. Sa mère avait miraculeusement réussi à trouver des chaises pour asseoir tous les invités.

Dans la foule, Gerremi aperçut des visages qu'il connaissait à peine : des oncles, des cousins ou des tantes qu'il n'avait pas vus depuis son plus jeune âge.

Il esquissa un large sourire lorsque ses yeux se posèrent sur Kaël, son autre grand-frère. Plus jeune que Fédric de trois ans, le second fils de la famille Téjar s'était marié peu après la fête de ses dix-huit ans. Son épouse, Kara, était une femme d'une gentillesse incomparable. Tous deux vivaient à Aneters où ils étudiaient l'Alchimie.

Gerremi constata avec joie que sa belle-sœur était aussi présente. Elle était plongée dans une discussion, apparemment très amusante, avec une cousine éloignée.

À l'autre bout de la pièce, le jeune homme reconnut les cheveux grisonnants de son grand-père et la petite silhouette voûtée de sa grand-mère. Ils se frayaient un chemin parmi la foule pour venir saluer leur petit-fils.

Toute cette animation n'était pas pour lui déplaire. Aussi loin que remontait sa mémoire, la maison des Téjar n'avait jamais été très vivante.

Après de chaleureuses retrouvailles, Syrima entra dans la pièce, une lettre à la main. Gerremi reconnut l'écriture propre et légère de Fédric et sa joie s'envola aussi vite qu'elle était venue.

Le jeune homme prit la lettre que sa mère lui tendait et la lut en silence.

Joyeux anniversaire Gerremi !
18 ans déjà ? Je n'arrive toujours pas à croire que tu es maintenant entré dans le monde adulte. Tu vas enfin pouvoir goûter à la liberté et j'espère que cela t'apportera beaucoup de bonheur.
J'aurais aimé venir à ta fête, malheureusement, ce ne sera pas possible. Mon bataillon a été assigné à la Forteresse de Blovor, au nord de l'Empire. Notre Souverain craint pour la sécurité de ses Terres. Les Armées mornéennes se rapprochent de jour en jour.
Ils ont fait un assaut à Fagomi, la capitale du Royaume d'Échedi après avoir pillé et brûlé tous les villages qu'ils trouvaient sur leur route, tuant des milliers d'hommes, de femmes et d'enfants. Le Royaume est tombé en à peine six mois. Cela n'a rien d'étonnant vu les monstres qui peuplent leurs Armées : créatures démoniaques, Elfes à la peau rouge et noir...
Mais ne t'inquiète pas, notre Armée est très bien entraînée. Ce satané Ludwick, qui s'avère être mon capitaine, ne nous laisse pas une minute de repos. Il semble avoir pour seul plaisir de nous voir souffrir à n'importe quelle heure de la nuit, sous n'importe quel temps. Je crois que Morner ne sait pas sur quoi il va tomber en nous attaquant.
Passe le bonjour à la famille, je vous embrasse fort.

Ps : J'espère que mon cadeau va te plaire !

Fédric.

Le cœur de Gerremi s'emplit d'amertume, mais il fit de son mieux pour masquer ses sentiments. Il n'était plus un enfant, quelle image donnerait-il à sa famille s'il commençait à se plaindre ?

Si le jeune homme regrettait l'absence de son frère aîné, la vue de la missive ne semblait en rien ébranler la joie du grand-père.

— Ah ce Fédric, quel homme ! Un véritable soldat de l'Empereur tel que j'aurais dû l'être – il se tourna vers l'ensemble de la famille. Eh oui, figurez-vous que j'étais l'homme qui se battait le mieux de tout le village ! À moi tout seul, j'ai terrassé un grand groupe de brigands.

Il se leva d'un bond puis mima son récit avec de grands gestes ridicules. Sans doute imaginait-il des scènes de combat exaltantes.

— Peter, chéri, assieds-toi, tu n'es plus tout jeune comme notre petit Gerremi, lança son épouse.

Le jeune homme grimaça. Comme il était le dernier enfant de la famille, on le qualifiait sans cesse de « petit ».

Il s'apprêtait à répliquer qu'il avait désormais dix-huit ans et qu'il n'était plus un enfant lorsqu'une douleur fulgurante lui fendit la tête en deux et se répandit dans l'ensemble de son corps.

Des vertiges l'assaillirent puis un mal aigu lui déchira l'épaule droite, comme si son tatouage s'était subitement enflammé. Gerremi hurla et s'affaissa. Il eut tout juste le temps de voir une foule de visages se presser autour de lui avant de sombrer dans l'abîme d'un gouffre ténébreux.

Après un laps de temps indéterminé, il lui sembla que le voile de noirceur qui lui obstruait la vue commençait à se lever. L'image d'un long couloir, sombre et tortueux, s'imposa à lui. Les rares torches qui l'éclairaient faisaient danser des ombres inquiétantes sur les murs.

Une aura malsaine flottait dans l'air, comme si des évènements abominables avaient eu lieu à cet endroit. Gerremi frissonna. Son instinct lui disait de repartir, mais il savait, au fond de lui-même, qu'il ne pourrait pas faire marche arrière. Une force mystérieuse et incontrôlable le poussait à avancer. Le jeune homme avait la certitude qu'un secret d'importance capitale l'attendait au bout du couloir. Il fallait qu'il progresse, qu'il découvre ce que cet endroit maléfique cachait.

Au bout de l'interminable corridor, on pouvait apercevoir une bifurcation, puis une porte entourée de deux statues d'aigles.

Gerremi regarda discrètement derrière lui. Depuis qu'il était entré dans ce couloir, il avait l'étrange impression que quelqu'un le suivait, épiant ses moindres mouvements. À maintes reprises, il tenta de démasquer la chose ou la personne qui le surveillait, mais aucune présence, humaine ou autre, n'était perceptible.

Lorsqu'il posa sa main contre le panneau de bois, son cœur se mit à battre la chamade. À présent, la curiosité et l'excitation avaient pris le pas sur la peur. Dans quelques secondes, son destin serait scellé…

Gerremi poussa doucement la porte, qui s'ouvrit en grinçant. Lorsqu'il fut entré dans la salle, elle pivota sur ses gonds et se referma dans un claquement sonore.

La petite pièce circulaire dans laquelle il se trouvait était encore plus sinistre que le couloir qu'il venait de quitter. Une grande tenture noir et rouge à l'effigie d'un sacrifice humain ornait le mur du fond. Le dessin macabre était entouré de symboles compliqués à résonance démoniaque. Juste en dessous de la tapisserie, un immense trophée auréolé d'une lueur rouge était placé au centre d'une estrade.

Gerremi frissonna de plus belle. Jamais, encore, il n'était entré dans un endroit aussi répugnant.

En s'approchant un peu plus de la coupe, le jeune homme remarqua qu'elle était ornée d'inscriptions en langue inconnue. Au centre du trophée, on pouvait apercevoir un arbre entouré de cinq étoiles, un cygne, un lion, une fleur de lotus, une créature hybride mi-lion, mi-dragon connue sous le nom de « chimère », deux flèches entrelacées, un poisson et une licorne.

Le jeune homme n'eut guère le loisir de contempler l'objet plus longtemps. La porte de la pièce s'ouvrit à la volée. Un homme mesurant plus de deux mètres de haut, vêtu d'une armure hérissée de pointes, apparut sur le seuil.

Des flammes rouge sang étaient gravées sur chaque côté de son casque, formant une couronne. Une étrange lumière cramoisie émanait des yeux de l'individu.

À l'instant même où celui-ci dégainait son épée, la vision de Gerremi se brouilla puis une nouvelle image s'imposa à lui. Il vit une Cité en flammes, assaillie par une marée d'armures noires au plastron décoré d'une chimère rouge. Les attaquants détruisaient toute forme de vie sur leur passage avec hargne et cruauté. Ils ne faisaient aucune différence entre les hommes, les femmes et les enfants.

Le cœur de Gerremi se mit à battre à tout rompre lorsque ses yeux se posèrent sur un étendard encore intact. Bleu nuit, avec un cygne d'argent en son centre... Aucun doute n'était possible... il avait rêvé de cette bataille la nuit précédente.

Au cœur d'une église en flammes, le jeune homme crut discerner l'image d'un trophée et celle d'une étoile à cinq branches, puis tout devint flou. Une douleur fulgurante lui déchira l'épaule droite et il sombra dans le noir complet.

Au terme d'un voyage interminable sur un océan de ténèbres, de faibles voix se mirent à résonner dans sa tête.

Lorsqu'il ouvrit les yeux, guidé par ces chuchotements, il reconnut le visage de sa mère. Ses traits étaient déformés par l'inquiétude.

Gerremi émit un léger grognement. Il remarqua alors que tous les membres de sa famille s'étaient attroupés autour de lui et échangeaient des murmures inquiets.

— Que s'est-il passé, mon fils ? s'enquit Syrima.

— Le feu… il y avait le feu… une Cité qui brûlait… des morts et des monstres partout…

Sa mère lui toucha le front puis l'enlaça.

Lorsqu'il eut repris ses esprits et recouvré ses forces, Gerremi se libéra de l'étreinte de sa maman, gêné d'être enlacé en public comme un enfant en bas âge.

Jugeant que son fils avait besoin de calme, Syrima demanda à Kaël de l'escorter jusqu'à sa chambre, sous l'œil inquiet de tous les invités.

— Syrima, Jorlen est parti chercher un médecin, l'avertit sa sœur, ils ne devraient pas tarder.

— Merci, Rosa.

— Tout va bien, Gerremi ? ajouta sa tante.

Le jeune homme acquiesça d'un vague signe de tête et se laissa emmener par son frère jusqu'à sa chambre, leur mère sur leurs talons. Il s'affaissa sur son lit.

— C'était étrange, expliqua-t-il, je suis entré dans une pièce horrible où il y avait un trophée entouré d'une lumière rouge. Ensuite, tout est devenu flou… j'ai vu une Cité en flammes, attaquée par des monstres et des hommes à l'aspect étrange. La ville appartenait à un royaume que je ne connais pas… Je sais simplement que c'est Morner l'assaillant.

Le jeune homme réfléchit un instant puis reprit d'une voix inquiète :

— Maman, tu penses que j'ai le don de prédire l'avenir ? Si c'est le cas, un royaume s'apprête à être attaqué par Morner. Et ce sera un massacre épouvantable.

Syrima fut incapable de répondre. Son visage était figé en une expression de terreur.

— Je…, je ne pense pas que ce soit un don quelconque, dit-elle d'une voix chevrotante, dis-moi simplement si tu as eu mal à un endroit particulier avant de t'évanouir.

Gerremi fronça les sourcils. De la douleur, il en avait ressenti partout dans son corps. Un mal si intense, qu'il en était tombé à terre. Avant de sombrer dans l'inconscience, il avait eu l'impression que son épaule droite était en feu.

Sa mère lui prit le bras et examina son tatouage avec attention. Le dragon ne semblait en rien avoir changé. La créature ailée, au dos hérissé de piquants, crachait toujours ce qui ressemblait à un jet de flammes entouré de fines gouttelettes.

Gerremi crut remarquer une pointe de tristesse dans le regard de sa mère. Syrima se contenta d'esquisser un sourire dans l'espoir de réconforter son fils.

— Repose-toi, le médecin ne va pas tarder.

Elle sortit de la pièce, suivie de près par Kaël. Gerremi se retrouva seul, perdu dans ses pensées, mais il ne s'en plaignit pas. Au fond de lui, il était même soulagé de se retrouver au calme.

Le jeune homme jeta un nouveau coup d'œil à son tatouage. Comme il le savait depuis toujours, être né avec un dragon dessiné sur l'épaule n'était pas quelque chose de normal. Gerremi était persuadé que cette créature était responsable de sa vision.

Même s'il n'avait jamais fait usage de pouvoirs surnaturels, il lui était parfois arrivé quelques mésaventures plutôt surprenantes. À chaque fois, il s'était imaginé – tout bon enfant qu'il était – que son tatouage en était la cause et qu'il faisait de lui un puissant magicien. Évidemment, personne ne lui avait jamais donné raison… et même lui n'y croyait plus, désormais.

Gerremi se rappela le voyage qu'il avait effectué avec sa famille à Edgera, la Cité Impériale. Alors âgé de douze ans, il jouait sur les escaliers principaux de la ville avec ses deux frères. Ces derniers, qui avaient toujours adoré faire des bêtises, s'amusaient à sauter du premier palier de l'escalier pour arriver tout en bas. Déjà grands et musclés, ils se réceptionnaient toujours avec aisance. Fédric lui avait donné un défi :

— Si tu parviens à sauter du premier palier pour arriver au pied de l'escalier, tu mériteras d'être un homme, un vrai. Et je pense que ça sera un honneur d'avoir un nouvel homme dans la famille.

Gerremi, qui avait toujours vécu dans l'ombre de ses frères, avait voulu montrer que lui aussi était fort et courageux en relevant le défi de Fédric.

Au lieu de sauter du premier palier – bien trop facile à en juger par les réceptions parfaites de ses aînés –, il avait décidé de tenter le deuxième. Ignorant les protestations de ses frères, il avait pris son élan, sauté… mais de beaucoup trop haut. Il avait réalisé une chute spectaculaire qui aurait dû, en temps normal, lui causer de sérieux dommages. Il s'en était sorti indemne par on ne sait quel miracle, avec une petite luxation au niveau de l'épaule droite.

Étrangement, ses parents ne s'en étaient pas inquiétés. Pour eux, Gerremi était juste robuste et possédait une chance insolente. Ils avaient simplement puni Fédric et Kaël pour avoir mis la vie de leur frère en danger.

Plus tard, il lui était arrivé plein de petits accidents qui auraient dû lui coûter un bras ou une jambe cassés… il s'en était toujours sorti avec des égratignures et quelques douleurs à son épaule tatouée. Quoi qu'il en soit, il n'avait jamais rien connu qui lui eût procuré la même sensation que tout à l'heure.

La fête d'anniversaire commença à la tombée de la nuit. Sur avis du médecin, qui avait assuré à Syrima que son fils allait rapidement se remettre d'aplomb – « ce n'était qu'un simple malaise vagal », avait-il fait savoir –, elle avait choisi de maintenir les festivités.

Gerremi, qui se sentait beaucoup mieux, à présent, fut à la fois étonné et heureux de voir que la quasi-totalité du village était venue à sa fête, même si certaines familles n'avaient pas été conviées. À Istengone, les festivités, privées ou non, attiraient toujours un monde fou.

La réception se déroulait dans la grande prairie où Enendel s'était entraîné un peu plus tôt. On y avait installé une trentaine de tables et deux rangées de tonneaux de bière qui semblaient faire le bonheur des participants. La fête avait à peine commencé que, déjà, un troupeau humain se formait près des fûts.

Non loin des tonneaux, Messire Mart, le Maire du village, était en pleine discussion animée avec Messire Korle. Comme à leur habitude, les deux Seigneurs étaient entourés d'une foule de courtisans désireux de s'attirer leurs bonnes grâces. Leurs familles étaient les seules d'Istengone à disposer d'un titre de noblesse.

Gerremi émit un rire sarcastique lorsqu'il remarqua que M. Elborn, le père de Yasmina, s'appliquait à servir une pinte de bière au Maire. Celui-ci l'accepta avec joie, sans tenir compte du regard désapprobateur de son épouse qui estimait qu'il avait déjà assez bu.

Les parents de Yasmina étaient de riches bourgeois qui n'aspiraient qu'à s'élever dans la société. Lorsqu'il n'était pas à la tannerie, qu'il dirigeait d'une main de fer, M. Elborn passait le plus clair de son temps à cirer les bottes du Maire.

Le jour où sa fille cadette lui avait appris qu'elle était tombée amoureuse de Gerremi Téjar, fils de forgeron – « un brave petit homme », comme il s'évertuait à l'appeler –, sa déception avait été telle, qu'il n'était pas revenu à la tannerie pendant deux jours. Devant l'insistance de sa fille et de son épouse, qui avait toujours prôné qu'elle ne se mêlerait jamais des affaires de cœur de ses enfants, il avait fini par se résigner.

Gerremi était persuadé que, pour se rassurer, il se répétait sans cesse que leur union serait passagère. Après ses dix-huit ans, Yasmina choisirait sûrement un homme de bonne condition sociale, à l'instar de sa grande sœur. Cette pensée le fit grimacer.

À quelques mètres du Maire, du Seigneur Korle et de leur cour, un groupe de bardes payé par la famille Téjar tout entière faisait virevolter les villageois au son du tambourin, du flûtiau et du luth. Parmi les quelques danseurs, Gerremi reconnut Yasmina. La jeune fille avait noué ses cheveux en une longue tresse qu'elle faisait tourbillonner au rythme de ses mouvements gracieux.

Enendel, pour sa part, était assis sur une chaise, le plus loin possible de la piste de danse. Gerremi se hâta de le rejoindre.

— Tu ne danses pas ? le taquina-t-il.

— Tu es fou ! J'ai deux pieds gauches. En tout cas, Yasmina s'en donne à cœur joie.

Gerremi prit une chaise et s'installa à côté de son ami. À vrai dire, lui non plus n'aimait pas la danse. Il se demanda s'il devait parler de son malaise et de sa vision à Enendel, puis il jugea préférable d'attendre le lendemain. C'était sa fête d'anniversaire, pourquoi la gâcher en ressassant de mauvais souvenirs ? Pourtant… un léger coup de coude le tira de ses pensées.

— Par tous les Dieux ! Regarde qui est là !

Gerremi tourna les yeux vers la piste de danse. Non loin de Yasmina, une silhouette de grande taille semblait chercher quelqu'un du regard.

— Quelle horreur, Veruka ! poursuivit Enendel en grimaçant.

Lorsqu'elle reconnut Yasmina, elle se précipita à sa rencontre et s'engagea dans une discussion apparemment passionnée.

— De quoi parlent-elles à ton avis ? demanda Gerremi.

Enendel fit semblant de réfléchir.

— Je ne sais pas, ironisa-t-il, des garçons... ou du professeur Posay, tu te souviens ? Je crois qu'elle en était amoureuse.

— En parlant du professeur Posay, fit remarquer Gerremi, je l'ai vu tout à l'heure. Il est venu assister à ma fête.

Le jeune homme échangea un regard dégoûté avec Enendel puis il éclata de rire. Le professeur étant célibataire – aucune femme n'avait dû apprécier son caractère explosif –, Veruka allait sûrement profiter de la fête pour s'en rapprocher.

M. Posay était un ancien soldat reconverti dans l'enseignement des mathématiques. Sévère et injuste, il faisait l'objet de nombreuses critiques de la part de ses élèves.

Un jour, Veruka, ne pouvant supporter qu'on se moque d'un « mâle aussi viril », avait eu le malheur de dire à la classe qu'il était loin d'être aussi affreux qu'on le supposait et que, malgré son âge avancé, ses muscles saillants le rendaient très séduisant. Il ferait sans nul doute un excellent mari.

Les deux amis furent rejoints par Yasmina quelques minutes plus tard. Elle jetait sans cesse des regards furtifs derrière elle, de peur que Veruka ne la suive. Heureusement, leur camarade était en pleine opération de séduction avec un soldat du village. À en juger par le regard gêné que le militaire lui lançait, sa prétendante n'était pas du tout à son goût.

— Je ne la supporte plus, se plaignit Yasmina.

— N'y prête pas attention, conseilla Enendel, va plutôt manger quelque chose.

Il désigna, d'un signe de tête, le banquet rempli de mets appétissants et se dirigea d'un pas rapide vers la nourriture.

Gerremi esquissa un léger sourire. Personne ne pouvait détrôner Enendel lorsqu'il s'agissait de se remplir le ventre. L'Elfe avait un appétit d'ogre et, à la plus grande frustration de ses camarades, il ne grossissait jamais. Peut-être était-ce dû à l'entraînement intensif qu'il s'imposait chaque jour ou à son origine elfique ?

Comme Gerremi s'y attendait, son ami revint avec un plateau plein à craquer.

Le jeune homme s'apprêtait à se lever pour satisfaire son appétit lorsqu'il entendit une voix doucereuse s'élever dans son dos. Il se retourna et découvrit…

— Veruka ! s'exclama-t-il d'un ton faussement réjoui.

— Bon anniversaire, mon beau Gerremi, oh, il y a Enendel !

La jeune fille soupira et entortilla une mèche de cheveux autour de son doigt. Une attitude qu'elle voulait séduisante, mais qui n'avait pas le moindre effet sur eux.

— Maman a enfin décidé de me marier, et sais-tu qui elle désire me prendre pour époux ?

— M. Posay ? chuchota Enendel.

Gerremi dut faire un effort considérable pour ne pas éclater de rire.

— Viens-voir, Gerremi, c'est un secret.

Le jeune homme s'éloigna en compagnie de Veruka, ignorant les regards moqueurs que lui jetaient quelques anciens camarades de classe venus à la fête.

— Enendel.

Cette révélation fut suivie d'un horrible gloussement de la part de la jeune fille. Lorsque l'image d'Enendel demandant la main de Veruka lui vint en tête, Gerremi ne put réprimer son fou rire. Même si la jeune fille ignorait la raison pour laquelle son camarade s'esclaffait, elle rigola à son tour.

Gerremi regretta rapidement sa moquerie. Sa voisine, tout sourire, avait les yeux tournés vers lui. Les rires, comme les chuchotements, avaient un don indéniable pour attirer son attention. Le jeune homme la voyait déjà raconter à tous les villageois qu'elle croiserait, le lendemain :

— Le « petit » Gerremi a enfin trouvé la femme de ses rêves : la douce Veruka. Je savais que sa relation avec Yasmina toucherait à sa fin lors de son passage à l'âge adulte. Ils ne sont pas de même condition sociale. Un fils de forgeron n'épouse pas une bourgeoise.

Gerremi se recula lorsque Veruka approcha son visage surmaquillé du sien :

— Tu pourras lui demander s'il accepte de me prendre pour femme ?

— Ah ! Gerremi Téjar !

Le jeune homme sursauta. Le Maire du village, qui avait réussi à échapper à la supervision de son épouse, venait à sa rencontre.

Il salua Veruka d'une voix pâteuse et donna une tape amicale sur l'épaule de Gerremi.

— Joyeux anniversaire, mon grand ! Alors, tu n'as pas eu de surprises aujourd'hui ? Avec un…, quelqu'un comme toi, on doit s'attendre à des étincelles ou à des explosions…

Gerremi le regarda avec des yeux ronds tout en luttant pour retenir une crise de fou rire. Le Maire avait dû ingurgiter une bonne dizaine de pichets pour lui tenir des propos aussi incohérents.

— Seigneur Mart ! – le Maire fit volte-face et se retrouva face à Ténim – pardonnez-moi d'interrompre votre conversation, mais votre épouse vous cherche.

Messire Mart grimaça. Il n'avait visiblement aucune envie de retourner auprès de sa femme.

Lorsque son regard croisa celui de son épouse, il poussa un grognement et baissa la tête. Dame Mart le prit par le bras et l'entraîna loin de Gerremi et de son père, en pestant contre son manque de tenue.

Ténim s'autorisa un soupir de soulagement.

— J'espère qu'il ne t'a pas importuné, glissa-t-il à son fils, Messire Mart n'est jamais le dernier à faire la fête, mais ce soir, il s'est un peu trop laissé aller sur l'alcool.

— Non, rassure-toi, papa, c'était très comique.

Autour d'eux, la fête battait son plein. La piste de danse était remplie et la bière coulait à flots. En à peine deux heures, le banquet fut entièrement englouti.

Syrima s'avança au milieu de la foule et monta sur une table. Au même instant, les musiciens cessèrent de jouer, les villageois de boire, de discuter ou de danser. Tous les regards se tournèrent vers elle.

— Chers amis d'Istengone, je vous remercie d'être venus aussi nombreux à notre fête ! Vous êtes des invités formidables ! Maintenant que la bière a afflué dans vos pichets – cette remarque fut saluée par une centaine de cris de joie –, et que le banquet est enfin vidé, nous pouvons apporter les desserts. Et, bien entendu, une nouvelle cuvée venant de la cité d'Aneters ! J'espère que vous avez encore faim et soif !

Une acclamation fut poussée par l'ensemble des invités. Les adultes levèrent et entrechoquèrent leurs chopes. Le Maire faillit tomber par terre en frappant son pichet contre celui de son adjoint. Son épouse le redressa aussitôt.

On installa les nouveaux tonneaux et on apporta les gâteaux. Le plus grand d'entre eux mesurait au moins deux mètres. Gerremi esquissa un sourire de fierté. À présent, il avait totalement oublié la menace de Morner et sa vision. Même la présence de Veruka avait cessé de l'importuner.

Lorsque le dessert fut consommé, ce fut le tour des cadeaux. Le premier présent que reçut Gerremi était une très belle épée. Deux dragons entrelacés s'enroulaient autour de la fusée. Leurs ailes finement sculptées se déployaient pour former le quillon. À la lumière des lampions, la lame semblait briller d'une agréable couleur orangée. Le fourreau qui la contenait était orné de runes dorées et argentées.

Gerremi exécuta quelques moulinets avec et fut étonné de constater à quel point elle était légère. À présent, le jeune homme savait ce que son père avait tenté de lui dissimuler à la forge.

— Elle s'appelle Edrasmée, la lame du feu, expliqua Ténim. Une épée maniable, souple et rapide, d'une qualité inestimable. Tu ne trouveras pas meilleure lame.

— Tu dis ça parce que tu l'as forgée toi-même papa, le taquina Kaël.

Gerremi sourit et remercia chaleureusement son père. Le regard empli de fierté, il attacha le fourreau à sa ceinture. Ce n'était pas pour rien que Ténim était reconnu comme le meilleur forgeron d'Istengone. Le jeune homme remarqua qu'Enendel regardait Edrasmée avec des yeux pétillants d'envie.

Gerremi reçut également, de la part de Kaël et de Kara, une carte de la Terre des Mondes et une autre de l'Empire d'Hesmon. Ses grands-parents lui offrirent une collection de romans historiques, Yasmina, un pendentif en or, et il reçut un superbe cadran solaire de la part d'Enendel.

Fédric, quant à lui, avait acheté une statuette de prière à l'effigie de Tyfana, la Déesse de la Terre et la protectrice de la famille Téjar, et deux romans.

Le dernier cadeau fut sans doute le plus inattendu. C'était un très beau manuscrit intitulé *Controverses historiques hesmonnoises*, offert par M. Leryn, son professeur d'Histoire. Ce dernier l'avait toujours apprécié pour le travail sérieux et rigoureux dont il faisait preuve en classe.

— Garde-le précieusement, lui enjoignit l'enseignant, je l'ai acheté à un érudit de la Cité Impériale. Il traite de sujets que l'on n'étudie pas à l'école et de thèses assez controversées. Je ne t'en dis pas plus, tu le découvriras par toi-même.

Gerremi s'empressa de remercier tout le monde, puis la fête toucha à sa fin. Seuls quelques invités restèrent pour aider la famille à tout ranger.

Chapitre 3
Le Dragon

Lorsque Gerremi monta se coucher, le souvenir de sa vision l'assaillit de nouveau. Il en ignorait la raison, mais il avait l'impression que quelque chose d'anormal était sur le point de se produire. Cette pensée le tourmenta tant, qu'il décida de dormir avec le fourreau d'Edrasmée à ses côtés. Il savait que c'était ridicule, mais la présence de l'épée le rassurait.

Il ne sombra que très tard dans un sommeil agité. Il rêva qu'il se promenait au beau milieu d'une forêt inquiétante. Les rares rayons de lune filtrant à travers le feuillage des arbres créaient des ombres étranges tout autour de lui.

Le chemin sur lequel Gerremi se trouvait était à l'abandon, recouvert de végétaux et de ronces.

Soudain, son corps fut parcouru de frissons. Une douleur fulgurante lui arracha l'épaule droite. Aveuglé par le mal, il se prit les pieds dans une racine et atterrit lourdement sur le sol.

Quand Gerremi se releva, son sang se glaça dans ses veines. Il était réveillé… mais pas du tout à l'endroit où il aurait dû être. Il était en plein cœur d'une forêt plongée dans les ténèbres de la nuit. Exactement comme dans son rêve.

Le jeune homme, incrédule, regarda frénétiquement autour de lui. Les arbres qui l'entouraient semblaient le pointer de leurs branches menaçantes, comme s'ils se moquaient de sa présence incongrue. Comment avait-il pu quitter son lit et atterrir ici ? C'était insensé !

— Calme-toi, ce n'est qu'un cauchemar, tenta-t-il de se rassurer, tout sera bientôt terminé et tu te retrouveras dans ta chambre.

L'ululement d'une chouette le fit sursauter. Son pied gauche se prit dans une crevasse et il bascula en arrière. Il poussa un cri lorsque son séant heurta violemment le sol.

Une rivière de sueur froide lui coula dans le dos. La douleur était trop réelle pour appartenir à un songe. Non, son cauchemar n'était pas près de se terminer…

Gerremi respira un grand coup. S'il voulait avoir une chance de comprendre comment il avait atterri dans cette forêt sinistre, il fallait qu'il se maîtrise et qu'il prenne le temps de réfléchir. Il s'était endormi dans sa chambre, il avait rêvé d'une promenade nocturne dans ces bois, puis il s'y était réveillé. Avait-il été victime de somnambulisme ? C'était la solution la plus probable, même si, de mémoire, il n'avait jamais été somnambule. Quoi qu'il en soit, si c'était le cas, il n'avait pas pu se déplacer loin de sa maison. Elle devait être toute proche.

Cette pensée lui redonna un peu d'espoir. Il lui suffirait de rebrousser chemin pour regagner le domicile de ses parents.

Il alluma une torche à l'aide de son briquet-silex, dont il ne se séparait jamais, et sursauta. Le fourreau d'Edrasmée reposait à ses pieds. Il ignorait comment il s'était retrouvé là, mais ce constat lui redonna une mince lueur d'espoir. Au moins, il ne serait pas sans défense au cœur de cette folie.

Tout en attachant son arme à sa ceinture, le jeune homme pria intérieurement pour ne pas faire de mauvaises rencontres. Ses compétences d'escrime étaient très médiocres. Même s'il avait une arme de qualité entre les mains, il ne ferait pas long-feu face aux bêtes sauvages.

Malgré la lumière de la torche et de la lune, s'orienter dans la nuit était un exercice très compliqué. La panique gagna Gerremi une dizaine de minutes plus tard, lorsqu'il s'aperçut qu'il ne voyait toujours pas la sortie de la forêt.

Le sang bouillonnant de peur et de désespoir, il s'assit sur une souche et respira profondément pour calmer ses émotions. Perdu ou pas, il ne pouvait pas rester ici, à la merci des loups ou des ours. Il lui fallait progresser.

Le jeune homme s'apprêtait à faire demi-tour – quelle autre option s'offrait à lui, de toute manière ? – lorsqu'une lumière orangée s'avança dans sa direction. Quelqu'un venait à sa rencontre... Un étau de peur lui enserra le cœur lorsque l'image du brigand s'imposa à lui.

Gerremi éteignit sa torche et s'empressa de mettre le maximum de distance entre la lumière et lui en coupant à travers bois. Il avança à l'aveuglette, empêtré dans les ronces et les fougères. Il trébucha à plusieurs reprises sur les racines ou les souches moisies disséminées çà et là.

Après une ou deux minutes de course effrénée, il déboucha sur une vaste clairière.

Lorsque Gerremi se retourna, il constata avec soulagement que la lumière avait disparu. Apparemment, le brigand ne l'avait pas suivi.

Le jeune homme reporta son attention devant lui. La sculpture de pierre en forme de trône qui se tenait au centre de la trouée lui était chaleureusement familière. Enfant, il l'avait souvent escaladée.

Il s'autorisa un soupir de soulagement. Il se trouvait dans la Clairière d'Erasmok, au beau milieu du bois de Chir, situé derrière le village.

Gerremi se remit en alerte comme l'image de la torche lui revenait en mémoire. S'il était certain qu'il ne s'agissait pas d'un brigand – aucun bandit ne sillonnait le bois de Chir –, il ne souhaitait pas se retrouver face à cet individu pour autant.

Il jeta un coup d'œil à travers les arbres pour voir si l'inconnu s'y trouvait encore, mais tout semblait tranquille. Seuls les cris d'animaux et le bruit du vent dans les branches étaient perceptibles.

Au moins, maintenant, il savait comment rentrer chez lui. Enfin... pas vraiment. La forêt était si différente, la nuit, qu'il faillit louper l'étroit sentier menant à l'allée principale.

Gerremi s'était à peine éloigné de la trouée, que l'atmosphère se refroidit brutalement. Le jeune homme remarqua avec horreur qu'une flaque de boue, située en bordure du chemin, s'était couverte de glace. Un frisson lui traversa le corps.

Lorsqu'il détourna son attention de la flaque gelée, il put constater qu'un silence pesant et anormal s'était abattu sur la forêt. Le bruit du vent dans les arbres, les cris d'animaux, le bruissement des feuilles... tout son avait cessé.

Un épais brouillard se leva, empêchant de voir à plus de trois mètres. Il était désormais impossible pour Gerremi de s'orienter. Le sang du jeune homme se glaça. Il dégaina Edrasmée et la brandit d'une main tremblante.

Un léger sifflement se fit entendre sur sa gauche puis une silhouette fantomatique, munie d'une épée courbe, se découpa entre deux arbres. À peine Gerremi eut-il aperçu la chose, qu'une brise glaciale se mit à souffler. Le jeune homme tenta de reculer vers la clairière, mais il glissa sur une plaque de glace et tomba à terre dans un bruit sourd. Son épée lui échappa des mains.

Gerremi se massa les côtes et fixa la silhouette, les yeux révulsés. L'ombre n'avait pas de visage ni de pieds. Son corps immatériel, entouré d'une onde violette, glissait lentement sur le sol gelé.

Rassemblant tout son courage, le jeune homme ramassa son arme et se releva.

— Qui êtes-vous ? Que faites-vous ici ? balbutia-t-il.
Une voix glaciale, inhumaine, s'éleva dans les airs.
— Je suis le chevalier de Dimago. Je combats sous les ordres de Sa Majesté, Isiltor Trémior. Je pourrais te tuer, petit paysan, mais tu me sembles si frêle que je ne tirerai aucune satisfaction de ta mort. Je vais donc te faire une faveur et te laisser en vie. Je veux juste que tu t'arranges pour faire passer le message suivant à ton Empereur : la fin de son Empire est proche. Morner arrive et avant le prochain mois de Claralba[1], la guerre vous aura détruits. Nous frapperons bientôt et très fort. Disparais à présent !

Gerremi avait peine à croire ce qu'il entendait. Comment une créature de Morner avait-elle réussi à franchir les frontières de son Empire ?

Tout en luttant pour ne pas laisser la peur reprendre le dessus, il fixa le Spectre sans ciller.

— Jamais Morner ne prendra possession de ces terres, lança-t-il sur un ton de défi.

Le monstre fut pris d'un fou rire sinistre.

— Écarte-toi de mon chemin, vermine, ou tu goûteras au tranchant de ma lame.

Pour intimider son ennemi, la créature fit quelques moulinets avec son épée. Un rayon de lune vint frapper l'arme qui s'illumina d'une étrange lueur blanchâtre.

— Arrière ! Ne le touche pas !

Le Spectre se retourna et para la lame qui s'abattait vers son crâne. Un homme en armure de cuir venait de surgir derrière le monstre.

---

[1] Des annexes sont disponibles à la fin du livre pour plus d'explications sur les mois et les jours en Terre des Mondes.

Dans un cri de rage, l'ombre fit pleuvoir une série de frappes plus mortelles les unes que les autres sur son adversaire. L'homme les para sans difficulté majeure. Ses mouvements fluides, tout en technique et en souplesse, attestaient une expérience considérable en matière d'escrime. Il faisait danser sa lame avec tant de grâce que, si la situation n'était pas aussi catastrophique, Gerremi aurait pris beaucoup de plaisir à le voir combattre.

Le Spectre, plus puissant, mais également plus lent, faisait preuve d'autant d'aisance. Le combat était si serré que le jeune homme était incapable de dire qui avait l'avantage.

Alors que le monstre exécutait un enchaînement de feintes et de frappes, un flash lui jaillit à la figure. Gerremi porta une main à ses yeux éblouis. Un deuxième éclair de lumière fusa sur le Spectre qui poussa un hurlement déchirant.

Il y eut une nouvelle série de flashs, puis la forêt fut plongée dans les ténèbres.

La rétine brûlante, Gerremi trébucha sur une racine. Une main ferme le retint juste avant qu'il ne tombe et le redressa.

— Tout va bien, Gerremi, la créature est partie.

Le garçon se frotta les yeux et jeta un bref coup d'œil autour de lui. La température était redevenue normale et la forêt avait retrouvé ses bruits nocturnes habituels.

Le guerrier alluma une torche, dont la lumière permit à Gerremi d'identifier son visage. Cette barbe épaisse, cette cicatrice sur la joue gauche… il s'agissait du Seigneur Korle. L'homme que tous les jeunes garçons prenaient comme modèle.

Messire Korle avait longtemps servi comme capitaine dans l'Armée hesmonnoise, jusqu'à ce qu'une blessure importante à la cuisse le contraigne à démissionner. Il avait alors rejoint son épouse, la Prêtresse Irinda, à Istengone et s'était reconverti dans l'Alchimie. Malgré tout, il n'avait jamais cessé de pratiquer l'escrime.

Gerremi nota que son sauveur portait une besace. Il devait être en pleine récolte lorsqu'il avait repéré sa torche. Messire Korle avait beau être noble, rien ne lui procurait plus de plaisir que de se promener en forêt pour admirer la nature et récolter des ingrédients alchimiques.

Gerremi savait désormais à qui appartenait le flambeau qu'il avait fui, peu après son arrivée dans les bois.

— Je vous remercie de m'avoir sauvé de cette chose, Messire. Elle m'a dit qu'elle vient de Morner et qu'elle est ici pour nous faire comprendre qu'on sera attaqués très prochainement. Vous, ou votre épouse, avez déjà entendu parler de ces Spectres ?

— Non. J'ignorais que de telles horreurs existaient. Nous devrions rentrer au village, Gerremi. Il n'est jamais bon de se promener en forêt si tard.

Le jeune homme suivait son sauveur en silence lorsque ses jambes se mirent à trembler violemment. Une sensation de fatigue extrême enfla dans son corps. Il se sentait vide, épuisé, comme s'il n'avait pas dormi depuis une semaine entière.

— Gerremi ? Tout va bien ? s'enquit le Seigneur Korle en le voyant tituber.

Gerremi fit non de la tête. Des dizaines de points noirs se mirent à danser devant ses yeux. Il bascula en arrière et sombra dans les ténèbres de l'inconscience.

Lorsqu'il reprit connaissance, le jeune homme était allongé sur un divan, devant une élégante cheminée de marbre.

Il promena un regard circulaire autour de lui, le ventre noué d'angoisse. Il se trouvait dans un petit salon qui lui était totalement inconnu. Une horloge, des tapis de fourrure, quelques divans de haute facture et des étagères basses remplies de livres décoraient la pièce. L'unique fenêtre laissait entrevoir un soleil brillant. Où était-il ?

Lorsqu'il jeta un coup d'œil au cadran de l'horloge, son cœur se mit à battre à tout rompre. Une heure de l'après-midi... il avait dormi tout ce temps ? Ses parents devaient être inquiets...

Le jeune homme s'apprêtait à se lever lorsque la porte s'ouvrit dans un léger grincement.

Une femme d'âge mûr aux longs cheveux blonds lui apporta un plateau garni de nourriture et une tasse de thé fumant. Il reconnut aussitôt Dame Korle, la Grande Prêtresse du village.

— Restez allongé, Gerremi, vous êtes encore faible. Mon époux a prévenu vos parents pour votre mésaventure d'hier. Ils savent que vous êtes chez nous. Je suis ici pour répondre à toutes vos interrogations.

La femme prit place sur un fauteuil placé à quelques pas de son divan.

Les souvenirs de Gerremi lui revinrent brutalement en mémoire. Son arrivée dans le bois de Chir, l'attaque du Spectre, le Seigneur Korle qui lui avait sauvé la vie... Tant de questions se bousculaient dans sa tête, qu'il ne savait par où commencer.

La Prêtresse soupira et plongea ses yeux bleus dans les siens.

— Mon époux m'a raconté votre escapade dans le bois de Chir, hier soir. Vous avez eu beaucoup de chance, jeune homme. Que faisiez-vous là-bas, à une heure si tardive ?

— Je ne sais pas, Prêtresse. Je rêvais d'une promenade de nuit, en forêt et, quelques secondes plus tard, je me suis réveillé en plein milieu du bois.

Gerremi se mordit les lèvres. Son histoire n'avait aucun sens. Un rêve devenu réalité... c'était digne d'un conte qu'on lit aux enfants avant qu'ils aillent se coucher. Et, en y réfléchissant bien, même un somnambule ne pouvait parcourir une distance aussi grande. Il y avait une vingtaine de minutes de marche entre le bois de Chir et la maison de ses parents.

Comme si elle avait lu dans ses pensées, la Prêtresse lui dit d'une voix douce :

— Vous n'avez aucune raison de penser que votre histoire n'est pas valable. Je dirais même que cette escapade involontaire est quelque chose de normal chez un être comme vous.

— Un être comme moi ? s'étonna Gerremi.

— Oui, mon cher, vous avez été marqué à votre naissance par les Dieux.

Le jeune homme porta une main instinctive à son épaule tatouée.

— C'est cela…, ce tatouage de Maezul, ou dragon, en langue commune, fait de vous un être exceptionnel, doté de pouvoirs surnaturels. Vous êtes un Dragon.

Un silence de longue durée s'abattit sur la pièce. Gerremi se surprit à sourire. Avait-il bien entendu ? Dame Korle lui avait réellement dit qu'il était un dragon, comme l'animal mythique, et qu'il possédait des pouvoirs surnaturels ? C'était absurde… s'il avait des dons magiques, ou s'il était une sorte de « *Mazul* », de dragon, des mages se seraient déjà intéressés à son cas. On l'aurait emmené à Edgera, la Cité Impériale, pour qu'il y développe ses pouvoirs.

— Pardonnez-moi, Prêtresse, mais je n'ai jamais montré la moindre aptitude pour une magie quelconque et je n'ai rien d'un dragon.

Dame Korle esquissa un large sourire qui eut le don d'agacer Gerremi.

— Les « Dragons » ne sont pas uniquement les créatures mythiques que vous connaissez. Ce sont également les mages de race humaine. Des êtres bénis auxquels les Dieux ont octroyé la capacité de maîtriser deux éléments de la Nature élémentaire ou de la Nature profonde, propre à chaque être pensant. On les reconnaît grâce au tatouage qu'ils portent sur l'épaule. Leurs pouvoirs leur viennent tout droit des Maezules, une autre appellation pour les dragons animaux. Il y a très longtemps, avant que tous les lézards ailés ne disparaissent de notre monde, les Dragons humains étaient les seuls êtres vivants capables de les dompter. Aujourd'hui, bien que les Maezules aient entièrement disparu, les mages de race humaine ont conservé certains de leurs pouvoirs et une capacité à voler sur un laps de temps très limité.

« À la naissance, toute personne portant un tatouage de lézard ailé sur l'épaule doit être déclarée auprès du Maire de son village ou de l'Intendant de sa Cité. Chaque jeune homme, ou jeune fille, développe ses pouvoirs de Dragon au cours de sa dix-huitième année. On dit qu'aux alentours de dix-huit ans, un Dragon est « mature », c'est-à-dire prêt à développer ses dons. Il doit aller dans une université spécialisée pour apprendre à maîtriser ses pouvoirs. L'Empire vénère les Dragons, c'est un statut très honorifique, croyez-moi.

Gerremi n'en croyait pas ses oreilles. S'il était réellement un *Dragon,* s'il avait été déclaré à sa naissance, pourquoi ses parents ne lui avaient-ils jamais révélé sa véritable nature ? Et si être un Dragon représentait un honneur, pourquoi n'avait-il jamais entendu parler d'eux ?

Dame Korle le fixait avec tant d'intensité qu'il eut l'impression qu'elle lisait la moindre de ses pensées. Il détourna aussitôt le regard. Ses doutes furent confirmés lorsque la Prêtresse reprit la parole :

— Tout d'abord, vous devez savoir que les pouvoirs de Dragon sont héréditaires – les yeux de Gerremi s'arrondirent d'incrédulité. Comment était-ce possible ? Personne dans sa famille ne portait de tatouage similaire au sien – et la plupart de ces gens font partie de la noblesse ou de la bourgeoisie depuis plusieurs générations. Hormis mon époux et moi-même, il n'y a aucun Dragon à Istengone.

— Prêtresse, il y a quelque chose que je ne comprends pas... si je suis un Dragon et que ce pouvoir est héréditaire... pourquoi personne n'a ce don dans ma famille ?

Dame Korle poussa un profond soupir.

— Je ne peux répondre à votre question, j'en suis navrée. Vos parents sauront vous expliquer pourquoi ils ne vous ont jamais rien révélé. Je peux malgré tout vous dire que votre non-ascendance Dragon est au cœur de ce problème.

« Reposez-vous, Gerremi, et mangez quelque chose, ajouta-t-elle en désignant le plateau garni de nourriture d'un signe de la main, vous pouvez rester ici autant de temps que vous le souhaitez.

Elle s'apprêtait à quitter la pièce lorsque le jeune homme formula l'hypothèse qui lui brûlait les lèvres et lui nouait l'estomac :

— Attendez... est-il possible que... l'un de mes parents ne soit pas réellement...

— Rassurez-vous, nous en avons déjà discuté avec vos parents et Messire Mart. C'est l'une des premières hypothèses que Monseigneur le Maire a émise lorsque vous avez été déclaré, à votre naissance, mais je peux vous confirmer que vous êtes bien le fils de M. et Mme Téjar.

Chapitre 4
Le départ

Gerremi prit congé de Dame Korle aux alentours de trois heures de l'après-midi. Exceptionnellement, son père n'était pas à la forge. Il attendait le retour de son fils dans le salon, avec son épouse.

Le jeune homme nota que sa mère avait les yeux rouges de chagrin. Elle avait, visiblement, passé une bonne partie de la journée à pleurer.

— Nous sommes désolés pour ce qui s'est passé cette nuit, murmura-t-elle d'une voix brisée, ton escapade dans la forêt… le Seigneur Korle est venu nous voir ce matin, il nous a tout expliqué. Nous avons également eu la visite du Seigneur Mart.

— Le Maire… est venu ici ? s'étonna Gerremi.

Son père opina d'un signe de tête.

— Tu dois sûrement savoir que tout enfant qui naît avec une particularité doit être signalé auprès du Maire de son village ou de l'Intendant de sa Cité. Cela fut le cas pour toi. Puisque tu portais ce tatouage sur l'épaule à ta naissance, nous avons dû te faire déclarer… c'est là que nous avons appris ce que tu étais, même s'il y avait un léger souci. Le Seigneur Mart ne comprenait pas comment tu pouvais être un Dragon si personne ne l'était dans la famille de ta mère ou dans la mienne. Il a tout de même accepté de te recenser. Le tatouage était authentique. Il nous a simplement demandé de ne rien te révéler sur ta nature de Dragon. Il voulait voir de ses propres yeux si tes pouvoirs allaient se développer normalement et si tu pouvais prétendre aller à l'université d'Edselor, là où l'on forme les Dragons, lorsque tu aurais achevé ton cycle secondaire. Le Seigneur et la Dame Korle ont également reçu l'ordre de ne pas mentionner leurs pouvoirs devant toi.

— Avant ta naissance, j'ignorais que les Dragons existaient, expliqua Syrima, je savais qu'Hesmon comptait quelques mages, mais j'ignorais qu'ils se nommaient « Dragons ». Nous n'avons aucun livre sérieux là-dessus dans la bibliothèque, hormis quelques romans fantastiques. Avec l'accord de Messire Mart, je me suis arrangée pour que personne ne puisse les lire.

« Lorsque, à ta naissance, Monseigneur le Maire nous a révélé ce que tu étais, nous avons été bouleversés. Avec ton père, nous nous sommes renseignés de notre mieux sur les Dragons. Leurs pouvoirs sont aussi puissants que dangereux. Non maîtrisés, ils peuvent t'entraîner dans des situations très critiques, comme hier soir. Ils se manifestent involontairement sous l'effet d'une émotion intense, telle que la colère ou la peur.

Syrima essuya une larme qui perlait au coin de son œil.

— J'aurais cent fois préféré que tes pouvoirs ne se développent jamais. Je l'ai toujours espéré, mais maintenant qu'ils sont là, nous n'avons plus le choix. Il faut que tu partes à Edgera pour apprendre à maîtriser ton *don,* si on peut l'appeler comme ça.

Elle se dirigea vers le buffet du salon et en sortit deux lettres.

— Il y a une lettre du Maire et de la Prêtresse, qui t'autorisent à intégrer l'École Edselor, et une lettre de la Directrice de cette université, qui t'explique tout ce que tu dois savoir pour la rentrée. J'aurais tellement aimé les brûler…

Ténim leva les yeux au ciel et soupira. Son épouse le foudroya du regard, mais il veilla à n'y prêter aucune attention.

— Je ne suis pas d'accord avec ta mère. Ton pouvoir est une bénédiction, mon fils. Les Dragons ont une place de choix dans l'Armée ou dans tous les postes haut placés. Tu pourras avoir une carrière aussi brillante que celle de Fédric. En plus, Edselor est très bien cotée, c'est sans doute la meilleure université de l'Empire. Je me suis bien renseigné à ce sujet. J'aurais simplement préféré que tu découvres ton don dans de meilleures circonstances.

Syrima donna les lettres à son fils. Gerremi apprit que la rentrée s'effectuerait le 1er de Greana, comme dans n'importe quel établissement scolaire, mais que les élèves devaient être présents, au minimum, deux jours avant pour finaliser leur inscription. S'ils venaient de loin, l'université pouvait accueillir les étudiants dès la mi-Lalize. Une chambre leur serait réservée au sein du pensionnat.

Gerremi relut plusieurs fois les missives avec un profond sentiment d'amertume.

— Je ne veux pas y aller, acheva-t-il, si Messire Mart a toujours refusé de me dire que je suis un Dragon, c'est qu'il y a une raison. Je n'ai pas ma place dans cette école. Les pouvoirs de Dragon se transmettent de génération en génération, vous pensez sincèrement qu'on va me laisser une chance, là-bas ? Je serai vu comme un paria ! Je veux partir pour Aneters et y étudier l'Histoire. Je me fiche qu'Edselor soit bien cotée !

— Silence ! hurla Ténim.

Il accompagna ses paroles d'un coup de poing porté sur la table. Syrima sursauta. Gerremi se tassa sur sa chaise.

Ténim se mettait très rarement en colère, mais lorsqu'il laissait éclater sa rage, il valait mieux s'abstenir de le contrarier.

— Tes paroles me font honte ! Tu es un homme, pas un enfant ! Tu iras dans cette école la tête haute et sans rechigner, nous ne te laissons pas le choix. C'est non seulement une nécessité, mais également un devoir. Tu dois avant tout honorer ta famille.

Syrima voulut rebondir sur les paroles de son mari, mais Ténim la fit taire d'un signe de la main.

— Il te faut environ trois semaines de marche pour atteindre Edgera, continua-t-il d'un ton plus posé, je pense que tu devrais partir à la fin du mois de Claralba. Si je le peux, je t'accompagnerai, mais j'ai beaucoup de travail et ta mère aussi. À partir de la semaine prochaine et jusqu'en Greana, c'est elle qui s'occupe de la bibliothèque.

Ténim s'arrêta un instant et posa sa main sur l'épaule de son fils.

— Dis-toi que tu as beaucoup de chance d'étudier dans une école visiblement très prestigieuse. Peu de familles modestes, originaires de petits villages, peuvent se vanter d'avoir intégré les grandes universités de la capitale. Je suis fier de toi, mon fils.

Il lui tapota affectueusement l'épaule et sortit de la cuisine pour aller travailler. Syrima, quant à elle, s'empressa de ranger la vaisselle qui traînait.

Les dernières semaines que Gerremi passa à Istengone furent très chargées. En plus des préparatifs de son voyage, son père lui imposait de nombreuses séances d'escrime et Dame Korle passait des heures entières à lui enseigner ce qu'étaient les Dragons. Elle avait également décidé de lui apprendre la méditation pour lui permettre de contrôler ses émotions et de ne plus être victime de ses pouvoirs. Un exercice que le jeune homme maîtrisait plutôt bien et qui lui apportait beaucoup au quotidien.

Grâce à Dame Korle, Gerremi apprit que chaque Dragon possédait deux « signes », c'est-à-dire deux catégories de pouvoirs. En tout, il y avait vingt-trois signes : le Feu, l'Eau, le Bois, la Foudre, l'Insecte, la Terre, la Lune, le Soleil, le Poison, le Spectre, l'Esprit, la Magie, la Force, les Excréments, la Glace, le Métal, l'Enfer, la Pierre, le Foyer, le Vent, les Sentiments, le Papier et le Sang. Grâce à son tatouage, Gerremi savait qu'il était de signe Eau et Feu.

— Les signes des Dragons sont complémentaires, expliqua la Prêtresse, et reflètent l'âme de leur porteur. Mon signe Papier symbolise la créativité et la volonté d'innover, mon signe Foyer représente l'altruisme et la bienveillance. En ce qui vous concerne, Gerremi, je peux vous assurer que votre combinaison est très improbable. Le Feu et l'Eau ne sont pas des éléments compatibles. Dans la nature, tout les oppose. Si l'on en croit leur signification, ils font malgré tout de vous une personne déterminée, passionnée, intuitive et créative.

— Mes signes ne sont pas compatibles ? s'enquit Gerremi.

— Je n'ai jamais entendu parler de Dragon possédant cette combinaison, non. Mais rien ne m'étonne chez vous. Vous êtes une personne exceptionnelle… jusque dans votre ascendant. Je n'avais encore jamais entendu dire qu'un Dragon dont l'ascendant est l'Esprit pouvait se téléporter.

Devant le regard interrogateur de Gerremi, la Prêtresse ajouta :

— En plus d'avoir deux signes, chaque Dragon possède un ascendant, également appelé « compagnon de route » ou « troisième signe », qui lui octroie un don supplémentaire, plus puissant et aux effets plus durables que les pouvoirs de ses signes principaux. Comme je vous l'ai dit à l'instant, le vôtre est très original.

— Est-ce que vous allez m'apprendre à contrôler mes pouvoirs ? Au moins me donner quelques bases ?

La Prêtresse lui lança un regard désolé.

— Vous avez des pouvoirs très atypiques, Gerremi, il vaut mieux que vous appreniez à les maîtriser en toute sécurité, auprès de professeurs qualifiés. Nous nous contenterons de la méditation.

Cette réponse emplit le jeune Dragon de désespoir. Les séances de méditation l'aideraient peut-être à mieux se contrôler, mais elles ne lui permettraient pas de savoir comment réagir si ses pouvoirs se manifestaient à ses dépens. Avant d'arriver à Edgera, il devait entreprendre un long voyage de trois semaines. Que lui arriverait-il s'il se téléportait dans un endroit inconnu, loin de la route qu'il devait prendre ? Même si Enendel était à ses côtés – son ami avait décidé de l'accompagner pour s'engager dans l'Armée Impériale –, ses pouvoirs non maîtrisés représentaient un grave danger.

Le jour du départ, Gerremi se réveilla aux premières lueurs de l'aube. Le ventre noué d'angoisse, il s'habilla rapidement et avala d'une traite son petit déjeuner, sous l'œil larmoyant de sa mère qui ne cessait de rabâcher les mêmes recommandations.

— As-tu pensé à prendre assez de nourriture pour le voyage ? Tu as ta carte ? Ton épée ? Les bourses que nous t'avons laissées ? Surtout, garde-les cachées pour ne pas attirer les voleurs. Tu as tes lettres d'admission ? Tu penses à nous écrire régulièrement… et, surtout, n'oublie pas tes exercices de méditation pour ne pas déclencher tes pouvoirs. Oh… pourquoi est-ce qu'on ne peut pas t'accompagner ?

— Porte toujours Edrasmée sur toi, ajouta Ténim, rappelle-toi les enchaînements de techniques que je t'ai appris et souviens-toi : ne montre pas ta peur et ne tourne jamais le dos à un ennemi. Tu ferais une proie facile.

Gerremi soupira. Il avait dix-huit ans, il était un adulte, désormais. Ses parents ne lui feraient-ils donc jamais confiance ?

— Ne vous faites aucun souci, tenta-t-il de les rassurer pour la énième fois, j'ai tout ce dont j'ai besoin et je ne suis pas seul. Enendel part avec moi. Je vous enverrai une lettre dès que nous aurons quitté la forêt d'Astéflone et atteint le village d'Eyon.

Lorsqu'il arriva sur la Grand Place, le jeune homme fut agréablement surpris de constater que nombre de villageois étaient venus lui dire adieu. Sa mère avait probablement fait savoir à qui voulait bien l'entendre que son fils s'apprêtait à quitter Istengone pour ne jamais y revenir. Peut-être espérait-elle ainsi lui donner un peu de courage avant d'affronter trois longues semaines de voyage…

Parmi les gens assemblés, il y avait ses voisins, le Maire d'Istengone, le Seigneur et la Dame Korle, quelques camarades de classe – dont Veruka qui faisait de grands signes d'adieu – et M. Leryn, son professeur d'Histoire. Ce dernier lui posa une main amicale sur l'épaule.

— Lis attentivement le livre que je t'ai offert, lui enjoignit-il, tu en auras besoin à l'avenir. Fais attention à Edselor.

— Vous connaissez Edselor ?

— J'en ai entendu parler. C'est une très bonne école, mais elle a aussi ses limites. Ses élèves et ses professeurs sont des nobles ou des bourgeois, pour la plupart. Certains ont l'esprit étriqué. Reste toi-même et n'oublie pas d'où tu viens. C'est important.

Le jeune Dragon le remercia tout en acquiesçant d'un signe de tête.

— Gerremi !

Il sursauta et fit volte-face. Yasmina se jeta dans ses bras. Deux cascades de larmes ruisselaient sur son visage. Il la serra de toutes ses forces.

— L'année prochaine, murmura-t-elle, le jour de mes dix-huit ans, j'irai te rejoindre là-bas.

Gerremi grimaça et s'appliqua à réfréner la peur et la tristesse qui montaient en lui. Si son entrée à Edselor le tourmentait, l'idée de quitter Yasmina le terrifiait. Il pouvait se passer tant de choses en un an... M. Elborn verrait probablement son départ comme une bénédiction, le moyen de trouver un autre prétendant pour sa fille, issu d'une famille plus aisée. Et s'il promettait Yasmina au fils d'un grand bourgeois ou d'un Seigneur ? Si sa petite amie décidait elle-même de se tourner vers un autre garçon, issu de meilleure famille ?

Le jeune Dragon se força à contrôler sa respiration. Libérer sa peur ne lui vaudrait que des ennuis.

Lorsqu'il embrassa Yasmina, une dernière fois, un étrange pressentiment s'empara de lui, comme si ce baiser était le dernier qu'il pourrait lui offrir. Gerremi frissonna et s'efforça de chasser cette pensée amère. « Ce n'est que le fruit de mon imagination, Yasmina est folle de moi », se rassura-t-il.

Enendel fut le premier à s'éloigner de la place du village. Gerremi savait que son ami se réjouissait de ce voyage sans retour. Depuis déjà un an, le jeune Elfe n'aspirait qu'à quitter le village d'Istengone pour partir mener sa propre vie. Il voulait découvrir l'Empire, avant de s'installer à Aneters ou à Ornégat et de s'engager dans l'Armée Impériale.

Le soleil commençait à décliner lorsque les deux voyageurs atteignirent la lisière de la forêt d'Astéflone. Gerremi frissonna. L'idée de passer trois nuits dans ce bois sombre et mystérieux ne l'enchantait pas du tout.

— Ne t'inquiète pas, le rassura Enendel, cette nuit, nous instaurerons un tour de garde pour dormir. Et puis, si un brigand se montre, je lui décocherai une flèche avant même qu'il n'ait eu le temps de dégainer son épée ou de brandir sa hache.

— Ce ne sont pas les brigands que je crains le plus, il y a des êtres répugnants qui rôdent la nuit dans l'Empire, des choses qui n'ont rien à faire chez nous.

Son sang se glaça dans ses veines lorsqu'il se remémora l'attaque du Spectre, quelques semaines plus tôt. Que deviendraient-ils s'ils croisaient à nouveau le chemin de cette créature ? Le Seigneur Korle ne serait pas là pour les sauver et ses pouvoirs non maîtrisés ne leur seraient d'aucune utilité. Ils ne pourraient compter que sur leur chance et leurs talents d'escrime. Si Enendel avait peut-être un espoir de s'en sortir, Gerremi n'en avait aucun. Le jeune homme serra la statuette de Tyfana dans son poing, tout en priant la Déesse de les garder des Spectres de Morner.

Les deux hommes décidèrent de passer la nuit dans une clairière. Leur maigre campement se composait de leurs sacs de couchage et d'un feu.

Le dîner était tout aussi peu consistant : du pain, du beurre et des carottes qui cuisaient avec une lenteur déconcertante dans la casserole d'Enendel. Comme la chasse s'était révélée désastreuse, ils durent se passer de viande pour la soirée.

Le hurlement d'un loup se fit entendre, au loin. Gerremi frissonna. Peu importe ce que disait Enendel... la nuit ne s'annonçait en rien reposante. Le jeune Dragon espéra que le feu durerait assez longtemps pour repousser les bêtes sauvages.

Chapitre 5
Morner, la mise en marche vers la guerre

Dans la Cité de Phaséas, capitale du Royaume de Morner, un sentiment d'allégresse flottait dans l'air. Les rues habituellement calmes et ordonnées étaient pleines de rires, de danses et de musique.

Depuis le balcon de la plus haute flèche de son palais, le Roi Isiltor observait la fête avec satisfaction. Les temps étaient durs pour les citoyens mornéens et peu propices aux manifestations endiablées. La conquête de la Terre des Mondes, initiée quelques années plus tôt, demandait beaucoup de temps et d'argent. Les impôts avaient doublé et ses sujets travaillaient plus dur que jamais pour participer à l'effort de guerre.

La prise du Royaume d'Échedi avait quelque peu regarni la trésorerie royale, mais ce n'était pas suffisant. Les Mornéens devraient se priver encore quelques années si Isiltor voulait régner en maître sur la Terre des Mondes.

Pour le moment, tout semblait bien parti. Le Royaume d'Échedi, ennemi de longue date, avait été évincé et le nord des Terres de Syrial était enfin sous contrôle mornéen. Litiriale, la Cité la plus influente de ces contrées, s'était récemment rangée du côté de Morner. Le Comte Dorey avait prêté allégeance à Isiltor moyennant promesses de pouvoir et richesses. À la grande satisfaction du Roi, le Seigneur Valer d'Alboner avait suivi son homologue de près.

Les Terres de Stec lui donnaient plus de fil à retordre. Si les sommes d'argent proposées par Morner avaient séduit le Comte de Baud – qui avait demandé une alliance immédiate –, plus de la moitié de ce territoire lui était hostile. Et les Terres de Stec étaient le dernier rempart avant d'atteindre l'Empire d'Hesmon. La revanche qu'Isiltor voulait prendre sur ce peuple de voleurs empêtrés dans leur orgueil devrait encore attendre…

Le Roi pourrait aisément demander à ses alliés de l'Empire du Milieu de marcher sur les Terres de Stec et de les prendre par la force – leurs Cités n'opposeraient que peu de résistance – mais, s'il voulait avoir une chance de détruire Hesmon, réputé pour sa puissance militaire, il avait besoin de beaucoup d'effectifs. Il ne pouvait se permettre de perdre des hommes inutilement. La guerre d'Échedi avait déjà fait beaucoup de victimes.

Il lui faudrait songer à de nouvelles manipulations politiques pour soumettre les Terres de Stec. Une entreprise que le Roi Irmel des Terres de Glace, son nouvel allié, pourrait peut-être l'aider à mener à bien… d'après Esalbar, son Mage personnel, il était réputé pour son esprit affûté et ses talents de stratège.

Les Terres de Glace n'avaient été unifiées que cinq ans plus tôt. À la mort de son père, décédé peu de temps après l'unification, le jeune Roi Irmel avait dû redoubler de détermination et d'ingéniosité pour se maintenir sur le trône, éliminer ses opposants et asseoir son autorité. En moins de quatre ans, les Terres de Glace étaient devenues un royaume prospère et ordonné. Le Roi Irmel serait un allié de premier choix dans la guerre à venir.

— Votre Majesté ?

Isiltor sursauta et fit volte-face. Son majordome venait de pénétrer sur le balcon.

Une nuée de colère s'insinua en lui. Des étincelles électriques crépitèrent au bout de ses doigts. Rien ne lui était plus insupportable que d'être dérangé en pleine méditation. Ses domestiques savaient pertinemment que, lorsqu'il se postait sur son balcon, personne ne devait venir l'importuner. Pourquoi ce bon à rien se permettait-il de l'appeler ?

Les yeux rouges d'Isiltor foudroyèrent le majordome. Ce dernier se mit à genoux, la tête rentrée dans les épaules, et balbutia ses plus plates excuses.

— Je suis désolé de vous déranger, votre Illustre Majesté, je voulais simplement vous informer qu'un espion répondant au nom de Dimgot sollicite une entrevue.

Dimgot... la colère d'Isiltor retomba aussi vite qu'elle était venue. Un sourire dévoilant deux rangées de dents aussi pointues que des lames de poignard éclaira le visage blanchâtre du Roi.

Il ordonna à son domestique de se relever d'un geste de la main.

— Conduis-le à mon bureau. Je l'attendrai là-bas.

Le majordome opina tout en s'inclinant, puis quitta le balcon à reculons.

— Installez-vous, Dimgot, lança Isiltor en lui désignant le fauteuil de velours placé devant son bureau, quelles nouvelles venez-vous m'apporter ?

L'espion s'inclina puis s'éclaircit la gorge.

— Je vous apporte la parole de votre homme basé sur les Terres d'Hérone. Le Duc Arbrone d'Asinine et son épouse ont été assassinés il y a trois jours. Puisqu'ils sont morts sans descendance, ce sera le Seigneur Rector qui prendra la tête du Duché. Le jeune homme est naïf. Le corrompre sera un jeu d'enfant, d'autant plus que le Royaume des Terres de Glace a quelques soutiens au sein la Cour asinienne.

Un large sourire se dessina sur le visage d'Isiltor. S'allier aux Terres de Glace était, décidément, la meilleure décision qu'il n'avait jamais prise. Il ne faisait aucun doute que les assassins du Duc d'Asinine avaient été mandatés par Irmel. Son nouvel allié avait un sens de l'anticipation exceptionnel.

— C'est parfait, approuva Isiltor, je ne pouvais espérer mieux. Si Asinine se range du côté des Terres de Glace, les Terres d'Hérone seront entièrement sous notre contrôle.

— Que ferez-vous des Lutins, Majesté ? Ils représentent plus de la moitié de la population du sud d'Hérone. Ces créatures ne portent pas Morner dans leur cœur. La guérilla de la Forêt de Chonq, il y a cinq mois, a coûté la vie à de nombreux soldats. S'ils ne savent pas se battre, les Lutins sont assez malins pour se faire des alliés redoutables. Ils ont joué un coup de maître en retournant le Centaure Axas et son clan contre nous.

Isiltor balaya ce souvenir amer d'un geste de la main.

— Je me fiche des Lutins, Dimgot, ils sont faibles et leurs tribus ne sont pas unifiées. Les clans de Chonq faisaient figure d'exception. Nous avons peut-être perdu de nombreux soldats au cours de leur guérilla, mais nous les avons finalement écrasés. Les Centaures ont été abattus et les petits hommes ont reçu la punition qu'ils méritent. Ils travaillent dans des camps spécialisés pour participer à l'effort de guerre. Nous n'avons subi aucune révolte de leur part. Lorsque Asinine sera sous mon contrôle, les Lutins y résidant seront transférés dans ces camps où toute rébellion sera matée. Avez-vous des nouvelles de l'Artéfact ?

— Vos contacts travaillent toujours sur la localisation du Trophée de Clairvoyance, Majesté, mais sans grand succès. Personne ne sait où les ancêtres d'Edjéban ont caché l'Artéfact. Nous savons simplement que l'Empereur d'Hesmon n'a jamais pris la peine de reconstituer son Trophée et que les pierres qui le composent doivent être éparpillées aux quatre coins de son Empire. Tout comme ses aïeux, il préfère laisser l'Artéfact dans l'oubli.

Isiltor jura en silence comme une vague de déception engloutissait son cœur. Maudit Serment Sacré ! Pourquoi, à l'aube de l'Ère Troisième, alors que le monde croulait sous les décombres de la Guerre des Trophées, leurs ancêtres avaient-ils juré devant les Dieux, d'un commun accord, que tous leurs descendants mettraient sous silence l'histoire des Artéfacts Divins ? Tout comme lui, Edjéban était lié par le serment.

« Lorsque j'aurai récupéré le Trophée de Clairvoyance, il n'y aura plus aucun serment qui m'empêchera de taire cette partie de l'Histoire. Le monde entier tremblera devant la puissance de Morner. Hesmon ne sera plus qu'un tas de ruines fumantes et plus rien ne pourra m'arrêter », songea-t-il.

— Mais vos hommes ont peut-être une piste, ajouta Dimgot, il se pourrait qu'ils aient localisé l'une des sept Pierres de Vision. Et, s'il s'avère qu'ils ont raison, ce ne sera pas une mince affaire que de la récupérer. Il va leur falloir du temps pour élaborer un plan d'action.

Les yeux rubis d'Isiltor s'animèrent d'une violente lueur d'avidité, son cœur s'emballa. Il désirait si ardemment le Trophée de Clairvoyance… Il respira profondément pour réfréner ses émotions. Un monarque digne de ce nom se devait de garder la tête froide en toutes circonstances. S'emballer ne servait à rien. Ses espions n'étaient même pas sûrs de l'emplacement de la pierre. Reconstituer le Trophée prendrait sûrement des années…

En attendant, il devait se concentrer sur la prise des Terres de Stec et sur le meilleur moyen d'évincer les alliés d'Hesmon pour qu'Edjéban se retrouve seul au combat, lorsque la guerre éclaterait pour de bon.

Hesmon entretenait une alliance militaire et commerciale avec le Royaume d'Evarlas, également réputé pour la puissance de ses troupes. Si Isiltor pouvait priver Edjéban d'un tel allié, la conquête hesmonnoise ne serait que plus facile. Mais se lancer dans une nouvelle guerre n'était pas envisageable pour le moment. Il songea qu'il fallait anéantir cet ennemi de l'intérieur. Les détruire à petit feu, oui, mais comment ?

Chapitre 6
Spectres et Guerrières

« Les détruire à petit feu, oui, mais comment ? »

Gerremi se réveilla en sursaut au son de cette voix glaciale. Une douleur lancinante lui meurtrissait l'épaule droite, comme si son tatouage s'embrasait. Il tremblait de tous ses membres.

— Gerremi, tout va bien ?

Enendel rengaina son épée et s'accroupit à côté de son ami. Une lueur d'inquiétude brillait dans ses grands yeux noirs.

— Je…, je crois… oui…, ce n'était qu'un rêve.

Le jeune Dragon frissonna. Il avait rêvé du Roi de Morner et d'un être à la peau grise, mais il était incapable de se rappeler le sujet de leur discussion. Seule la dernière phrase, prononcée par le souverain démoniaque, restait accrochée à sa mémoire. Il était évident qu'elle concernait l'Empire d'Hesmon et qu'Isiltor s'apprêtait à utiliser un odieux stratagème pour les consumer, avant de les évincer définitivement.

Le cœur battant à tout rompre, Gerremi s'enveloppa de ses bras. Il massa son épaule tatouée qui continuait de le tirailler.

— Il faut qu'on arrive à Edgera au plus vite, lança-t-il, ces pouvoirs vont me rendre fou. J'ai beau avoir travaillé la méditation, je ne pourrai jamais les contrôler pendant mon sommeil.

Enendel lui passa un bras réconfortant autour des épaules.

— Courage, Gerrem', nous sommes partis d'Istengone il y a un peu plus de deux jours et il ne s'est absolument rien passé. Fais quelques séances de méditation avant de t'endormir, je pense que ça pourra t'aider.

Gerremi acquiesça d'un signe de tête et se leva. Ses jambes étaient encore frêles, mais marcher un peu lui ferait le plus grand bien.

— Repose-toi, Enendel, je prends le tour de garde. Je n'arriverai pas à dormir de toute façon.

Lorsqu'il revint de sa ronde, Gerremi s'installa devant le feu, tout en songeant à leur progression vers Edgera. Ils parcouraient la forêt d'Astéflone depuis deux jours et ils avaient presque atteint la lisière nord. Ils étaient en avance sur leurs prévisions et, hormis la vision de Gerremi, il ne leur était rien arrivé de néfaste. Ils ne s'en sortaient pas si mal… On racontait pourtant de nombreuses légendes à propos de ce bois, à Istengone. Entre les repaires de bandits, les monstres dévoreurs d'enfants tapis dans les grottes et les sorcières dévorant l'âme des voyageurs égarés, peu de villageois prenaient le risque de s'y aventurer.

Gerremi sourit lorsqu'il repensa aux histoires terrifiantes que lui racontait sa grand-mère à propos d'Astéflone. Elle y croyait dur comme fer. Lui aussi, avant son voyage. Maintenant qu'il avait parcouru la forêt, ces contes lui paraissaient bien naïfs. Lorsqu'il reviendrait à Istengone, il ne manquerait pas de lui raconter son périple. Cela la ferait probablement rire.

Gerremi s'égarait dans ses pensées lorsqu'un bruissement de feuilles le ramena à la réalité. Il se leva d'un bond et dégaina Edrasmée… mais la lâcha aussitôt. La garde lui gelait les mains.

La température ambiante semblait avoir chuté d'une vingtaine de degrés. Tous les bruits de la forêt s'étaient tus, laissant planer un silence de mort sur les environs.

Le sang de Gerremi se glaça dans ses veines. Ses membres se mirent à trembler de plus belle.

— Que se passe-t-il ? s'enquit Enendel, emmitouflé dans son duvet.

Le jeune Dragon sauta sur sa gourde et déversa son contenu sur les flammes du feu de camp, tout en piétinant les braises pour les étouffer.

— Range les sacs ! ordonna-t-il à son ami, on doit partir !

L'Elfe s'affaira et tous deux se mirent à courir.

Derrière eux, le martèlement de sabots sur le sol leur indiquait que leur poursuivant était à cheval.

Gerremi et Enendel quittèrent le sentier pour couper à travers bois. Ils zigzaguèrent entre les arbres et les fourrés dans l'espoir de perdre leur poursuivant.

Lorsque le bruit des sabots s'évanouit, les jeunes gens s'arrêtèrent derrière un arbre pour reprendre leur souffle.

— On l'a semé ? s'enquit Enendel.

— Je crois, oui.

Le bruit d'une flèche que l'on décoche leur vrilla les tympans. Le trait manqua l'épaule d'Enendel de quelques centimètres.

Une nouvelle flèche atterrit droit dans le sac à dos de Gerremi qui chuta sous l'impact. Le jeune Dragon poussa un cri de douleur lorsque ses hanches heurtèrent une plaque de verglas.

La silhouette d'un cheval noir à la crinière blanche, monté par un archer fantomatique, se découpa à travers les bois.

Au moment même où Gerremi esquivait un nouveau trait en se poussant sur le côté, Enendel dégaina un couteau et le lança de toutes ses forces vers le monstre à cheval. La lame s'enfonça dans son crâne. Il chuta de sa monture. Son arc lui échappa des mains.

Le Spectre se releva sans peine, arracha le couteau d'un coup sec et tendit le bras vers Enendel qui fut violemment projeté contre un arbre. L'Elfe s'assomma sur le coup.

— Non ! hurla Gerremi.

Le jeune homme bondit sur ses pieds, ramassa son épée et fit face au monstre. Ce dernier fit apparaître une claymore dans sa main squelettique. Il fondit sur le Dragon qui para son coup de justesse. Sous l'impact, Gerremi eut un mouvement de recul.

Le jeune homme enchaîna plusieurs attaques, mais son ennemi les contra sans difficulté. Il avait une technique au moins dix fois supérieure à la sienne.

Le Spectre parvint à désarmer Gerremi à l'aide d'un simple mouvement du poignet. Impuissant, le jeune homme se mit à reculer.

— La souris est sans défense et pétrifiée ? ricana le spectre, je vais me faire une joie de la faire saigner !

Non loin du jeune Elfe, deux autres Spectres armés d'une lance et d'une épée surgirent des buissons.

Dans un élan d'adrénaline, le jeune Dragon sauta sur Edrasmée et pivota pour garder les créatures dans son champ de vision.

À l'instant même où les monstres s'apprêtaient à bondir sur Gerremi, ce dernier sentit une immense chaleur envahir son corps. Une douleur fulgurante lui déchira l'épaule droite puis il tomba à genoux.

Une vive lumière jaune l'aveugla. Le mal qui avait enflammé son tatouage se répandit dans tout son corps.

Pris de spasmes et de vertiges, Gerremi hurla de toutes ses forces. À mesure qu'il criait, un flot d'énergie intense s'échappait de lui. Lorsqu'il risqua un coup d'œil vers ses ennemis, une volée de feu les avait engloutis.

Gerremi sentit sa tête lui tourner. Il eut tout juste le temps de voir trois silhouettes encapuchonnées partir en courant, avant de perdre connaissance.

Lorsqu'il retrouva ses esprits, le jeune Dragon était allongé au pied d'un arbre. Enendel était penché sur lui et s'affairait à lui passer une compresse d'eau fraîche sur le visage.

— Je vais bien, lui assura Gerremi.

Le visage d'Enendel sembla se détendre.

— Par les Dieux, j'ai eu si peur... Ce que tu as fait était... impressionnant. Ton corps était recouvert d'une lueur jaune et du feu est sorti d'on ne sait où...

Le jeune Elfe stoppa net dans sa phrase et poussa un cri lorsqu'il aperçut du givre sur les racines de l'arbre.

Le corps de Gerremi se mit à trembler violemment. Il était épuisé et il savait pertinemment qu'il ne survivrait pas à un nouveau combat.

— Ils ne sont pas morts ? balbutia Enendel, la voix emplie de terreur.

À peine avait-il achevé sa phrase que cinq silhouettes spectrales entourées d'un halo violet les encerclèrent. Enendel se posta aussitôt devant Gerremi, son épée brandie.

— Je ne savais pas que nous avions affaire à des Dragons, cracha un Spectre, voilà qui va rendre le combat un peu plus exaltant, mes frères...

Usant ses dernières forces, Gerremi se mit à appeler à l'aide. Si personne ne venait à leur secours, ils seraient condamnés à une mort certaine. Cette pensée le terrorisa. Ils ne pouvaient pas mourir maintenant, dans cet endroit répugnant, ils étaient trop jeunes... « Pitié, Divins, aidez-nous ! », pria-t-il.

Quelques secondes plus tard, comme si un Dieu avait entendu son appel, de nombreuses torches colorèrent les bois.

Une femme aux longs cheveux violets se jeta sur un Spectre, suivie de près par huit filles armées jusqu'aux dents.

Gerremi et Enendel reculèrent, laissant les femmes au cœur de l'action.

Il n'était pas rare, dans l'Empire d'Hesmon, qu'une fille sache manier l'épée. Certaines, comme la mère d'Enendel, faisaient même carrière dans l'Armée. Mais beaucoup d'entre elles, à l'instar de sa maman ou de Yasmina, préféraient rester à l'écart des combats.

Une grande rousse aux cheveux tressés sauta sur un Spectre. Des étincelles jaillissaient de son épée à chaque fois qu'elle touchait son adversaire.

Gerremi ne pouvait en détacher son regard. Il devait s'agir d'une lame enchantée. Ses romans d'aventures étaient truffés d'armes magiques, mais le Dragon ignorait qu'il en existait dans le monde réel.

La plupart des guerrières étaient munies de lames capables d'enflammer ou d'éblouir un ennemi. Elles se battaient avec technicité, agilité et fluidité. Certaines femmes possédaient même des pouvoirs. Gerremi était subjugué par la beauté de ce ballet mortel.

— Mon père m'a souvent parlé de ces femmes, expliqua Enendel qui observait les guerrières d'un œil ébahi, on les nomme les Guerrières de l'Ouest. Elles vivent en tribus et se promènent à travers la Terre des Mondes. Ce sont sûrement les filles les plus fortes et les plus belles qui existent. On dit que leur cruauté est sans égale, en particulier envers les hommes qu'elles détestent. Elles les considèrent comme des esclaves chargés de leur assurer une descendance. J'ai même entendu dire qu'elles étaient capables de tuer leur enfant s'il s'agissait d'un garçon.

Le jeune Dragon grimaça. Jamais encore il n'avait entendu parler de telles atrocités. En tout cas, pas dans l'Empire d'Hesmon où les hommes et les femmes étaient considérés comme deux êtres parfaitement égaux.

Il ne fallut pas plus de quelques minutes de combat acharné pour que les Spectres s'enfuient dans les bois.

Une femme à la silhouette élancée, que Gerremi identifia comme la cheftaine, leva la main en signe de triomphe. Elle poussa un cri strident qui fut repris à l'unisson par ses compagnes.

Gerremi et Enendel commencèrent à reculer vers les bois, priant pour que les guerrières ne s'intéressent pas à eux.

— Ne bougez pas !

Les garçons se figèrent, le cœur au bord de l'explosion.

Sans même que leur cheftaine ne leur en donne l'ordre, les femmes formèrent un cercle autour d'eux. Plus aucune retraite n'était envisageable.

Gerremi échangea un regard terrifié avec Enendel. Allait-on les réduire au rang d'esclaves, comme dans les histoires du père de son ami ?

— Nous pourrions vous tuer sans effort, dit la cheftaine d'une voix ferme, teintée d'un léger accent chantant, propre aux pays du Sud-Ouest – cette remarque fit ricaner ses compagnes –, mais nous évitons de nous en prendre aux citoyens de l'Empire d'Hesmon. Nul n'a besoin de s'attirer la haine de votre Empereur. Et puis, vous formez un duo bien trop curieux pour que nous fassions danser nos lames.

Elle rengaina ses épées jumelles et les détailla des pieds à la tête.

— Je sens une grande puissance émaner de vous, jeune homme, lança-t-elle à Gerremi, j'imagine que vous êtes un Dragon et que vous êtes à l'origine de la volée de feu qui a frappé les Spectres, tout à l'heure ?

Gerremi ne sut quoi répondre. Oui, il avait créé les flammes, mais il ignorait comment il avait activé ce pouvoir. Mis à part un feu ardent qui avait consumé son épaule, puis le reste de son corps, il ne se souvenait de rien.

— Je… je ne sais pas comment j'ai lancé ce feu, balbutia-t-il, tout en se maudissant pour ne pas réussir à donner une réponse plus intelligente, je ne sais même pas maîtriser mes pouvoirs. Je me rends à l'École Edselor pour apprendre à les contrôler...

Lorsque ses yeux croisèrent ceux de la guerrière, il s'arrêta au beau milieu de sa phrase. Les battements de son cœur redoublèrent d'intensité. Le regard de la femme était teinté d'une lueur d'étonnement, mais également d'un profond respect.

— Je suis, moi aussi, un Dragon et je peux vous assurer que vous avez un très grand potentiel, dit-elle, peu de Dragons sans expérience auraient pu invoquer un tel pouvoir. Lorsque vous aurez appris à maîtriser vos dons, vous disposerez d'une grande puissance. Seul l'avenir nous dira si vous l'utiliserez ou non à bon escient.

Elle se tourna ensuite vers Enendel, qu'elle dévisagea longuement.

— Et vous, vous êtes un Elfe... Étrange... Une grande partie de la race elfique a été détruite sous l'Ère Seconde par la main du Seigneur de Morner lui-même. Il ne reste plus beaucoup d'Elfes en Terre des Mondes. Mis à part au Nord-Ouest, je n'en ai rencontré nulle part.

Elle leur tendit une main que les jeunes gens hésitèrent à serrer. Ils n'avaient pas encore oublié la bataille qui s'était déroulée sous leurs yeux, ni les légendes guère flatteuses sur ces guerrières.

— Pardonnez-moi, mais qui sont ces créatures ? demanda Gerremi, que viennent-elles faire ici ?

La femme ferma les yeux. Une grimace de douleur apparut sur son visage, comme s'il lui coûtait d'aborder ce sujet.

— Nous nommons ces créatures les « Spectres du Chaos ». Ils sont au nombre de sept. Ce sont les éclaireurs du Roi Isiltor. Sous l'Ère Seconde, ces monstres étaient les meilleurs guerriers humains de la Terre des Mondes, de nobles chevaliers ou généraux qui se sont opposés au Seigneur de Morner. Lorsque

Fendhur, l'aïeul d'Isiltor, a conquis leurs terres, il les a capturés et torturés. Il s'est servi du Trophée de Destruction, son Artéfact, pour leur dévorer l'esprit. On dit que leurs âmes sont enfermées dans les sept pierres qui composent le Trophée. Personne ne peut les tuer au sens propre du terme puisqu'ils sont déjà morts. Nous parvenons seulement à les faire fuir.

La guerrière s'arrêta pour respirer un grand coup. Une étincelle de colère enflamma son regard émeraude, lui donnant un air sauvage et meurtrier. Gerremi recula de quelques pas.

— Je parcours la Terre des Mondes depuis des années avec mes sœurs et je peux vous assurer que l'heure est grave. Le Roi Isiltor est rongé par ses idées de conquête et de grandeur. Tout a commencé par la prise du Royaume de Morgrav il y a six ans, ensuite, c'est le Royaume d'Échedi qui en a fait les frais, puis les Terres de Syrial, d'Hérone… l'influence d'Isiltor ne cesse de grandir et pas seulement au Nord. Il cherche à s'emparer du continent. Votre Empire possède une arme qui pourrait lui permettre de réaliser son odieux dessein : vous disposez du Trophée de Clairvoyance, le second Artéfact Divin. Ses pouvoirs, additionnés à ceux du Trophée de Destruction, qu'il a déjà en sa possession, lui octroierait une puissance incommensurable. Si Isiltor gagne la guerre, la peste mornéenne détruira tout ce qu'il y a de pur en ce monde.

Gerremi lui lança un regard interrogateur. Il avait toujours été attentif en cours d'Histoire et, lorsque M. Leryn leur avait rapidement enseigné l'Ère Seconde, il n'avait jamais parlé de Trophées magiques, ni en Morner, ni en Hesmon. Il avait à peine mentionné le nom de leurs ennemis. Il leur avait simplement expliqué que les différents royaumes créés à la fin de l'Ère Première s'étaient déchirés, jusqu'à ce qu'éclate la « Guerre ultime » qui marqua la fin de l'Ère Seconde et l'entrée dans une période d'isolement et de paix relative : l'Ère Troisième.

Cependant, même si l'histoire de la guerrière pouvait sembler farfelue, Gerremi la croyait sur parole. Elle semblait maîtriser le sujet de l'Ère Seconde à la perfection. S'il n'était pas aussi épuisé, il aurait pu passer des heures à échanger avec elle.

— Mes sœurs et moi-même faisons partie du clan des Guerrières de l'Ouest, reprit la femme, toute notre vie, nous l'avons passée à nous battre pour prouver la supériorité du sexe féminin sur les hommes. Ces êtres si aisément corrompus, si faibles...

Elle avait prononcé ces derniers mots avec tant de haine et de rancœur, que Gerremi se demanda si son interlocutrice n'allait pas le tuer sur le champ, emportée par sa folie. Mais la guerrière se contenta de prendre une profonde inspiration.

— Mais aujourd'hui une toute nouvelle bataille s'impose à nous, continua-t-elle d'une voix plus calme, nous devons empêcher Morner de gouverner cette terre. En parcourant la Terre des Mondes, nous cherchons à recruter des femmes au cœur vaillant pour rejoindre nos rangs et nous aider à combattre Isiltor. Lorsque nous serons assez nombreuses, mon armée se battra contre la sienne.

Elle s'arrêta un instant puis reprit d'une voix vibrante de folie :

— Pour la première fois, une armée de femmes aura un nom dans l'Histoire. Nous aurons contribué à la libération de notre monde.

Elle poussa un hurlement sauvage qui fut repris à l'unisson par ses sœurs.

Un frisson parcourut l'échine du jeune Dragon.

La guerrière respira profondément. Les traits de son visage s'adoucirent et sa voix se fit plus calme.

— Nous nous reverrons un jour, voyageurs, j'en suis persuadée. En attendant, je vous souhaite bonne route. Edgera est une immense Cité, je suis sûre que vous y trouverez des réponses à toutes vos interrogations.

« L'Ère Seconde est la période la plus mystérieuse et la plus sombre, ajouta-t-elle à l'adresse de Gerremi, mais aussi la plus intéressante.

Le jeune homme sentit ses forces l'abandonner. Il était si épuisé qu'il n'arrivait même plus à réfléchir convenablement. Son combat contre les Spectres l'avait vidé de toute énergie. À présent, il ne rêvait que de se retrouver au chaud dans son duvet.

Lorsque les guerrières tournèrent les talons, Enendel leur jeta un regard ébahi, comme s'il s'était agi de déesses.

— Eh bien, lança-t-il avec un grand sourire, ça, ce sont des femmes !

Une esquisse moqueuse apparut sur le visage de Gerremi.

— Ne me dis pas que tu voudrais une femme pareille ?

— Avoue-le, Gerrem', elles sont... belles et fortes. On n'en fait pas des comme ça, à Istengone.

Gerremi fit la moue. Son ami avait, décidément, des goûts très spéciaux. Contrairement à Enendel, il ne pourrait pas épouser une femme capable de le tuer à tout moment. Yasmina était beaucoup mieux de son point de vue.

Les jeunes gens ramassèrent leurs paquetages et sortirent leurs duvets. Ils installèrent leur maigre campement au pied d'un arbre. Gerremi était si épuisé qu'il s'endormit aussitôt.

Le lendemain, le jeune homme se réveilla de bonne heure pour étudier leur position. Lorsqu'il ouvrit son sac pour en sortir la carte, son cœur manqua un battement. Le plan avait disparu.

Il fouilla avec plus d'attention dans ses affaires, puis dans celles d'Enendel. Pas la moindre trace de l'objet.

De dépit, il tira dans une pierre qui alla s'écraser dans les racines d'un hêtre. Le jeune Elfe se réveilla en sursaut au son du lancer.

— Tu n'aurais pas vu notre carte ? demanda Gerremi en vidant les sacs.

Enendel regarda son ami avec des yeux ronds puis fit non de la tête. Gerremi jura.

— On a dû l'oublier hier soir, râla-t-il, quand on est partis pour échapper aux Spectres.

Enendel ramassa sa boussole noyée dans une mare de livres sur le maniement des armes.

— Ça ne sert à rien de s'énerver, tempéra-t-il, on utilisera la boussole pour s'orienter.

Il regarda son compas puis expliqua d'un ton posé :

— C'est simple, pour arriver au village d'Eyon, il faut suivre la direction nord-ouest. Nous n'avons qu'à continuer par là – il désigna un sentier qui montait en pente douce à travers les arbres – jusqu'à ce que nous atteignions la rivière du Croc. Après, nous la remonterons jusqu'au village d'Eyon. Nous ne devrions plus être très loin. Deux ou trois heures de marche, tout au plus. Nous rachèterons une carte, une fois arrivés à destination.

Il était près de midi lorsque les voyageurs décidèrent de se mettre en route.

Après une marche de trois heures dans une atmosphère de plus en plus moite, le jeune Dragon sentit son estomac se nouer d'inquiétude. Il n'y avait toujours aucune trace de rivière et ils auraient déjà dû quitter la Forêt d'Astéflone à cette heure.

Gerremi et Enendel échangèrent un regard anxieux. Le jeune Elfe se mit à étudier sa boussole sous tous les angles.

— On a dû se tromper de chemin…, déplora-t-il, j'étais pourtant sûr de mon coup…

Gerremi prit une profonde inspiration pour calmer l'irritation qui commençait à poindre en lui.

— Il faut qu'on parte d'ici au plus vite, un orage va éclater, fit-il valoir, allons vers le nord. Tant pis, si nous n'allons pas à Eyon, il y aura forcément des hameaux où dormir sur la route.

Un éclair zébra le ciel, suivi de près par un coup de tonnerre, puis une pluie torrentielle s'abattit sur les voyageurs.

— Dépêchons-nous d'avancer ! hurla Gerremi pour couvrir le vacarme provoqué par l'orage.

Chapitre 7
La Forêt d'Or

Une heure plus tard, la pluie cessa de tomber, même si on entendait encore le grondement du tonnerre.

Les deux jeunes purent constater, avec soulagement, que le chemin sur lequel ils marchaient depuis un bon bout de temps débouchait sur une grande route pavée, très empruntée.

Non loin d'un arbre, Gerremi repéra une pancarte. La flèche pointant vers la gauche indiquait la Cité d'Aneters, celle qui pointait vers la droite, le village d'Éra.

Les garçons échangèrent un regard abattu. Ils n'étaient pas du tout dans la bonne direction. Le village d'Éra était situé à l'est de la forêt d'Astéflone, à une trentaine de lieues des Monts d'Hanger et du village d'Eyon, leur route initiale. Ils se rallongeraient d'au moins cinq jours s'ils faisaient halte à Éra.

— On ne peut pas rebrousser chemin, fit valoir Gerremi, sans carte, les Dieux seuls savent où nous allons atterrir. De toute façon, je ne passerai pas une nuit de plus dans cette forêt maudite.

Enendel approuva d'un signe de tête.

— Allons à Éra, au moins, nous dormirons dans un bon lit et nous pourrons enfin manger un repas digne de ce nom. Je meurs de faim rien que d'y penser.

Gerremi esquissa un léger sourire.

— Toi, tu ne changeras jamais… Nous achèterons une nouvelle carte au village et nous rectifierons notre itinéraire à l'auberge.

Les marcheurs parvinrent aux abords du village d'Éra juste avant la tombée de la nuit. La bourgade était plus grande que celle d'Istengone et entourée de remparts. Ses maisons blanches, enroulées autour d'une colline, scintillaient sous la lumière du soleil couchant.

À l'intérieur de la Cité, ils découvrirent une grande rue animée, bordée d'échoppes et de tavernes, qui montait en pente douce tout autour du mont. Elle débouchait sur l'esplanade d'un palais à l'architecture délicate, décoré d'arcades et de balcons ouvragés.

Gerremi songea que le village d'Éra devait être beaucoup plus riche que celui d'Istengone pour que son Maire puisse s'offrir le luxe de vivre dans un tel édifice.

Enendel donna un coup de coude à son ami qui détourna aussitôt les yeux du palais.

— Cette auberge me semble correcte.

Il pointait du doigt vers une grande maison à la façade un peu abîmée. Une enseigne indiquant « L'Hermousier » se balançait au-dessus de la porte d'entrée.

Gerremi approuva d'un signe de tête.

La salle commune, bondée, offrait une ambiance chaleureuse ponctuée de rires, de chants et de musique. Au centre de la pièce, une marée humaine se pressait devant un spectacle de danse, tandis que les clients attablés s'esclaffaient bruyamment autour d'une pinte.

Gerremi sentit son ventre grogner lorsqu'une délicieuse odeur de dinde rôtie vint lui chatouiller les narines.

— Que puis-je pour vous, voyageurs ? demanda l'aubergiste depuis son comptoir.

— Nous aimerions réserver une chambre pour la nuit.

Gerremi sortit de son sac une petite bourse, peu replète, et vida son contenu sur le comptoir. Huit pièces de cuivre tombèrent sur le bois ciré.

Les chambres étaient situées en haut d'un escalier en colimaçon. Lorsque la porte pivota sur ses gonds, Gerremi et Enendel constatèrent avec soulagement que la pièce était propre.

Le jeune Dragon se laissa tomber sur son lit en soupirant de satisfaction. Son dos meurtri par le voyage allait savourer le confort du matelas. La nuit s'annonçait d'ores et déjà excellente.

Enendel attrapa la bassine laissée à leur intention et s'empressa d'aller la remplir. Un bon bain ne serait pas de refus avant d'attaquer un dîner copieux.

Les jeunes gens descendirent manger aux alentours de neuf heures, affamés. Ils choisirent une petite table reculée, entourée de peintures à l'effigie d'une forêt aux arbres dorés.

Gerremi et Enendel commandèrent deux galettes de blé qu'ils dévorèrent avec voracité.

Malgré le brouhaha ambiant, ils n'eurent aucun mal à entendre la conversation de leurs voisins. Ces derniers parlaient fort, avec un accent guttural très prononcé, attestant leur origine nordique.

— Je tombe de haut, les gars, lança un homme blond, ces bâtards de Mornéens n'en ont pas assez du Nord. Ils viennent foutre leurs nez dans les affaires des Royaumes du Centre, maintenant. Un bougre du coin a juré avoir vu des fantômes, il y a un jour ou deux. Pauvre gars, il a eu la peur de sa vie.

Le corps de Gerremi fut parcouru d'un frisson. Sa rencontre avec les Spectres du Chaos était encore fraîche dans son esprit.

— Je vois de quoi tu veux parler, répondit un homme râblé, j'en ai déjà vu deux, près de la forêt de Vierg, en Échedi. C'était pas beau à voir. J'étais avec quatre compagnons. On explorait de vieilles ruines avinéennes, bourrées d'objets de valeur qu'on pourrait revendre à bon prix aux Pirégréens, quand ces Spectres nous sont tombés dessus. Vous me connaissez, les gars, je sais me défendre. J'ai déjà réglé son compte à plus d'un type. Mais là, impossible de les mater, ces chiens ! Ils ont tué deux de nos compagnons. Reg' et moi, on a fui comme des lâches.

Un grand gaillard à l'épaisse tignasse rousse émit un bruit étrange, à mi-chemin entre le rire et la toux.

Une cascade de bière se déversa sur sa barbe touffue. Il rota.

— Tu peux rire, Hard ! répliqua l'homme râblé, tu n'aurais pas fait mieux ! C'est pas bon de voir ces bestioles, c'est le signe que le pays va bientôt subir un assaut. La Cité Royale d'Échedi est tombée deux mois après mon combat avec les Spectres. J'étais à Fagomi quand Morner a attaqué. Je peux vous dire que j'avais jamais vu une armée comme celle-là... Des bêtes sorties de l'enfer, des Elfes à la peau rouge et noir. Ils ont fait pleuvoir plein d'explosifs... J'en tremble encore aujourd'hui... Si Morner attaque Hesmon, ce qui ne saurait tarder, j'espère qu'ils se fracasseront contre les remparts de leurs Cités et que leurs chiens de soldats rentreront chez eux la queue basse.

Cette dernière remarque fut ponctuée de quelques éclats de rire.

— J'ai entendu parler de l'attaque de Fagomi, ouais, approuva un homme replet au visage sympathique, un massacre. Et ces Spectres... j'en ai entendu de belles sur eux... Il paraît qu'ils peuvent nous transformer en bloc de glace en à peine un regard. Mais le jour, les gars, vous n'avez pas de soucis à vous faire, ces bâtards craignent la lumière du soleil. Enfin, c'est ce qu'on dit chez moi, à Litiriale. Ils n'attaquent que la nuit... et la nuit, les bonnes gens sont chez eux ou dans une auberge et ne traînent pas dehors.

Gerremi et Enendel échangèrent un regard inquiet. Le lendemain matin, il leur faudrait reprendre la route et dormir à la belle étoile, à la merci des Spectres de Morner.

— Ma jolie ! appela le rouquin – une serveuse d'une vingtaine d'années s'avança vers lui, un sourire crispé accroché aux lèvres – apporte donc un tonnelet de blonde. Mes amis ont soif.

La femme acquiesça d'un bref signe de tête et s'empressa de retourner en cuisine, ignorant les clins d'œil et les sourires éloquents de son client.

À mesure que les tonnelets se vidaient, la conversation des étrangers devenait de plus en plus légère. Ils classaient les pays de la Terre des Mondes selon la chaleur de leurs femmes – apparemment, le Royaume de Latium arrivait en pole position et Hesmon obtenait une place plus que médiocre – et parlaient de légendes en tous genres.

— La Forêt d'Or ! brailla l'homme blond, la Forêt d'Or ! Oui, j'en ai déjà entendu parler, une belle légende. Elle aurait été enchantée il y a des siècles pour qu'aucun ennemi de cet Empire ne puisse y entrer. Il paraît même que les arbres sont vivants.

Cette hypothèse fut suivie d'éclats de rire tonitruants.

— Des arbres vivants ! Margel, tu nous as tués ! ricana le rouquin.

Repus et épuisés, Gerremi et Enendel retournèrent à leur chambre sur les coups de onze heures.

Lorsqu'il fut dans son lit, le jeune Dragon songea à la conversation des étrangers sur la Forêt d'Or. C'était une vieille légende de l'Empire qui disait, qu'autrefois, elle était habitée par une Prophétesse elfe. Celle-ci aurait jeté un sort de protection sur les bois, empêchant toute menace d'y pénétrer. Mais aucun livre d'Histoire ne relatait les exploits de la magicienne, ce qui faisait dire à nombre d'Hesmonnois que cette forêt n'était ni plus, ni moins qu'un point de chute ordinaire pour les pèlerinages religieux.

Mis à part Dame Korle et ses Prêtres, Gerremi ne connaissait personne qui y fût déjà allé. Il savait, en revanche, que peu de brigands la sillonnaient et qu'ils avaient la possibilité de rejoindre la chaîne d'Edgera s'ils se dirigeaient vers le nord. L'emprunter était, de toute évidence, une excellente option.

Le lendemain matin, leur départ se fit sans trop tarder. Levés au chant du coq, ils avalèrent un petit déjeuner léger et partirent tout de suite après.

À l'orée du bois, Gerremi déplia la carte qu'ils avaient achetée au village. La Forêt d'Or étant un lieu sacré, aucune voie marchande n'y pénétrait. Seuls quatre sentiers d'aspect sinueux figuraient sur le plan. Le jeune Dragon nota qu'il leur faudrait tout d'abord suivre la voie du Chêne – le chemin principal – en direction du nord puis emprunter la voie des Cèdres qui partait vers l'ouest.

À peine avaient-ils pénétré à l'intérieur de la forêt, que Gerremi comprit pourquoi elle était l'objet de tant de légendes. Les arbres à l'écorce parée de reflets dorés étaient deux fois plus grands que la moyenne. Leurs troncs étaient si larges qu'on aurait pu y placer sa chambre d'Istengone tout entière.

Une telle sérénité se dégageait des bois, qu'y prier ou méditer devait être une véritable source de bien-être. Rien d'étonnant à ce qu'ils fussent prisés des Prêtres et des pèlerins.

Plus les voyageurs progressaient, plus l'atmosphère sereine devenait lourde et pesante, presque angoissante, comme si les bois ruminaient une colère sourde. Gerremi frissonna et resserra sa cape de voyage.

Le feuillage des arbres était désormais si touffu, qu'il ne laissait passer aucun rayon de soleil. La température semblait avoir baissé de quelques degrés.

Après trois heures de marche sur un sentier qui rétrécissait à vue d'œil, les jeunes gens décidèrent de s'arrêter au bord d'un ruisseau.

Gerremi s'assit sur un tronc d'arbre affalé en travers du chemin – ou du moins ce qu'il en restait puisque, à présent, le sentier était si mal entretenu qu'on ne pouvait plus le qualifier de tel – pour jeter un coup d'œil à sa carte.

Une pointe d'angoisse monta en lui lorsqu'il s'aperçut que le seul cours d'eau indiqué dessus serpentait dans la partie sud-ouest de la forêt. Il sortit sa boussole et la regarda attentivement.

— On s'est trompés, Enendel, nous sommes beaucoup trop à l'ouest. Si nous continuons par-là, nous allons dans la mauvaise direction. À moins que le sentier ne remonte subitement vers le nord, mais j'en doute. Il semble longer le ruisseau.

— C'est impossible, protesta le jeune Elfe en regardant la carte à son tour, nous suivons le même sentier depuis le départ, celui qui traverse la forêt vers le nord. J'ai regardé ma boussole il y a à peine une heure et nous étions dans la bonne direction. Comment pourrait-on s'être trompés ? Il n'y a jamais eu de bifurcation ni de croisement avec un autre sentier.

— Je ne sais pas, mais il ne faut pas continuer par là. On va se retrouver je ne sais où... Il vaut mieux faire demi-tour.

Mais rebrousser chemin n'était pas une mince affaire. Le sentier qui les avait conduits à la rivière avait partiellement disparu sous un amas de feuilles et d'herbes. Gerremi se demanda un instant si ces dernières n'avaient pas poussé juste après leur passage, puis il chassa cette idée saugrenue de son esprit. À tous les coups, les herbes étaient déjà là lorsqu'ils étaient passés, il n'y avait simplement pas prêté attention.

Au bout d'un certain temps de marche, ils découvrirent que le chemin s'élargissait, jusqu'à redevenir une grande allée de terre. Le paysage alentour, en revanche, ne leur était guère familier. Le terrain inégal était parsemé de hautes formations rocheuses.

Le sang de Gerremi se glaça dans ses veines. Ils n'avaient pas pu se tromper de sentier à nouveau... cela n'avait pas de sens. Ils étaient restés sur le même chemin...

— Je ne sais pas ce qui se passe ici, grogna le jeune Dragon, mais je commence à en avoir assez de cet endroit.

— Moi aussi, répondit Enendel, les yeux fixés sur sa boussole, mais, au moins, on peut s'estimer heureux de marcher dans la bonne direction. Nous nous dirigeons vers le nord-ouest. La nuit ne va pas tarder à tomber, ajouta-t-il, nous ferions mieux de monter le camp ici.

Gerremi acquiesça tout en regardant les ombres du crépuscule s'étendre autour d'eux. La forêt était déjà si inquiétante de jour, que deviendrait-elle de nuit ?

Le jeune Dragon alluma un feu et écouta le vent balayer la cime des arbres. La brise semblait les faire murmurer, comme s'ils étaient vivants. Il frissonna.

Le lendemain, Gerremi et Enendel furent réveillés à l'aube par le chant perçant d'un couple d'oiseaux.

Les garçons avaient passé une nuit infernale, terrifiés à l'idée de croiser à nouveau les Spectres du Chaos ou quelques créatures cauchemardesques, et ne s'étaient endormis que très tard.

Après de longs étirements, Gerremi sursauta. Le rocher creux dans lequel ils avaient passé la nuit était entouré de jeunes pousses, fraîchement sorties de terre. Une chose était certaine : les plantes n'étaient pas aussi nombreuses la veille.

Enendel se frottait sans cesse les yeux pour s'assurer que ce qu'il voyait était bien réel. Il s'avança parmi les fougères et poussa un cri.

— Notre chemin ! Il a disparu !

Gerremi attrapa son épée et sortit en toute hâte du couvert des rochers. Son sang se glaça dans ses veines lorsqu'il s'aperçut que son ami avait raison. Ils échangèrent un regard terrifié, pensant tous deux à la même chose : la forêt était vivante... Cela ne faisait plus aucun doute, désormais, même si l'idée semblait improbable. Le sentier qui se mouvait en permanence, les plantes qui poussaient en quelques heures... cette forêt était bien plus qu'un simple sanctuaire de pèlerinage.

— Partons d'ici, lança le Dragon, c'était une erreur de passer par cet endroit de malheur.

Une nuée de colère l'assaillit. Tandis qu'il découpait avec rage les fougères situées à ses pieds pour se frayer un chemin, son épaule tatouée le démangea. Son corps fut parcouru d'un frisson et la tête lui tourna.

« Non, Dieux, je vous en prie, pas ça... pas mes pouvoirs », supplia-t-il.

Enendel se précipita aussitôt vers son ami et l'allongea sur le sol.

— Gerremi, reste avec moi ! Inspire, expire !

La voix du jeune Elfe était lointaine, mais le Dragon s'y accrocha comme à une bouée de sauvetage. Inspirer... expirer... ne penser à rien... faire le vide... inspirer... expirer...

Petit à petit, la douleur qui lui dévorait l'épaule s'atténua, jusqu'à devenir insignifiante. Sa vision s'éclaircit. Il discerna les contours du visage d'Enendel. Une lueur d'inquiétude enflammait ses prunelles brunes.

— Bon retour parmi nous, Gerrem'.

Le jeune Dragon frissonna. Son ami lui passa aussitôt sa cape sur les épaules.

— C'était moins une…

— Une chance que Dame Korle t'ait bien formé. Repose-toi et mange quelque chose. Je vais étudier un autre itinéraire. Ne t'inquiète pas, je suis là s'il arrive quoi que ce soit.

Les deux amis se remirent en route une heure plus tard. Puisque les chemins ne leur étaient d'aucune utilité, Enendel avait pris la décision de ne se référer qu'à sa boussole. Aller au sud leur garantirait un retour vers le village d'Éra. Ils n'auraient qu'à suivre cette direction.

Mais cette entreprise se révéla très compliquée.

— Il y a un problème, s'enquit Enendel après une demi-heure de marche, ma boussole ne fonctionne plus… elle n'indique plus le nord…

Gerremi sortit la sienne et découvrit avec effroi que l'aiguille tournait sans cesse sur elle-même, comme une toupie. Il se força à respirer pour apaiser le sentiment d'angoisse qui menaçait de le submerger.

— Je ne comprends pas… elles marchaient très bien hier…

Enendel ne répondit pas. Il regardait autour de lui, tous les sens en alerte.

— Écoute, j'entends un ruisseau en contrebas. La carte indique bien que la rivière coule depuis l'ouest vers le sud ? – Gerremi acquiesça – alors descendons-le jusqu'à l'orée du bois.

Le jeune Dragon opina. Quelle autre solution s'offrait à eux ?

La rivière les conduisit à un sentier qui leur redonna un peu de courage. Peut-être était-ce là un cadeau des Dieux ou de la forêt ?

Au fur et à mesure qu'ils avançaient, le chemin devenait de plus en plus large, jusqu'à ce que Gerremi et Enendel puissent marcher côte à côte.

Des centaines de petits rochers couverts de mousse étaient disséminés à travers les arbres. En regardant plus attentivement, Gerremi remarqua qu'il était question de pierres sculptées. Peu rassuré par la vision de ces blocs taillés, le jeune Dragon pria pour qu'ils soient sur la bonne voie.

Au bout d'une heure de marche, ils parvinrent non pas à l'orée du bois, mais à un château abandonné. Excepté son aile gauche à moitié effondrée, la partie centrale avait l'air en assez bon état. Seules quelques ardoises manquaient au toit et, hormis de légères fissures, les murs avaient l'air solides.

Toutes les fenêtres de l'édifice étaient bouchées par des planches recouvertes de lierre, comme si la nature venait engloutir l'artifice humain et reprendre ses droits. Parfois, lorsque les rayons du soleil parvenaient à atteindre la pierre, de minuscules fleurs rouges et violettes illuminaient la solitude et la mélancolie du château.

Gerremi, découragé, se laissa tomber à genoux.

— Je crois qu'on ne retrouvera pas notre chemin...

— Je crois qu'on a trouvé beaucoup mieux, le contredit Enendel, les yeux empreints d'émerveillement, tu te souviens des légendes sur la Forêt d'Or et sur le fameux château que personne n'a jamais découvert ? Je crois qu'on le tient et, si ma mémoire est bonne, il renfermerait le secret de la forêt, un moyen d'échapper à sa magie. Apparemment, celui qui le découvre ne subirait plus ses caprices et ses mirages. Ça vaut le coup d'essayer, qu'est-ce que tu en dis ?

Gerremi soupira et acquiesça d'un signe de tête.

— Avons-nous le choix ?

Il s'approcha de la porte d'entrée, décorée de lierre. Au-dessus du porche, sous une mousse épaisse, on pouvait remarquer quelques inscriptions en langue inconnue. Peut-être de l'Elfique.

Juste en dessous, une phrase était inscrite en langue commune, que le jeune Dragon déchiffra avec peine :

« *Entrez, ami de la Terre des Mondes, Isendia vous ouvre ses portes et sa sagesse. Puisse votre âme trouver la paix et le savoir* ».

Chapitre 8
Isendia

— C'est bien ça ! s'exclama Enendel, si je me souviens de ce que me racontait ma mère, le château de la Prophétesse s'appelait Isendia.

Gerremi opina d'un signe de tête. Dans la légende, le palais de la Dame Isendirnia s'appelait effectivement Isendia, qui signifiait en Elfique « amour de la paix ».

La « Grande Dame Elfe », comme on l'appelait à son époque, avait bâti sa demeure au cœur d'une forêt qu'elle avait pris soin d'ensorceler. Non seulement elle lui avait donné la vie, mais elle avait lancé un sortilège si puissant qu'aucun de ses ennemis ne pouvait pénétrer dans son bois.

Tous les récits s'entendaient pour dire que son château était lui aussi ensorcelé et presque impossible à trouver. Les chemins qui y menaient étaient sans cesse différents. Pour y venir, il fallait porter une amulette enchantée permettant d'emprunter une voie magique.

Un autre sort permettait à la juste demeure de résister aux dégâts du temps. D'ailleurs, tous les récits d'aventures qui parlaient de la découverte d'Isendia relataient la trouvaille, souvent par pur hasard, d'un château resplendissant. Mais il ne s'agissait que de mythes et tout adulte respectable savait qu'Isendia n'existait pas. Gerremi le croyait également… jusqu'à cet instant. Malheureusement, la vérité avait été quelque peu enjolivée pour plaire aux oreilles des amateurs de légendes. Le mythe de la Forêt d'Or parlait d'un palais de cristal, pas d'une ruine.

Enendel alluma une torche et poussa la porte.

Le hall d'entrée s'étalait sur plusieurs dizaines de mètres. Il était surmonté de ce qui avait été, autrefois, un dôme de verre. À l'extrémité de la pièce, deux escaliers ornés d'un tapis rouge rongé aux mites et couverts de toiles d'araignées s'élançaient vers les étages supérieurs.

Sur certains murs, on devinait encore la présence d'anciennes tapisseries, à présent déchiquetées et infestées de moisissures. Le sol était jonché de débris de pierre et de mauvaises herbes.

Il régnait une atmosphère étrange dans le vestibule, comme si un sentiment de chagrin et de désespoir avait emprisonné le château. Gerremi songea que des évènements terribles avaient dû se produire en ces lieux.

Les voyageurs s'aventurèrent dans un couloir situé sur leur gauche, mais furent contraints de faire demi-tour lorsqu'un éboulis leur barra le chemin. Ils décidèrent donc de monter les escaliers.

Sur une tapisserie en meilleur état que les autres, Gerremi put contempler l'assaut d'une forteresse. Les soldats portaient des armures noires ornées d'un arbre de bronze, vestiges de l'Ère Seconde. Cette bataille était peut-être la dernière que le Roi d'Hesmon avait menée avant sa mort, avant que la lignée Vizia n'arrive au pouvoir ?

L'escalier débouchait sur un long couloir. Enendel arracha une porte moisie et jeta un bref coup d'œil à l'intérieur de la pièce. Il se retourna aussitôt en faisant non de la tête.

— Il n'y a rien là-dedans.

Gerremi s'intéressa plus particulièrement à une arche de pierre couverte de toiles d'araignées, qui donnait accès à une bibliothèque pourvue de rayonnages montant jusqu'au plafond.

Le jeune Dragon saisit quelques recueils au hasard. Toutes les pages étaient couvertes de taches d'humidité et d'encre ayant bavé. Il était impossible de déchiffrer une seule phrase.

Enendel, peu intéressé par les livres, contemplait les restes d'une cheminée de pierre. Des motifs étranges étaient sculptés au-dessus de l'âtre.

— Gerremi ! s'exclama-t-il, ces motifs sont des runes elfiques, elles doivent composer un sortilège.

Le jeune homme regarda son ami avec des yeux ronds.

— Tu sais lire l'Elfique ? s'étonna-t-il.

Enendel grimaça.

— Non, pas vraiment, mais j'en sais assez pour savoir qu'il s'agit d'un sortilège. Les Elfes y avaient beaucoup recours sous l'Ère Première. J'ai lu tous les livres d'Istengone à leur sujet, mais les informations sont assez limitées.

— Il y aura sûrement quelques ouvrages plus détaillés à Edgera, fit valoir Gerremi, la bibliothèque impériale est l'une des plus garnies de la Terre des Mondes. Tu découvriras peut-être que tu es le fils d'un grand Roi ? Ou d'un guerrier célèbre ? Vu le don que tu as pour le combat, ce serait fort probable.

Enendel tripota machinalement son collier.

— Tu le penses sincèrement ?

— Peut-être, on ne sait rien de tes origines. Mis à part ton pendentif.

Enendel prit un air dubitatif et ouvrit une porte située à quelques pas de la cheminée.

Des étagères, plus basses que dans l'autre pièce, entouraient une estrade sur laquelle était posée une simple table de bois recouverte d'un drap blanc.

La salle ne possédait aucune ouverture sur l'extérieur. Elle était baignée d'une douce lumière bleutée qui semblait provenir du linge.

À peine Gerremi avait-il posé un pied à l'intérieur de la pièce, qu'une légère douleur s'empara de sa tête et descendit jusqu'à son épaule droite. Heureusement, elle disparut aussi vite qu'elle était venue lorsque Enendel, emporté par la curiosité, souleva le drap. Une étrange pierre ronde de la taille d'un melon, auréolée d'une intense lumière bleue, reposait dessous.

— Qu'est-ce que c'est ? murmura Enendel.

Gerremi s'approcha de la pierre et l'observa avec précision. En son centre, des volutes de fumée blanche tournoyaient doucement autour d'une petite boule de couleur bleu nuit.

— Enendel, ce ne serait pas une « Pierre de Vision » ?

Devant l'expression perplexe de son ami, Gerremi sortit le livre que son professeur d'Histoire lui avait offert pour son anniversaire.

— Je l'ai feuilleté à l'auberge, pendant que tu dormais, et j'ai appris des choses plutôt intéressantes au sujet de ces pierres. Ah, c'est là...

Il ouvrit le livre à la page 100 et commença sa lecture :

« *En l'an 400 de l'Ère Première, deux Dragons humains et deux Mages elfes réunirent une assemblée de vingt-huit sorciers. On y comptait au moins deux représentants de chaque race de la Terre des Mondes : Nains, Hommes, Nâgas, Elfes et Centaures. Demandant les pouvoirs et la bénédiction des Divins de la Création, pères et mères de tous nos Dieux actuels : l'Eau, la Terre, l'Air et le Feu ; les sorciers entreprirent la fabrication de quatorze pierres magiques. Sept d'entre elles renfermèrent la force du Vent et l'ardeur du Feu. Elles octroyaient une puissance d'attaque colossale à leur utilisateur. En compensation, sept pierres vectrices de la pureté de l'Eau et de la sagesse de la Terre, furent créées. Nommées Pierres de Vision, elles permettaient à leur utilisateur d'anticiper toute attaque ennemie.*

Les quatorze pierres furent placées dans deux Trophées différents : les bleues composèrent le Trophée de Clairvoyance, les rouges le Trophée de Destruction.

Les deux Artéfacts Divins furent eux-mêmes placés sous la direction d'un Conseil censé protéger l'harmonie sur la Terre des Mondes.

Mais de nombreuses discordes apparurent entre les représentants du Conseil sous l'Ère Seconde. Les Trophées furent dérobés par le Royaume de Morner en l'an 450, puis, un an plus tard, le Trophée de Clairvoyance fut volé et caché en Hesmon. S'ensuivit alors la guerre qui bouleversa le monde ».

Gerremi parcourut brièvement le reste du chapitre. L'auteur exposait plein d'hypothèses contradictoires sur la chute de l'Ère Seconde et du rôle – ou non – des Trophées dans cette dernière. Le jeune Dragon songea qu'il lui faudrait du temps pour étudier toutes ces théories en profondeur.

— Je ne peux pas te lire le reste, Enendel, désolé, ça prendrait la nuit entière.

— Ce n'est rien, ton livre se tient, les Guerrières de l'Ouest nous ont tenu à peu près le même discours, tu te souviens ? Elles ont dit qu'Isiltor possédait un Trophée… celui de Destruction, il me semble.

— Donc cette pierre est forcément l'une des sept qui composent notre Trophée, autrement dit, celui de Clairvoyance.

— Si cette pierre appartient à notre Trophée… pourquoi est-elle ici et pas avec les autres ? Tu penses que le Trophée pourrait se situer dans le château ?

— Je ne pense pas. D'après ce que j'ai lu sur ces pierres, lorsqu'elles sont réunies, elles dégagent une aura magique extrêmement puissante. On l'aurait sentie à des lieues à la ronde. Mais c'est une bonne question. Peut-être que la réponse réside dedans ?

Un mélange d'avidité et de curiosité chantait dans ses veines, comme si la Pierre de Vision le suppliait de venir admirer l'étendue de ses pouvoirs.

Gerremi tendit la main vers la sphère, mais Enendel rejeta aussitôt le drap dessus. Le jeune Dragon vacilla. Il se retint de justesse à la table pour ne pas s'affaler par terre.

— Je pense qu'il vaut mieux la laisser tranquille. On ignore tout de ces choses. Allons-nous-en.

Le jeune homme se laissa entraîner hors de la salle, à contrecœur. Il en ignorait la raison, mais l'image de la pierre le hantait. Une chose était sûre : il reviendrait dans cette pièce pour étudier sa magie. C'était le seul moyen de comprendre pourquoi elle s'était retrouvée là, loin de ses sœurs.

Il se demanda si Enendel avait ressenti la même envie irrépressible d'utiliser les pouvoirs de la sphère. Apparemment non, puisqu'il l'avait immédiatement recouverte. Peut-être la Pierre de Vision n'avait-elle d'effet que sur les Hommes ou les Dragons ?

En sortant de la bibliothèque, les jeunes gens se mirent d'accord pour rester deux jours dans le château, le temps d'en savoir un peu plus sur son Histoire.

Ils dénichèrent une ancienne chambre à coucher dans un couloir du deuxième étage. Bien que la pièce fût miteuse et la demeure de quelques rats, ils trouvèrent un grand lit à baldaquin encore en l'état. Le matelas, bien évidemment, était plutôt inconfortable, mais, à côté de leurs nuits précédentes passées dans leurs duvets, allongés à même le sol irrégulier, ils devaient s'avouer chanceux.

À leur grand soulagement, ils purent constater que le plafond ne possédait aucun trou. Seules des centaines de toiles d'araignées semblaient former un ciel duveteux de couleur blanc-argenté.

Cette nuit-là, il fut impossible pour Gerremi de trouver le sommeil. Son esprit était obnubilé par la Pierre de Vision.

Le jeune Dragon jeta un coup d'œil à Enendel, qui ronflait paisiblement, et se leva.

Contrairement à ce qu'il s'était imaginé, il eut peu de mal à retrouver la bibliothèque. La lumière de la lune, filtrée par les lézardes, donnait à la salle de lecture une atmosphère mystérieuse et envoûtante.

Le cœur ivre d'excitation, Gerremi poussa doucement la petite porte moisie. La Pierre de Vision était toujours là, sous son drap, baignant la pièce d'une agréable couleur bleutée.

Lorsqu'il souleva le linge, une sensation de chaleur et de puissance se répandit dans tout son corps. Son tatouage le picota, comme pour le mettre en garde contre les dangers de la Pierre, mais Gerremi l'ignora. La tentation était trop forte.

Il approcha son regard de la sphère, où les formes blanches tournaient inlassablement autour du point bleu foncé, puis il avança une main tremblante vers l'objet.

Lorsque sa chair entra en contact avec la Pierre, une violente lumière bleue illumina la salle. Gerremi fut pris de vertiges, puis sa vision se brouilla. Une douleur fulgurante lui fendit le crâne en deux. Oppressé par le mal, il rendit la totalité de son repas.

Quelques secondes plus tard, il se sentit basculer en arrière. Il sombra au cœur d'un tourbillon bleuté, parsemé de taches blanches. Ballotté dans tous les sens, Gerremi hurla. Il acheva sa chute sur un sol de pierre froide.

Il lui fallut un certain temps pour reprendre ses esprits.

Outre sa migraine, qui avait mystérieusement disparu, il nota qu'il se trouvait dans une somptueuse bibliothèque dont les rayonnages montaient jusqu'au plafond.

Non loin d'une fenêtre au cadre de bronze, par laquelle on pouvait apercevoir des arbres en fleurs, se tenait une cheminée majestueuse au manteau orné de motifs dorés.

Une vague de terreur déferla sur Gerremi. Avait-il été victime, une fois encore, de ses maudits pouvoirs ? Non, c'était impossible. Avant de sombrer dans le tourbillon bleu, il avait activé la pierre magique. La vision qui se déroulait sous ses yeux devait forcément avoir un lien avec la sphère…

Dans un coin reculé de la pièce, Gerremi repéra un homme monté sur un escabeau, accaparé par la recherche d'un livre. Il était tellement concentré sur sa tâche, qu'il n'avait même pas entendu l'arrivée bruyante du jeune homme.

— Bonjour, Monsieur, excusez-moi, où sommes-nous ? demanda le Dragon.

Il n'obtint aucune réponse. L'homme continuait inlassablement sa recherche.

En regardant le lecteur avec plus d'attention, Gerremi remarqua qu'il portait un ensemble vert et blanc bouffant de toutes parts. Une mode disparue depuis des siècles.

Le jeune Dragon tenta, une nouvelle fois, de lui adresser la parole, mais en vain.

Puisqu'il n'avait aucune chance avec le lecteur, il décida d'observer le lieu dans lequel il se trouvait avec plus de précision. Il commença par s'approcher de la cheminée gravée d'étranges symboles. Des runes magiques, de toute évidence, qui lui étaient étrangement familières… Son cœur se mit à battre la chamade lorsqu'il se rappela l'endroit où il les avait vues. Elles figuraient sur le manteau de la cheminée de la bibliothèque d'Isendia. La Pierre de Vision avait dû le ramener des siècles en arrière, au temps où le château était encore habité.

Par réflexe, Gerremi tenta d'ouvrir la porte située à droite de la cheminée. Il poussa un cri lorsque son corps passa au travers.

Il trébucha et s'étala de tout son long dans une pièce identique en tous points à celle qui abritait la Pierre de Vision dans le présent. Sauf... que cette dernière était absente.

Gerremi sentit son sang se glacer. Ses membres tremblèrent. Comment allait-il revenir dans son monde sans la sphère magique ? Il ne pouvait tout de même pas rester bloqué dans le passé...

Plus violent que la peur, un accès de colère monta subitement en lui. Enendel l'avait mis en garde contre les dangers de la Pierre de Vision, pourquoi ne l'avait-il pas écouté ? Pourquoi n'en avait-il fait qu'à sa tête, aveuglé par sa curiosité et sa stupidité ?

— Qu'est-ce que j'ai fait ? déplora-t-il.

Soudain, poussé par un étrange instinct, il se leva et retourna dans la bibliothèque. Empêtré dans sa peur et sa colère, il avait mal évalué la situation. Puisqu'il se trouvait dans le passé, sous l'Ère Seconde, à en juger par les vêtements du lecteur, il y avait de fortes chances pour que la Pierre de Vision ait été rangée avec ses sœurs, dans le Trophée de Clairvoyance. Celui-ci devait se trouver quelque part dans le château. Il lui suffisait de demander.

Lorsque le jeune homme s'avança vers le lecteur pour lui poser la question, ce dernier l'ignora une fois de plus. Il descendit de l'échelle, un épais volume sous le bras, et quitta la pièce sans même regarder en arrière.

Gerremi jura et lui emboîta le pas.

À peine s'était-il engagé dans le couloir attenant à la bibliothèque, qu'une femme rousse surgit sur sa gauche. Gerremi tenta de l'appeler, mais elle ne lui prêta pas attention.

La porte qu'il avait traversée, les gens qui ne l'entendaient pas... Il songea qu'il devait être une sorte de fantôme pour les habitants de l'époque.

Un Elfe de petite taille au teint basané se précipita à la rencontre de la femme rousse.

— Dame Lucia, quel plaisir de vous voir ! J'espère que la route a été bonne.

— Messire Alasen ! Tout le plaisir est pour moi ! Je suis arrivée ce matin même et je n'ai rencontré aucun ennemi. Je n'aurais pu espérer de meilleures conditions de voyage.

L'Elfe lui fit un baisemain et la mena jusqu'à une porte à doubles battants, située à l'autre bout du couloir.

Elle débouchait sur une salle immense, encadrée de gradins de bronze. Tous les sièges étaient occupés. Les Hommes étaient majoritaires, mais il y avait également de nombreux Elfes. Certains ressemblaient à Enendel – élancés, pâles, blonds, bruns ou roux, le visage aux traits rectilignes –, d'autres arboraient une taille relativement petite et un teint très mat.

Quelques silhouettes courtes à la peau violacée, deux fois plus massives que des humains, se disséminaient dans l'assemblée. Gerremi les identifia comme des Nains.

Non loin de lui, à l'extrémité de la deuxième rangée de sièges, le jeune Dragon reconnut la dénommée Lucia. Elle esquissait un large sourire, qui ne semblait pas laisser Messire Alasen, son voisin, indifférent. Il ne cessait de lui jeter des regards brûlants de désir.

Au centre de la pièce se tenait une estrade entourée de colonnes de marbre bleu. Deux trônes vacants reposaient dessus.

Gerremi s'assit à même le sol, à côté de Lucia et de son amant.

Toutes les conversations se turent lorsqu'une Elfe de grande taille, au port altier, entra par la porte du fond. Ses cheveux longs, aussi fins qu'un rideau de soie, encadraient un visage longiligne à l'expression glaciale.

Les membres de l'assemblée inclinèrent poliment la tête.

Un Elfe de sexe masculin, au visage fier – pour ne pas dire suffisant – entra à sa suite. À en juger par son maintien irréprochable, Gerremi songea qu'il devait s'agir d'un Roi ou d'un Prince.

Tous deux prirent place sur les trônes de l'estrade.

La Dame s'éclaircit la gorge et commença son discours d'une voix grave :

— Chers habitants de la Forêt d'Or et du Royaume d'Hesmon, bienvenue à tous au Conseil annuel. Cette année, j'ai de tristes nouvelles à vous apprendre. J'ai reçu une missive de notre Roi deux jours plus tôt. Il ne sera malheureusement pas parmi nous. Il a décidé de rester aux côtés de ses troupes pour défendre la vallée d'Eralion et la Cité d'Edgera contre l'invasion mornéenne. Le moral de nos hommes s'effiloche de jour en jour, nos troupes ont besoin du soutien de leur souverain. Nous avons, néanmoins, le privilège d'accueillir l'Intendant Brendora qui représentera sa Majesté à notre Conseil.

Tous les participants se levèrent et s'inclinèrent devant un homme barbu, habillé d'un pourpoint bleu pervenche.

— Mes amis, poursuivit l'Elfe, l'heure est grave. Si la vallée d'Eralion tombe aux mains de Morner, la dernière défense de notre Royaume sera la Forêt d'Or et le Château d'Isendia. J'ignore si mes sortilèges seront assez puissants pour repousser l'ennemi indéfiniment, mais je sais qu'ils suffiront à défendre le Trophée de Clairvoyance, que notre cher Intendant a apporté hier.

Un murmure d'approbation monta depuis la foule. Une vague de soulagement coula doucement sur Gerremi. Si le Trophée était dans le château, il pourrait sans peine retourner dans son monde.

— Si mes sortilèges venaient à faillir, je veux que vous soyez prêts à prendre les armes et à défendre au péril de votre vie l'Artéfact d'Hesmon. Hommes, Elfes, Nains… nous devons tous nous unir dans un seul et même but…

Le son d'un cor l'arrêta au beau milieu de sa phrase. Une grimace de peur et d'incrédulité passa sur son visage. Le Seigneur Elfe sauta aussitôt de son trône et courut vers la fenêtre la plus proche.

Un brouhaha apeuré monta depuis l'assemblée. Gerremi nota que la plupart des participants avaient la main crispée sur les fourreaux de leurs dagues.

— Morner nous attaque ! hurla le Seigneur Elfe – un vent de panique souffla sur les participants au Conseil, qui se levèrent dans la cohue la plus totale.

La Dame Elfe saisit son sceptre et murmura quelques paroles incompréhensibles. L'air de la salle se chargea d'électricité. Le mouvement de panique qui avait ébranlé la foule cessa aussitôt. Tous les visages affichaient désormais la même expression hagarde.

Gerremi frissonna. Il n'avait pas fallu plus de dix secondes à la Dame d'Isendia pour réduire une assemblée de plus de deux cents personnes à l'état de légumes. Jamais il n'aurait songé qu'une magie aussi puissante puisse exister ailleurs que dans ses romans.

Trois serviteurs accoururent vers la Dame qui tremblait sous le poids de l'effort que lui avait demandé son sortilège.

Le Seigneur Elfe claqua des doigts à l'attention d'un domestique qui le fixait d'un regard creux, abruti par le sortilège de la Dame d'Isendia.

— Eraden, fais évacuer les gens qui ne peuvent pas se battre.

Le serviteur s'exécuta. Une cinquantaine de personnes le suivirent docilement hors de la salle.

— Mes amis ! appela le Seigneur, nous n'allons pas rester les bras croisés pendant que ces monstres attaquent notre demeure ! À vos armes ! Préparez-vous à les recevoir !

Les participants restants obtempérèrent dans l'ordre et le calme.

La Dame fut l'une des dernières à sortir. Elle avançait à pas lents, encore fatiguée par son sortilège.

Gerremi la suivit vers le hall du château.

En haut des escaliers, non loin d'un groupe d'archers, le jeune Dragon reconnut Dame Lucia. Elle était accompagnée par deux femmes munies d'épées.

Tandis qu'une dizaine de soldats aux armures noires s'affairaient à barricader la porte avec tout ce qui se trouvait à leur portée – commodes, bancs, chaises –, des lignes de lanciers et de bretteurs se positionnaient dans le hall sous les ordres des gradés.

Une vingtaine de minutes plus tard, un bruit sourd se fit entendre. La porte d'entrée trembla. Les archers bandèrent leurs arcs.

Le panneau vibra encore une fois, mais ne céda pas. Gerremi remarqua qu'il était entouré d'une aura bleue. Sûrement un sort de protection de la Dame d'Isendia.

Alors que le bélier ennemi portait un troisième coup sur le bois, un bruit d'explosion monta depuis la pièce voisine. Les murs et le sol du hall tremblèrent. Les combattants aux appuis les moins solides chutèrent. Une pluie de gravats tomba du plafond.

Mené par un Elfe au visage sinistre, un contingent de soldats se précipita vers la source de l'incident.

Gerremi se hâta de les rejoindre. Puisque personne ne faisait attention à lui, même quand il leur écrasait le pied, traverser le hall bondé s'avéra être un jeu d'enfant.

La déflagration avait eu lieu dans la salle à manger. Un pan de mur avait été éventré, laissant s'engouffrer une horde d'Elfes à la peau noire striée de rouge dans le château. Leurs armures de mailles fines leur permettaient beaucoup d'amplitude et de rapidité dans leurs mouvements.

Non loin de là, une autre explosion retentit, suivie de jurons et de cris d'effroi ou de rage, puis on n'entendit plus que le fer des lames qui s'entrechoquaient.

Par réflexe, Gerremi dégaina Edrasmée. Il tenta de porter secours à un homme en difficulté, mais l'épée n'eut pas le moindre effet sur son ennemi. L'Elfe mornéen lui trancha le buste en deux. Le jeune Dragon lutta pour ne pas vomir.

Lorsqu'il alla voir ce que la bataille donnait dans le hall, il hoqueta de surprise. Une foule de monstres cornus, bien plus hauts qu'un homme normal, se ruait sur les habitants d'Hesmon, piétinant les débris de la porte d'entrée.

Au pied des escaliers, Gerremi repéra la chevelure flamboyante de Lucia. Elle se jetait sur un ennemi, entourée d'un halo de terre et d'une épaisse couche de pierre. À peine l'eut-elle touché, qu'il fut propulsé quelques mètres en arrière.

Lorsqu'elle frappa dans ses mains, un énorme rocher tomba du ciel et écrasa deux Elfes mornéens.

Son amant se posta aussitôt derrière elle et égorgea un monstre d'un coup d'épée.

Dame Lucia se fit pousser des ailes membraneuses, pareilles à celles d'une chauve-souris, vola par-dessus un Mornéen et lui transperça le crâne de sa dague.

D'un geste de la main, elle projeta une volée de lames de boue vers la gorge de deux ennemis. Ils moururent sur le coup.

Gerremi était subjugué par cette danse mortelle de lame et de pouvoirs, qui lui rappelait, à peu de choses près, le combat des Guerrières de l'Ouest.

Avec la rapidité d'un aigle en chasse, Dame Lucia fit volte-face et tira un jet marron à la figure d'un adversaire qui mettait son amant en difficulté.

Elle fut aussitôt prise à partie par un monstre à la peau grise, qui la souleva dans les airs et la projeta contre un mur. Un deuxième sort de la bête lui envoya un morceau de lance brisé à la figure. La femme roula sur elle-même pour protéger sa tête.

L'objet lui entailla l'épaule droite et déchira sa manche. Gerremi put alors apercevoir la moitié d'un tatouage de dragon, semblable au sien, dessiné sur sa peau.

Son cœur se mit à battre à tout rompre. Il n'avait presque jamais eu l'occasion de voir un Dragon humain se battre, encore moins avec des pouvoirs aussi puissants. Peut-être parviendrait-il à des résultats similaires après quelques années d'étude à Edselor ? Cette pensée fit monter en lui une pointe de fierté.

Le combat était colossal. Des grognements de bêtes, puissants et terrifiants, se mêlaient aux cris acharnés des hommes et au son de leurs lames.

De temps à autre, des pans de murs s'écroulaient dans les pièces voisines, permettant l'arrivée de nouveaux bataillons ennemis. Ils n'épargnaient aucune de leurs victimes, ni même les femmes qu'ils défiaient avec autant de férocité que s'ils avaient attaqué des hommes.

Le hall d'entrée trembla lorsqu'une dizaine de créatures enchaînées, trois fois plus hautes qu'un homme, domptées par des monstres habillés aux couleurs de Morner, se ruèrent sur les défenseurs d'Isendia.

— Des Trolls ! s'étonna Gerremi, ils ont des Trolls…

Tous les bestiaires d'Hesmon s'accordaient pour dire que les Trolls avaient disparu bien avant l'arrivée des premiers êtres pensants sur la Terre des Mondes, des millénaires avant le commencement de l'Ère Première. Comment Morner avait-il pu s'en procurer ? À moins, qu'une fois encore, les historiens aient volontairement tu cette information. C'était, décidément, une manipulation récurrente. Peut-être que son livre pourrait lui fournir des informations plus objectives sur le sujet ?

 L'arrivée des Trolls eut raison des défenseurs d'Isendia. Leur charge meurtrière avait totalement désolidarisé les lignes défensives. Les soldats, éparpillés, ne savaient plus où donner de la tête. Même les sorts des Dragons – Gerremi en avait identifié une vingtaine – et de la Dame Elfe ne parvenaient plus à faire reculer les ennemis.

 À l'instant même où un Troll balayait Dame Lucia, une violente migraine l'assaillit. Son corps fut pris d'un soubresaut puis il plongea au cœur d'un tourbillon blanc et bleu.

 À peine eut-il le temps d'ouvrir la bouche pour crier, qu'il atterrit sur un sol de pierre glacial.

 Gerremi se leva péniblement et massa son dos douloureux. Il se trouvait dans la pièce qu'il avait quittée avant d'être aspiré dans la Pierre de Vision. Cette dernière reposait encore sur sa table. Elle brillait comme un saphir dans les ténèbres d'une mine.

 Gerremi se précipita hors de la salle. La bibliothèque était telle qu'il l'avait laissée avant d'être plongé dans le passé. Il était difficile de croire que cinq cents ans auparavant, elle était d'une beauté sans pareille. Il était également complexe d'imaginer qu'il y avait eu un combat contre Morner dans ce château.

 Gerremi se demanda, une fois encore, pourquoi les historiens avaient passé sous silence les évènements de l'Ère Seconde et laissé planer une grande zone d'ombre sur cette période. Elle était pourtant essentielle.

 Lorsque ses yeux se tournèrent vers la Pierre de Vision, cette dernière se mit à briller d'une vive lumière bleue, comme si elle l'appelait. Elle pouvait lui fournir des réponses, lui donner la chance d'en savoir plus sur les Trophées Divins, sur la guerre entre Hesmon et Morner, sous l'Ère Seconde, et sur la chute des deux Royaumes.

Au plus profond de son être, une petite voix le mit en garde contre l'utilisation de la sphère – il n'aurait peut-être pas autant de chance que la dernière fois – mais la curiosité l'emporta sur la raison. « Juste cette fois, après, c'est terminé, pour de bon », s'encouragea-t-il.

Il tendit une main tremblante vers la Pierre.

Chapitre 9
Erenor

— Non ! Reculez !

Le jeune Dragon sursauta. Il se retourna et se retrouva nez à nez avec un homme encapuchonné. Il voulut dégainer Edrasmée, mais se ravisa lorsqu'il s'aperçut que l'inconnu levait pacifiquement les mains.

Ce dernier souleva son capuchon, laissant entrevoir un visage sérieux, barré de cicatrices et encadré par de longs cheveux bruns. Ses yeux sombres, vifs et intelligents, semblaient l'analyser dans ses moindres détails.

Un silence pesant s'abattit sur la pièce comme les deux hommes se dévisageaient.

— Vous n'avez rien à craindre, je ne vous ferai aucun mal, finit par lâcher l'inconnu – il avait remarqué que Gerremi avait gardé la main crispée sur la poignée de son épée –, je me nomme Erenor Yok, fils de Périon et Galla.

Gerremi n'était pas rassuré pour autant.

— Vous êtes un rôdeur ? demanda-t-il d'un ton méfiant.

Avant son départ, les parents de Gerremi l'avaient mis en garde contre les « rôdeurs » : des êtres aux mœurs douteuses, engagés dans des guildes d'assassinat ou des associations de malfaiteurs, qui traînaient à la recherche de mauvais coups.

— Tout dépend de ce que l'on met derrière ce mot, répondit Erenor, je me promène un peu partout dans l'Empire, si c'est ce que vous entendez par là.

Gerremi le dévisagea longuement et demanda :

— Comment êtes-vous entré dans ce château ? Depuis combien de temps êtes-vous ici ?

— Je suis ici depuis deux jours, j'ai fait beaucoup de recherches sur la Forêt d'Or et sur ce qu'elle abrite. J'ai trouvé le château d'Isendia sans trop de difficultés. Puis-je vous retourner la question ?

— J'ai trouvé cet endroit par pur hasard. Je me rends à la capitale.

Le dénommé Erenor le toisa des pieds à la tête.

— Pour y faire vos études de Dragon ?

Gerremi recula instinctivement, le cœur battant à tout rompre. Comment était-il au courant ?

Comme si Erenor avait lu dans ses pensées, il ajouta :

— Je vous ai entendu parler avec votre ami, hier soir, lorsque je suis passé près de votre chambre.

Gerremi écarquilla les yeux d'étonnement. Enendel et lui ne s'étaient même pas rendu compte qu'une tierce personne habitait elle aussi les lieux. Ils avaient pourtant fouillé le château... Erenor devait avoir un talent exceptionnel pour la discrétion.

— Si cela peut vous rassurer, je me rends moi aussi à Edgera pour intégrer l'université Edselor. Je viens d'un hameau situé à quelques pas de la Cité de Kirse. J'ai décidé de faire halte ici en chemin. Un endroit intéressant, n'est-ce pas ?

Gerremi ne répondit pas et se contenta d'examiner son interlocuteur sous tous les angles. S'il s'apprêtait à entrer en première année d'études à Edselor, il devait avoir son âge. Il semblait pourtant tellement plus vieux... Vingt-sept ou vingt-huit ans, peut-être.

— Quel est votre nom ? demanda Erenor.

— Gerremi Téjar, fils de Ténim et Syrima.

L'homme acquiesça d'un signe de tête puis reporta son attention sur la Pierre de Vision.

— Je sais que vous avez déjà fait usage de cette Pierre, je vous ai vu entrer à l'intérieur. Vous avez vu des choses ?

— J'ai remonté le temps. J'ai appris que notre Empire a été attaqué par le Royaume de Morner, sous l'Ère Seconde. Enfin, le Royaume d'Hesmon, je veux dire…

— Une partie de l'Histoire qui fut trop longtemps passée sous silence, le coupa Erenor, les archives sérieuses parlant du sujet sont peu nombreuses, presque inexistantes. Mais je pense que l'on pourra trouver des documents intéressants à Edgera.

— Vous étiez au courant de cette guerre ?

Erenor esquissa un demi-sourire qui fit frissonner Gerremi.

— Bien entendu. Et je sais également que Morner est en guerre contre la Terre des Mondes depuis quelque temps déjà. Il a conquis un certain nombre de royaumes, au Nord, mais sans… cela… – il désigna la Pierre de Vision –, son entreprise est d'ores et déjà vouée à l'échec. Je pense que si Isiltor attaque notre Empire, c'est uniquement pour récupérer les Pierres de Vision qui composent le Trophée de Clairvoyance. Comme l'a fait le Roi Fendhur, son aïeul, cinq cents ans plus tôt. Cela dit, il doit y avoir d'autres raisons…

— Cette pierre pourrait vous donner plus d'informations, expliqua Gerremi, elle permet de visualiser le passé.

Erenor le foudroya du regard.

— Personne ne doit toucher à ces Artéfacts, ni même s'en approcher.

Il ramassa le drap et en recouvrit la sphère. La lumière bleue qui avait régné jusqu'alors s'éteignit. Un frisson parcourut l'échine de Gerremi.

— Puis-je vous demander pourquoi ?

— Des sortilèges, plus puissants que tout ce que vous pouvez imaginer, sont enfermés dans ces Pierres. Seuls des mages expérimentés peuvent les manier sans risque. À votre niveau de débutant, elles pourraient vous rendre fou, vous posséder ou même vous tuer. Vous avez eu beaucoup de chance d'avoir pu visionner le passé sans subir trop de dommages, tout à l'heure. Mais je ne parierai pas là-dessus la prochaine fois. Il se fait tard, je suis exténué. Nous en reparlerons demain.

Gerremi avait une foule de questions à poser, mais il se ravisa. Le rôdeur avait raison, le jour serait plus propice à la discussion. Il lui indiqua l'emplacement de sa chambre.

— Je viendrai vous rendre visite en fin de matinée, promit Erenor.

Il s'éloigna dans l'obscurité de la bibliothèque, sans même prêter un regard à la Pierre. Gerremi soupira et lui emboîta le pas.

Dans la chambre, Enendel ronflait paisiblement, ignorant tout de ce qui venait de se produire.

Le jeune Dragon eut beaucoup de mal à trouver le sommeil. Il pensait sans cesse à la Pierre de Vision et à l'attaque de Morner, dans le passé.

Lorsque l'aube commença à faire son apparition, Gerremi sombra enfin dans un sommeil agité.

Il fut réveillé par une délicieuse odeur de pain grillé, qui l'obligea à se lever aussitôt. Un sourire fleurit sur son visage lorsqu'il repéra Enendel en pleine préparation de toasts.

À peine eut-il le temps de manger une tartine, qu'on frappa à leur porte.

Sur son ordre, un homme habillé d'une tenue de cuir sombre entra. Deux fourreaux d'épée décoraient son dos. Erenor…

Enendel, surpris, sauta immédiatement sur son arc, mais Gerremi lui fit signe de ranger son arme.

À la lumière du jour, le visage d'Erenor paraissait plus avenant, même si le rôdeur ne savait visiblement pas sourire.

Le jeune Dragon l'accueillit avec entrain et l'invita à venir partager leur petit déjeuner, mais l'homme déclina son offre.

— Enendel, je te présente Erenor – l'Elfe le salua d'un signe de tête. Je l'ai rencontré hier soir dans l'ancienne bibliothèque.

Gerremi raconta à son ami son aventure au sein de la Pierre de Vision. Erenor écoutait aussi attentivement qu'Enendel. À la fin de son récit, ce dernier écarquilla les yeux de surprise.

— Je ne savais pas que le Royaume d'Hesmon s'était déjà battu contre Morner, avoua-t-il.

Gerremi raconta ensuite dans quelles circonstances il avait fait connaissance avec Erenor. Ce dernier regarda, tour à tour, le jeune homme, puis l'Elfe.

— Vous êtes tous deux des Dragons ? demanda-t-il d'un air dubitatif, pourtant je croyais que ce pouvoir n'avait été donné qu'aux Hommes…

— J'accompagne Gerremi, corrigea Enendel. Je ne suis pas un Dragon, mais je compte aller à Edgera pour m'engager dans l'Armée Impériale.

Erenor le fixa de ses yeux perçants.

— Vous êtes un Elfe, n'est-ce pas ? De nos jours, il est très rare de voir des Elfes sur la Terre des Mondes. Il ne doit rester qu'une ou deux communautés elfiques au nord-ouest, sur les Terres de Fant, il me semble. J'imagine que vous venez de là-bas ?

— Je ne viens pas des Terres de Fant, répondit Enendel d'un ton ferme.

Une étrange lueur, que Gerremi eut beaucoup de peine à identifier, s'alluma dans les yeux noirs d'Erenor. Un bref regard interrogateur échangé avec Enendel lui fit comprendre que son ami avait senti la même chose.

— Je vis dans cet empire depuis mon plus jeune âge, ajouta le jeune Elfe d'un ton méfiant, mon nom est Enendel Galarelle, fils de Max et Lauria.

Gerremi remarqua que sa main avait instinctivement glissé vers le pendentif de son collier, comme pour le protéger du regard scrutateur d'Erenor. Fort heureusement, ce dernier détourna les yeux et aborda un autre sujet de conversation.

— Je marche également vers Edgera pour faire mes études de Dragon. Nous avons beaucoup de chance d'étudier à Edselor, c'est sans nul doute la meilleure université de toute la Terre des Mondes.

— Quels sont vos signes ? questionna Gerremi.

— Je suis de signe Spectre et Poison. Mon compagnon de route est la Lune. J'ai appris à développer mes dons il y a peu, grâce à un oncle. Je sais lancer deux pouvoirs basiques : un rayon noir nommé *Jelaspectra* et une vague empoisonnée, que les Dragons appellent *Desaberai*[2]. Je pense que c'est un bon début.

À l'entendre, Gerremi fut totalement désemparé. Il ne connaissait presque rien à propos des Dragons. Il ignorait même que leurs pouvoirs portaient des noms. Dame Korle n'avait jamais voulu lui en parler. Il se souvint de Dame Lucia qui jetait des boules de pierre sur ses ennemis... si c'était cela qu'on appelait un pouvoir Dragon, alors il n'en avait vu que très peu. De peur de paraître ridicule devant Erenor, il se contenta de ne rien dire.

— Et vous, quels sont vos signes ? demanda le rôdeur d'un ton visiblement intéressé.

---

[2] Des annexes sont disponibles à la fin du livre expliquant les pouvoirs lancés par chaque personnage.

— Je suis de signe Feu et Eau – Gerremi croisa les doigts pour qu'il ne lui demande pas de lancer un pouvoir – et d'ascendant Esprit.

Mais Erenor n'eut pas du tout la réaction à laquelle il s'attendait. Il le dévisageait avec étonnement, comme s'il n'en croyait pas ses oreilles.

— De signe Feu et Eau ? Étonnant... Avoir deux signes contraires est quelque chose de rare. Vous devez avoir des pouvoirs considérables, même non maîtrisés.

Cette remarque mit Gerremi mal à l'aise. Dame Korle lui avait dit qu'il était un Dragon atypique, la cheftaine des Guerrières de l'Ouest également... mais l'entendre de la bouche d'une troisième personne était encore plus déroutant.

— La seule personne de signes inverses que je connaisse, c'est Séléna, notre Princesse, poursuivit Erenor, et vous serez sûrement les deux seuls élèves de l'université à en posséder.

— Notre Princesse est un Dragon ? s'étonna Gerremi.

Erenor acquiesça d'un signe de tête et lui jeta un regard étrange, comme s'il s'étonnait de son ignorance.

Le jeune homme maudit intérieurement son village. Istengone n'était qu'une petite bourgade reculée, vivant en quasi-autarcie, où les habitants ignoraient tout de la vie de l'Empire. Ils ne savaient même pas que la Princesse Séléna Vizia s'apprêtait à entrer à l'université, dans l'école où l'on formait les mages hesmonnois... ce n'était tout de même pas anodin ! Pourquoi n'avait-il pas grandi en ville, où il aurait fini par apprendre qu'il était un Dragon, malgré les efforts de ses parents pour le lui cacher ?

Le rôdeur jeta un bref coup d'œil à sa montre à gousset.

— Je suis navré, je vais devoir vous laisser. Il y a des mystères dans ce château que je voudrais élucider. Combien de temps comptez-vous rester ici ?

— Pas plus de deux jours, répondit Gerremi, la route qui mène à Edgera est longue et nous ne savons pas comment sortir de cette forêt maudite.

— Bien. Nous partirons ensemble. Je sais comment quitter cet endroit.

Lorsque le rôdeur sortit de la chambre, Enendel soupira de soulagement. Il attrapa un toast et le couvrit de confiture de fraise et de viande séchée. Gerremi, que ce mélange répugnait, détourna le regard.

— Ne me dis pas que tu as acheté ça ? fit-il en désignant un énorme pot de confiture.

— Je l'ai acheté au tenancier de l'Hermousier pendant que tu prenais le bain, répondit Enendel entre deux bouchées, il le vendait un peu cher, mais ça vaut vraiment le coup. La confiture est délicieuse. Tu devrais la goûter.

Gerremi soupira. Leurs bourses se vidaient à vue d'œil et ils avaient encore un long chemin à parcourir avant d'atteindre Edgera. Pourquoi Enendel avait-il tenu à acheter un pot de confiture aussi cher qu'encombrant ?

— Cet Erenor est étrange, ajouta le jeune Elfe en prenant soin d'ignorer le regard désapprobateur de son ami, il me donne la chair de poule. Quelque chose ne tourne pas rond chez lui.

Gerremi sut qu'Enendel faisait référence à leur discussion sur ses origines.

— Il est étrange, je te l'accorde, mais il connaît beaucoup de choses.

— Ça, je n'en doute pas. Mais il...

Enendel se leva et entrouvrit la porte de la chambre. Il regarda brièvement à l'extérieur, comme s'il s'attendait à ce qu'Erenor soit caché derrière pour les espionner, puis il la referma.

— Il ne m'apprécie pas, acheva le jeune Elfe, il a gardé les yeux rivés sur mon collier pendant toute la conversation. J'y lisais comme du dégoût. De toute façon, je me suis toujours méfié des rôdeurs.

— Je pense surtout que tu n'as pas apprécié lorsqu'il t'a demandé si tu venais des Terres de Fant… je crois que je n'ai jamais rencontré plus patriote que toi.

Enendel ne répondit pas et s'affaira à préparer une nouvelle tartine de confiture.

Gerremi soupira. Il avait tapé dans le mille, comme toujours. Il connaissait trop bien son ami pour que celui-ci puisse lui cacher quoi que ce soit.

Ni Gerremi, ni Enendel ne virent Erenor au cours de la journée, malgré une fouille minutieuse du château.

Le jeune Dragon avait retrouvé la salle dans laquelle s'était tenu le Conseil des siècles auparavant sans difficulté. Il avait passé plus d'une heure à raconter à son ami le combat d'Isendia.

L'après-midi, ils avaient visité l'aile ouest. Ils y avaient trouvé les cuisines, la salle à manger et ce qui semblait être la chambre de la Dame d'Isendia : une pièce où trônait un lit fendu en deux, assez large pour y coucher six adultes.

Enendel, bien entendu, avait beaucoup insisté pour que Gerremi lui montre la Pierre de Vision, mais celui-ci avait catégoriquement refusé. Même s'il connaissait peu Erenor, il prenait ses mises en garde au sérieux.

Leur compagnon ne se montra pas non plus au cours de la soirée. Gerremi commençait sérieusement à se poser des questions à son sujet. Il se demanda, un instant, si Erenor n'avait pas décidé de partir plus tôt d'Isendia, puis il se força à chasser cette pensée de son esprit. Ils se rendaient au même endroit, voyager en groupe était dans leur intérêt à tous.

Enendel, pour sa part, semblait ravi que le rôdeur leur ait faussé compagnie.

— C'est mieux comme ça, dit-il en inspectant l'intérieur de son sac de couchage pour vérifier qu'aucun insecte ne s'y était introduit, ce type ne nous aurait apporté que des ennuis. Crois-moi, Gerremi, j'étais sérieux quand je t'ai dit qu'il me détestait. Pour ce qui est de la forêt, on se débrouillera, ne t'inquiète pas. D'après la légende, celui qui parvient à trouver le château d'Isendia peut sans aucun mal trouver la sortie des bois.

À peine le jeune Dragon était-il entré dans son duvet, qu'il sombra dans un sommeil profond, lourd et sans rêves.

Il fut réveillé en sursaut, au beau milieu de la nuit, par un craquement sonore. La première pensée qui lui vint à l'esprit fut l'effondrement d'Isendia et de la chambre dans laquelle il se trouvait. Il se leva d'un bond et alluma une bougie.

Une vague de soulagement apaisa son esprit lorsqu'il constata qu'aucune fissure n'était visible sur les murs, ni même au plafond. Par réflexe, il regarda de l'autre côté du lit pour voir si Enendel allait bien. Son ventre se noua lorsqu'il s'aperçut que son ami n'était plus là.

Le cœur battant, Gerremi dégaina son épée et sortit en trombe de la chambre. Il appela Enendel à plusieurs reprises, mais n'obtint aucune réponse. À moins que... un bruit léger se fit entendre à l'autre bout du couloir, en direction de la bibliothèque. Une pensée lui vint immédiatement en tête : la Pierre de Vision.

Il courut jusqu'à la salle de lecture et se rua sur la porte située à côté de la cheminée. Il poussa un violent juron lorsqu'il découvrit qu'elle était verrouillée.

— Enendel ! hurla-t-il.

Il tambourina à la porte, puis tenta de la pousser de toutes ses forces. Il essaya même de la transpercer de son épée, persuadé que le bois moisi céderait facilement, mais aucun trou n'apparut sur la surface d'ébène. « Elle doit être ensorcelée, comme la plupart des objets du château », songea-t-il avec dépit.

À l'intérieur de la pièce, un nouveau craquement se fit entendre, suivi de hurlements. Son sang se glaça dans ses veines. Au moment même où il assénait au bois un énième coup d'épée, la porte s'ouvrit à la volée.

Le spectacle auquel il assista lui coupa le souffle. Enendel, agrippé à la Pierre de Vision, flottait à un mètre au-dessus du sol. Son corps était secoué dans tous les sens par une force invisible. Ses mains crispées refusaient de lâcher la sphère qui luisait d'une affreuse lueur bleuâtre.

Sans même réfléchir, Gerremi sauta sur son ami et le plaqua au sol. Une sensation de brûlure se répandit alors dans tout son corps. Il hurla, saisi de violentes convulsions.

Un jet nauséabond lui fouetta le visage, signe qu'Enendel venait de rendre son repas.

Dans un mélange de bleu et de blanc, Gerremi distingua une silhouette en armure noire. Le visage de l'homme était masqué par un heaume surmonté d'une couronne. Le casque laissait entrevoir une paire d'yeux orangés.

Le Seigneur démoniaque parla, mais Gerremi ne parvint pas à comprendre le sens de ses paroles. Son corps fut saisi de nouvelles convulsions, puis ses yeux s'ouvrirent sur la salle abritant la Pierre de Vision.

À moitié sonné, le jeune Dragon crut voir la porte de la pièce voler en éclats et Enendel être violemment projeté contre une étagère branlante. La sphère luisait toujours entre ses mains, comme si des liens invisibles l'y tenaient fermement attachée.

Le jeune Elfe hurla de plus belle.

— Non ! souffla Gerremi.

Vidé de toutes ses forces, incapable de se lever, il remarqua qu'un homme aux cheveux longs venait de pénétrer dans la salle.

Il tenait une petite pierre lumineuse dans sa main et marmonnait des paroles incompréhensibles. « Erenor », songea-t-il.

Le rôdeur tendait un doigt vers le jeune Elfe qui cessa de s'agiter, mais lévita jusqu'au plafond.

— Je vous en supplie, sanglota-t-il, aidez-moi !

Gerremi tenta de bouger, mais en vain, les membres de son corps étaient entièrement paralysés.

Erenor continua de marmonner des incantations tandis qu'Enendel convulsait dans les airs.

Soudain, un rayon noir fusa de la main du rôdeur et vint frapper le torse du jeune Elfe qui fut projeté à terre. La Pierre de Vision roula sur le sol. Aussitôt, Erenor la recouvrit du drap. La lumière vive s'estompa.

Petit à petit, Gerremi sentit la force revenir dans ses membres. Lorsqu'il put de nouveau bouger, il s'élança vers Enendel. Ce dernier respirait faiblement. Il avait le visage crispé, baigné de larmes, et tremblait de tous ses membres.

— Il m'a parlé, balbutia-t-il, le monstre… de Morner… Le…

Erenor s'était à son tour penché vers le jeune Elfe.

— Qu'a-t-il dit ? murmura-t-il comme s'il savait pertinemment de qui Enendel parlait.

Mais le jeune Elfe ne répondit pas à sa question. Il se contenta d'observer Erenor avec des yeux révulsés, au bord de la folie.

— Laisse-moi tranquille ! hurla-t-il d'une voix hystérique, ne t'approche pas !

Gerremi eut un mouvement de recul. Son cœur se serra comme une pensée glaçante s'imposait à son esprit. Et si Enendel devenait fou ?

Erenor observait l'Elfe d'un regard impassible.

— Il faut qu'on le ramène à la chambre, il a besoin de soins. Aidez-moi ! ordonna Gerremi.

Mais le rôdeur ne bougea pas d'un pouce.

— Il vaut mieux le laisser ici, pour l'instant, il s'en remettra seul.

Gerremi le dévisagea avec des yeux ronds.

— Le laisser ? répéta-t-il, vous voudriez le laisser mourir ?

Erenor lui jeta un regard glacial.

— Il faut qu'il parle, qu'il se vide. Il a été torturé par l'aïeul d'Isiltor, Fendhur Trémior. L'ancien Roi de Morner fait partie des souvenirs de la Pierre de Vision, tout comme le Château d'Isendia. Je sais qu'il y a des siècles, Fendhur a tenté d'activer le Trophée de Clairvoyance, enfin les Pierres qui le composent, le Trophée en lui-même n'est qu'un calice. Un fragment de l'âme de Fendhur est inscrit dans chaque Pierre de Vision. Et puisque celle-ci permet de visionner le passé… elle peut nous la faire rencontrer.

« Je vous ai dit, hier soir, que vous avez eu une chance incalculable d'avoir pu voyager dans le passé, sans dommages. Enendel n'a pas été aussi chanceux. Et les Dieux seuls savent ce qu'il serait devenu si je n'avais pas agi.

Erenor jeta à Gerremi un regard moralisateur qui eut le don de l'agacer. Sa contrariété ne fit que croître lorsque l'image du rôdeur marmonnant des incantations, tandis qu'Enendel se tordait de douleur sur le sol, lui revint en mémoire.

L'homme, qui semblait avoir lu dans ses pensées, ajouta :

— Rassurez-vous, tout ce que j'ai fait, c'était dans l'unique but de le sauver. Même si votre ami va sûrement penser le contraire.

Enendel eut une légère quinte de toux, puis il sembla reprendre conscience.

— Gerremi, murmura-t-il d'une voix tremblante, je ne savais pas que ces pierres permettaient de communiquer avec les morts… Il… il m'a demandé qui j'étais, d'où je venais. Lorsque je lui ai répondu que j'étais Hesmonnois… il m'a ri à la figure.

Il m'a dit que je n'appartenais pas à Hesmon, mais bien à Morner, que je n'étais qu'un brave chien qui allait bientôt avoir le plaisir de servir son maître. J'ai essayé de lui prouver le contraire… mais il m'a torturé…

Enendel frissonna.

— Et lui – il désigna Erenor d'un doigt rageur –, il est apparu dans ma vision. Il marmonnait des formules étranges et il me demandait sans arrêt de lui répéter les paroles du monstre.

Le jeune Elfe jeta un regard meurtrier au rôdeur.

— Tu m'encourageais à lui répondre ! À parler avec lui !

Erenor désapprouva d'un signe de tête.

— Cessez de dire des âneries, je n'ai fait que vous sauver. Un peu brutalement, je l'avoue, mais si je n'étais pas intervenu, le Roi Fendhur vous aurait rendu fou. Ou tué, peut-être…

— Les disputes n'arrangeront rien, tempéra Gerremi tout en aidant Enendel à se lever, nous sommes tous épuisés. On en rediscutera demain.

Le lendemain, lorsque Enendel fut rétabli, Gerremi s'empressa de faire les préparatifs du départ. Il comptait quitter le Château d'Isendia le plus vite possible, convaincu que tout ce qui s'y trouvait était dangereux.

Le jeune Elfe partageait le même avis. À présent, il avait tellement peur de la Pierre de Vision, qu'il souhaitait mettre le plus de distance possible entre elle et lui. Erenor, à la grande déception d'Enendel, confirma son intention de les suivre.

Le trio partit le surlendemain, dès les premières lueurs de l'aube. Un couple de rossignols accompagnait d'un chant enthousiaste leur départ, comme si Isendia se réjouissait à l'idée de voir les intrus s'en aller. Le château allait enfin replonger dans le sommeil.

— Il faut vous méfier de cette forêt, les mit en garde Erenor lorsque la grande allée qui menait à Isendia se transforma en sentier, elle est vivante. Elle évolue sans cesse donc les chemins ne sont pas faciles à suivre. Il ne faut se fier qu'à notre sens de l'orientation. C'est simple, nous devons nous rendre au nord-ouest. Il faut veiller à garder notre cap même si nous sommes contraints de passer par des rivières ou des champs de ronces. Surtout, il ne faut pas se fier aux boussoles. Le soleil et la mousse des arbres sont nos meilleurs alliés.

Gerremi remarqua qu'Erenor était très habile en matière d'orientation et, malgré de nombreux caprices de la part de la forêt – le chemin sur lequel ils se trouvaient changea de forme au moins une centaine de fois –, ils parvinrent à atteindre l'orée du bois sans trop de difficultés.

De ce côté de l'Empire, les collines boisées avaient succédé à de hauts plateaux rocheux et déserts. La chaîne d'Edgera se dressait à l'horizon, majestueuse et imposante.

L'ascension des contreforts fut particulièrement éprouvante. Le froid et la fatigue ne firent qu'envenimer l'ambiance tendue qui régnait au sein du groupe.

Depuis leur départ d'Isendia, Enendel n'avait pas adressé un seul mot à Erenor. Il voyageait en silence et ne rompait son mutisme que pour discuter de l'attribution des tours de garde ou des corvées journalières. Gerremi devait attendre que le rôdeur s'éloigne du campement – ce qu'il faisait régulièrement pour repérer d'éventuels dangers – pour qu'Enendel retrouve son entrain et sa bonne humeur.

Erenor, pour sa part, ne semblait pas se plaindre du manque de considération de son compagnon. Il se contentait d'ignorer l'Elfe, comme s'il n'existait pas. Gerremi, épuisé par son rôle de médiateur, avait souvent recours à la méditation pour calmer sa mauvaise humeur.

Partie II

Chapitre 1
Edselor

À cause des nombreuses intempéries qu'ils durent affronter dans le col d'Ectaras, les voyageurs mirent plus de temps que prévu pour atteindre l'autre versant de la montagne, celui qui donnait sur la vallée d'Eralion, au cœur de laquelle était bâtie la Cité Impériale d'Edgera. Ils devaient pourtant se dépêcher… ils avaient déjà bien entamé la dernière semaine du mois de Lalize et ils devaient arriver à l'École Edselor avant le Venesi soir.

Plus ils progressaient, plus le poids de la fatigue leur pesait. À cela s'ajoutait une angoisse grandissante, du moins pour Gerremi – Erenor et Enendel restaient égaux à eux-mêmes. Le jeune homme appréhendait sa rencontre avec d'autres Dragons. Comment réagirait-on lorsque l'on découvrirait l'étrangeté de ses pouvoirs et son ascendance ordinaire ? Allait-on le renvoyer chez lui sous prétexte qu'on ne pourrait jamais lui apprendre à maîtriser ses dons ? Cette pensée envahissante lui donnait la nausée et l'empêchait de trouver le sommeil.

Pour leur dernier jour de voyage, les jeunes gens purent, malgré tout, se réjouir. Les tempêtes de neige glaçantes firent place à un soleil éblouissant qui leur offrit un panorama imprenable sur la vallée d'Eralion. Cette dernière, qui s'étendait à perte de vue, était traversée par une route bordée d'un fleuve.

La Cité fortifiée d'Edgera, bâtie sur la partie la plus élevée du vallon, déployait ses maisons blanches sur des lieues entières.

À contempler ce spectacle, Gerremi sentit sa gorge se nouer. Le moment fatidique où il franchirait les portes d'Edselor se rapprochait à grands pas...

— Tout se passera bien, lui glissa Enendel.

Le jeune Dragon sursauta. Perdu dans ses pensées, il n'avait pas entendu son ami arriver.

— De quoi parles-tu ? se défendit-il.

— Je sais bien ce qui t'angoisse, je te connais par cœur. Tu as peur de ne pas avoir ta place à Edselor.

Gerremi déglutit.

— Je ne suis pas un Dragon comme Erenor. Tout est étrange chez moi, à tel point que mes parents m'ont caché mes pouvoirs pendant des années. Tu crois sincèrement que je vais réussir à m'intégrer là-bas ?

— J'en suis persuadé. Si Dame Korle, notre Maire et la Directrice d'Edselor en personne t'ont autorisé à étudier dans cette université, tu n'as aucun souci à te faire. Relis ta lettre d'admission si ça peut te rassurer, tu pourras constater que tu es attendu.

Le jeune Dragon esquissa un sourire timide et s'engagea à la suite d'Enendel sur le sentier sinueux qui descendait la montagne.

Les souvenirs du voyage que Gerremi avait fait à Edgera, des années plus tôt, lui revenaient en mémoire à mesure qu'ils s'approchaient de la Cité, lui permettant de penser à autre chose qu'à l'École Edselor.

Partager ses connaissances avec ses compagnons – en particulier avec Enendel, qui n'avait jamais eu l'occasion de quitter Istengone – se révéla être un exercice antistress très amusant.

— Edgera a été bâtie en l'an 300 de l'Ère Seconde sous le règne du Roi Oler, mais c'est sous l'Ère Troisième, grâce à l'Impératrice Kera Vizia en l'an 120, qu'elle est devenue une Cité cosmopolite, réputée pour sa richesse, mais également pour sa solidité. Regardez ces remparts, ils mesurent plus de trente mètres de haut et quelle épaisseur… sans parler des portes de la ville, protégées par une série de quatre herses métalliques… il faudrait une armée exceptionnelle pour prendre Edgera.

Enendel, attentif aux commentaires de son ami, se tordait le cou pour admirer la muraille.

Lorsqu'ils franchirent les portes de la ville, ils furent littéralement noyés au milieu d'une foule de passants qui se pressaient vers les étals colorés des boutiques.

Après avoir passé près de deux semaines à cheminer sur des routes isolées, Gerremi apprécia fort bien cette effervescence. Il était bon de retrouver la civilisation. Cela n'était malheureusement pas au goût d'Erenor qui affichait une mine encore plus patibulaire qu'à l'accoutumée.

Tandis que les yeux de Gerremi se tournaient vers la statue de Lébasien Vizia – le premier Empereur d'Hesmon –, dressée à l'endroit où la rue principale s'élargissait pour former une vaste place commerçante, Enendel se rua vers une échoppe à la devanture rouge et or, présentant une large collection de petits pains fourrés.

Erenor leva les yeux au ciel lorsque son compagnon revint avec un sac rempli de gâteaux. Sans même lui prêter attention, Enendel mordit dans une pâtisserie avec avidité.

— Ah, enfin autre chose que de la viande séchée… Hum… c'est délicieux, tu devrais en goûter un, Gerremi. Ils ont fourré les pains avec du porc caramélisé et une sauce épicée… je ne savais pas qu'on pouvait marier ces aliments.

Le jeune Dragon accepta avec joie. Le gâteau fondit dans sa bouche, libérant une explosion d'arômes sucrés-salés addictifs.

— Le quartier du commerce, où nous sommes actuellement, est le cœur de la capitale, expliqua Gerremi en engloutissant une nouvelle pâtisserie, si on continue tout droit, derrière la Grand-place, on arrive aux halles de la ville, là où se tient le marché couvert. Il vaut vraiment le coup d'œil. On y trouve des produits qui viennent d'un peu partout. Tout autour de la place des halles, vous pourrez trouver un large choix de tavernes et d'auberges.

« Par là – Gerremi désigna une grande allée qui descendait en pente douce sur leur gauche – on peut se rendre aux arènes. Elles organisent toutes sortes de spectacles de gladiateurs ou de courses de chars à couper le souffle, ça vaut le détour, je vous assure. Cette route mène également au port, aux entrepôts marchands et à de nombreux quartiers d'habitation.

Le jeune Dragon marqua une courte pause et mangea un nouveau pain fourré.

— Vraiment très bonnes ces choses… Si on prend à droite, on arrive sur les hauteurs d'Edgera, où l'on trouve les quartiers riches, le quartier culturel avec ses théâtres, ses musées, ses bibliothèques et, surtout, le Parc de Tyfana, le plus bel endroit de la Cité. Les arbres viennent des quatre coins de l'Empire. On y trouve des centaines de cavités creusées à même la roche, décorées et aménagées pour y prendre un thé ou une bière entre amis.

« Le seul autre parc qui vaut peut-être celui-là, ce sont les jardins du Palais Impérial, situés tout en haut de la ville. Ils sont ouverts au public. L'esplanade du palais est aussi très belle. Je pense qu'on peut aller y jeter un coup d'œil.

— Avec plaisir ! s'enthousiasma Enendel.

Mais Erenor ne semblait pas de cet avis.

— Vous êtes sérieux ? s'étonna-t-il, vous pensez sincèrement qu'on a le temps pour les visites ? Je n'ai aucune envie de traîner ici plus longtemps. Les cours commencent dans quatre jours et je voudrais profiter du temps qui nous reste pour améliorer mes pouvoirs. Nous ferions mieux de demander notre chemin, car je doute que l'un de vous sache où se situe Edselor. À moins que notre très estimé guide touristique puisse nous y conduire ?

Gerremi le foudroya du regard. Il s'apprêtait à répliquer, mais Enendel le devança :

— Tu ne le sais pas toi-même ? Je croyais que tu connaissais cette Cité par cœur, comme tu nous l'as si bien fait remarquer ces derniers jours.

Erenor lui jeta un regard assassin.

— Guide-nous, Erenor, poursuivit-il d'un ton moqueur, je meurs d'impatience de comparer tes talents à ceux de Gerremi.

— Tais-toi, tu me fatigues, râla le rôdeur.

Il s'éloigna en direction d'une femme coiffée d'un chignon complexe et revint vers eux quelques instants plus tard, le visage pourvu d'un air supérieur.

— L'École Edselor est située à l'ouest de la Cité, pas dans Edgera même. Nous devons rester sur la route principale. Lorsque nous aurons dépassé la place des halles, il faudra continuer tout droit puis bifurquer à gauche sur la rue d'Ornégat, que nous devrons descendre jusqu'à la porte ouest. Edselor se trouve juste derrière.

Après une dizaine de minutes de marche à travers les rues animées d'Edgera, ils parvinrent à une grande porte dessinée à l'intérieur des remparts. Elle donnait sur une route pavée, encadrée d'arbres. Tout au bout de l'allée, à une centaine de mètres de là, se dressait un château de pierre blanche, entouré d'une muraille et de douves. Le pont-levis était gardé par cinq soldats.

Lorsque Gerremi reporta son attention sur le porche majestueux placé derrière – sur lequel on pouvait lire : « *Dragons et amis de l'Empire d'Hesmon, Edselor vous ouvre les portes de la sagesse et du savoir »* – une nuée d'angoisse l'envahit. L'heure des révélations approchait... Et si on lui refusait l'accès à l'université sous prétexte qu'il ne savait maîtriser aucun pouvoir ? Ou que son ascendance ordinaire ne faisait pas réellement de lui un Dragon ?

Tout en s'efforçant de chasser ces pensées négatives, Gerremi franchit le pont-levis, Erenor sur ses talons. Lorsqu'il se retourna, il remarqua qu'Enendel n'avait pas bougé d'un pouce.

— Je crois que je vais devoir vous laisser ici, s'excusa-t-il, je ne suis pas un Dragon. Il vaudrait mieux que j'aille me payer une chambre dans une auberge.

— Ça ne te coûte rien de venir, fit valoir Gerremi, il y a marqué « *Dragons et amis de l'Empire d'Hesmon* » sur le porche, si tu veux mon avis, tu as tout à fait le droit de nous accompagner.

Le jeune Elfe acquiesça d'un signe de tête, rabattit ses cheveux sur ses oreilles en pointe et s'engagea d'un pas mal assuré sur le pont-levis. À son grand soulagement, aucun des gardes ne lui fit la moindre remarque.

Gerremi fut subjugué par la beauté du château qui se dressait devant lui. Fenêtres en forme d'arcades et balcons sculptés se succédaient en toute symétrie.

Autour du bâtiment, un immense parc s'offrait aux élèves. On pouvait y apercevoir des arbres de variétés diverses entre lesquels serpentaient des sentiers fleuris. Certains chemins étaient pourvus de bancs de pierre, tous pris d'assaut par des groupes d'étudiants vêtus de capes vertes, bleues, rouges, jaunes ou violettes, brodées d'un dragon d'argent.

La partie est du parc comportait trois étangs à l'eau claire. Groupes d'amis et couples étaient allongés dans l'herbe tout autour, profitant de la caresse du soleil.

Le hall d'entrée d'Edselor était une longue pièce au sol marbré, éclairée par des fenêtres à l'encadrement doré.

Une dizaine d'étudiants richement vêtus évoluaient à travers deux rangées de colonnes de marbre noir, disposées à intervalles réguliers le long d'un tapis rouge. En haut de chaque pilier figurait un blason représentant chacun un dragon entouré d'éléments différents.

Au fond de la salle, sur une estrade de marbre, un fauteuil majestueux en bois d'ébène dominait les lieux. Il était entouré de cinq bancs disposés en arc de cercle.

Edselor avait beau être une université prestigieuse, jamais Gerremi ne se serait attendu à pénétrer dans un hall de cette envergure. Il songea que ses dirigeants devaient aimer l'opulence pour aménager un simple vestibule en salle du trône digne d'un palais impérial. Il se sentait tout petit dans cet environnement fastueux, si éloigné de la simplicité de son foyer natal.

À peine les voyageurs avaient-ils parcouru quelques mètres, qu'un homme vêtu d'une élégante tunique violette s'avança vers eux.

— Bienvenue à l'École Edselor, je suis M. Orles, je suis chargé d'accueillir les visiteurs. Que puis-je pour vous, messieurs ?

Ce fut Erenor qui prit la parole en premier.

— Je me nomme Erenor Yok, fils de Perrion et Galla, – il se tourna vers ses camarades – et voici M. Téjar et M. Galarelle. Nous sommes ici pour débuter nos études.

Un large sourire éclaira le visage de l'homme. Il fit signe aux trois nouveaux de patienter sur les bancs entourant le trône, pendant qu'il partait chercher la Directrice de l'établissement.

Quelques minutes plus tard, une porte s'ouvrit dans leurs dos. Le cœur de Gerremi bondit dans sa poitrine lorsque l'Empereur d'Hesmon, reconnaissable à la couronne d'or frappée d'un arbre en diamant qu'il portait sur la tête, pénétra dans le vestibule.

C'était la première fois que le jeune homme voyait son souverain en chair et en os. D'une taille plutôt grande, il avait un port altier qui allait de pair avec son visage aux traits réguliers.

La femme qui l'accompagnait était grande, fière et tout aussi distinguée. Elle avait élégamment rejeté sa cape bleue par-dessus son épaule droite, laissant entrevoir une robe de satin noir, brodée de fils d'or. Ses cheveux bruns étaient relevés sur sa nuque en une coiffure complexe.

Elle était suivie de près par M. Orles et par un homme d'âge mûr à la large panse, qui tenait un rouleau de parchemin à la main.

Gerremi et ses compagnons s'inclinèrent respectueusement.

— Bienvenue à l'École Edselor, les accueillit la femme, je me nomme Alexiana Jérola, fille d'Ernol et d'Essie. J'ai l'honneur d'être la Directrice de cet établissement. Sa Majesté Edjéban Vizia, le Seigneur Veneck, mon vice-directeur et trésorier, et moi-même sommes enchantés de vous recevoir. M. Orles m'a prévenue que vous débutiez votre scolarité… Quels sont vos noms ?

Lorsqu'ils se présentèrent, le Seigneur Veneck parcourut son registre des yeux.

— J'ai en effet les noms de M. Téjar et de M. Yok, rapporta-t-il, ce sont les deux élèves qui nous manquaient, mais M. Galarelle, je ne le vois nulle part…

Gerremi remarqua qu'Enendel tortillait nerveusement ses mains. Lorsque la porte d'entrée s'ouvrit sur un homme au visage rond, un courant d'air balaya la pièce. Les cheveux de l'Elfe volèrent, dévoilant ses oreilles pointues.

— Pardonnez-moi, dit Enendel en s'inclinant, je ne suis pas un Dragon. J'accompagne Monsieur Yok et Monsieur Téjar. Je souhaite m'engager dans l'Armée Impériale.

Cette nouvelle parut ravir l'Empereur dont le visage affichait désormais un large sourire.

— Un Elfe hesmonnois qui désire s'engager dans mon Armée…, répliqua le monarque, je ne peux me priver de cet honneur – Enendel s'inclina à nouveau, tout en faisant de son mieux pour ne pas laisser transparaître son étonnement. Nous n'avons, à ma connaissance, aucun Elfe en Hesmon.

Il se tourna vers la Directrice et ajouta :

— Dame Jérola, je pense sincèrement que vous devriez laisser M. Galarelle dormir dans votre établissement en compagnie de ses amis. Vous avez bien plus de lits qu'il n'y a d'élèves ou d'employés.

Enendel sursauta. Ses yeux brillaient d'incrédulité et de reconnaissance.

— Majesté, je ne sais comment… vous remercier…

L'Empereur lui fit gentiment signe de se taire.

— Monsieur Galarelle, sachez que je n'ai jamais accordé ce privilège à qui que ce soit. Avoir un Elfe dans ses rangs est aussi rare que précieux. J'ai entendu beaucoup d'échos positifs sur votre race et sur votre habileté au combat. J'aimerais m'assurer qu'ils sont véridiques. Je vais vous laisser un mois d'essai. Si les rapports de vos supérieurs sont bons, je m'engage à prendre en charge une partie de votre chambre à Edselor. L'autre partie sera prélevée sur votre salaire.

Si, de prime abord, la Directrice avait semblé sceptique à l'idée de laisser Enendel dormir dans son école, elle affichait désormais un visage rayonnant.

— Vous avez raison, votre Majesté. Monsieur Galarelle Enendel, votre présence dans mon école est un honneur.

Puissiez-vous trouver un toit, ici, parmi les Dragons de notre Empire. Nous avons pour habitude de faire loger nos invités dans des appartements privés au quatrième étage du château, mais, si vous préférez rester avec vos amis, vous pouvez également partager leur chambre.

Enendel, intimidé, choisit la deuxième option.

La Directrice acquiesça d'un signe de tête, réajusta sa coiffure complexe et ajouta :

— Après que M. Hénoy – elle désigna l'homme au visage rond – vous aura présenté le château et montré votre chambre, j'aimerais que vous passiez à mon bureau pour discuter des modalités de votre séjour. M. Hénoy vous y conduira. Sur ce, Messieurs, passez une bonne journée et préparez-vous pour la réception d'ouverture de ce soir. Une grande fête nous attend.

M. Hénoy, qui exerçait la fonction de surveillant, emmena les jeunes gens dans un couloir au sol de marbre blanc, éclairé par de larges fenêtres en forme d'arcades. La décoration alternait entre niches pourvues de bancs, torchères en forme de dragon, et peintures de la Cité d'Edgera.

Après bifurcation, le couloir se séparait en trois chemins.

— La porte devant vous donne sur le réfectoire, expliqua le surveillant, vous le découvrirez ce soir, mais je peux vous garantir qu'on y sert les mets les plus raffinés de tout l'Empire, voire de toute la Terre des Mondes. Si vous prenez le premier couloir à gauche, vous irez vers les amphithéâtres où se tiendront les cours communs et les conférences. Vous trouverez également les salles de classe d'enseignement ordinaire, c'est-à-dire : Histoire, étude de la religion, herbologie, sciences, littérature et mathématiques, et les thermes réservés aux élèves.

— Eh oui, Gerrem', lui glissa Enendel d'un ton moqueur, encore des mathématiques et des sciences. Tu vas t'amuser.

Le jeune Dragon lui répondit par un léger coup de coude dans les côtes, qui manqua de faire éclater de rire son ami.

— Concernant le fonctionnement de votre scolarité, continua M. Hénoy, sachez que cinq années sont nécessaires pour obtenir votre diplôme du Dragon d'Or. Les trois premières années sont dites de « premier cycle ». Vous y suivrez vos cours journaliers comme dans n'importe quelle autre école. À partir de la quatrième année, lorsque vous commencerez à bien maîtriser vos pouvoirs, vous passerez à la phase dite « supérieure ». Il vous sera attribué un Magastel, un Maître, qui vous prendra sous son aile comme disciple. Vous suivrez toujours vos cours Dragon, plus quelques matières ordinaires de votre choix, mais, la plupart du temps, vous serez en compagnie de votre Maître. Il vous permettra de parfaire l'utilisation de vos pouvoirs et de vous orienter vers le métier de votre choix. Mais passons, vous avez encore trois années devant vous.

Ils prirent le chemin de droite et se retrouvèrent dans une vaste pièce recouverte d'un dôme aux vitraux colorés.

Deux escaliers à la symétrie parfaite s'élançaient vers les étages supérieurs. Juste derrière, une porte à doubles battants laissait entrevoir le hall de l'école.

— Nous voilà au centre de l'établissement. Vous pouvez vous promener comme bon vous semble dans les trois premiers étages, mais le quatrième est entièrement réservé aux professeurs et au personnel de l'université. Notre école a la particularité de posséder de nombreux passages secrets. Nous comptons plus d'une centaine de portes dérobées derrière lesquelles vous pourrez découvrir un joli salon pour vous retrouver entre amis, auprès d'un feu de cheminée. Si vous souhaitez plus d'informations à ce sujet, je vous invite à questionner vos camarades plus âgés.

M. Hénoy jeta un bref coup d'œil à ses élèves. Un sourire satisfait se dessina sur son visage lorsqu'il nota leur émerveillement. Sa présentation faisait de l'effet... Même Erenor, qui marquait un point d'honneur à masquer ses émotions, observait les lieux d'un œil ébloui.

Le surveillant s'engagea dans les escaliers et dit d'une voix dynamique :

— Si vous montez au premier étage, vous atteindrez les salles de classe réservées aux cours Dragon – Gerremi se demanda à quoi pouvait bien ressembler une salle de cours « Dragon » –, les bureaux des professeurs et celui de la Directrice. Au deuxième étage, vous trouverez la bibliothèque, des salles d'étude et les quartiers généraux des corporations. Ces mini guildes sont la fierté de notre établissement. Elles sont au nombre de douze et sont entièrement gérées par les étudiants. Chacune se concentre sur une activité de loisir. On peut ainsi retrouver le combat en armes, les duels Dragon, l'Art Dragon, la broderie, la littérature, la lutte hesmonnoise, le chant et la musique, la médecine, l'Alchimie, la philosophie, la peinture et l'orfèvrerie. Chaque corporation organise ses propres réceptions et ses propres sorties. Elles possèdent un droit d'entrée dans certains établissements d'Edgera : arènes, musées, restaurants... Inutile de souligner que de nombreux Dragons désirant devenir Magastels repèrent leurs futurs disciples au sein des corporations. Je vous encourage vivement à vous y inscrire.

« Le troisième étage regroupe les dortoirs des élèves, le Temple et ses offices de prière, et quelques pièces d'étude. Chaque chambre possède sa propre salle de bain, mais, si vous le souhaitez, vous pouvez utiliser les thermes. Vous y accéderez depuis le rez-de-chaussée ou depuis les parties communes de vos dortoirs, si vous ne craignez pas les longs escaliers. Je dois simplement vous rappeler qu'ils sont interdits après l'heure du couvre-feu. Faites-y un tour, tout à l'heure. On y trouve des saunas, des bains à vapeur et différentes piscines. Bien entendu, comme vous pouvez vous en douter, la mixité est interdite dans les thermes comme dans les dortoirs. J'insiste bien sur ce point puisque nous avons des transgressions tous les ans. N'essayez pas de biaiser, vous pourriez amèrement le regretter.

M. Hénoy secoua la tête, comme pour chasser un souvenir particulièrement traumatisant à ce sujet.

— Comme je l'ai déjà précisé, le quatrième étage est strictement interdit aux élèves.

Le surveillant s'arrêta devant une arche de marbre blanc, encadrée par deux statues de dragon.

Sur le mur, une tenture brodée de fils d'or indiquait qu'il s'agissait du dortoir des hommes.

— Le dortoir des femmes se situe à l'autre bout du couloir. Le couvre-feu est en vigueur tous les jours de la semaine, même si vous n'avez pas cours le Sameri et le Dislarion. Vous ne pouvez pas dépasser cette arche entre dix heures du soir et six heures du matin. En cas de non-respect du couvre-feu, vous vous exposez à des sanctions.

M. Hénoy les conduisit jusqu'à une porte de bois portant le numéro 90. Il remit à chacun deux rouleaux de parchemin et une clé.

— Vous trouverez ici le plan d'Edselor et le règlement intérieur. Étudiez-les avec attention. Les capes, obligatoires dans l'établissement, sont rangées dans vos armoires. Leur couleur varie en fonction de votre année d'étude. Les élèves de première année sont toujours en vert. Vous verrez qu'il y a plusieurs tailles de cape, merci de prendre celle qui vous convient et de ramener les autres au bureau de Madame Berin, notre couturière. Si besoin, elle pourra vous faire quelques retouches. Si vous souhaitez des capes supplémentaires, il faudra vous adresser à elle, directement. Tout est indiqué sur le plan.

« Pour information, la réception d'ouverture commence ce soir à huit heures. Dîner gastronomique et bal seront au programme. Exceptionnellement, le port de la cape ne sera pas en vigueur, mais je vous conseille de mettre vos plus belles tenues.

Il jeta un regard peu amène aux vêtements de voyage sales et rapiécés des nouveaux.

— Je vous souhaite une bonne installation et une excellente journée.

Il s'inclina pour les saluer et fit signe à Enendel de le suivre pour son entrevue avec la Directrice.

Chapitre 2
Nouvelles rencontres

La chambre était une grande pièce rectangulaire, meublée de façon fonctionnelle. Deux lits encadraient la porte d'entrée et deux autres étaient adossés au mur du fond. Chaque couche disposait d'un bureau muni d'étagères, d'une armoire, d'un coffre cadenassé et d'un miroir.

Une cheminée au manteau marbré, placée sur le mur de droite, apportait une note d'élégance à la chambre.

Tout au fond, une fenêtre cerclée de bronze offrait une vue plongeante sur un labyrinthe décoratif dominé par le mur d'enceinte d'Edselor. Une centaine de mètres derrière, on pouvait apercevoir les hauts remparts d'Edgera.

Épuisé par son voyage, soulagé que la Directrice l'ait accepté sans lui poser de questions, Gerremi s'étendit sur son lit. Jamais, encore, il n'avait eu l'occasion de toucher des draps aussi soyeux. Leur contact était si doux, le matelas si confortable, qu'il s'endormit aussitôt.

— Gerremi ?

Le jeune Dragon grogna. Enendel lui secouait doucement l'épaule.

— Il est bientôt six heures. La réception d'ouverture commence dans deux heures. Tu ferais mieux de te préparer. Va donc aux thermes, c'est… impressionnant.

Gerremi s'étira tout en opinant.

Lorsqu'il revint des bains – où il avait passé près d'une heure à tester les différents saunas, bains à vapeur et bassins parfumés à la température plus ou moins chaude –, il remarqua que la porte de la chambre était grande ouverte.

Un jeune homme au visage impérieux, dont les cheveux bruns cascadaient avec grâce sur ses épaules, se tenait face à Enendel et Erenor. À en juger par ses vêtements incrustés de fils d'or et de pierres précieuses, il devait s'agir d'une personne extrêmement fortunée.

Les trois garçons qui l'accompagnaient étaient, eux aussi, richement vêtus.

— Voici les fameux nouveaux, lança le jeune homme aux cheveux bruns, à en juger par vos accoutrements, je dirais que vous n'êtes pas nobles. N'ai-je pas raison ?

Allant de pair avec son apparence, le ton de sa voix frisait l'arrogance.

Tout en ignorant le regard meurtrier que lui lançait Erenor, le jeune homme poursuivit :

— Je me nomme Stève, fils de Méyon et Norane, de la Maison Or'cannion. Je viens de la Cité d'Ornégat, dont mon père est l'Intendant. Ma famille occupe ce poste depuis près de dix générations.

Gerremi avait déjà entendu parler des Or'cannion. Ils étaient réputés pour leur fortune et leur proximité avec l'Empereur. C'était une famille très haut placée dans la société hesmonnoise.

Les compagnons de Stève – tous aristocrates depuis des générations entières – se présentèrent sous le nom de Bruce Arembler, Viktor Théorsec et Myael Echan.

Stève balaya la salle de ses yeux verts. Il porta une attention toute particulière à la tenue de cuir et à la cape noires qu'Erenor avait posées sur son coffre. Pour la réception, le rôdeur avait troqué son armure contre une tunique élégante.

— Je vous ai vu, tout à l'heure, dans cette armure. Vous êtes un vagabond, vous. Quel est votre nom ?

— Erenor Yok, cela vous pose-t-il un problème ?

Stève frissonna devant le regard peu amène de son interlocuteur. Un détail dont Erenor se délecta.

— Non, absolument pas, répondit-il d'un ton sec, et vous – il se tourna vers Gerremi et Enendel – à qui ai-je l'honneur ?

Lorsque les deux amis se présentèrent, Stève leur lança un regard réprobateur.

— Je n'ai jamais entendu parler des Téjar et encore moins d'Istengone. J'imagine que vous devez être le fils de petits bourgmestres ou de marchands... des bourgeois misérables qui se sont enrichis grâce à leurs pouvoirs de Dragon. Il y en a des centaines comme vous dans la province d'Ornégat. Ils ne pensent qu'à lécher les bottes de mon père pour s'attirer ses faveurs et s'élever dans la société.

L'image du père de Yasmina faisant des courbettes devant le Maire d'Istengone s'imposa aussitôt à l'esprit de Gerremi. Il était, précisément, le genre de personne que Stève mépriserait. Mais ses parents étaient tout le contraire. Ils ne devaient leur réussite qu'à leurs propres compétences.

— Mon père n'est pas un misérable bourgeois qui lèche le derrière des nobles. Il a trop d'honneur pour s'abaisser à de telles idioties. Il est le meilleur forgeron d'Istengone et il gagne son argent dignement. Ma mère s'occupe de la maison.

Stève lui jeta un regard empreint de pitié, comme si Gerremi venait de lui révéler qu'il vivait à la rue.

— Vos parents sont des Dragons..., ou au moins l'un d'eux, qu'ont-ils fait pour mériter de vivre dans un trou à rats comme de pauvres gueux ordinaires ? Lorsque l'on étudie à Edselor, tous les plus hauts postes nous sont ouverts, non ?

— Nous sommes forgerons de père en fils, mentit Gerremi qui ne voulait surtout pas que Stève découvre sa non-ascendance Dragon.

Son camarade le dévisagea avec dégoût.

Bruce Arembler, un jeune homme châtain à la silhouette élancée, s'avança vers Enendel et le détailla de la tête aux pieds.

— Vous vous nommez Enendel Galarelle, c'est cela ? – celui-ci acquiesça d'un signe de tête. J'ignorais qu'il y avait des Elfes en Hesmon. Je vous croyais retranchés en tribus au nord de la Terre des Mondes. Pourquoi avoir quitté votre peuple ?

— Je SUIS de l'Empire d'Hesmon et non d'un autre royaume elfique ! cracha Enendel, j'ai grandi à Istengone dans le foyer de Max et Lauria Galarelle, deux soldats hesmonnois. Je ne suis pas un étranger.

Viktor Théorsec, un homme blond de très grande taille, à la musculature avantageuse, s'approcha d'Enendel et le toisa de ses yeux bleus.

— Je ne savais pas que les Elfes étaient des Dragons, il me semblait que ce pouvoir n'avait été attribué qu'aux Hommes.

Gerremi sentit ses membres se raidir. La conversation s'orientait vers un sujet qu'il voulait à tout prix éviter : les Dragons. Il ne faisait aucun doute que Stève, Bruce, Viktor et Myael savaient déjà maîtriser quelques pouvoirs, tout comme Erenor.

— Je ne suis pas un Dragon, avoua Enendel, notre Empereur m'a autorisé à dormir au pensionnat. En échange, je dois m'engager dans l'Armée Impériale. Il m'a justement offert ce privilège parce que je suis un Hesmonnois de race elfique.

Une lueur mauvaise, emplie de jalousie, s'alluma dans les grands yeux de Stève.

— Vous n'avez pas à être ici, cracha-t-il, peut-être l'Empereur a-t-il jugé bon de vous laisser une chance parce que vous êtes un Elfe, mais, en aucun cas, vous avez le droit de dormir dans les dortoirs des élèves.

— La Directrice m'y a pourtant autorisé, j'ai ici un accord de sa part.

Il désigna une feuille frappée du sceau d'Edselor – deux Maezules entrelacés –, posée sur sa table de chevet.

Pris d'une rage soudaine, Stève fit apparaître une petite boule rouge sifflante au creux de sa main et la jeta sur Myael – un jeune homme maigrelet qui semblait avoir quatorze ans –, stratégiquement caché derrière Viktor. Le garçon s'étala par terre sous les rires moqueurs de ses amis.

Stève décrivit un cercle avec ses mains. Un bouquet d'étincelles électriques explosa à la figure de son camarade.

— Enfin, Myael, le taquina-t-il d'un ton mauvais, relève-toi, petit, il va falloir t'endurcir si tu comptes rester dans cette université.

« Impressionnant, non ? ajouta-t-il à l'adresse de Gerremi, d'Erenor et d'Enendel. Mis à part l'Elfe-soldat, vous savez maîtriser quelques pouvoirs ?

— Bien entendu, répliqua Erenor.

Il fit un geste complexe de la main et projeta une vague mauve et crépitante sur Stève. Ce dernier chuta à terre sous l'impact. Avant même qu'il n'ait pu effectuer le moindre mouvement, Viktor reçut un rayon noir dans le ventre, qui le fit se courber en deux.

Enendel glissa habilement vers Bruce et le fit tomber d'un mouvement de hanche.

Stève se releva, fulminant de rage. Il voulut se jeter sur Erenor, mais Myael s'interposa. Au prix de nombreux efforts – son camarade avait une force bien supérieure à la sienne –, il parvint à lui immobiliser le bras. D'un geste de la main, il fit signe à ses deux autres compagnons de ne pas bouger.

— Il y a des surveillants dans les couloirs, fit-il valoir, nous n'avons même pas commencé les cours, vous voulez déjà être renvoyés ?

— Lâche-moi, minable, ragea Stève, vous avez de la chance que les pouvoirs Dragon soient interdits en dehors des cours, mais si je vous retrouve hors de l'école, vous allez le regretter. Personne ne lève la main sur un Or'cannion, un Théorsec ou un Arembler.

Il sortit de la chambre d'un pas contrarié, ses amis sur ses talons.

Gerremi se laissa tomber sur son lit en soupirant.

— Tu n'aurais pas dû l'attaquer, Erenor, je n'ai pas envie d'avoir la famille Or'cannion sur le dos.

Le rôdeur haussa les épaules.

— Je n'ai que faire de sa famille.

Il sortit un ruban de son sac, s'attacha les cheveux en catogan et s'enferma dans la salle de bain.

Gerremi, Enendel et Erenor quittèrent leur chambre un peu avant huit heures. Le plan que leur avait fourni M. Hénoy se révéla être d'une grande utilité. Le château était si grand, les couloirs si nombreux, qu'on avait vite fait de se perdre.

Le réfectoire était une salle au sol de marbre bleu, entourée de colonnes, de cheminées au manteau incrusté de pierres précieuses et de niches abritant des statues de Dieux. Le plafond était si haut qu'on devait se tordre le cou pour apercevoir ses arcs délicats.

La salle était remplie de tables rondes, nappées de blanc, entre lesquelles des valets se mouvaient avec grâce. Gerremi nota que la plupart des étudiants étaient déjà installés.

Non loin du banquet et d'une petite estrade où un groupe de bardes jouait du violon, le jeune Dragon repéra Stève, Viktor,

Bruce et Myael. Ils tenaient compagnie à trois filles richement vêtues, aux coiffures si savamment élaborées qu'elles avaient dû passer des heures entières à les réaliser.

Quelques mètres plus loin, Gerremi reconnut la Princesse Séléna. Ses cheveux blonds étaient soigneusement relevés sur sa nuque et maintenus par un diadème en or serti de pierres précieuses. Elle était en pleine discussion avec une très belle fille brune à la peau mate, coiffée d'un chignon tressé.

Au fond de la salle, une arche de marbre menait à une pièce annexe occupée par trois longues tables. Des hommes et des femmes aux vêtements élégants y étaient installés. Gerremi songea qu'il devait s'agir des enseignants de l'université.

Dame Jérola, la Directrice, trônait au centre de la première table. Elle discutait avec un homme aux longs cheveux noirs gominés, que Gerremi reconnut comme le Seigneur Réorgi, l'Intendant de l'Empire.

La maison de Dame Korle comportait quelques tableaux à son effigie. La Grande Prêtresse d'Istengone le connaissait personnellement pour avoir étudié avec lui, à Edselor, une vingtaine d'années plus tôt. Apparemment, ils étaient de très bons amis.

Gerremi, Enendel et Erenor s'assirent à une table occupée par un garçon rondelet, au visage enfantin. Il était vêtu d'une chemise blanche, sans fioritures, qui dénotait au milieu de cet océan de soie, de velours et de satin.

La présence de cet homme rassura quelque peu Gerremi. Edselor n'accueillait pas que des nobles ou des bourgeois fortunés.

À peine s'étaient-ils installés, qu'un valet s'approcha de leur table.

— Bonsoir, Messieurs, puis-je vous faire déguster un peu de vin ? Un vin pétillant millésimé de la cuvée Maerle ?

Enendel et Gerremi opinèrent et échangèrent un regard ahuri. Le vin de Maerle était le plus raffiné et le plus onéreux de tout Hesmon. Une seule bouteille représentait un quart du salaire mensuel de leurs pères.

Gerremi n'en fit qu'une gorgée. Il n'avait jamais bu d'alcool aussi goûteux. Il n'hésita pas une seule seconde lorsque le valet lui proposa de remplir sa coupe.

— Notre Directrice va porter son toast de bienvenue, je vous conseille de conserver votre vin – ses yeux se tournèrent vers Enendel, qui avait déjà descendu la moitié de son verre. Si, pendant le dîner, vous souhaitez reprendre un peu d'alcool, n'hésitez pas à me faire signe.

Il s'inclina et se dirigea vers la table d'à côté, qui réclamait déjà de nouveaux verres.

Lorsque l'Empereur pénétra dans la pièce, sous les salutations respectueuses de toute l'école, et prit place à côté de son Intendant, Dame Jérola s'avança sur le devant de l'estrade, un calice entre les mains. Les bardes cessèrent aussitôt de jouer et les valets retournèrent à leurs postes.

La Directrice portait une robe verte élégante, terminée par une longue traîne, qui venait souligner la finesse de sa taille. Un collier d'émeraudes reposait sur son décolleté.

Dame Jérola balaya la pièce du regard, tendit sa coupe à la domestique postée à ses côtés, joignit ses mains et s'inclina poliment devant ses professeurs. Ces derniers se levèrent et lui rendirent son salut. Elle se tourna ensuite vers ses élèves, qu'elle salua de la même façon. Déconcertés, Enendel et Gerremi jetèrent un coup d'œil rapide autour d'eux. À l'instar des autres étudiants, ils se levèrent, joignirent leurs mains et s'inclinèrent à leur tour. Le jeune homme se demanda si ce salut étrange était une coutume de la noblesse hesmonnoise ou une tradition des Dragons.

— Chers élèves, je vous souhaite, à tous, la bienvenue pour cette nouvelle année à Edselor. Pour ceux qui ne me connaissent pas encore, je suis Alexiana de la Maison Jérola, j'ai l'honneur de diriger cet établissement. Avant que nous n'entamions un repas de fête, je suis dans l'obligation de vous rappeler quelques règles. Notre université est régie par le Code International des Dragons qui stipule que tous les Dragons sont égaux, peu importe leur rang social, et soumis aux mêmes droits et devoirs. Vos titres de noblesse n'ont aucune importance à Edselor. Je vous demande de bien vous en souvenir. Je vous rappelle également qu'il est interdit de quitter l'enceinte de vos dortoirs après le couvre-feu de dix heures du soir, et ce, jusqu'à six heures du matin, le lendemain. Vous avez pu lire sur vos lettres qu'il est désormais impératif que tous les étudiants, même ceux dont les parents résident à Edgera, dorment au pensionnat pendant la semaine, à l'exception des élèves de quatrième et de cinquième année s'ils doivent travailler avec leurs Magastels. Une lettre de vos Maîtres sera demandée par votre surveillant référent pour preuve. Bien entendu, puisque les cours ne sont pas assurés les Sameris et Dislarions, vous pourrez rentrer dans vos foyers en fin de semaine, si vous le désirez. Vous devrez simplement être de retour à l'université le Dislarion soir, avant dix heures. Pour ceux qui restent au pensionnat, le couvre-feu sera toujours en vigueur. Si vous souhaitez profiter de la Cité et de son activité nocturne, vous devrez passer la nuit dans une auberge.

« Nous vous rappelons, une fois de plus, que le terrain de duels est interdit sauf si vous obtenez l'autorisation écrite d'un professeur pour y travailler. Enfin, le quatrième étage est réservé au personnel de l'école. Aucun élève ne peut y accéder.

Dame Jérola s'arrêta un instant pour s'éclaircir la gorge.

— La mesure que je m'apprête à vous annoncer va probablement en décevoir plus d'un, mais elle est nécessaire. À cause de la menace de guerre qui pèse sur notre Empire, nous sommes convenus avec sa Majesté, l'Empereur Edjéban, que, pour des raisons de sécurité, les sorties culturelles et festives organisées par l'école seront suspendues – cette affirmation engendra un murmure de déception parmi les élèves et les enseignants. Les corporations restent, néanmoins, libres d'organiser ce qu'elles veulent. Comme chaque année, la salle de danse de l'université est à leur disposition si elles souhaitent planifier des réceptions privées. Il faudra simplement que leurs directeurs s'entretiennent avec moi pour la réserver. Nous nous chargerons d'engager bardes, décorateurs et traiteurs.

Un tonnerre d'applaudissements vint saluer ses paroles. Tout en souriant à pleines dents, Dame Jérola réclama le silence d'un signe de la main.

— Je tiens à terminer ce discours sur une note positive. Pour notre soirée d'ouverture, le repas sera suivi d'une fête dirigée par la célèbre troupe *Avangarda*. Je vous demande de chaleureux applaudissements pour nos musiciens.

Les bardes s'inclinèrent sous les acclamations des élèves et des enseignants.

— Sur ce, mes amis, je vous souhaite un bon appétit. Gloire à Edselor, gloire à l'Empire !

Dame Jérola prit la coupe que lui tendait sa domestique et la leva devant elle. L'Empereur, son Intendant, les professeurs et les étudiants l'imitèrent en répétant ses dernières paroles.

Lorsque la Directrice retourna à son siège, élèves et professeurs se dirigèrent vers le banquet. Gerremi prit un peu de chaque plat, Erenor et Enendel de même.

À l'instant même où ils revinrent s'asseoir à leur table, un bruit de porcelaine brisée suivi d'un cri de panique et d'un énorme « boum » retentirent dans la salle.

Attirés par le bruit, tels des papillons vers la lumière d'une flamme, tous les élèves tournèrent la tête vers la source de l'incident. Le silence pesant qui planait sur la salle fut rompu par quelques rires moqueurs.

Le garçon replet qui partageait la table de Gerremi se redressait maladroitement dans une mer de brocolis et de bris de porcelaine. Il se confondit en excuses auprès du valet chargé de nettoyer les dégâts, prit la nouvelle assiette qu'on lui tendait, se servit rapidement et retourna s'asseoir à sa table, le visage cramoisi. Il tenta, sans succès, d'enlever les taches de sauce sur sa chemise blanche.

Gerremi remarqua qu'il était au bord des larmes.

— Je sais bien que n'ai jamais de chance…, mais de là à me ridiculiser devant tout le monde… dès le premier jour…

— Ne t'inquiète pas, lui glissa Enendel, ça pourrait arriver à n'importe qui. Demain, tout sera oublié.

Le jeune homme acquiesça d'un léger signe de tête, mais un seul regard porté à la table de Stève – où les élèves ricanaient en le lorgnant du coin de l'œil – suffit à Gerremi pour penser le contraire.

Au cours du repas, leur camarade ne parla que très peu. Gerremi et Enendel eurent malgré tout le plaisir d'apprendre qu'il se nommait Hugues Pât et qu'il habitait Brahen, un petit hameau paysan situé à une heure de marche d'Edgera. Il ne connaissait personne à Edselor et il appréhendait par-dessus tout le début des cours.

À la fin du dîner, qui se révéla tout aussi raffiné que le vin d'honneur, Dame Jérola invita ses élèves à la suivre jusqu'à une double porte placée derrière les tables des professeurs.

La salle de bal était longue d'une centaine de mètres. Ses murs étaient recouverts de boiseries sculptées, de miroirs et de peintures de l'université. De hautes fenêtres pourvues de rideaux écarlates étaient disposées à intervalles réguliers sur la partie gauche de la pièce. Une dizaine de lustres en or massif éclairaient l'endroit.

Au centre de la salle, la piste de danse était matérialisée par un tapis de velours. Tout autour, entre les chaises et les bancs, se tenaient des valets aux bras chargés de plateaux offrant collations et verres de vin. Le groupe de bardes avait pris place sur une estrade dressée à leur intention, à l'autre extrémité de la pièce.

Dame Jérola ouvrit le bal en compagnie de l'Empereur, dans une valse cérémonieuse, puis, lorsque l'orchestre entama une série d'accords majeurs, le reste de l'école fut invité à investir la piste.

Enendel, égal à lui-même, se retira aussitôt sur une chaise, Gerremi et Hugues sur ses talons. Le jeune Dragon chercha Erenor du regard, mais il semblait s'être volatilisé.

Des rires aigus le firent sursauter. Non loin d'eux, quatre filles assises sur un banc attendaient en gloussant que des garçons les invitent à danser. Deux blondes poudrées à outrance dévoraient Enendel du regard.

— Elles t'appellent, lui glissa Gerremi, qu'est-ce que tu attends ?

Enendel grimaça de dégoût.

— Gerrem', tu les as vues ? Elles sont hideuses. Vas-y, toi.

— Sans façon.

Tous deux éclatèrent de rire. Hugues, silencieux, les observait d'un air triste.

Puisque ni Gerremi, ni Enendel, ni Hugues ne voulurent se risquer sur la piste de danse, ils eurent l'occasion de faire plus ample connaissance. Leur camarade leur apprit qu'il était de signe Foyer et Excréments.

— Je déteste mes signes, maugréa-t-il, ma mère est un Dragon. Elle est issue d'une famille bourgeoise, mais ses parents l'ont déshéritée lorsqu'elle a choisi d'épouser mon père, un paysan. Elle m'a assuré que personne n'a jamais possédé le signe Excréments dans sa famille. Le signe Foyer, en revanche, est très répandu. Elle le possède aussi, tout comme son père et sa sœur. Personne n'a compris pourquoi j'ai hérité de ce signe Excréments de malheur. Sincèrement, qui va me prendre au sérieux ici ? Sans compter que je ne sais même pas jeter un pouvoir. Ma mère a essayé de m'enseigner quelques bases… mais c'est peine perdue.

Hugues souffla. Il voulut s'en aller, mais Gerremi le retint gentiment par le bras. Son cœur se serra lorsqu'il vit des larmes perler aux coins de ses yeux.

— Tu n'as pas à t'en faire, Hugues, dit-il d'un ton conciliant, on ne te jugera pas. Enendel n'est pas un Dragon, l'Empereur l'a simplement autorisé à séjourner ici. Et, si cela peut te rassurer, je ne suis pas plus avancé que toi. Je suis de signe Feu et Eau, deux éléments apparemment incompatibles et personne n'est Dragon dans ma famille. Mes parents m'ont caché mes dons jusqu'à mes dix-huit ans, lorsque je les ai développés malgré-moi. Je ne sais même pas lancer un pouvoir.

Hugues esquissa un sourire timide.

— On fera la paire alors, tous les deux.

— On se soutiendra, oui, répondit Gerremi.

— Si vous voulez, je dors dans la chambre 95, on pourrait se voir, après les cours ? demanda-t-il maladroitement, je suis désolé… je n'ai jamais eu beaucoup d'amis…

Gerremi et Enendel acceptèrent volontiers. Quelque peu rassuré, Hugues se montra beaucoup plus avenant.

Les trois jeunes gens passèrent la majeure partie de la réception à échanger des plaisanteries, tout en observant professeurs et élèves évoluer sur la piste de danse. Ils avaient déjà repéré les plus belles filles de l'école, qu'ils ne quittaient pas des yeux.

En fin de soirée, Gerremi, Hugues et Enendel finirent par se laisser gagner par l'euphorie de la fête. Il fallut beaucoup de persévérance pour faire sortir Enendel de sa réserve, mais, en fin de compte, celui-ci passa un très bon moment.

Après quelques chorégraphies, les garçons rejoignirent un groupe de filles plutôt mignonnes et bonnes danseuses.

Gerremi eut le plaisir de faire la connaissance d'Agatta, une grande brune, co-directrice de la corporation de duels Dragon, de Glorane – une fille aux cheveux châtain clair, championne de duels – et de Fiara, sa petite sœur, âgée d'un an de moins qu'elle. Elle lui ressemblait comme deux gouttes d'eau et n'avait d'yeux que pour Enendel.

— Vous êtes soldat ? s'émerveilla-t-elle en tournoyant au bout de son bras.

— Oui, j'ai été affecté à Edgera il y a peu. L'Empereur m'a fait une faveur parce que je suis un Elfe : j'ai le droit de séjourner à Edselor, en compagnie de Gerremi, lorsque je ne suis pas en campagne. Très pratique en attendant d'acheter une maison, ce qui ne saurait tarder. J'ai repéré une belle demeure à quelques minutes de marche de l'arène principale.

Les mensonges d'Enendel firent exploser Gerremi de rire.

— J'ai passé une excellente soirée, s'enthousiasma Agatta lorsque la cloche de l'école sonna la fin de la fête, à deux heures du matin. Gerremi, Hugues, si vous êtes intéressés par les duels Dragon, n'hésitez pas à passer à mon bureau, il est noté sur votre plan. Je vous inscrirai avec plaisir. Enendel, je pense que Fiara serait plutôt heureuse si tu acceptais de venir voir nos entraînements.

— Sans vouloir nous vanter, notre corporation est la plus dynamique d'Edselor, ajouta Glorane, nous privatisons la taverne de la Rose d'Irive une fois par semaine. C'est un sanctuaire pour les Dragons. Les tenanciers y organisent des duels et nous avons des réductions sur les consommations.

« En vous engageant dans notre corporation, vous bénéficierez d'un entraînement spécial qui vous sera très utile en cours. Nous avons le soutien de Dame Yénone, le meilleur professeur de Combat Dragon d'Edselor. Si vous voyez son nom sur votre emploi du temps, le jour de la reprise, vous allez passer une excellente année.

Chapitre 3
Cours de Dragon

Deux jours après la soirée d'ouverture, M. Hénoy vint les réveiller de bonne heure pour leur remettre leurs emplois du temps. Gerremi apprit que les étudiants de première année étaient répartis en deux classes d'une quinzaine d'élèves. À son grand soulagement, Erenor et Hugues avaient été placés dans la même que lui.

Le jeune homme était fasciné par la feuille qu'il avait entre les mains. Aujourd'hui, ils avaient cours de Combat Dragon – Gerremi esquissa un large sourire, leur professeur n'était autre que Dame Yénone – et d'Art Dragon. Le reste de la journée était ponctué de matières ordinaires : mathématiques et littérature.

Le lendemain, ils auraient droit à un cours nommé « étude du troisième signe », à de l'herbologie, à l'apprentissage du vol – Gerremi se demanda sérieusement en quoi cela pouvait bien consister –, et à de l'Alchimie.

Le jeune homme nota que les cours qui revenaient le plus souvent étaient le Combat Dragon et l'étude du troisième signe. L'Alchimie, l'Art Dragon et les mathématiques occupaient également une grande place dans leur emploi du temps.

Gerremi jeta un regard narquois à Enendel, qui observait la feuille de parchemin avec envie.

Lorsque la cloche sonna sept heures, ils se dépêchèrent d'aller petit-déjeuner en compagnie d'Hugues, d'Agatta et de Glorane.

— Alors, vous avez reçu vos emplois du temps ? s'enthousiasma cette dernière, je peux y jeter un coup d'œil ? Je vais vous dire s'ils vous ont mis de bons professeurs.

Hugues lui tendit sa feuille. Agatta se mit aussitôt à lire par-dessus l'épaule de son amie.

À mesure que les filles progressaient dans leur lecture, leurs visages se peignaient d'une myriade d'émotions différentes passant de l'enthousiasme à l'étonnement, puis à la compassion.

Hugues et Gerremi échangèrent un regard inquiet. Erenor, pour sa part, ne laissait transparaître aucune émotion. Il se contentait d'observer Agatta et Glorane en silence.

— Bon, ce n'est pas trop mal, commenta Agatta, à la fin de sa lecture, cela pourrait être bien pire.

Glorane acquiesça d'un signe de tête.

— Dans les cours Dragon, vous avez de bons enseignants, poursuivit-elle, vous allez, bien évidemment, adorer Dame Yénone en Combat. En Art, Dame Togy est gentille et très dynamique. Je ne l'ai eue qu'en première année, mais j'ai le souvenir qu'elle a un bon sens de l'humour.

— En ce qui concerne l'étude du troisième signe, ajouta Glorane, M. Jon est l'un des professeurs les plus stricts de l'école – Hugues grimaça. Préparez-vous à travailler très dur avec lui. Au moins, à la fin de l'année, vous aurez un bon niveau. Agatta et moi, nous l'avons eu en première et en deuxième années. J'ai regretté de ne pas l'avoir eu l'an passé.

« Oui, je sais, lança-t-elle à Agatta dont la bouche se fendait d'une esquisse moqueuse, je n'aurais jamais cru être capable de dire cela un jour, mais, sincèrement, M. Kurve est une catastrophe. Ses cours sont de la rigolade. Heureusement que nous avons eu M. Jon pendant deux ans pour avoir de bonnes bases, sinon, je ne sais pas comment on aurait fait cette année. Dame Ofera est exigeante, d'après ce que j'ai entendu.

— Oui, j'ai entendu la même chose, approuva Agatta.

— Un conseil pour bien cohabiter avec M. Jon, ajouta Glorane, ne vous faites pas remarquer et, surtout, ne lui tenez pas tête. S'il vous fait une remarque, même injustifiée à vos yeux, faites semblant d'acquiescer. Il peut se montrer très désagréable quand il le souhaite. Restez discrets, travaillez régulièrement vos cours et présentez-vous en classe avec une bonne dizaine de minutes d'avance. L'année ne devrait pas trop mal se passer.

Gerremi, Hugues et Erenor acquiescèrent d'un signe de tête.

— Et qu'en est-il de nos professeurs dans les autres matières ? demanda timidement Hugues.

— Vos professeurs sont bien dans l'ensemble, répondit Glorane, du moins, pour ceux que l'on connaît. Bon, Mme Livoirs en Alchimie, ce n'est pas vraiment un cadeau... elle préfère parler de ses chats et des cannes à plumes ou autres jouets qu'elle leur a achetés plutôt que des potions. Travaillez l'Alchimie à côté, car vous n'aurez pas le niveau avec elle. Votre professeur de littérature, M. Jiri, est complètement fou. Certains auteurs le rendent extatique, plus encore que les femmes. Au moins, vous rigolerez bien durant l'année. Pour le reste, vous vous en sortez bien.

— Tu oublies le Seigneur Martalil ! s'exclama Agatta, votre professeur de théologie. C'est un véritable fanatique. L'année dernière, il nous a plusieurs fois répété que le peuple hesmonnois est l'élu des Dieux et que tous les habitants de la Terre des Mondes devraient suivre notre religion au pied de la lettre. Il aime répéter qu'il connaît le ministre des Affaires religieuses en personne et qu'il lui a plusieurs fois soumis l'idée de mener une croisade en Terre des Mondes pour convertir les voisins. Heureusement, elle a été refusée...

Après un petit déjeuner animé, Gerremi, Erenor et Hugues montèrent se préparer pour leur cours de Combat Dragon.

Enendel quitta la chambre en même temps qu'eux, mais leurs chemins se séparèrent au premier étage. Il devait se rendre à la caserne pour finaliser son inscription dans l'Armée.

À peine Hugues, Erenor et Gerremi avaient-il quitté le couloir principal pour s'engager dans celui qui donnait accès à leur salle de classe, qu'une voix ferme et désagréablement familière retentit dans leur dos.

— Viktor Théorsec…, râla Gerremi.

L'intéressé lâcha les deux filles qu'il tenait par la taille d'un geste dédaigneux – une grimace de frustration passa simultanément sur le visage des étudiantes – et toisa Gerremi d'un œil mauvais.

Myael, le garçon chétif qui le suivait comme une ombre, apparut aux côtés de son camarade.

— Ah, voici Gerremi, notre énergumène, se moqua Viktor, Myael m'a dit qu'il t'a entendu raconter à ton ami le paysan, pendant la soirée d'ouverture, que personne n'était Dragon dans ta famille – Myael, visiblement fier d'avoir rapporté une bonne information à son maître, bomba le torse. J'ai été quelque peu surpris par cette révélation… les Dragons ne peuvent pas naître d'humains ordinaires, dépourvus de pouvoirs.

Les deux filles accompagnant Viktor furent prises d'un fou rire malsain.

— J'en suis donc arrivé à une autre conclusion, que Stève et Bruce ont approuvée. Tu es le fils bâtard d'un noble Dragon, que ta pauvre mère a tenté de séduire pour échapper à un mariage arrangé avec ton père, le forgeron. Malheureusement, le noble a refusé de te reconnaître à ta naissance. Pour éviter de se compromettre devant son époux, ta mère n'a pas voulu vous révéler que tu es un Dragon. Ce cas de figure arrive plus souvent qu'on ne le pense, tu sais. Au moins un Dragon sur cinq est un enfant bâtard.

Pris d'une rage soudaine, Gerremi empoigna Viktor par le col et le poussa en arrière.

— N'insulte plus jamais ma mère ! Jamais elle n'aurait trompé mon père pour un noble stupide.

Viktor voulut répliquer, mais l'arrivée de M. Hénoy, au bout du couloir, le dissuada de toute action.

— Tout se passe bien ? s'enquit le surveillant en regardant, tour à tour, les deux groupes d'élèves qui se faisaient face.

— Oui très bien, Monsieur, mentit Myael.

— Dans ce cas, vous feriez mieux de vous dépêcher d'aller en cours. Dame Yénone n'aime pas qu'on arrive en retard.

M. Hénoy leur jeta un dernier regard soupçonneux, puis il s'éloigna en chantonnant.

Viktor fit rouler ses muscles saillants et foudroya Gerremi du regard.

— Essaye encore une fois de me toucher et je t'éclate la tête contre le mur, menaça-t-il.

Il réajusta son col et se dirigea d'un pas rageur vers la salle de classe, sans même se préoccuper de Myael ou de ses deux admiratrices. Ces dernières s'évertuaient à le poursuivre en lui demandant s'il allait bien.

— Viktor, Stève, Bruce, Myael…, ils sont tous plus minables les uns que les autres, maugréa Erenor.

À la grande déception des jeunes gens, la salle de Combat Dragon était totalement ordinaire : deux rangées de tables faisaient face à un tableau noir. La pièce était éclairée par de hautes fenêtres et par un lustre de cristal.

Les ouvertures donnaient vue sur une vaste pelouse entourée de gradins. Gerremi songea qu'il devait s'agir du terrain de duels auquel avait fait allusion la Directrice, deux jours plus tôt.

Hugues et lui choisirent une table libre près d'une fenêtre. Lorsque tout le monde fut installé, une femme aux cheveux auburn, tressés avec soin, vint se placer face à eux. Elle s'inclina en joignant ses mains. Son salut lui fut aussitôt rendu.

Gerremi fut frappé par sa jeunesse apparente. Elle ne devait pas être âgée de plus de vingt-six ans.

— Elle est plutôt mignonne, tu ne trouves pas ? glissa-t-il à Hugues.

— Mignonne ? Elle est vachement belle, oui. Mais quand j'ai entendu Agatta parler d'elle comme du meilleur professeur d'Edselor, pour tout te dire, je m'attendais à quelqu'un de plus âgé.

— Bienvenue à tous. Je me nomme Berbra, de la Maison Yénone. Je serai votre professeure référente et je vous enseignerai le Combat Dragon. C'est l'une des matières les plus importantes de notre enseignement. Je vais vous apprendre à utiliser toute la puissance de vos signes dans le but, et le seul but, de vous défendre. Il n'est pas question de lancer n'importe quel pouvoir à tort et à travers. Mon enseignement pourra également vous être utile pour participer à des compétitions de duels. Aujourd'hui, nous allons découvrir quels sont vos pouvoirs innés. Au cours des premiers mois, nous allons apprendre à les travailler, à les amplifier et à les combiner. Les trimestres suivants porteront sur le perfectionnement des nouveaux pouvoirs que vous aurez appris.

« Tout d'abord, je vais vous demander de me marquer vos noms et prénoms sur une feuille et de l'afficher devant vous. En ce qui concerne notre matinée, nos deux premières heures de cours seront purement théoriques. Avant de passer à la découverte de vos pouvoirs innés, je dois vous rappeler ce que signifie être un Dragon et ce que cela implique. Pour la troisième heure de cours, je vous ai réservé quelques travaux pratiques. Nous ferons dix minutes de pause toutes les heures.

La première heure de cours fut passionnante. Dame Yénone leur expliqua les Principes Sacrés des Dragons avec un tel entrain, que Gerremi ne perdit pas une miette de ses paroles.

Il apprit que les Dragons formaient une caste internationale. Peu importe le pays dans lequel il vivait, chaque Dragon était tenu de respecter les mêmes principes et d'adhérer aux mêmes valeurs. Ces dernières comprenaient l'humilité, la gratitude envers un enseignement reçu, la remise en question et, par-dessus tout, le respect d'autrui. Enseignants et élèves se devaient une révérence mutuelle, tout comme le Magastel et son disciple, lorsqu'il leur serait attribué un Maître. S'incliner devant un autre Dragon était une marque de considération, nécessaire avant de recevoir ou de transmettre un enseignement.

Tous les Principes étaient consignés dans un livre intitulé *Le Code des Dragons,* qui servait de référence à chacun.

— La bibliothèque d'Edselor dispose d'une centaine d'exemplaires, leur apprit Dame Yénone, je vous recommande de le lire même si vous l'étudierez en détail l'année prochaine.

La deuxième heure fut centrée sur le Combat Dragon. L'enseignante leur présenta les différents signes et leur expliqua leurs faiblesses et leurs résistances. L'essence même du Combat Dragon reposait sur la connaissance de celles-ci. Gerremi apprit que, grâce à ses signes Eau et Feu, il n'aurait guère à se méfier des pouvoirs d'Insecte, de Papier, de Bois, de Métal et de Glace. En revanche, des attaques de Terre, de Pierre, de Foudre et d'Excréments lui feraient très mal. S'il était touché par du Feu ou de l'Eau, les dégâts seraient moindres.

Pour la troisième heure de cours, leur professeure les conduisit sur le terrain de duels où quatre mannequins de paille les attendaient. À l'autre extrémité du terrain, une classe de troisième année – à en juger par les capes rouges des étudiants – était déjà en plein exercice.

Dame Yénone fit signe à ses élèves de s'installer sur les gradins.

— Tout le monde a du matériel pour écrire ? Très bien. Gardez-le pour plus tard. Pour le moment, vous n'en aurez pas besoin. Nous allons commencer notre séance de travaux pratiques par un test.

Gerremi sentit son estomac se nouer. Il ne savait pas lancer un seul pouvoir, son évaluation serait probablement une catastrophe. Stève s'en sortirait bien, Erenor aussi, mais lui… Il échangea un regard inquiet avec Hugues qui était devenu tout pâle.

Il se rassura quelque peu en constatant que ses camarades de classe avaient l'air tout aussi terrifiés qu'eux.

Stève était le seul à se réjouir d'être évalué. Il bombait le torse et disait à quiconque voulait l'entendre que ses pouvoirs allaient laisser leur professeure sans voix. Gerremi en eut la nausée.

— N'ayez crainte, ce test ne sera pas noté, tenta de les rassurer Dame Yénone, je désire simplement savoir quels sont vos signes Dragon et quels sont vos pouvoirs innés. Je ne vous demanderai pas de présenter une *Charge du Dragon,* si cela peut vous rassurer. Je présume que la plupart d'entre vous n'ont jamais lancé un pouvoir et ce n'est pas un problème. Ils vont apprendre à le faire et tout ira à merveille. J'en suis convaincue.

Gerremi n'était pas rassuré pour autant.

— Tout d'abord, je vais prendre deux personnes parmi vous pour qu'ils fassent une démonstration. Y a-t-il des volontaires ?

Stève leva la main, aussitôt imité par Erenor. Ce furent, cependant, les seuls élèves à le faire.

Dame Yénone leur fit signe d'approcher puis les entraîna un peu plus loin, où elle leur parla pendant quelques minutes.

Gerremi fut enchanté de voir que Stève avait perdu de sa superbe. Son visage avait pâli et il fixait Erenor d'un regard étrange, comme s'il en avait peur. De toute évidence, il aurait tout donné pour affronter un autre adversaire que le rôdeur.

— Comme toute discipline Dragon, l'art du Combat repose sur le respect de soi et du partenaire. Les duels que vous serez amenés à réaliser tout au long de votre vie doivent toujours s'effectuer dans la plus grande humilité. Que vous soyez vainqueur ou perdant, il faut toujours partir du principe que vous recevez un enseignement. Celui-ci vous permettra d'améliorer vos techniques et d'instruire vos futurs adversaires. Puisque l'essence même du Combat Dragon est le respect de l'autre, je vous demande de laisser de côté toutes vos querelles.

Gerremi eut l'impression que les yeux de Dame Yénone se tournaient tout particulièrement vers Stève.

— Avant et après chaque combat, continua la professeure, vous devrez vous incliner devant votre adversaire pour le remercier de vous offrir ce duel, conformément au protocole des Dragons.

Dame Yénone fit signe aux deux adversaires de se saluer, puis de commencer.

Stève bondit sur Erenor à toute vitesse, ne laissant qu'une traînée blanche derrière lui. Le rôdeur chuta, puis projeta un rayon noir dans le ventre de son adversaire. Celui-ci se plia en deux.

Gerremi eut un sourire narquois.

Stève se releva dans un souffle de rage. Il frappa Erenor d'un éclair et lui fondit dessus en brandissant un poing recouvert d'une étrange lumière rouge. Il fut contré par un nouveau rayon noir qui sembla lui couper la respiration.

Erenor prit l'offensive avec une vague de couleur mauve à l'odeur nauséabonde, qui fit chuter Stève. Ce dernier se remit debout, tant bien que mal, et se couvrit d'électricité. Lorsqu'il toucha Erenor, une pluie d'éclairs jaillit de son corps. Stève enchaîna avec une onde rouge. Le rôdeur s'affaissa puis se mit à gémir.

Dame Yénone leur fit signe de stopper le combat. Elle aida Erenor à se relever, puis demanda aux deux combattants de se saluer à nouveau.

Un tonnerre d'applaudissements retentit parmi les spectateurs. Les élèves n'en croyaient pas leurs yeux et, de toute évidence, Dame Yénone non plus. Durant tout l'exercice, elle était restée bouche bée, le regard ébahi.

Enorgueilli par les acclamations de ses pairs, Stève bomba le torse et promena un regard supérieur sur la foule des spectateurs.

Lorsque ses yeux se posèrent sur le visage glacial d'Erenor, son arrogance fondit comme neige au soleil. Gerremi se délecta de le voir frissonner.

— Félicitations à tous les deux, dit Dame Yénone en leur serrant chaleureusement la main, vous m'avez… impressionnée… je n'en attendais pas tant. C'est un excellent début.

Elle se tourna ensuite vers le reste de la classe.

— Ce premier exercice était très prometteur. Il va grandement nous être utile pour nos prochains cours. Vous avez assisté à un spectacle de pouvoirs. Par exemple, la dernière attaque qu'a utilisée Stève Or'cannion est *Inferon*. C'est une onde magique propre au signe Enfer, qui perturbe l'adversaire. Il a également utilisé un pouvoir nommé *Elémaniast*, qui permet au Dragon de se charger d'électricité pour foncer sur son concurrent. Une pluie d'éclairs explose à son contact. On notera également *Fityhell*, le fameux poing démoniaque qu'Erenor Yok a brillamment contré avec *Jeslaspectra*, un pouvoir de signe Spectre, qui projette un rayon d'ombre. Erenor nous a également présenté un pouvoir nommé *Desaberai,* qui génère une vague empoisonnée.

Gerremi écoutait attentivement, le ventre crispé. Hugues tremblait de la tête aux pieds. Il ne cessait de jeter des coups d'œil apeurés aux mannequins sur lesquels il devrait bientôt s'entraîner.

Non loin d'eux, le jeune Dragon constata que Séléna, la Princesse, affichait un visage terrifié. Elle disait à son amie, la très belle brune qu'il avait aperçue au dîner d'ouverture, qu'elle ne savait lancer aucun pouvoir. Un constat qui le surprit. En tant que fille d'Empereur, elle aurait dû bénéficier de l'enseignement des meilleurs entraîneurs avant son entrée à Edselor.

— Vous allez maintenant prendre quelques notes, avant que nous ne passions aux entraînements sur les mannequins, dit Dame Yénone. Chaque pouvoir Dragon est propre à son lanceur, néanmoins, on retrouve quelques constantes qui permettent à des érudits de répertorier les pouvoirs et de les nommer. Par exemple…

Elle lança sa main en avant. Une dizaine de lianes, surgies de nulle part, emprisonnèrent le corps d'un mannequin. Lorsque la professeure ferma son poing, les plantes se resserrèrent et le firent exploser en mille morceaux, sous les yeux ahuris des élèves.

— Ce pouvoir de Bois, répertorié sous le nom de *Creeperin,* peut être lancé différemment par un autre Dragon, mais les effets seront similaires, à l'exception de l'explosion du mannequin qui est une amélioration de ma part. À un niveau plus élevé, tout particulièrement si vous vous orientez vers les duels, on vous demandera de savoir donner de l'originalité à vos sorts.

Tandis que les élèves prenaient des notes, Dame Yénone se lança dans des explications sur la matérialisation de leurs dons. Gerremi apprit que chaque Dragon possédait en lui une force interne nommée « énergie vitale », qui lui permettait de produire de la magie.

— Votre énergie vitale prend sa source dans votre cœur, expliqua la professeure, elle est véhiculée par votre sang. Si elle vous sert à générer de la magie, elle vous permet également d'encaisser des pouvoirs Dragon adverses. Plus vous recevrez d'attaques, plus votre énergie vitale s'épuisera et plus il sera difficile de lancer des pouvoirs. Si cette force tombe à zéro, il faudra attendre qu'elle se régénère pour produire à nouveau de la magie. En duel, un concurrent vidé de son énergie vitale est considéré comme perdant. À moins de faire preuve d'un acharnement extrême, deux Dragons ne peuvent pas se tuer entre eux par le biais d'attaques magiques. Leur énergie vitale les protège.

Elle prit une profonde inspiration et poursuivit :

— Si vous n'avez plus d'énergie vitale, vous ressentirez une très grande fatigue. Les Dragons ont l'habitude d'accélérer le processus de régénération en prenant des potions revitalisantes. Si l'énergie vitale d'un Dragon lui permet d'encaisser des pouvoirs, elle ne fonctionne pas dans un combat armé. Nous pouvons mourir d'un simple coup d'épée bien porté. Les Dragons sont simplement plus résistants que les humains ordinaires et ont une espérance de vie plus longue.

Gerremi apprit que lancer des pouvoirs était tout à fait naturel. Même s'il ne s'était jamais entraîné, il parviendrait à obtenir un léger résultat. Normalement, il devrait être capable de lancer deux attaques magiques, une pour chaque signe. Celles-ci étaient nommées « pouvoirs innés » et ne nécessitaient d'entraînement que pour être améliorées.

Pour qu'un Dragon découvre ses pouvoirs innés, il lui suffisait de laisser parler son cœur. Il devait faire le vide en lui, laisser de côté ses appréhensions et ressentir sa propre énergie vitale. Elle lui permettrait de révéler sa magie.

— Les Dragons apprennent facilement de nouveaux pouvoirs en lien avec leurs signes, ajouta Dame Yénone. Avec de l'entraînement, vous pourrez apprendre à maîtriser des pouvoirs qui appartiennent à d'autres signes.

Au terme d'une demi-heure d'explications, la professeure répartit les élèves par groupes de cinq autour d'un mannequin. Gerremi, Hugues et Erenor furent rejoints par la Princesse Séléna et son amie qui s'appelait Alissa Léyza.

— La clé, expliqua Dame Yénone, est de vous concentrer sur vos pouvoirs. Videz votre esprit, ressentez l'énergie qui sommeille en vous et imaginez-la se transformer en une attaque magique. Vous lancerez vos pouvoirs à tour de rôle sur le mannequin. Je passerai parmi vous pour vous aider.

Gerremi fut le premier à essayer. Il prit une profonde inspiration, ferma les yeux et visualisa son tatouage de dragon dans ses moindres détails. « Lance un jet de flammes ou un jet d'eau », semblait-il lui dire.

Le jeune homme fit un grand geste de la main pour tirer un rayon, mais, à son grand étonnement, il ne lança pas le pouvoir attendu. Il se sentit fendre l'air à une vitesse incroyable. Une volée d'étincelles entourait son corps. Elles s'évanouirent quelques secondes plus tard, lorsque sa vitesse chuta d'un coup sec. Il bascula en avant, tenta de se raccrocher au mannequin, mais ne fit que l'entraîner dans sa chute.

Le jeune homme se releva, redressa la cible et recommença l'exercice en se concentrant sur son signe Eau. Il parvint, non sans difficulté, à tirer un petit jet qui fit légèrement bouger le mannequin.

— Très bien, Gerremi, c'est un bon début, le félicita Dame Yénone, non sans une pointe d'étonnement dans le regard. Votre charge enflammée se nomme *Fireload,* votre rayon d'eau

Torentatia. Vous avez des signes très atypiques. Un Dragon de Feu et d'Eau est extrêmement rare.

Elle lui adressa un large sourire qui l'emplit de joie et de fierté. Un sentiment qu'il n'avait pas éprouvé depuis longtemps.

Ce fut ensuite au tour de Séléna de tenter une attaque. Guidée par Dame Yénone, il lui fallut cinq bonnes minutes pour parvenir à lancer son pouvoir. Elle projeta alors un jet de lumière intense, avec une force telle, qu'elle renversa le mannequin. Une attaque de Soleil nommée *Luciaecla,* selon Dame Yénone.

La Princesse produisit également une petite onde blanche qui se révéla être un pouvoir nommé *Plataluna,* de signe Lune. Dame Yénone ne manqua pas de la féliciter et de pointer la rareté de ses signes inverses, comme elle l'avait fait pour Gerremi.

Alissa, de signe Bois et Vent, exécuta un pouvoir nommé *Invio,* qui fit voltiger le mannequin. Elle jeta ensuite une rafale de feuilles appelée *Greatesgrass.* Leur professeure la complimenta pour la technicité et la précision de ses attaques.

— Alissa, l'encouragea Séléna, montre tes autres pouvoirs. Tu sais en maîtriser au moins quatre.

Mal à l'aise, Alissa se mit à rougir. Il lui fallut plusieurs encouragements de la part de sa professeure pour qu'elle consente à montrer ce qu'elle savait faire.

Elle se fit alors pousser des ailes membraneuses dans le dos et lévita à quelques centimètres au-dessus du sol. Un pouvoir nommé *Volettement,* selon Dame Yénone, que tous les Dragons pouvaient apprendre indépendamment de leurs signes. S'il n'était pas utile en duel, ce sort, qui étirait tout le corps, était très bénéfique pour prévenir les douleurs lombaires.

Alissa produisit également une lame d'air nommée *Ariaspada* et s'enroula dans un cocon de feuilles. Selon Dame Yénone, ce pouvoir appelé *Grassbreath* pouvait lui redonner un peu d'énergie en cas de fatigue.

— Mithys Blane, Viriel Liars ! s'exclama Dame Yénone tout en foudroyant du regard deux étudiants à la silhouette athlétique qui dévoraient les courbes d'Alissa du regard, veuillez reprendre votre entraînement ! Merci.

Hugues fut le dernier de leur groupe à s'exercer. Puisque son sort n'eut aucun effet sur le mannequin, Dame Yénone l'encouragea à le lancer sur elle-même. Il la fit légèrement somnoler à l'aide d'un pouvoir de signe Foyer, qu'elle nomma *Dorie*.

La professeure expliqua que certains pouvoirs, dits « alternatifs », affectaient directement le mental de l'adversaire. Contrairement aux attaques offensives ou défensives, ils servaient à bloquer la progression d'un opposant en combat. Certains signes comme le Papier, le Foyer et les Sentiments étaient plus à même de développer des pouvoirs de ce type.

Lorsque Dame Yénone l'encouragea à poursuivre avec son second pouvoir inné, le jeune homme se mit à trembler de la tête aux pieds.

— Hugues, tout va bien ? s'enquit la professeure.

L'intéressé déglutit et acquiesça d'un signe de tête. Il prit une profonde inspiration et fit fuser de sa main une petite boule d'excréments. Cette dernière loupa le mannequin d'un bon mètre et atterrit en plein dans les cheveux d'Alissa, lui arrachant un cri.

Tous les élèves tournèrent les yeux vers la jeune femme. Les filles se mirent à pousser des gémissements dégoûtés.

— Reprenez le travail ! les rappela à l'ordre Dame Yénone. Alissa, vous pouvez aller aux latrines. Il y en a juste à côté de la salle de classe.

Hugues, le visage enfoui dans ses mains, répétait sans cesse qu'il était désolé. Dame Yénone l'entraîna gentiment vers les gradins.

— Hugues, écoutez-moi, dit-elle d'une voix douce, je comprends ce que vous ressentez. Le signe Excréments est très rare et peu compris, mais, contrairement à ce que vous pouvez penser, c'est sans conteste le plus puissant du zodiaque Dragon. Il vous procure un avantage dans tous les combats, même contre des adversaires dont les signes y résistent. Regardez le résultat sur votre camarade. Après avoir reçu votre pouvoir *Dropp'in,* elle a aussitôt baissé sa garde. Lors d'un match, vous auriez pu en profiter pour lui donner le coup de grâce. En combat armé, vous auriez pu placer une touche fatale. Travaillez vos attaques, Hugues, je suis persuadée que vous arriverez à d'excellents résultats.

« Pour votre information, le signe Excréments ne reflète en rien un manque d'hygiène chez un Dragon. Il traduit plutôt une personnalité originale.

Hugues lui adressa un sourire timide, mais il ne semblait pas convaincu pour autant. Lorsqu'il rejoignit son groupe de travail, son visage s'empourpra de colère.

— Je suis le pire Dragon de cette école ! Mon pouvoir *Dorie* était une catastrophe et mon signe Excréments…, je le déteste. Il ne sert à rien, peu importe ce qu'en dit Dame Yénone.

Lorsque Alissa revint sur le terrain, il se confondit en excuses. À son grand soulagement, la jeune fille lui assura qu'elle ne lui en voulait pas le moins du monde.

— Il faut bien que tu apprennes à développer tes pouvoirs. Je ne peux pas t'en vouloir pour cela. Je pense que tu devrais te mettre avec Stève Or'cannion, la prochaine fois, et lui jeter quelques excréments à la figure. Cela devrait le faire redescendre sur terre.

Gerremi et Séléna explosèrent de rire.

À la fin du cours, les élèves ne parlèrent plus que des pouvoirs qu'ils avaient lancés durant la séance de travaux pratiques, au grand désespoir d'Hugues.

— Alors ça, c'est un cours ! lança l'un des garçons qui avaient passé le plus clair de leur temps à lorgner Alissa, mon mannequin a lévité de dix bons centimètres, vous vous en rendez compte ? Peux-tu en dire autant, Lisone ?

La dénommée Lisone, que Gerremi identifia comme un membre du groupe des ricaneuses qu'Enendel avait qualifiées d'hideuses au bal d'ouverture, fit mine de lui donner une claque.

— Dix centimètres ? Tu exagères, Mithys, le mannequin s'est à peine soulevé. Ma boule de sang était bien plus élaborée.

— Je ne savais pas que tu étais de signes inverses, glissa Séléna à Gerremi sur le chemin du réfectoire, d'après mon père et Dame Jérola, c'est quelque chose d'extrêmement rare. Cela me rassure de savoir qu'il y a une autre personne dans mon cas. Tu es né dans une famille ordinaire, toi aussi ?

Gerremi opina et lui raconta comment il avait appris, le lendemain de son anniversaire, qu'il était un Dragon.

— Moi aussi, mes parents ont toujours su que j'étais un Dragon, expliqua la Princesse, ce qui est étrange puisque personne ne l'est dans ma famille. Lorsque mon père s'est renseigné auprès du Seigneur Hube, le prédécesseur de Dame Jérola, il lui a conseillé de ne pas m'entraîner à développer mes pouvoirs avant mon entrée à Edselor. Un Dragon de signe Soleil et Lune, d'ascendance ordinaire, qui plus est, n'est pas quelque chose d'habituel et on ne savait pas comment mes dons allaient évoluer. Lorsque j'ai eu dix-sept ans, Alexiana, enfin, Dame Jérola, a promis à mon père qu'elle me surveillerait. D'après elle, nos pouvoirs peuvent se manifester de façon intempestive passé l'âge de dix-sept ans. C'est toujours le troisième signe qui se manifeste. Le mien est le Bois et, fort heureusement, il ne s'est rien passé avant la fin du mois de Lalize.

Elle replaça une mèche blonde échappée de son chignon et ajouta :

— La première fois que j'ai utilisé mes pouvoirs, c'était dans le Parc de Tyfana, il y a quatre jours. J'ai ressenti une énorme douleur au niveau de mon tatouage, puis une telle fureur... – Séléna frissonna. Elle provenait d'un pin en colère contre les hommes qui avaient détruit ses frères et sa forêt. J'ai cru que je devenais folle. J'ai senti mon énergie se vider, puis j'ai vu l'arbre bouger. Ses racines ont attrapé deux femmes qu'il a tentées d'étouffer. Les gardes présents dans le parc ont dû utiliser le feu pour les libérer.

« Je peux également parler aux animaux... j'ai conversé avec un chat, hier soir. J'ai remarqué qu'à chaque fois, ce sont les plantes qui déclenchent mon pouvoir. La pauvre Alissa a été obligée de jeter tous ses bouquets de fleurs.

Gerremi resta bouche bée, il savait parfaitement ce qu'elle ressentait. Il raconta à Séléna comment l'un de ses rêves était devenu réalité, comment il s'était retrouvé au beau milieu du bois de Chir alors qu'il dormait tranquillement dans son lit. Il lui expliqua la vision de la Cité en flammes et la façon dont la Prêtresse d'Istengone avait refusé de lui apprendre à maîtriser ses pouvoirs, de peur qu'il ne se produise une catastrophe.

— La Princesse Séléna dort avec vous et pas au quatrième étage ? demanda Hugues à Alissa.

— Elle ne voulait pas être seule, répondit la jeune fille, elle a préféré rester avec moi dans le dortoir des filles.

— Heureusement... J'ai très peur de mes pouvoirs. D'ailleurs, j'ai vu sur l'emploi du temps que nous avons étude du troisième signe, demain matin... je suis terrifiée par ce cours. Vous imaginez si je blesse quelqu'un ?

Gerremi déglutit. Il comprenait tout à fait Séléna. Depuis qu'elle lui avait expliqué que leurs pouvoirs intempestifs venaient de leur compagnon de route, il redoutait l'étude du troisième signe tout autant qu'elle.

— Je pense que ça ira, les rassura Alissa, vous serez encadrés par un professeur, pas livrés à vous-mêmes.

Séléna lui adressa un sourire et leur proposa de déjeuner avec elle, ce qu'ils acceptèrent volontiers.

Le visage de Stève se décomposa lorsqu'il vit Gerremi, Hugues et Erenor s'installer à la table de Séléna. Il ne parvenait visiblement pas à comprendre comment sa Princesse pouvait préférer la compagnie de trois gueux à la sienne.

Séléna leur expliqua que, depuis la rentrée, il ne cessait de la supplier de venir déjeuner avec lui.

Hugues, pour sa part, affichait un visage rayonnant. Jamais il n'aurait imaginé que la fille de l'Empereur puisse rechercher sa compagnie.

— Merci de nous accepter à votre table, votre Altesse, lui glissa-t-il maladroitement.

— Appelle-moi Séléna, Hugues, et n'hésite pas à me tutoyer. Gerremi, Erenor, faites de même, s'il vous plaît. Nous nous connaissons maintenant et je suis avant tout une étudiante comme vous.

Après un repas riche en éclats de rire – malgré leur appartenance à la haute noblesse d'Hesmon, Séléna et Alissa étaient des filles simples et agréables, qui avaient une sainte horreur de la suffisance de nombreux nobles –, ils se rendirent en cours d'Art Dragon.

Leur salle était située dans l'aile nord, à l'opposé du réfectoire. Les élèves eurent droit à une agréable promenade dans les couloirs luxueux et animés du château.

Dame Togy, une femme à la silhouette élancée, les attendait en haut d'un escalier de marbre. Elle portait une robe rose, brodée de motifs excentriques, qui mettait en valeur son teint diaphane et ses cheveux blond platine. Ces derniers étaient relevés en un chignon orné de broches aux couleurs vives.

La professeure les salua à la manière des Dragons et les emmena dans sa salle de classe qui se révéla être un ancien théâtre. On voyait nettement la scène, décorée de grands miroirs, s'élever au fond de la pièce.

Les fauteuils destinés au public avaient été remplacés par des tapis de velours sur lesquels on avait installé des tables basses entourées de coussins de soie.

Sur les murs, d'extravagantes tentures aux couleurs vives donnaient à la pièce une atmosphère de détente et de gaieté.

Gerremi ferma les yeux, en proie à un profond malaise. Le mobilier de cette salle valait au moins dix fois le prix de sa maison d'Istengone. Il se força à chasser cette pensée déroutante. Plus rien ne devait l'étonner à Edselor.

Comme à midi, Gerremi, Hugues, Erenor, Séléna et Alissa s'assirent à la même table.

Dame Togy vint se placer face à eux, devant l'estrade. Elle leur expliqua, d'une voix enjouée, en quoi consistait l'Art Dragon. L'objectif de cette discipline était d'utiliser ses pouvoirs pour réaliser des combinaisons artistiques.

— Il y a plusieurs façons de lancer un pouvoir, expliqua la professeure, en cours de Combat Dragon, on vous enseigne la force et la précision. En Art Dragon, nous préférons la technicité et l'agilité. Tout au long de l'année, je vais vous apprendre à modéliser vos pouvoirs bruts pour leur donner plus de caractère ou plus d'élégance.

Elle prit une profonde inspiration et balaya la pièce de ses yeux clairs, maquillés avec soin.

— L'Art Dragon est une discipline relativement complexe qui suit un certain nombre de règles. La plus importante est la compatibilité de vos pouvoirs. Tous ne peuvent pas se mélanger. Vos pouvoirs se déclinent en quatre catégories qui correspondent à un signe Dragon. Nous avons, tout d'abord, la Réflexion qui concerne les signes psychiques tels que la Magie, l'Esprit, le Spectre ou l'Enfer. Les Dragons qui utilisent des pouvoirs de cette catégorie misent sur des spectacles d'illusions et de mirages. La deuxième catégorie, nommée Puissance, est la plus vaste. Elle regroupe les signes Vent, Force, Terre, Sang, Bois, Métal et Foudre. Généralement, on l'utilise pour mettre en scène des guerres et des combats en tous genres. La troisième catégorie, la Beauté, regroupe les signes élémentaires Feu, Eau, Glace, Lune et Soleil. Lorsque nous utilisons des pouvoirs de cette classe, on mise sur un effet visuel, au rendu gracieux. La dernière catégorie est dite Alternative. Elle regroupe les signes Insecte, Excréments, Foyer, Sentiments, Poison et Papier. Cette catégorie donne lieu à la mise en scène de comédies, parfois de tragédies.

« Puisque vous êtes débutants, nous ne tiendrons pas compte des catégories cette année. Nous nous contenterons de donner une dimension plus artistique et plus spectaculaire à vos pouvoirs.

Vers la moitié du cours, Dame Togy leur fit signe de ranger leurs parchemins.

— Maintenant que vous connaissez le principe de l'Art Dragon, je vais vous faire une démonstration. Je vous demande, à toutes et à tous, d'être attentifs.

La professeure monta sur scène d'une démarche aérienne et se mit à danser tout en jonglant avec des boules de feu. Après une roue élégante, elle se couvrit de flammes et tourna sur elle-même à une vitesse inouïe. Des lances de feu volèrent à gauche et à droite.

Gerremi la vit s'élever dans les airs et matérialiser un rayon solaire qui vint pulvériser toutes les nuées de flammes. Celles-ci retombèrent au sol dans une pluie d'étincelles. Pour achever sa démonstration, leur professeure vint se poser en douceur sur la scène, le corps entouré d'une lumière éblouissante. Lorsque ses pieds touchèrent terre, toute l'aura lumineuse se disloqua dans la pièce. Les miroirs tremblèrent sous la puissance de ses pouvoirs.

Une pluie d'applaudissements déferla sur la Dame pour saluer sa prestation. Celle-ci s'inclina poliment, un grand sourire accroché aux lèvres.

— Comme vous pouvez le constater, j'ai décidé que ma chorégraphie ferait partie de la catégorie Beauté. J'ai choisi de mêler le Feu au Soleil, deux éléments qui s'associent à merveille. J'ai tout d'abord utilisé *Llamaball* pour façonner des boules de feu, *Inflamation* pour recouvrir mon corps de flammes, puis *Turnspeed* pour me donner de la vitesse et les envoyer en l'air. Ensuite, j'ai changé d'élément et utilisé la magnificence du signe Soleil. J'ai d'abord utilisé *Crusaluz* pour embellir ma prestation puis je me suis couverte de lumière avec *Cargalucia*. J'ai enfin rejeté toute cette énergie lumineuse autour de moi, c'est ce qui a donné l'explosion de lumière. J'aime beaucoup tout ce qui a trait à l'élégance, d'où le choix du Feu et du Soleil, mais j'aurais pu jouer sur un tout autre registre. J'aurais pu, par exemple, associer la Foudre et le Vent pour un spectacle de haute intensité.

« À présent, ajouta-t-elle, vous allez me marquer votre prénom, votre nom, vos signes et vos pouvoirs innés sur un parchemin et réfléchir à un moyen de les mettre en scène.

Tout en griffonnant sur sa feuille, Stève ne cessait de jeter des coups d'œil mauvais vers Hugues, outré que sa Princesse puisse apprécier la compagnie d'un « misérable péquenot lanceur de merde », comme il aimait le qualifier depuis leur cours de Combat Dragon.

— Ignore-le, ce n'est qu'un bon à rien, conseilla Séléna comme Hugues l'observait d'un œil craintif.

Lorsque la cloche sonna la fin du cours, il fut le premier à sortir, accablé par le regard venimeux de Stève. Ce dernier se leva en même temps. D'un petit geste de la main, il envoya une boule chargée d'énergie vers Hugues, qui le déstabilisa.

Le jeune homme vacilla. Il essaya, tant bien que mal, de se raccrocher à sa professeure, mais ne fit que l'entraîner dans sa chute. Il y eut un grand VLAM et tous deux se retrouvèrent à terre. Hugues poussa un cri de douleur lorsque son bras heurta une table.

— Monsieur, tout va bien ? s'enquit Dame Togy en se relevant.

Hugues acquiesça et balbutia ses plus plates excuses. Son visage avait viré au rouge pivoine.

— Pardon, ma Dame, je crois que j'ai glissé sur ma braie...

— Ce n'est rien, assura la professeure, mais faites attention la prochaine fois.

Un sourire malsain éclaira le visage de Stève et se répandit, telle une maladie contagieuse, sur celui d'une partie des étudiants. Lisone et ses deux amies partirent dans un violent fou rire. Gerremi eut une envie soudaine de les gifler.

Lorsqu'ils se furent assez éloignés de la salle de classe, Stève, Bruce et Viktor s'approchèrent d'Hugues, entourés d'une bande de filles aristocrates au visage moqueur.

— Alors paysan, railla Stève, maman n'a pas assez d'argent pour te payer un bas à ta taille ? À vrai dire, après avoir payé des années pour t'instruire, que peut-elle encore acheter d'autre ?

Les filles se mirent à ricaner. Le jeune Seigneur rayonnait tel un coq.

— Les paysans n'ont rien à faire chez les Dragons, poursuivit-il, retourne donc aux champs ou ta famille manquera de main-d'œuvre. Pour ton information, l'École Edselor a toujours été considérée comme la plus prestigieuse de l'Empire. Les bouseux de ton espèce n'ont rien à faire parmi l'Élite d'Hesmon.

Hugues s'apprêtait à répliquer lorsqu'une voix tranchante s'éleva.

— Laisse-le tranquille ! S'il a été inscrit dans cette école, c'est qu'il en a le potentiel !

Tout le monde se retourna pour laisser passer Séléna. D'une démarche sereine, le port altier, elle vint se planter devant Stève. Un seul regard suffit à lui faire perdre toute sa superbe. Il s'inclina et partit la tête basse.

— Merci, votre Altesse, balbutia Hugues.

— Ce n'est rien, dit-elle d'une voix pleine de douceur, il ne faut pas l'écouter.

Lorsque la cloche sonna la fin de la journée de cours, Gerremi et Hugues allèrent retrouver Enendel dans le hall d'entrée.

Leur ami semblait fatigué, mais plutôt satisfait de sa journée. Il avait passé la matinée à déambuler dans Edgera et à manger à sa convenance. Il s'était rendu à la caserne dans l'après-midi.

— Quand je suis entré dans la caserne, le capitaine est immédiatement venu me voir, raconta-t-il, c'était la première fois qu'il voyait un Elfe et ça avait l'air de lui plaire. Il m'a fait passer quelques tests, un jeu d'enfant, et il m'a engagé. Je commence les entraînements demain, avec les autres recrues. J'aurai six semaines de formation avant de pouvoir intégrer un bataillon. Il faut que j'aille voir la Directrice pour lui dire que je ne dormirai pas à Edselor, mais à la caserne pendant cette période.

Il sortit de sa poche une feuille de parchemin qu'il s'empressa de leur faire lire.

— Regardez-moi ce contrat. Magnifique, non ?
— Enendel !

Le jeune Elfe sursauta. Fiara, sa partenaire de danse lors de la soirée d'ouverture, s'avançait vers lui, un sourire charmeur accroché aux lèvres. Elle était suivie de près par Agatta, Glorane et une grande fille rousse.

Pris d'une panique soudaine, Enendel balança le contrat d'inscription à Gerremi, qui le cacha maladroitement dans son dos.

— Fiara ! s'exclama-t-il d'un ton faussement enjoué.
— Tu as travaillé, aujourd'hui ?
— Oui, ce matin. Entraînement habituel et patrouille dans le Parc de Tyfana, mentit-il avec aplomb.

Gerremi se mordit la joue pour ne pas exploser de rire.

— Tu serais partant pour une promenade dans le parc d'Edselor ? proposa la jeune femme. Il fait bon dehors.

Le jeune Elfe acquiesça tout en roulant des muscles.

— Ah... ma chère sœur, soupira Glorane en les regardant s'en aller bras dessus, bras dessous.

Elle se tourna vers Hugues et Gerremi et ajouta :

— Comment s'est passée votre première journée ?

Gerremi raconta en détail leurs cours de Combat et d'Art Dragon. Les trois filles l'écoutèrent avec beaucoup d'attention, tout en ne manquant pas de souligner leur chance incroyable d'avoir Dame Yénone pour professeur. Elles semblaient lui vouer une admiration sans limites. Agatta leur avoua que, cette année, elles auraient M. Brehi, un homme à la réputation de coureur de jupons dont elles se seraient bien passées.

— Nous n'allons pas pouvoir nous attarder, s'excusa la jeune fille, Glorane et moi, nous avons une réunion pour définir l'emploi du temps de notre corporation et discuter des sorties possibles. Si Dame Yénone vous a convaincus de pratiquer un peu de combat pendant vos temps libres, n'hésitez pas à venir à notre bureau !

— Vous pouvez aussi vous inscrire à l'Alchimie, ajouta la fille rousse qui les accompagnait en leur tendant un parchemin, je me nomme Marta Ophra, fille de Mervec et Nirissa, je dirige la corporation d'Alchimie. C'est beaucoup plus amusant que les duels, croyez-moi. Nous travaillons sur la fabrication de potions en tous genres : combat, philtres de chance, amélioration temporaire des pouvoirs Dragon... Nous avons nos entrées un peu partout dans les établissements culturels d'Edgera...

— Marta, cesse un peu avec l'Alchimie, la taquina Glorane, tout le monde sait que c'est bon pour les vieux et les pantouflards. Dépêche-toi, ma belle, tu vas être en retard.

— N'écoutez pas ces mégères, riposta Marta, l'Alchimie est un art très noble. Lisez le parchemin et n'hésitez pas à venir me voir.

Gerremi et Hugues ne revirent pas Enendel avant l'heure du dîner. Lorsqu'il pénétra dans le réfectoire, l'Elfe se dirigea vers leur table, la tête basse et les épaules rentrées, comme s'il voulait passer inaperçu.

— Pitié, les gars, si elle vient vous voir, confirmez-lui que vous avez besoin de moi pendant le repas. Je ne veux pas manger avec elle...

Il promena un regard inquiet à la ronde. Fiara, attablée avec ses amies, semblait le chercher des yeux.

Gerremi ricana.

— Qu'est-ce qu'elle t'a fait, encore ? Elle veut t'épouser ?

— Il ne manquerait plus que ça... Elle veut passer tout son temps libre avec moi... je ne veux pas m'engager... pas maintenant... je vais vivre six semaines en caserne, qu'est-ce que je vais lui dire pour me justifier ? Elle va comprendre que je ne suis qu'une pauvre recrue.

— À toi de te débrouiller, tu l'as voulu.

L'Elfe sursauta lorsque Séléna et Alissa s'installèrent à leur table. Il s'inclina maladroitement devant sa Princesse et observa Gerremi avec des yeux ronds. Celui-ci se lança dans le récit de sa rencontre avec les deux filles.

Ils passèrent un excellent dîner, riche en éclats de rire. Seul Erenor manquait à l'appel. Lorsque Gerremi demanda si quelqu'un l'avait vu, personne ne sut lui répondre.

Lorsque Gerremi rentra au dortoir, Erenor était encore absent. Il ne le trouva ni dans les parties communes ni dans la chambre, comme s'il avait quitté l'école.

Chapitre 4
Étude du compagnon de route

Le lendemain, les jeunes gens furent réveillés en sursaut, de très bonne heure, par un vacarme monstre. Erenor grogna méchamment, tel un chien prêt à mordre.

Enendel cherchait frénétiquement un objet dans la chambre. Le bruit venait de sa table de chevet qu'il avait fait tomber par terre sans le vouloir.

— Imbécile ! gronda Erenor, tu n'as pas idée de nous réveiller si tôt ? Fais moins de bruit !

— Je cherche mon contrat, protesta le jeune Elfe, ah ! le voilà.

Il venait de dénicher un morceau de parchemin caché dans sa taie d'oreiller.

— Bonne journée, excusez-moi pour le raffut !

Gerremi, l'esprit encore embrumé de sommeil, remarqua à peine la présence d'Erenor. Il se rendormit presque aussitôt. Il fut malheureusement réveillé par un cri.

Erenor semblait sur le point d'exploser. Sa colère redoubla d'intensité lorsque la porte de la chambre s'ouvrit pour laisser entrer Hugues. Le jeune homme avait les larmes au bord des yeux et le pyjama tout débraillé, comme si un grave incident l'avait tiré du lit.

— Il y a eu le feu, balbutia-t-il, et, après, un jet d'eau a éteint toutes les flammes. Il y a eu de la fumée aussi, j'ai cru que j'allais étouffer…

Gerremi se leva dans un soupir. Il enfila un haut et sortit dans le couloir, Hugues sur ses talons. Une légère fumée grise montait depuis la chambre de son ami. Les trois garçons avec qui il partageait la pièce riaient à s'en tenir les côtes.

— Pardonne-nous, petit paysan, s'excusa l'un d'eux, c'était pour rire.

— Vous n'êtes qu'une bande d'abrutis ! trancha Gerremi d'une voix glaciale, je vous promets que vous aurez à répondre de vos actes !

Alertés par le bruit de l'incident, des visages curieux apparurent par l'embrasure des portes voisines.

Stève et Bruce, soigneusement peignés et habillés, sortirent dans le couloir, un sourire moqueur étalé sur leurs visages.

— Hugues ?! s'exclama Bruce – il se tourna vers Gerremi et le fixa de ses grands yeux bruns – et Gerremi ? Que s'est-il passé ? Vous avez mis le feu à vos lits ? Je savais que vous étiez idiots, mais à ce point, c'est exaspérant ! On devrait vous renvoyer tout de suite si vous voulez mon avis. Et où est Erenor ? Il s'est noyé dans sa baignoire en pensant que c'était la meilleure solution pour échapper aux flammes ?

Stève ricana.

Gerremi les foudroya du regard, passa un bras autour des épaules d'Hugues et l'emmena dans sa chambre, juste avant l'arrivée d'un surveillant.

Erenor était assis sur son lit, les bras croisés sur son torse.

À peine Gerremi avait-il fermé la porte, que son ami entra dans une colère noire, peu habituelle chez lui et plutôt terrifiante. Hugues frissonna.

— Il est cinq heures du matin ! Pourquoi le fais-tu venir ici ?

— Les gens de sa chambre s'en prennent à lui, répondit Gerremi d'un ton sec, il va rester avec nous jusqu'au petit déjeuner. Et, ce soir, il viendra s'installer ici.

Erenor grogna et rabattit ses couvertures sur sa tête.

Après avoir pris un petit déjeuner très léger – Gerremi n'avait presque rien réussi à avaler tant il appréhendait son premier cours d'étude du troisième signe –, le jeune homme suivit Erenor et Hugues vers l'aile ouest du château.

Leur salle de classe se trouvait dans un couloir reculé, décoré de colonnes et d'arcades de marbre sombre, auquel on accédait par un escalier.

Comme Glorane et Agatta l'avaient suggéré, Gerremi, Hugues et Erenor se présentèrent avec dix minutes d'avance. Ils s'installèrent à côté de Séléna et d'Alissa.

Rodric Jon, leur professeur, était un homme au visage austère. Ses cheveux noirs, coiffés en étroite queue de cheval, son teint pâle et ses yeux gris reflétaient la dureté et la froidure d'un hiver glacial. Il était vêtu de façon élégante, mais pas ostentatoire. De toute évidence, il n'appartenait pas à la noblesse edgeranne et il le revendiquait avec fierté.

— Quel est ton compagnon de route ? demanda timidement Hugues à Alissa.

— Magie, j'ai le pouvoir de changer d'apparence. Cela m'est déjà arrivé, une fois, lors d'une réception. J'étais en pleine valse avec Martis Londe : un garçon idiot, obsédé par ses muscles, avec qui mes parents voulaient organiser des fiançailles. Être obligée de danser avec lui m'a mis dans une telle rage... sans que je ne puisse rien contrôler, mes cheveux sont devenus gris et la peau de mon visage s'est ridée. J'ai pris quarante ans en l'espace de quelques secondes. Martis est parti en courant.

Séléna ricana à l'évocation de ce souvenir.

— Oui, je me souviens. Les Londe t'ont appelée « la sorcière ».

— Mon père était furieux, murmura Alissa, même s'il savait que je n'y étais pour rien puisque je ne maîtrisais pas mon pouvoir. Tu savais que ces abrutis de Londe lui ont demandé un dédommagement ?

Séléna leva les yeux au ciel.

— Et toi, Hugues, quel est ton troisième signe ? demanda Alissa.

— Je ne sais pas, il ne s'est pas encore manifesté. Je vais le découvrir en cours. Maman pense que c'est la Terre, avec un pouvoir de camouflage, comme elle. C'est ce qu'il y a de plus répandu dans sa famille. Si c'est le cas, ça me va. Se fondre dans le décor est plutôt pratique, non ?

Sur les coups de neuf heures, M. Jon s'inclina devant ses élèves qui lui rendirent son salut.

Le professeur entamait sa présentation, lorsqu'on frappa à sa porte. Sur son ordre, une fille à la mâchoire proéminente et un garçon au visage souriant, du nom de Rangees – avec qui Gerremi avait eu le plaisir de discuter la veille, aux thermes – entrèrent, tout essoufflés.

Ils se confondirent en excuses pour leur retard, mais, visiblement, ce n'était pas au goût de leur professeur.

— Près de cinq minutes de retard dès votre premier cours… c'est une plaisanterie ? demanda-t-il d'un ton sec.

— Nous sommes désolés, nous étions perdus, Monseigneur…, se défendit la jeune fille.

— Monsieur, cela suffira. Je n'ai pas de titre de noblesse et je n'en ai guère besoin. Peu m'importent vos excuses, on vous donne un horaire, vous devez le respecter. Je ne vous accepterai pas dans mon cours, aujourd'hui. La prochaine fois, vous tâcherez d'être à l'heure. Vos noms ?

— Rangees Baert, Monsieur.

— Junia Lariva, Monsieur, je vous en prie…

— Taisez-vous ! Vous allez passer au bureau de la Directrice pour lui expliquer les raisons de votre renvoi et vous me rapporterez un mot de sa part au prochain cours. Maintenant, partez.

M. Jon nota le nom des retardataires sur un parchemin et leur ferma la porte au nez.

Tous les élèves échangèrent un regard gêné. Personne n'osait prononcer un mot.

Gerremi songea que Glorane avait eu entièrement raison de leur conseiller de ne pas se faire remarquer et d'arriver en avance. Pour un tout premier cours, leur professeur était excessivement sévère.

— Que cela ne se reproduise pas, les mit en garde M. Jon, je n'accepterai aucun élève en retard. Bien, cela étant dit, revenons à notre cours… Chaque Dragon possède deux signes et un ascendant, comme vous le savez déjà. Cet ascendant est plus communément appelé « compagnon de route » ou « troisième signe ». Il ne vous permet pas de vous battre en lançant des attaques magiques, comme vos signes principaux, mais vous confère un pouvoir spécial. Un don plus puissant et plus profond, qui peut vous servir en de nombreuses circonstances. Le développement du compagnon de route est essentiel pour tous les Dragons.

« Vous avez appris, en Combat Dragon, que les pouvoirs de vos signes fonctionnent avec l'énergie interne. La magie du compagnon de route, à l'inverse, puise dans votre énergie externe, formée par votre aura. Ce que l'on entend par « aura » est l'énergie magnétique qui entoure le corps de chaque être vivant. Elle est entièrement invisible à l'œil nu, mais les Dragons ont la particularité de la rendre perceptible pour y puiser de la force. Plus vous acquerrez d'expérience, plus vous accumulerez d'énergie dans votre corps aurique. La matérialisation de votre aura sera plus forte, plus brillante, et le pouvoir de votre compagnon de route n'en sera que plus puissant. Vous serez même en mesure de mêler votre magie à celle d'autres Dragons ou de puiser dans les énergies naturelles pour augmenter la force de vos pouvoirs. Je vais, à présent, vous faire une démonstration. Je vous demande, à tous, d'être très attentifs.

M. Jon entoura son corps d'un halo rouge, ponctué de violet, d'orange, de jaune, de bleu et de blanc. Un doux crépitement accompagnait l'épaisse lumière arc-en-ciel. Lorsque celle-ci s'éteignit, une armure d'acier blanc recouvrit le corps du professeur.

La cuirasse ne laissait entrevoir aucune faille et ne semblait en rien entraver les mouvements de son porteur.

Sur injonction de M. Jon, un homme brun, de petite taille, surgit d'une porte située derrière son bureau.

— Voici Yoric, mon assistant. Prends ton épée et attaque-moi, ajouta-t-il à l'attention de l'homme.

Celui-ci s'exécuta.

L'aura de M. Jon apparut une nouvelle fois. Des reflets orangés nimbèrent alors l'armure, comme si elle allait s'embraser. La lame se fendit en deux lorsqu'elle la toucha.

M. Jon fit disparaître sa cuirasse d'un simple mouvement de la main, sous les yeux ébahis des élèves. Il remercia son assistant d'un léger signe de tête. L'homme sortit aussitôt. À en juger par la façon dont il se massait la main droite, le contrecoup de l'épée brisée avait dû être douloureux.

— Ne vous en faites pas pour mon domestique, dit le professeur devant l'expression interdite de certains élèves – dont Séléna –, il n'est pas blessé. Il fait la même chose tous les ans.

« Comme vous pouvez le constater, ajouta-t-il, j'ai fait appel à mon aura pour utiliser le pouvoir de mon troisième signe : le Métal. J'ai pu, ainsi, me constituer une cuirasse très légère malgré son apparence et très résistante. J'ai ensuite ajouté un pouvoir supplémentaire à mon armure par le biais de mon aura : la capacité de détruire tout objet entrant en contact avec moi, d'où la brisure de l'épée de Yoric, qui sortait pourtant de la forge. Si vous travaillez avec sérieux, peut-être parviendrez-vous à un résultat semblable à la fin de votre scolarité.

Les élèves buvaient les paroles de leur professeur. La démonstration de M. Jon les avait impressionnés et tous avaient hâte de commencer à développer leurs dons.

— Nous avons deux heures de cours, aujourd'hui. Nous commencerons par de la théorie. Nous verrons ce qu'est l'aura d'un Dragon, où elle prend sa source et comment elle fonctionne. Après la pause, la dernière demi-heure sera réservée aux travaux pratiques.

Dès les premières explications de leur professeur, Gerremi comprit que l'étude du troisième signe allait être une discipline très complexe. Elle se concentrait avant tout sur le travail de l'aura et le ressenti de son énergie. Tout au long de leur scolarité, ils allaient devoir apprendre à analyser les subtilités de leur champ magnétique et à le contrôler.

— Votre aura est beaucoup plus puissante que vous ne le soupçonnez, expliqua M. Jon, si vous ne parvenez pas à canaliser son énergie, cette dernière prendra le dessus sur vous, tout particulièrement sous l'influence d'une émotion intense. Vous pourriez alors utiliser votre troisième signe de façon hasardeuse.

Après la partie théorique et une pause de cinq minutes, les élèves passèrent aux travaux pratiques.

— Dans un premier temps, vous allez apprendre à ressentir l'énergie qui entoure votre corps et à la matérialiser sous la forme d'un halo coloré, expliqua le professeur. Pour ceux qui connaissent la méditation, cet exercice ne devrait pas poser de problèmes. Pour les autres, il faut vous détendre. Vous inspirez puis vous expirez doucement, tout en focalisant vos pensées sur votre respiration. Essayez de ressentir l'énergie qui vous entoure. Lorsque vous commencerez à prendre conscience de votre magnétisme, représentez-vous mentalement votre troisième signe et laissez-le venir à vous. Si vous réussissez l'exercice, une fine particule colorée, correspondant à la première strate de votre aura, devrait apparaître autour de votre corps.

Si, en théorie, cela semblait simple, il n'en était rien du tout, même pour Gerremi qui maîtrisait les bases de la méditation.

— Fermez les yeux, concentrez-vous, murmura le professeur, ce n'est tout de même pas compliqué. Je ne vais pas vous chanter une berceuse.

— Plus facile à dire qu'à faire, marmonna Hugues, tu y arrives, Gerremi ?

— Silence ! grinça M. Jon, je ne veux pas vous entendre bavarder. Le premier qui ouvre la bouche, je l'envoie rejoindre ses deux camarades dehors.

Hugues se mordit les lèvres et rentra la tête dans les épaules.

Gerremi essaya de se concentrer, mais en vain. Le bruit léger des pas de leur professeur, passant derrière chaque élève pour voir leur progression, le dérangeait.

Il jeta un bref coup d'œil à ses amis. Tout au bout de la rangée, Erenor ne cessait de respirer fortement, dans l'espoir que cela puisse l'aider à se détendre. À côté de lui, Séléna semblait pétrifiée. Elle regardait sans cesse autour d'elle, jusqu'à ce que son regard se pose sur un bouquet de jonquilles, placé sur une étagère.

— Je savais qu'il y avait des plantes dans cette pièce..., murmura-t-elle.

Elle s'interrompit lorsqu'un doux crépitement monta sur sa gauche. Le corps d'Alissa s'était entouré d'une fine particule de lumière bleue. M. Jon se précipita aussitôt vers elle.

— Félicitations, ma Demoiselle. Regardez tous ! Voilà ce que j'aimerais que vous arriviez à produire avant la fin de notre cours.

Les joues d'Alissa se mirent à rougir. Elle baissa les yeux.

À l'instar de ses camarades masculins, Gerremi ne put s'empêcher de la dévisager. La lumière qui émanait de son corps semblait accroître sa beauté.

Stève observait l'aura de la jeune fille avec des yeux envieux.

— Allons, travaillez, vous autres ! lança sèchement M. Jon. Encore toutes mes félicitations, ma chère, ajouta-t-il calmement à l'adresse d'Alissa.

Séléna échangea un regard résolu avec Gerremi.

— Allons-y, chuchota-t-il d'une voix à peine audible, tu crois qu'il sait pour nos signes ?

— Alexiana a dû le mettre au courant, au moins pour mes pouvoirs. Il n'arrête pas de me fixer.

Gerremi ferma les yeux et, pour la énième fois, il se força à faire le vide en lui, tout en se concentrant sur sa respiration. Il matérialisa son compagnon de route Esprit par un œil s'ouvrant devant lui.

La voix de Séléna s'éleva sur sa droite. La Princesse posait des questions à M. Jon à propos de ses signes contraires, puis elle mentionna le nom de Gerremi.

— Gerremi…

Son nom se répercuta en écho dans sa tête, puis la voix de Séléna lui parut s'éloigner. Celle de M. Jon également.

Une douleur fulgurante lui déchira l'épaule droite. Il réprima un cri et sentit son corps basculer en avant, comme s'il était aspiré par une force magnétique surnaturelle.

Quelques secondes plus tard, un rideau de feu lui obstrua le champ de vision. Gerremi resta bouche bée lorsqu'un visage pâle et terrifiant se dessina à travers les flammes. Ses longs cheveux blancs étaient surmontés d'une couronne hérissée de hautes pointes. Ses yeux, rouges comme le sang, le dévisageaient des pieds à la tête.

— Qui va là ? articula-t-il d'un ton mauvais.

Gerremi sursauta. Ses dents étaient aussi pointues que des poignards.

Lorsque les flammes s'éteignirent, le jeune Dragon eut un mouvement de recul. L'homme qui se tenait devant lui mesurait au moins deux mètres de hauteur. Il portait une armure noire, de haute facture. Son plastron était décoré d'une chimère rouge.

« Le Roi de Morner ! » songea Gerremi avec effroi.

— Qui êtes-vous ? réitéra l'homme.

À la fois subjugué et terrifié par l'apparition, le jeune Dragon ne put prononcer un seul mot.

Son cœur s'emballa lorsqu'il remarqua qu'une immense coupe, entourée d'une violente lumière rouge, se dressait derrière le souverain mornéen. Le Trophée de Destruction, de toute évidence.

Tous ses membres se mirent à trembler sous la puissance dégagée par l'Artéfact, puis une douleur fulgurante lui fendit l'estomac, comme si la magie du Trophée lui dévorait les entrailles. Il s'arc-bouta et vomit tout son petit déjeuner.

— Vous venez de l'Empire d'Hesmon, n'est-ce pas ? demanda Isiltor en jetant un regard mauvais à sa cape tachée de vomi.

À l'inverse de Gerremi, le Roi ne semblait pas affecté par la magie du Trophée.

Avant même que le jeune homme n'ait eu le temps de répondre, Isiltor lança sa main en avant. La dague pendue à sa ceinture fusa vers son cœur. Il roula piteusement sur le côté pour l'esquiver, mais l'arme s'enfonça dans son bras.

Une violente lumière rouge lui brûla alors les yeux. La respiration haletante, le corps secoué de soubresauts, Gerremi se retrouva allongé sur un sol marbré.

Il eut le temps d'apercevoir le visage de M. Jon, avant qu'une racine ne s'enroule autour de son corps, masquant son champ de vision.

Une agréable chaleur se répandit dans ses veines. La douleur qui lui meurtrissait le bras, à l'endroit où la lame d'Isiltor l'avait transpercé, s'évanouit aussitôt. Gerremi soupira de soulagement tout en se demandant quel pouvait bien être ce merveilleux pouvoir.

Lorsqu'il estima être assez revigoré, il voulut s'extirper de la racine, mais il ne put réaliser le moindre mouvement. Mû par la panique, il bougea dans tous les sens, mais en vain, la prise du végétal était trop puissante.

Une nouvelle vague d'énergie le submergea, l'ébranlant de la tête aux pieds. Son cœur s'emballa et sa respiration se fit laborieuse. Des étoiles se mirent à danser devant ses yeux. La malédiction prit fin une poignée de secondes plus tard, lorsqu'une onde rouge vint pulvériser la racine.

— Gerremi ?

La respiration haletante, le jeune homme laissa son professeur le redresser et l'asseoir contre le mur.

— Je vais bien…, balbutia-t-il.

— Vous deux – il désigna Hugues et Alissa d'un signe de tête – emmenez-le à l'infirmerie.

M. Jon se leva et se dirigea vers Séléna qui avait été placée en position latérale de sécurité.

— Ce n'est pas un spectacle ! aboya-t-il aux élèves attroupés autour de la Princesse, sortez de la classe ! Le cours est terminé ! Votre Altesse, vous m'entendez ?

La fille de l'Empereur émit un grognement. M. Jon poussa un soupir de soulagement et la redressa en douceur. Tout en soutenant Séléna, il suivit Alissa, Hugues et Gerremi jusqu'à l'infirmerie.

Le jeune Dragon avait retrouvé une respiration normale. Il se sentait beaucoup mieux, à présent, bien qu'il fût un peu fatigué.

— Monsieur, s'en sortira-t-elle ? demanda timidement Alissa à son professeur.

— Oui. Elle a simplement besoin de repos.

L'hôpital d'Edselor était une vaste pièce au plafond surmonté d'un dôme en verre. Une trentaine de lits munis de rideaux s'alignaient contre les murs de marbre blanc.

À peine M. Jon, Séléna, Gerremi, Alissa et Hugues étaient-ils entrés dans l'hospice, que cinq soignants se précipitèrent à leur rencontre.

— Que s'est-il passé ? s'enquit une femme rousse.

M. Jon aida Séléna à s'asseoir sur un lit, puis se retira dans une pièce attenante avec elle. Un médecin se précipita aussitôt au chevet de la Princesse.

Une soignante rondelette au visage sévère força Gerremi à s'allonger sur une couche, insensible à ses protestations. Elle jeta Hugues et Alissa hors de l'infirmerie sans ménagement.

— Je me sens bien, Madame, lui assura Gerremi, je peux aller en cours.

— À en juger par l'état de votre cape – elle désigna le vomi et le sang séchés –, j'en doute fort.

— Vous devez vous reposer, Gerremi, ajouta M. Jon, votre vision n'était pas anodine. Lorsque vous vous sentirez mieux, je veux que vous veniez me parler de ce que vous avez vu.

N'essayez pas d'utiliser vos pouvoirs sans ma supervision. La Princesse et vous avez des dons très... particuliers.

M. Jon esquissa un léger sourire. Gerremi frissonna.

En début de soirée, le jeune Dragon eut le plaisir d'apprendre que Séléna s'était remise de son pouvoir, même si elle était toujours très fatiguée.

Tous deux reçurent la visite d'Alissa et d'Hugues, venus leur apporter les devoirs et les nouvelles de la journée. Enendel les rejoignit vers sept heures.

— Vous avez manqué de très bons cours, leur apprit Alissa, classe magistrale d'Histoire – Hugues grimaça et fit mine de s'endormir –, littérature, apprentissage du vol et herbologie. À la fin du cours, l'un des directeurs de la corporation de médecine est venu nous présenter sa guilde. Plutôt intéressante. Il nous a donné des prospectus. J'en ai pris pour vous.

Gerremi prit le parchemin en grimaçant. Glorane et Agatta le tueraient s'il s'y inscrivait. Heureusement pour elles, l'herbologie et le soin ne l'intéressaient nullement. Séléna, en revanche, lut le prospectus avec attention.

— Pour l'apprentissage du vol, ajouta Hugues, nous n'aurons que quatre mois de cours. Juste le temps de savoir faire pousser nos ailes et de les utiliser. C'est dommage que les Dragons ne puissent pas voler sur de grandes distances. Même un Dragon Confirmé ne peut pas tenir plus de quelques minutes en l'air. Nos ailes ne sont pas assez puissantes.

Il soupira et poursuivit :

— Vous savez, faire pousser ses ailes, c'est beaucoup plus compliqué qu'il n'y paraît. Ça demande pas mal de concentration. Bien sûr, Alissa a réussi à la fin du cours, Stève aussi, mais Erenor, non. Il était vert de rage.

— En parlant d'Erenor, où est-il ? s'enquit Gerremi.

— Lorsque M. Jon a ordonné à tout le monde de quitter le cours, j'ai cru le voir partir en courant, répondit Alissa. Il ne nous a pas adressé la parole de toute la journée. Il ne s'est même pas joint à nous pour les travaux de groupe, en herbologie.

« Et il n'est pas venu voir si je me portais bien, ni si Séléna allait mieux », songea Gerremi avec amertume.

— Laisse-le tomber, lâcha Enendel, comme s'il avait lu dans ses pensées, ce gars n'a jamais eu la moindre affection pour qui que ce soit. Il n'a pas d'amis.

Gerremi voulut répliquer, mais Séléna l'interrompit en changeant de sujet de conversation. De toute évidence, elle était trop fatiguée pour supporter une dispute.

— Gerremi, quels pouvoirs as-tu utilisés pendant le cours de M. Jon ? Avant que tu ne t'assommes et que j'utilise les miens ?

Une lueur d'inquiétude brilla dans les yeux d'Enendel.

— C'est encore une de tes visions ? s'enquit-il.

Gerremi acquiesça d'un signe de tête.

— Ça ne ressemblait pas à mes visions habituelles, expliqua-t-il, d'habitude, je vois une scène se dérouler devant mes yeux, mais là, j'ai vu le Roi de Morner en personne et je lui ai *parlé*. Enfin, il m'a parlé, je n'ai pas engagé la conversation. Je n'ai même pas décroché un mot. En fait, je ne comprenais pas ce qui m'arrivait. Il a fait voler une dague que j'ai reçue dans le bras. Mon pouvoir s'est arrêté juste après.

— M. Jon a utilisé son aura pour briser ton pouvoir, lui apprit Alissa.

Gerremi hocha la tête. Il savait enfin d'où venait la mystérieuse lumière rouge qu'il avait vue avant de reprendre conscience dans la salle d'étude du compagnon de route.

— Ce qui s'est passé ensuite est étrange. J'ai à peine eu le temps de comprendre que j'étais revenu dans la classe, qu'une énorme racine s'est enroulée autour de moi.

— C'était mon pouvoir, fit remarquer Séléna, mais je ne sais pas pourquoi il s'est déclenché. Lorsque tu es tombé de ta chaise, hurlant et baigné de sang, nous avons tous voulu t'aider et, sans le vouloir, j'ai déclenché mon troisième signe.

Alissa contemplait Gerremi d'un air circonspect. Ses grands yeux noirs semblaient sonder son esprit avec finesse et perspicacité, à tel point que le jeune homme se demanda si elle n'était pas en train de lire dans ses pensées.

— À quoi ressemble le Roi Isiltor ? demanda-t-elle simplement.

Gerremi lui décrivit l'homme – ou plutôt le vampire, c'était peut-être le terme qui convenait le mieux au souverain mornéen – qu'il avait vu. Un frisson lui parcourut l'échine et, l'espace d'un instant, il crut sentir la lame du roi démoniaque s'enfoncer à nouveau dans son bras.

— Tu ferais mieux de parler de tes visions à M. Jon, lui conseilla Alissa, il fera de son mieux pour t'aider à les maîtriser.

— Il veut que je lui en parle demain. Une chose est sûre, c'est que je ne veux plus remettre les pieds dans son cours. Je ne supporterai pas une vision de plus. Elles vont finir par me tuer.

Enendel lui posa une main réconfortante sur l'épaule. Pour leur changer les idées, il décida de raconter sa journée.

Apparemment, tout allait pour le mieux. Ses premiers entraînements avaient été un franc succès. Il avait remis à leur place quatre collègues imbus d'eux-mêmes et reçu les félicitations de son instructeur pour la qualité de ses techniques de combat.

Les recrues avaient terminé les classes relativement tôt dans l'après-midi, mais elles devaient les reprendre à dix-heures du soir, aussi, Enendel leur annonça qu'il ne passerait pas la soirée en leur compagnie et qu'il partirait pour la caserne tout de suite après le repas.

— Tu as revu Fiara ? demanda Gerremi.

— Oui. J'ai décidé de t'écouter, Gerrem', et de lui laisser une chance. J'ai justifié mes six semaines de formation à la caserne par une volonté de notre capitaine de nous préparer dignement à la guerre qui menace d'éclater. Fiara est adorable. Puisque je suis de repos le Dislarion, elle va me faire découvrir un restaurant exotique Sameri soir. Il me semble qu'il s'appelle Aux saveurs de la Terre des Mondes.

Séléna et Alissa échangèrent un regard envieux.

— C'est l'un des meilleurs restaurants d'Edgera, approuva la Princesse, ton amie te fait une très grande faveur si elle choisit de te l'offrir. Mais, si elle est attachée aux traditions, elle attendra de toi que tu lui offres le repas. Fais attention, ce restaurant est cher.

— Après toutes tes vantardises sur ton poste de soldat et tes mensonges sur l'acquisition toute proche d'une belle maison, il est normal qu'elle s'attende à ce que tu le lui offres, le taquina Gerremi, c'est un juste retour des choses, non ?

Enendel grimaça et se tordit nerveusement les mains.

— Il va falloir que je trouve un subterfuge pour qu'on n'y aille pas, si c'est cher, je ne pourrai pas lui payer ce repas et je ne veux pas m'endetter pour de la nourriture. J'aime la gastronomie, mais pas à ce point… Je la vois demain après-midi, je trouverai bien le moyen de la faire changer d'avis à propos de ce restaurant…

Chapitre 5
Morner, une nouvelle menace

Comme chaque nuit, lorsqu'il était incapable de trouver le sommeil, Isiltor se promenait dans les couloirs déserts de son palais.

Sa journée avait été mouvementée... La première partie de la matinée s'était déroulée au mieux. Son Général Suprême, Eor'sic, lui avait rapporté la défaite du Comté de Lenge, la dernière puissance des Terres de Syrial encore insoumise à Morner. D'après le gradé, ces bons à rien n'avaient même pas résisté deux jours aux assauts de ses troupes.

Le Roi de Morner s'approcha d'une fenêtre et contempla sa Cité endormie. Un sentiment de fierté s'empara de lui. Son Royaume était puissant...

La deuxième bonne nouvelle lui avait été transmise par le Roi Irmel des Terres de Glace. Le projet scientifique de grande ampleur censé détruire les alliés d'Hesmon était arrivé à terme.

Comme toujours, son nouvel allié avait su faire preuve d'une imagination débordante. Pour empêcher le Royaume d'Evarlas de porter secours à Hesmon lorsque la guerre éclaterait, il avait imaginé une maladie capable de détruire toute une population.

Irmel avait travaillé en étroite collaboration avec son Mage personnel, le célèbre Esalbar Asgardal, pour mener à bien ce projet. Aujourd'hui, leurs dures semaines de labeur avaient enfin porté leurs fruits. Le virus avait été injecté dans le corps de dix prisonniers evarlassiens pour qui les Terres de Glace venaient de recevoir une rançon. Bien entendu, les rançonnés ignoraient tout du virus hautement contagieux qu'ils portaient en eux. Ils rentreraient chez eux et contamineraient leurs proches. Les prisonniers étant, pour la plupart, d'ascendance noble, la maladie pourrait facilement toucher la Cour evarlassienne de plein fouet. Peut-être qu'un haut dignitaire du royaume ou un membre de la famille royale y succomberait...

Isiltor se remémora leurs essais sur des détenus de la prison d'Ifares. Lorsque quatre cobayes d'une même cellule avaient été infectés, on les avait dispersés dans d'autres geôles. Tout prisonnier ayant été en contact avec eux avait été contaminé à son tour. Les malades étaient morts en moins de deux semaines.

Le visage blafard d'Isiltor s'étira en un immense rictus, qui s'effaça aussi vite qu'il était apparu. Si la matinée avait bien commencé, elle s'était terminée en cauchemar.

La communication magique qu'il devait entretenir avec Esalbar Asgardal avait viré à la catastrophe. Alors qu'il activait le sortilège runique permettant à son miroir de correspondance de fonctionner, la connexion s'était brouillée. Il s'était retrouvé face à un jeune homme de l'Empire d'Hesmon, habillé d'une cape inhérente aux étudiants de l'École Edselor. Une chose, techniquement, impossible. Les miroirs de correspondance étaient des reliques enchantées par la magie des artisans nains. Il n'y avait pas de moyen plus sûr pour communiquer à distance. Le Roi Inros Trémior, le grand-père d'Isiltor, avait payé des sommes d'or faramineuses pour obtenir ces objets sacrés, créés par la main du Maître enchanteur le plus qualifié du Royaume de Morja, à l'époque où les relations entre leurs deux pays étaient encore cordiales. Comment la communication avait-elle pu être interceptée de la sorte ?

Une pointe d'angoisse monta en lui. Il fallait un pouvoir exceptionnellement puissant pour brouiller la magie runique des Nains. Cela relevait de l'impossible, même pour un Dragon humain ou un mage elfe aguerri. Et qui avait réussi cet exploit ? Un gamin d'une vingtaine d'années.

Isiltor se demanda, un instant, s'il ne s'agissait pas d'un espion d'Edjéban se faisant passer pour un étudiant ordinaire, qui aurait trouvé un moyen d'intercepter leur communication magique. Mais non, cela n'avait pas de sens. Lorsqu'il l'avait aperçu, le gamin était terrifié, comme s'il ne comprenait pas ce qui lui arrivait. Dans le doute, Isiltor avait tenté de le tuer, mais il se doutait qu'il était encore en vie.

Le Roi s'assit sur un banc et enfouit son visage dans ses mains. Il avait rendez-vous dans deux jours avec l'un de ses espions, basé en Hesmon, et il devait, une fois de plus, utiliser les miroirs de correspondance pour lui parler. Si la conversation était à nouveau interceptée, ce serait un désastre. Son meilleur agent courrait un très grave danger.

« Si Esalbar ne parvient pas à protéger notre communication, je devrai y renoncer », songea-t-il avec dépit. Mais son Mage parviendrait à trouver une solution. La communication brisée l'avait beaucoup affecté, lui aussi. Il lui avait promis qu'il viendrait à Phaséas dès les premières lueurs de l'aube pour élucider ce mystère. Oui, Esalbar allait trouver une solution.

Deux jours plus tard, lorsque l'horloge installée dans le bureau d'Isiltor sonna sept heures du soir, le Roi de Morner fit signe à Esalbar – un semi-Elfe à la barbe blanche effilée – de le suivre jusque dans son antichambre secrète. Ils étaient convenus que le Mage serait présent pendant toute la durée de l'entrevue avec l'espion hesmonnois. Esalbar avait assuré à son Roi que sa magie était assez puissante pour empêcher tout détournement de la communication.

À l'instant même où Isiltor activait le sortilège runique de son miroir de correspondance, un tourbillon de feu et de ténèbres l'engloutit, puis il se sentit plonger au sein de l'objet.

Lorsque les flammes s'évanouirent, un homme encapuchonné, plutôt grand, se présenta à lui. Derrière l'espion, en arrière-fond, on pouvait apercevoir les contours floutés d'une chambre à coucher.

L'homme s'inclina devant le Roi. Il ramena une mèche noire en arrière, échappée de son capuchon.

— Salut à vous, ô Roi Isiltor.

Pour toute réponse, le monarque lui adressa un bref signe de tête.

— Je vous apporte plusieurs nouvelles d'Hesmon, votre Majesté. L'Empereur Edjéban a enfin pris la décision de reconstituer le Trophée de Clairvoyance, il était temps. Je sais de source sûre que la Garde de l'Ombre impériale a été mandatée pour une mission d'envergure. Je pense qu'il s'agit de localiser les sept Pierres éparses et de les ramener dans leur calice gardé à Edgera. Je sais que l'une d'elles se situe dans la Forêt d'Or, mais, pour les autres, je n'en ai aucune idée. L'Empereur a levé des fonds très importants pour cette mission. J'imagine que la reconstitution du Trophée de Clairvoyance ne devrait pas leur prendre beaucoup de temps. Deux ou trois mois, tout au plus.

Un affreux rictus fendit le visage d'Isiltor. L'espion tressaillit.

— Parfait, murmura le Roi, si Edjéban a décidé de reconstituer le Trophée, il nous facilite la tâche. Nous n'aurons qu'à tendre la main pour le cueillir, lorsque les sept Pierres auront retrouvé leur calice. Il nous faudra être rapides, je ne tiens pas à ce qu'Edjéban réveille l'Artéfact et s'empare de ses pouvoirs.

— Si je puis me permettre, votre Majesté... – Isiltor lui fit signe de poursuivre d'un signe de tête –, vous pouvez être tranquille à ce propos. J'en sais assez sur l'Empereur d'Hesmon pour vous assurer qu'il n'utilisera jamais le Trophée de Clairvoyance. Toute la famille royale hesmonnoise a été détruite lorsque l'Artéfact a été utilisé sous l'Ère Seconde et je ne vous parle pas des maladies épouvantables qui ont touché la population. On ne peut utiliser les pouvoirs d'un Trophée sans ceux de l'autre au risque de subir malheur et malédiction. L'Empereur Edjéban le sait. Il ne prendra pas le risque de l'utiliser, croyez-moi.

— Dans ce cas, je vous charge de me tenir informé de l'avancée d'Edjéban dans la reconstitution de l'Artéfact. Nous nous en emparerons au moment opportun. Avez-vous d'autres informations à me donner ? À propos d'Edselor, peut-être ? J'ai cru comprendre que la fille d'Edjéban venait d'y entrer… et qu'il y a de curieux spécimens parmi les étudiants.

Maintenant que la question du Trophée de Clairvoyance était réglée, Isiltor voulait aborder le sujet qui lui tenait le plus à cœur : le mystérieux jeune homme.

L'espion réfléchit un instant et confirma les paroles du monarque.

— Oui, la fille d'Edjéban est entrée à l'université et, comme nous le craignions, Majesté, j'ai désormais la certitude que ses signes Lune et Soleil sont la marque de Salamoéna, le Pouvoir Suprême. J'ai eu l'occasion de l'observer et quelle puissance… elle peut communiquer avec la nature et les animaux et soigner mieux que n'importe quel médecin. Mais elle n'est pas la seule dans ce cas – le cœur d'Isiltor se mit à battre la chamade –, un autre élève de première année, d'ascendance ordinaire, est de signe Eau et Feu. Ses pouvoirs sont tout aussi puissants que ceux de la Princesse. Gerremi Téjar, c'est ainsi qu'il s'appelle, a la faculté de projection astrale et de télépathie. Leurs dons ne sont pas encore maîtrisés, mais dès qu'ils le seront… j'en tremble rien que d'y penser.

Isiltor prit une profonde inspiration pour chasser la peur qui s'insinuait dans ses veines. Ses pires craintes étaient désormais confirmées… Il avait toujours su que la fille d'Edjéban portait en elle la marque de Salamoéna, mais il pensait que c'était un cas isolé. L'Histoire avait prouvé que, de temps à autre, un Dragon aux signes contraires pouvait naître, sans que cela soit l'œuvre du Pouvoir Suprême. Mais l'existence de deux Dragons de signes inverses, et du même âge, était suffisante pour démontrer que Salamoéna avait refait surface.

— Avez-vous découvert des Dragons de signes : Force et Esprit, Enfer et Sentiments ou Vent et Terre ?

— Non, mais je vais me pencher sur la question, Majesté. Mes contacts vont éplucher tous les registres des Bureaux municipaux hesmonnois et evarlassiens.

Isiltor approuva d'un signe de tête. Lui non plus n'allait pas rester sans agir. Dès le lendemain, il mandaterait de nouveaux espions pour ratisser la Terre des Mondes à la recherche des trois autres Dragons Suprêmes.

— En tout cas, votre Illustre Majesté, si cela peut vous rassurer, sachez que l'Empereur Edjéban et que sa… catin d'Alexiana Jérola se sont entendus pour ne rien dévoiler à la Princesse Séléna à propos du Pouvoir Suprême. Jérola a ordonné à tout le corps enseignant de son école de ne jamais mentionner la légende de Salamoéna, qu'ils y croient ou non. Ils doivent simplement dire aux deux Dragons de signes inverses qu'ils ont un très bon potentiel et veiller à ce que leurs pouvoirs ne fassent pas trop de dégâts.

L'espion ricana.

— L'Empereur espère ainsi protéger sa fille, poursuivit-il, il sait pertinemment que si sa Princesse retrouve les autres héritiers du Pouvoir Suprême et s'ils utilisent leur magie commune, elle ne survivra pas. Tant que l'Empire d'Hesmon a un espoir de repousser Morner sans utiliser Salamoéna, il laissera sa fille dans l'ignorance.

Isiltor émit un grognement.

— Majesté ? s'enquit soudain l'espion, vous… voulez que je me débarrasse des deux Dragons ?

— Non.

Les épaules de l'homme se détendirent. Il craignait, visiblement, que son Roi lui assigne cette mission périlleuse et probablement trop complexe pour lui.

— Tant que les deux Dragons Suprêmes ne savent pas ce qu'ils sont, je n'ai pas d'inquiétude à avoir. Je veux simplement que vous gardiez un œil sur eux et que vous me fassiez un rapport hebdomadaire sur l'évolution de leurs pouvoirs.

Chapitre 6
La cache d'Erenor

Les deux mois qui suivirent furent tout aussi passionnants que les premiers jours. Les seules matières que Gerremi redoutait étaient les mathématiques, les sciences et l'étude du troisième signe.

M. Jon avait changé sa manière de travailler depuis le dérapage du premier cours. À présent, les travaux pratiques se faisaient par groupes de trois, sauf pour Gerremi et Séléna, qui ne pouvaient pas s'entraîner à mobiliser leur énergie aurique sans la supervision du professeur. Si cette mesure était plutôt pesante, le jeune Dragon devait avouer qu'elle était très utile. Il n'avait plus été victime d'une seule vision ou projection astrale intempestive. Il avait même réussi à maîtriser une très brève communication télépathique avec Séléna. Cela avait, apparemment, ravi son professeur. Gerremi avait eu droit à de surprenantes félicitations qui l'avaient mis très mal à l'aise vis-à-vis de ses camarades.

Malheureusement, tous les élèves n'étaient pas logés à la même enseigne. Hormis avec Alissa, Séléna, trois étudiants qui progressaient vite – dont Stève et ses amis, au grand plaisir de Gerremi, ne faisaient pas partie –, M. Jon était impitoyable. Il n'hésitait pas à traiter ses élèves de tire-au-flanc ou de bras cassés et les comparait sans cesse à ses premières années de l'an passé. Apparemment, à la même période, ils savaient presque tous canaliser leurs auras pour produire une minuscule étincelle de pouvoir. Dans leur classe, plus de la moitié des étudiants étaient loin du compte.

Lorsque le professeur n'était pas satisfait du travail général – au moins trois jours sur quatre –, il se plaisait à leur donner des tonnes de devoirs ou des contrôles surprises.

Leur dernier cours pratique leur laissa, à tous, un souvenir cuisant. Comme à son habitude, M. Jon les répartit par petits groupes. À son grand désespoir, Hugues fut placé avec Stève et Bruce.

Vers le milieu de l'heure, poussé à bout par les railleries de ses camarades – qui prenaient un malin plaisir à le traiter de rat d'égout en référence à son signe Excréments –, Hugues, les yeux brillants, se retira au fond de la salle, non loin d'une niche abritant une commode.

Il poussa un cri lorsqu'il se prit les pieds dans sa cape mal-ajustée – il avait, encore une fois, oublié de passer chez la couturière – et tomba en arrière. Il fit un grand geste désespéré pour se raccrocher à la commode, mais la manqua de quelques centimètres. Sans qu'il ne puisse la contrôler, une boule d'excréments fusa de sa main et atterrit en plein dans la figure de M. Jon qui venait de se lever pour identifier la source de la chute.

Un silence gêné, brisé par quelques rires discrets, s'abattit sur la salle.

Une lueur meurtrière s'alluma dans le regard du professeur lorsque ses yeux se posèrent sur Hugues. Il exécuta un mouvement circulaire de la main, qui fit disparaître toute trace d'excréments de son visage, puis s'avança vers son élève d'un pas raide. Il le releva en l'empoignant par le col.

Le cœur de Gerremi se serra. Son ami allait passer un très mauvais quart d'heure…

— Qu'est-ce que c'était que cela, Hugues Pât ? demanda M. Jon d'une voix vibrante de colère contenue.

Plus personne ne songeait à rire de l'incident, à présent. Tous les élèves se tassaient sur leurs chaises et observaient la scène d'un œil embarrassé. Hugues tremblait de tous ses membres.

— Je… je suis désolé…, balbutia-t-il, je ne l'ai pas fait exprès… je suis tombé… et c'est parti tout seul… je n'ai pas compris…

— Bien entendu, le pouvoir que vous avez jeté est tout à fait anodin. Vous êtes dans cette université depuis plus de deux mois et vos pouvoirs jaillissent tout seuls…

Hugues baissa la tête. M. Jon prit une profonde inspiration et poursuivit d'une voix aussi tranchante que la lame d'une épée :

— S'il y a une chose que je ne tolère pas, Hugues, c'est bien la mauvaise foi. De quel droit vous êtes-vous permis de lancer ce pouvoir ? Vous vous êtes cru en cours de Combat Dragon ?

Hugues balbutia un léger « je suis désolé, je vous en prie… », à peine audible.

— Silence ! Je me moque de vos piteuses excuses. Vous n'avez pas à attaquer qui que ce soit avec vos pouvoirs, ni élève ni professeur. Vous aurez trois heures de retenue. Estimez-vous heureux que je ne vous renvoie pas de cours.

Le visage d'Hugues se décomposa.

— Et puisque vous vous croyez si malin, poursuivit le professeur, vous allez me faire une démonstration de votre talent. Allez-y, Hugues, vous avez voulu montrer la puissance de vos signes, montrez-moi, maintenant, celle de votre compagnon de route.

Gerremi nota que M. Jon n'avait même pas pris la peine d'ordonner au reste de la classe de retourner à leurs occupations et de ne pas déranger Hugues. Simple oubli ou vengeance personnelle ? Il n'aurait su le dire.

Hugues mit quelques minutes à calmer ses émotions. Lorsqu'il tenta de matérialiser son aura, un maigre filet jaune-vert vint recouvrir ses mains.

— Qu'est-ce que ceci ? demanda le professeur d'une voix sèche.

— Mon... aura... Monsieur.

— Votre aura... – M. Jon le foudroya du regard – une fois de plus, vous vous moquez de moi ! Nous travaillons depuis plus de deux mois sur la matérialisation de l'aura et c'est tout ce que vous êtes capable de produire ? Retournez à votre place et mettez-vous au travail immédiatement ! Si je vous reprends une fois de plus à m'importuner, je vous exclus définitivement de ce cours.

Il se tourna vers l'ensemble des élèves, qui observaient la scène avec intérêt.

— Et vous, que regardez-vous ? Quelqu'un désire nous faire une démonstration en public ?

Tout le monde baissa les yeux et retourna à ses exercices.

Lorsque la cloche sonna la fin de l'heure, tous les étudiants furent soulagés de quitter l'ambiance glaciale de la pièce.

Hugues, encore sous le choc des évènements, fut l'un des derniers à sortir. À peine avait-il atteint l'escalier menant hors du couloir, que Stève et Bruce lui bloquèrent l'accès aux marches.

— Alors, rat d'égout, railla Bruce, tu as encore fait des tiennes ? Apparemment, M. Jon n'a pas aimé ton pouvoir.

Hugues voulut répliquer, mais la peur fit mourir les mots sur ses lèvres. Il se contenta de dévisager ses camarades d'un air terrifié, les yeux baignés de larmes. Ses collègues explosèrent de rire.

— Finalement, je crois que je l'aime bien, ce paysan, ricana Stève, contrairement à certains, il a compris qui étaient ses supérieurs. C'est bien, Hugues, les bouseux de ton espèce doivent toujours s'écraser devant la noblesse.

Gerremi, qui venait tout juste de rejoindre son ami, s'apprêtait à répliquer lorsque M. Jon surgit dans le couloir.

— Ce n'est pas possible, cette classe…, pouvez-vous répéter, Or'cannion ? demanda-t-il d'une voix venimeuse.

Les yeux de Stève s'écarquillèrent de surprise. Bruce déglutit.

— Alors ? Qu'avez-vous dit ? réitéra M. Jon.

Stève se mordit les lèvres, puis il se mit à fixer le bout de ses chaussures.

— Je… je…, balbutia-t-il, ne trouvant rien d'intelligent à répondre.

Une esquisse moqueuse apparut sur le visage du professeur, comme si rien ne l'amusait autant que de réduire un noble imbu de son statut social au silence.

— Vous bafouez en toute conscience les valeurs de notre école en vous servant de votre titre de noblesse pour rabaisser vos camarades, et vous n'êtes même pas capable d'assumer vos actes… vous faites peine à voir. Je pense qu'une discussion s'impose, *votre grandeur,* suivez-moi. Bruce Arembler, vous êtes également prié de venir.

Après la pause de dix heures, la classe de Gerremi avait deux heures de Combat Dragon.

Le jeune homme appréciait tellement ce cours, qu'il avait décidé de s'inscrire à la corporation de duels deux semaines après la rentrée. Il avait entraîné Erenor et Séléna avec lui. La Princesse avait été accueillie avec tous les honneurs. D'après ce que ses « confrères » – comme il était coutume d'appeler les membres d'une même corporation –, plus anciens lui avaient rapporté, Agatta s'en était vantée pendant des semaines.

Malgré les encouragements de Glorane, qui semblait avoir beaucoup de sympathie pour Hugues – elle lui avait plusieurs fois proposé de l'aider à travailler les matières Dragon qui lui donnaient le plus de fil à retordre –, le jeune homme avait préféré se tourner vers la corporation d'Alchimie. Après mûre réflexion, Alissa avait choisi de suivre Hugues, un choix qu'elle ne regrettait absolument pas. Elle leur avoua même progresser plus vite durant leurs séances hebdomadaires qu'en classe. Les longs apartés de leur professeure sur les chats n'étaient pas du tout instructifs.

Gerremi avait rapidement compris que faire partie d'une corporation était un gage d'intégration au sein de l'université. Chaque congrégation proposait des sorties régulières dans Edgera et deux séances de travail hebdomadaires. Grâce à ces dernières, le jeune homme avait appris à parfaire ses nouveaux pouvoirs – une volée de flammes latérales nommée *Incendia* et un rayon d'eau appelé *Waterwhip* –, tout en apprenant différentes techniques pour mieux encaisser les pouvoirs reçus ou pour attaquer avec plus de force.

Au sein de sa congrégation, Gerremi avait fait la connaissance de nombreux étudiants de tous âges, avec qui il avait passé quelques Sameris soirs riches en boisson, en festivités et en éclats de rire. Glorane et Agatta lui avaient même fait découvrir un quartier reculé d'Edgera, célèbre pour ses spectacles en plein air.

Contrairement à M. Jon, Dame Yénone faisait preuve d'une justesse déconcertante. En qualité de professeure de Combat Dragon, elle était invitée à toutes les soirées privées organisées par la corporation de duels. Gerremi, Séléna, Erenor et Enendel avaient eu maintes occasions de passer des moments festifs et ludiques avec elle. Pourtant, en classe, elle ne faisait aucune différence entre ses élèves. Gerremi et Séléna la tenaient en admiration pour ce talent.

Aujourd'hui, pour leur cours de Combat, la professeure avait prévu de faire travailler ses étudiants sur un pouvoir nommé *Charge du Dragon,* que chacun pouvait apprendre. Il consistait à charger sur l'adversaire à toute vitesse, entouré des éléments de ses deux signes.

À la fin d'une heure de cours passionnante sur les cinq catégories de pouvoirs Dragon – techniques au corps à corps, lointaines, défensives, alternatives ou régénératrices –, tous les élèves suivirent leur professeure sur le terrain de duels.

Le mauvais temps de mi-Physanile avait laissé sa trace. L'air s'était considérablement rafraîchi. La pluie, tombée en abondance ces derniers jours, avait couvert le terrain de boue.

Stève, vêtu de vêtements élégants – la professeure avait pourtant précisé que, pour une séance de travaux pratiques, il leur faudrait porter des affaires qu'ils ne craindraient pas de salir – esquissait une grimace de dégoût à chaque fois que son pied s'enfonçait dans l'herbe spongieuse.

Son entrevue amère avec M. Jon l'avait mis de très mauvaise humeur. De toute évidence, personne ne l'avait jamais remis à sa place. Gerremi ne put s'empêcher d'esquisser un sourire. S'il ne portait pas M. Jon dans son cœur, il devait admettre qu'il venait de marquer un très bon point.

— Tu dois aimer cela, toi, la boue, cracha-t-il à Hugues, assez discrètement pour que leur professeure ne puisse pas l'entendre, dans tes champs tu en es souvent couvert.

Heureusement, Dame Yénone intervint assez rapidement pour le faire taire.

— Je vais vous répartir par groupes de deux. Chacun votre tour, vous vous entraînerez à utiliser *Charge du Dragon.* Bien entendu, vous n'oublierez pas de parfaire les pouvoirs appris.

Dame Yénone rassembla Erenor et Hugues. Ce dernier adressa un sourire maladroit au rôdeur, qui ne lui fut pas rendu. Alissa fut placée avec Myael, le gringalet que Stève avait pris comme souffre-douleur au sein de son propre groupe d'amis.

Séléna, à son grand désespoir, fit équipe avec Tania Jérny – la fille du directeur de la plus grande compagnie marchande d'Ornégat, comme elle aimait le répéter à tous ceux qu'elle croisait. C'était une fille rousse au visage grossier, que Stève avait pris pour fiancée. Chose quelque peu surprenante puisque Messire Or'cannion clamait haut et fort que l'apparence physique était très importante chez une femme et que les « laiderons » avaient tout à perdre. Pourtant, même Veruka avait l'air d'une déesse à côté de Tania. Gerremi se doutait que leur union avait été arrangée par leurs familles respectives. Apparemment, c'était une coutume très répandue dans la noblesse d'Hesmon où les enfants devaient, avant tout, se marier pour forger des alliances.

Gerremi, à son grand déplaisir, fut contraint de travailler avec Stève. Ce dernier lui jeta un regard méprisant et s'inclina brièvement. À peine le jeune Dragon lui avait-il rendu son salut, qu'il tira un rayon d'électricité. La décharge fut telle, que Gerremi tomba à terre et resta cloué au sol. Il jura et maudit la faiblesse de son signe Eau face au signe Foudre.

Stève, pour la première fois de la matinée, esquissa un immense sourire de satisfaction. Il s'approcha tranquillement de son partenaire et le tâta du pied, comme s'il s'était agi d'un animal répugnant. Par réflexe, Gerremi le fouetta avec *Waterwhip*. Surpris, Stève chuta. Il se releva d'un bond et brandit sa main en avant. Une sorte de cloche métallique apparut et projeta des ondes rouges vers Gerremi.

Avec une rapidité qui le surprit lui-même, le jeune homme les esquiva à trois reprises, mais une quatrième vague eut raison de ses efforts. Une étrange sensation de flottement s'insinua en lui, puis il se retrouva au beau milieu d'une plaine.

Un homme avançait dans sa direction. Son cœur se figea lorsqu'il reconnut la couronne à pointes d'Isiltor. Les membres tremblants, la respiration haletante, le jeune Dragon recula. Il porta la main à sa ceinture et se rendit compte, avec effroi, qu'il n'avait pas d'épée.

Par réflexe, il lança son pouvoir *Incendia,* qui fit jaillir du feu sur le Roi de Morner. Mais l'attaque n'eut aucun effet. Il tenta alors un *Waterwhip,* qui se révéla tout aussi inutile. Comme pour se moquer de ses pouvoirs pitoyables, Isiltor fut pris d'un fou rire cruel, aussi froid que la glace et le vent du mois d'Ultimane. Ses ricanements se répercutèrent en écho, si fort, que Gerremi se demanda si ses tympans n'allaient pas exploser.

Dans un élan de peur, il ferma les yeux et pensa à ses signes Dragon. Il s'imagina chargeant à toute allure vers Isiltor, entouré d'eau et de feu. Peut-être une *Charge du Dragon* serait-elle plus efficace ?

Il s'élança à toute vitesse, entouré d'un léger voile d'eau et de quelques étincelles. L'attaque sembla faire son effet, le Roi de Morner disparut aussitôt.

Gerremi glissa sur une flaque de boue et s'étala de tout son long. Il remarqua que toute la classe avait les yeux tournés vers lui. Dame Yénone fit signe aux étudiants de retourner à leurs occupations et vint le voir, armée d'un grand sourire. Apparemment, la vision de Gerremi lui avait beaucoup plu. Le jeune homme, pour sa part, avait du mal à comprendre ce qu'il venait de voir.

— Félicitations, Stève, lança Dame Yénone, vous avez utilisé deux pouvoirs très intéressants : tout d'abord *Rayowind,* et ensuite *Cloche de la Malchance.*

« Ce pouvoir, expliqua-t-elle à Gerremi, est de signe Enfer. Il force l'adversaire à affronter sa plus grande peur. Une attaque alternative qui le terrifie autant qu'elle le bloque dans l'évolution de son combat. J'ignore ce que vous avez vu, mais sachez que c'est toujours quelque chose d'affreux.

Une vague de soulagement déferla sur Gerremi. Il n'avait pas été victime de son troisième signe, mais d'un vulgaire pouvoir de Stève.

— En tout cas, Gerremi, reprit Dame Yénone, vous avez tenté de très belles esquives même si *Cloche de la Malchance* finit toujours par toucher l'adversaire. Les ondes lancées sont de plus en plus rapides. Le seul moyen de contrer cette attaque aurait été de jeter un autre pouvoir sur la cloche pour qu'elle se brise. En ce qui concerne vos pouvoirs *Waterwhip* et *Incendia*, ils étaient suffisamment maîtrisés. Vous avez bien progressé.

Elle lui adressa un clin d'œil discret et poursuivit :

— En revanche, essayez de peaufiner votre *Charge du Dragon*. Si votre vitesse était très satisfaisante, vos signes n'étaient pas assez marqués. J'aimerais d'ailleurs que, maintenant, Stève et vous, vous vous concentriez uniquement sur ce pouvoir. Votre prochaine évaluation portera sur son utilisation.

Elle s'éloigna vers le binôme Myael-Alissa. Contrairement à la plupart des élèves de la classe, la *Charge du Dragon* de son amie était très réussie. Elle parvenait à s'élancer sur son partenaire avec rapidité et souplesse, entourée d'un bouclier de feuilles et de vent assez consistant.

Gerremi vit Alissa rougir lorsque Dame Yénone la félicita pour la qualité de son pouvoir.

— Dis-moi, Gerremi, comment as-tu trouvé mes pouvoirs ? Puissants, non ?

La voix condescendante de Stève le fit sursauter.

— Toi, on ne peut pas dire que tu m'aies réellement posé de problèmes. À vrai dire, personne ne peut s'attendre à un grand potentiel chez un homme qui n'est pas né Dragon.
— Pardon ? demanda Gerremi d'un ton sec.
Stève lui lança un regard méprisant.
— Ah oui ! Suis-je bête, je ne t'avais pas prévenu. Mon père est arrivé il y a environ une semaine à Edgera pour le Conseil trimestriel des Intendants d'Hesmon. J'en ai donc profité pour lui poser quelques questions à propos des Dragons nés dans des familles totalement ordinaires. J'étais persuadé que cela n'existait pas, mais mon père m'a prouvé le contraire. Il en existe d'ailleurs plus qu'on ne le croit. Leurs parents, désireux de donner du prestige à leur progéniture, leur ont fait avaler maintes et maintes potions à leur naissance pour leur donner des pouvoirs. Apparemment, c'est une mode très répandue chez les nobles evarlassiens. Heureusement, cela ne s'est jamais beaucoup développé en Hesmon. L'ennui, c'est que le sang de ces... *hybrides* – Stève esquissa une grimace de dégoût – n'a aucune propriété magique. Leurs pouvoirs sont trop faibles pour être qualifiés de tels. Ils ne montrent aucun talent.

« Pardonne-moi, Gerremi, je retire tout ce que j'ai pu dire sur ta mère. En fin de compte, je doute qu'elle se soit offerte au premier homme riche qu'elle a croisé. Ta famille me semble relativement propre, de ce côté-là. En revanche, le coup des potions dont on t'aurait gavé à la naissance me semble très plausible. Qu'en dis-tu ? Ai-je raison ?

— Je suis de signe Eau et Feu, autrement dit, j'ai deux signes contraires. Or, posséder deux signes contraires est une preuve de puissance et de grande potentialité. M. Jon m'a dit que les pouvoirs de mon troisième signe dépassent de loin ceux des autres élèves. Le tien, par exemple.

Stève serra les poings de colère. Gerremi venait de marquer un point contre lui. Il s'en réjouit.

— Et tu prends toutes les remarques de M. Jon au sérieux ? J'ai appris de belles choses sur ses origines. Si tu savais ce que je sais, tu trierais soigneusement toute information sortant de sa bouche. Maintenant, je vais te dire ce que je pense. Tu as peut-être deux signes contraires, mais tu n'es pas plus fort que les autres. La preuve, tu n'es même pas le premier de la classe. Un Dragon possédant deux signes inverses et né dans une famille de mages se serait tout de suite clairement démarqué. Toi, tu as peut-être un troisième signe qui ravit l'autre chien enragé, mais ton sang trafiqué est si dénué de pouvoir que tu ne sauras jamais le maîtriser.

Il reprit son souffle et ajouta d'une voix cassante :

— Mon père m'a assuré que les Dragons *hybrides* qu'il a rencontrés n'ont jamais passé le cap de la deuxième année d'étude dans leur université. Tu t'en sors peut-être mieux que les autres avec tes signes contraires, mais ce ne sera pas suffisant, fais-moi confiance.

— Eh bien, sache que je ne suis pas le seul dans cette classe à être né de parents non-Dragons. Personne n'a de pouvoirs magiques dans la famille de Séléna et je sais très bien que ses parents ne lui ont jamais donné de potions pour qu'elle en ait. La famille impériale n'a pas besoin d'avoir un enfant Dragon pour être couverte d'honneur. Tu sous-entendrais donc que ta Princesse n'a pas sa place ici ?

— Gerremi…, entre nous – il tourna la tête vers Séléna qui tirait trois cercles lumineux de grande intensité sur Tania Jérny – pour un Dragon de signes contraires, ses pouvoirs sont loin d'être suffisants. Elle frappe peut-être fort, mais sa technicité laisse à désirer. Alissa est bien meilleure.

Gerremi n'avait pas perdu son courage et fit remarquer d'un ton qui se voulait détaché :

— Ce sont les Dieux qui choisissent les Dragons. Nous sommes tous égaux, peu importe notre famille d'origine, c'est une Prêtresse qui me l'a dit. Dame Jérola l'a également fait remarquer lors de son discours d'ouverture.

— Ta Prêtresse t'a dit cela pour que tu ne prennes pas peur en sachant que tu étais un Dragon, quant à Dame Jérola, elle ne fait que son travail de Directrice en répétant quelques écrits anciens qui mentionnent une pseudo égalité entre tous les Dragons. Mais dans la vie réelle, Gerremi, tu crois sincèrement que tous les Dragons sont égaux ? Tous les professeurs de cette école savent qu'au moins un élève sur vingt n'arrivera jamais à maîtriser ses pouvoirs après sa scolarité. Certains ne trouveront même pas de Magastel. Mes parents connaissent plus d'une personne dans ce cas. Dans notre classe, à mon avis, Hugues a beaucoup de soucis à se faire. Tous les professeurs savent qu'il ne vaut rien.

Stève ricana et poursuivit d'une voix amusée :

— Mais sache qu'un Dragon d'origine, même s'il est nul à souhait, saura toujours mieux se débrouiller qu'un homme gorgé de potions douteuses, comme toi ou la Princesse Séléna. J'ai un profond respect envers elle et sa famille, mais il faut reconnaître qu'elle et toi, vous n'avez pas votre place ici. De même que ton ami l'Elfe.

Un peu avant la fin du cours, Dame Yénone fit signe à tous ses élèves de stopper leur entraînement.

— Maintenant que vous connaissez des pouvoirs supplémentaires et que vous avez un peu plus d'expérience, nous allons essayer de faire un duel. Y a-t-il des volontaires, autres que ceux de la dernière fois ?

Personne ne se désigna. Hugues se dissimulait derrière ses camarades pour ne pas se faire repérer.

— Bien, reprit Dame Yénone, dans ce cas, je vais choisir deux personnes. Mais je dois vous préciser que tout le monde passera au moins deux fois dans l'année.

Elle regarda attentivement la foule des élèves et finit par désigner Séléna et le crapaud avec qui elle avait travaillé. Gerremi entendit Bruce, un peu plus loin, chuchoter à Viktor :

— Tania sera la gagnante. Un Dragon de Lune est faible face à Dragon de Force. En revanche, Séléna n'a qu'à recevoir une seule attaque et elle sera à terre.

Si les filles arboraient toutes deux un visage dubitatif, Séléna semblait encore plus terrorisée que Tania. Gerremi lui fit un signe de la main, en espérant que cela pourrait l'encourager, mais elle n'y prêta aucune attention.

Dame Yénone leur ordonna de se saluer, puis de commencer.

Ce fut Tania qui frappa la première. Elle porta un coup de pied dans l'estomac de la Princesse – pouvoir nommé *Ironfoot*, selon leur professeure –, qui la propulsa en arrière. Séléna retomba sur son séant en poussant un cri de douleur. Gerremi remarqua qu'elle se tenait fermement le ventre.

Décidée à ne pas se laisser faire, elle jeta sur Tania ses trois cercles de lumière –, un pouvoir nommé *Ilumforce*. L'attaque devait être très puissante à en juger par la violence avec laquelle sa partenaire fut projetée en arrière.

Séléna enchaîna en tirant un rayon blanc – nommé *Moonalba* – mais son adversaire ne bougea pas d'un pouce. Dame Yénone annonça aux élèves que les pouvoirs de Lune n'avaient aucun effet sur un Dragon de signe Force.

Quelque peu déçue, Séléna lança de nouveau ses trois cercles de lumière. Tania en esquiva un, mais retourna dans la boue lorsqu'elle fut frappée par les deux autres. Gerremi remarqua que la fiancée de Stève serrait les poings. Son visage se tordit en une grimace haineuse, qui ne la rendit que plus laide. Dans un élan de colère, elle fit jaillir deux petits troncs d'arbre sur son adversaire – un pouvoir appelé *Coup d'Arbres* –, qu'elle fit suivre d'un nouveau coup de pied. La Princesse parvint à l'esquiver de justesse en se poussant sur le côté.

Au moment même où Tania se préparait à réitérer son pouvoir *Coup d'Arbres*, les deux troncs qu'elle fit apparaître se retournèrent contre leur lanceuse et vinrent la frapper au niveau du ventre et des côtes. La jeune fille tomba à terre et vomit tout son repas.

Dame Yénone accourut aussitôt. Elle projeta une onde noire vers les deux troncs, qui les aspira puis les recracha en mille morceaux, et s'accroupit auprès de Tania. La jeune fille, incapable d'exécuter le moindre mouvement, peinait à respirer convenablement.

Séléna, une main posée sur son épaule droite apparemment douloureuse, était figée d'effroi.

— Je suis désolée…, murmura-t-elle.

— Le cours est terminé ! déclara Dame Yénone, dépêchez-vous de prendre vos affaires pendant que j'emmène Mademoiselle Jérny à l'infirmerie.

Tous les élèves, encore sous le choc de ce qui venait de se produire, regagnèrent la salle en silence.

— Je déteste mes signes et mon compagnon de route, déplora Séléna en rangeant ses affaires d'une main tremblante, ce que j'ai fait est très grave. Elle aurait pu mourir.

Alissa l'attira à elle, la Princesse essuya ses yeux larmoyants.

— Ce n'est pas ta faute, c'est simplement ton troisième signe qu'il faut apprendre à maîtriser le plus vite possible. Peut-être que nos cours ne sont pas suffisants pour Gerremi et toi ? Allez voir M. Jon et demandez-lui s'il ne peut pas vous donner des leçons particulières. Il est là pour vous aider.

Gerremi grimaça. Demander des cours particuliers à M. Jon ? Très peu pour lui... le voir en classe, quatre jours par semaine, lui suffisait amplement.

Erenor, qui était resté en retrait du groupe, s'avança vers Séléna et lui posa la main sur l'épaule.

Gerremi fut très étonné par ce geste. D'habitude, le rôdeur était bien la dernière personne à montrer de la compassion envers qui que ce soit. Lorsqu'il remarqua que ses camarades avaient les yeux tournés vers lui, il la retira aussitôt.

— Tu devrais être fière de tes signes et de tes pouvoirs, lâcha-t-il, ils sont exceptionnels.

Pour la première fois depuis le début de l'année, tous les professeurs leur avaient donné une montagne de devoirs à faire. Aussi, après les cours, tous les membres du groupe – à l'exception d'Erenor qui devait passer à la bibliothèque – se réunirent dans un salon très agréable au parquet ciré et aux murs roses, qu'ils avaient déniché au deuxième étage.

Enendel les rejoignit sur les coups de sept heures. Il avait terminé ses classes une semaine plus tôt et faisait officiellement partie de l'Armée, même s'il conserverait son statut de recrue pendant encore un an. Grâce à ses excellents résultats, l'Empereur lui permit de rester à Edselor pour le reste de l'année scolaire.

— Le capitaine ne nous ménage pas, mais cela me plaît, lança Enendel, non sans une pointe de fierté. Je dois savoir maîtriser le combat à mains nues, l'épée, l'arc et les parades avec le bouclier à la perfection. Avec la guerre qui s'annonce, il faut être au meilleur de sa forme.

Il fit quelques étirements, puis s'assit dans un fauteuil placé devant une cheminée au manteau marbré.

Alissa, qui avait déjà terminé la majeure partie de ses devoirs, se proposa d'aider ses camarades dans leurs exercices sur les probabilités. Gerremi, qui n'y comprenait strictement rien, lui en fut reconnaissant. Cette aide précieuse lui permit de dégager un peu de temps libre pour écrire une lettre à sa famille et à Yasmina.

Il recevait régulièrement des nouvelles de ses proches et, apparemment, tout se passait bien à Istengone. Yasmina était entrée en dernière année d'études à l'école secondaire et avait obtenu de bons résultats à ses premiers devoirs.

Depuis que son père avait appris que Gerremi était un Dragon, il voyait leur relation d'un œil très différent. Il avait fait beaucoup de recherches au sujet d'Edselor et de ses étudiants, et il en avait conclu qu'un mariage entre sa fille et son amoureux était le meilleur moyen de côtoyer l'Élite hesmonnoise. Hormis le Maire et la famille Korle, personne ne pouvait se vanter d'un tel exploit à Istengone.

En tout cas, à présent, Gerremi ne regrettait aucunement son ancienne vie. Ses nouveaux amis et ses cours le comblaient. Il commençait même à prendre goût au luxe ostentatoire d'Edselor et au dynamisme de la capitale. Sa seule source de préoccupation était le Royaume de Morner même si, d'après Séléna, Hesmon ne devait pas s'attendre à une attaque avant la fin de l'année. Le Venesi précédent, alors qu'elle rentrait au palais, elle avait surpris une conversation entre son père et le généralissime Almanter à ce sujet.

— Gerremi ?

Le jeune Dragon, perdu dans ses pensées, sursauta au son de la voix d'Hugues.

— Est-ce que tu as ton livre *Controverses historiques hesmonnoises* avec toi ? J'aimerais bien en savoir plus sur les Trophées.

Gerremi acquiesça et sortit de son sac l'épais volume. Si Séléna et Alissa avaient découvert l'Histoire de la Guerre des Trophées quelques années plus tôt, grâce au grand-père historien de la jeune femme – il s'était fourvoyé devant sa petite-fille et son amie –, Hugues n'en avait jamais entendu parler. Gerremi, qui avait dévoré l'ouvrage, avait promis de le lui prêter.

— Je ne comprends pas, s'enquit Séléna en rangeant dans son sac sa dissertation de littérature, il est presque sept heures et demie, bientôt l'heure du dîner, et Erenor n'est toujours pas venu nous voir ?

Personne ne prit la peine de répondre. Hormis Séléna – qui semblait lui vouer une très grande amitié –, tous les membres du groupe avaient depuis longtemps cessé de se poser des questions sur les disparitions et les absences mystérieuses de leur camarade.

Comme Gerremi pouvait s'y attendre, Erenor ne se montra ni au dîner, ni à l'heure du coucher.

— Ce n'est pas plus mal comme ça, lança Enendel, moins je le vois, mieux je me porte.

Hugues, qui partageait désormais leur chambre, approuva d'un signe de tête. Leur relation, avec Erenor, était très tendue. Malgré tous les efforts du jeune homme pour gagner la sympathie de son camarade, celui-ci ne lui avait jamais montré le moindre intérêt.

Gerremi savait que cette absence de considération faisait souffrir Hugues. Son ami manquait de confiance en lui et recherchait tout le temps l'approbation des autres. L'indifférence d'Erenor à son égard l'avait définitivement rangé du côté d'Enendel.

Cette nuit-là, Gerremi eut beaucoup de mal à trouver le sommeil. Il se tournait et se retournait dans son lit, tenu en éveil par le concert incessant des ronflements d'Hugues et d'Enendel.

Aux alentours d'une heure du matin, les ronfleurs semblèrent se calmer. Gerremi se mit à somnoler… et se réveilla en sursaut lorsqu'il entendit la porte de la chambre grincer.

Le jeune Dragon alluma sa bougie de chevet et observa les alentours. Hugues et Enendel dormaient paisiblement et le lit d'Erenor était toujours vide.

Son cœur s'emballa. Leur camarade avait dû revenir dans la chambre pour récupérer un objet.

Poussé par la curiosité, Gerremi enfila un haut, attrapa une lanterne et quitta la pièce. S'il était assez rapide, il avait peut-être une chance de rattraper Erenor.

Connaissant le rôdeur, Gerremi se doutait qu'il ne devait pas traîner dans le dortoir, mais plutôt dans le château. Il ouvrit une porte dissimulée sous une tapisserie, qui le mena près des escaliers principaux. Il avait découvert ce passage secret grâce à Marlon, un confrère de la corporation de duels qui ne laissait pas Agatta indifférente. L'étudiant, qui entamait sa cinquième et dernière année à Edselor, connaissait le château comme sa poche.

Les battements de cœur de Gerremi redoublèrent d'intensité lorsqu'il repéra une silhouette en bas des escaliers. Erenor, à en juger par son pas souple et léger.

Le jeune Dragon se demanda, un instant, si son camarade n'était pas un espion étranger envoyé en mission pour surveiller l'Empire d'Hesmon, puis il se força à chasser cette idée folle de son esprit. Pourtant, elle expliquerait beaucoup de choses…

Erenor arpentait maintenant un couloir du deuxième étage. La lumière orangée des flammes des torchères, mélangée à la blancheur des rayons lunaires filtrant par les fenêtres, donnait à l'ensemble du lieu une atmosphère mystérieuse et envoûtante. Même s'il redoutait de se faire prendre, Gerremi se surprit à apprécier cette escapade nocturne. L'adrénaline qui chantait dans ses veines lui procurait une sensation grisante.

Erenor s'arrêta devant une tenture représentant la Cité d'Edgera. Il la souleva discrètement et ouvrit une petite porte dissimulée derrière.

Gerremi jeta un bref coup d'œil autour de lui et décida de se cacher dans une niche de marbre abritant la statue de Mériase, la Déesse de l'Amour et des Arts. Il allait attendre qu'Erenor quitte sa pièce pour regarder à l'intérieur. La niche était profonde et la statue assez large pour le dissimuler. Personne ne viendrait le trouver ici. Mais aurait-il seulement la patience d'attendre ?

Une rivière de sueur froide lui coula dans le dos lorsque deux gardes apparurent dans le couloir. Il se tassa un peu plus derrière la statue, mais, à son grand soulagement, les soldats ne prirent même pas la peine de scruter la niche.

Cinq minutes plus tard, qui lui semblèrent durer des heures, Erenor sortit de sa cachette et s'éloigna en direction des escaliers principaux.

Gerremi respira profondément, vérifia trois fois que le couloir était vide, et pénétra dans la pièce secrète. C'était un petit salon tout à fait ordinaire : deux divans faisaient face à une cheminée dont l'âtre était dépourvu de flammes. Un coffre à la serrure étrange y était installé.

Contre le mur du fond, on avait placé une table sur tréteaux. Elle offrait une impressionnante collection de cristaux et de parchemins. Gerremi nota que des rondins de bois étaient posés sous le meuble.

Le jeune Dragon sursauta lorsqu'une main lui agrippa l'épaule. La respiration haletante, le cœur battant à tout rompre, il fit volte-face et se retrouva nez à nez avec Erenor.

Avant même qu'il n'ait eu le temps de prononcer un mot, le rôdeur lui tordit le bras dans le dos et le plaqua contre le mur. Gerremi tenta de se débattre, mais son camarade maintint fermement sa prise.

Erenor le relâcha une poignée de secondes plus tard, si brusquement, qu'il se cogna contre un divan.

— Voici donc l'ombre qui me suit... tu es fier de toi, Gerremi ?

— Je..., je ne te suivais pas, balbutia le jeune homme tout en se maudissant pour ne pas trouver de réponse plus intelligente.

Un sourire indéchiffrable se dessina sur le visage d'Erenor.

— Que fais-tu ici, Gerremi ? Réponds-moi honnêtement, autrement... je pense que je vais te tuer.

Il porta la main à sa ceinture, sous son manteau d'intérieur, où le jeune homme devina qu'il cachait une dague. Ses yeux s'arrondirent d'incrédulité. Erenor était-il sérieux ou bluffait-il pour lui faire peur ? Le visage de son camarade, redevenu aussi muet qu'une pierre, ne lui apporta aucune réponse. Gerremi déglutit et expliqua d'une voix mal assurée :

— Très bien... Oui, je t'ai suivi. Je t'ai entendu quitter la chambre et j'ai voulu savoir où tu allais.

Erenor le toisa longuement de ses yeux noirs, comme s'il essayait de sonder son esprit, puis il soupira.

— Laisse-moi te dire que tu serais un très mauvais espion. Remonte te coucher, les gardes patrouillent beaucoup ici, la nuit. Tu es si peu discret que tu vas te faire prendre.

Gerremi encaissa sans broncher la remarque acerbe de son camarade.

— Et toi, tu ne remontes pas à la chambre ? demanda-t-il.

Erenor lui adressa un sourire énigmatique.

— Je ne vais pas tarder à te suivre, mais j'ai quelques affaires à rassembler. Je vais quitter définitivement ce salon.

Gerremi s'apprêtait à repartir lorsque la voix d'Erenor s'éleva à nouveau :

— À l'avenir, évite de m'espionner. Je ne t'en tiendrai pas rigueur, aujourd'hui, mais je pourrais me montrer très désagréable si tu continues à mettre ton nez dans mes affaires. Et sache que je n'agis que pour le bien de l'Empire. Sur ce, je te souhaite une bonne nuit.

Chapitre 7
Attaque à l'École Edselor

Le lendemain, Gerremi eut plus de mal que jamais à se concentrer en cours. Il ne cessait de penser à Erenor et à sa pièce secrète. Un laboratoire, de toute évidence, dans lequel le rôdeur devait passer le plus clair de son temps. D'après ce qu'il avait pu constater, son camarade étudiait les pierres. Une pensée lui vint immédiatement à l'esprit : se pouvait-il qu'Erenor ait récupéré la Pierre de Vision d'Isendia ? Cela semblait improbable, mais il fallait à tout prix qu'il perce ce mystère, qu'il essaye de découvrir ce que cachait son ami – enfin, si on pouvait encore le considérer comme tel, car, après ce qui s'était passé la nuit dernière, il n'était plus sûr de vraiment l'apprécier.

Depuis leur mésaventure, Erenor semblait fuir Gerremi comme la peste. Il ne lui adressait plus la parole en cours, ni même pendant les pauses. Évidemment, il ne se joignit pas à eux pendant le déjeuner.

Concernant son escapade, le jeune Dragon décida de ne rien révéler à ses amis. Du moins, pas pour le moment. Il voulait à tout prix suivre Erenor cette nuit et, pour cela, il devait être seul. Quant aux menaces de son camarade, il ne les prenait pas au sérieux. « S'il voulait réellement me tuer, il l'aurait fait depuis longtemps. Il se serait montré plus cruel. Il a dû proférer ces menaces dans le but de me faire renoncer à le suivre, mais ça ne marchera pas. Il faudra simplement que je sois plus discret », songea-t-il.

À l'heure du dîner, Gerremi ne trouva Erenor nulle part dans le réfectoire. Il était probablement trop occupé dans son nouveau laboratoire pour songer à venir manger. Cette pensée le surexcita. Désormais, il ne songeait plus qu'à une nouvelle escapade nocturne pour percer à jour les secrets de son camarade.

— Regardez ce que j'ai pris tout à l'heure ! s'exclama Alissa, ils ont enfin dévoilé le calendrier des conférences et des débats animés. Les intervenants étaient tous présents dans le vestibule pour présenter leurs séances. J'ai discuté avec une Dame adorable nommée Idrila Anort, une érudite en étude du troisième signe qui travaille sur la complémentarité des énergies magnétiques entre Dragons. Elle présente sa conférence Mersendi prochain à six heures du soir.

— Ça a l'air passionnant, ironisa Hugues, ne compte pas sur moi pour l'écouter parler. Je déteste tout ce qui a trait au troisième signe. Je suis sûr que l'autre Jon va y assister.

— Honnêtement, je ne pense pas, dit Alissa en rigolant, je les ai entendus se disputer lorsque je suis entrée dans le vestibule. Apparemment, ils se connaissent et ils se détestent. Ne t'inquiète pas, Hugues, tu ne croiseras pas M. Jon si tu viens.

— Ils se sont disputés à quel propos ? questionna Gerremi.

— Une histoire de thèses et de différence de point de vue sur l'énergie aurique, apparemment. J'ai préféré ne pas les écouter. En tout cas, le débat avait l'air très houleux.

Gerremi soupira intérieurement. S'il avait été à la place d'Alissa, il n'aurait pas manqué une miette de leur conversation.

— J'imagine que tu devais être la seule élève de l'école à t'intéresser aux conférences ou aux débats, non ? la taquina Séléna.

Le visage d'Alissa s'empourpra.

— Nous n'étions pas nombreux, non. Il y avait plutôt des gens de l'âge de mes parents, voire de mes grands-parents. La plupart étaient extérieurs à l'université. Cela étant, outre les énergies auriques de Dame Anort, il y a plein d'autres sujets qui ont l'air intéressants. Dans trois semaines, il y aura une conférence sur la réglementation des ingrédients alchimiques. L'intervenant est un capitaine de l'Armée.

Enendel la regarda avec des yeux ronds.

— Tu as son nom ?

— Moren Virec, tu le connais ?

Le visage du jeune Elfe se décomposa.

— Oui, M. Virec dirige un bataillon de douaniers. Il est très ami avec mon capitaine et nous avons parfois des entraînements en commun avec son régiment. N'assistez pas à sa conférence, le capitaine Virec est un sadique. Il rabroue ses soldats en permanence et il raffole des punitions. Je ne savais pas qu'il intervenait dans des conférences. Ce n'est pas vraiment un intellectuel, si vous voyez ce que je veux dire.

— Horrible ou pas, s'il a été retenu par Dame Jérola, c'est qu'il ne doit pas être mauvais, objecta Alissa. Qu'en dites-vous ?

Gerremi, Enendel, Séléna et Hugues échangèrent un regard dubitatif. Personne, hormis Alissa, ne semblait emballé par l'énergie aurique ou la réglementation des ingrédients alchimiques.

— S'il vous plaît, soyez gentils, les supplia la jeune fille, j'ai vraiment envie d'y assister et je ne veux pas y aller toute seule. Les élèves sont assez peu nombreux dans les conférences…

— En effet, je pense qu'il n'y en a aucun, se moqua Séléna tout en découpant sa viande. Regarde, Alissa, peu de gens parlent des conférences autour de nous.

Elle désigna, d'un signe de tête, les tables qui les entouraient. Sur leur droite, quatre filles de deuxième année gloussaient en lorgnant du coin de l'œil des garçons plus âgés. Sur leur gauche, des étudiants un peu frustes échangeaient des blagues grossières sur les femmes, qui échauffaient les oreilles raffinées d'Alissa. Elle grimaçait à chaque nouvelle histoire salace.

— Ces garçons sont idiots et n'ont aucune tenue, déplora la jeune fille, il est évident qu'ils ne vont pas parler de conférences. D'ailleurs, à ce propos, si personne ne veut m'accompagner, je n'irai pas, tant pis.

Gerremi, Séléna et Enendel s'apprêtaient à répliquer, mais Hugues, pris d'un élan de compassion, les devança :

— Je t'accompagnerai, Alissa, je comprends que tu ne veuilles pas y aller toute seule. Moi aussi, ça m'ennuierait à ta place.

Un sourire timide naquit sur le visage de la jeune fille.

— Merci, Hugues, c'est très gentil à toi.

Gerremi, Séléna et Enendel remercièrent en silence le sacrifice d'Hugues, et compatirent pour les longues soirées qu'il passerait à écouter des intervenants tergiverser sur des sujets plus ennuyeux les uns que les autres.

Au beau milieu de la nuit – Gerremi avait passé des heures entières à lutter contre le sommeil –, il entendit la porte grincer. Il sortit de son lit, le cœur battant la chamade.

Au moment même où il tournait la poignée de la porte, dans un silence dont il était relativement fier, il entendit la voix ensommeillée d'Enendel s'élever. Il crut que son cœur avait stoppé net.

— Gerremi, c'est toi ? Qu'est-ce que tu fais ?

— Rien, répondit-il en luttant pour masquer l'excitation de sa voix.

— Alors, pourquoi ouvres-tu la porte ? Tu vas quelque part ?

Gerremi ne répondit pas. Il s'apprêtait à sortir lorsqu'il vit son ami se lever et enfiler une tunique.

— Je n'ai plus envie de dormir, je t'accompagne. Mais explique-moi d'abord ce que tu comptes faire.

— Nous n'avons pas toute la nuit, lâcha Gerremi, assez bas pour ne pas réveiller Hugues – s'il se réveillait, lui aussi, le jeune Dragon pouvait faire une croix sur la cache d'Erenor, sa maladresse les ferait repérer dès la sortie du dortoir – donc voilà à peu près ce qui s'est passé : hier, j'ai surpris Erenor qui quittait la chambre au beau milieu de la nuit. J'ai trouvé cela étrange et, comme je n'avais pas sommeil, je l'ai suivi jusqu'à une petite salle secrète. Il semblait étudier des pierres. Comme il m'a repéré et m'a signalé qu'il allait changer de pièce, je me suis mis en tête de le suivre, cette nuit, pour voir où il comptait s'installer, mais je pense que c'est raté.

Une lueur d'excitation s'alluma dans les yeux d'Enendel. Il attrapa une lanterne, le fourreau de son épée, qu'il noua autour de sa taille, et enfila un long manteau d'intérieur pour le dissimuler.

— Gerrem', même si nous ne trouvons pas sa nouvelle salle, ce soir, il est peut-être intéressant de voir l'ancienne.

Gerremi acquiesça à contrecœur. Tout ce qu'il voulait, c'était retrouver Erenor et savoir ce qu'il préparait. Il maudit son ami en silence. Pourquoi fallait-il qu'Enendel soit encore à moitié éveillé à cette heure ? Il aurait cent fois préféré être seul.

Gerremi eut beaucoup de mal à retrouver la tenture. Il leur fallut quinze bonnes minutes de recherche – durant lesquelles ils durent redoubler d'ingéniosité pour se cacher des patrouilles de gardes –, pour parvenir au couloir désiré.

Lorsque le jeune homme ouvrit la porte dérobée, il découvrit, sans surprise, que la pièce avait été vidée. Elle n'était plus qu'un salon comme tant d'autres.

— Ça ne nous coûte rien d'essayer de fouiller la salle, observa Enendel, il a peut-être laissé quelques traces de ses expériences diaboliques.

Gerremi n'était pas du même avis, mais il se retint de le lui faire remarquer. Erenor était probablement un espion, il ne laisserait aucune trace de son passage.

Lorsqu'ils eurent fouillé tous les moindres recoins de la pièce, Gerremi se laissa tomber sur un divan.

— Enendel, il n'y a rien ici.

Mais le jeune Elfe ne voulait pas s'avouer vaincu. Il tâtait chaque pan de mur avec précaution, tout en y collant son oreille. Son ami l'interrogea du regard.

— Tu n'as jamais lu de romans d'espionnage ? demanda Enendel.

— Si, mais…

— Tu as donc déjà entendu parler des fausses cloisons qui dissimulent des passages secrets.

Gerremi soupira. Son ami avait, décidément, beaucoup d'espoir. Il s'apprêtait à lui faire remarquer qu'il doutait fort qu'un passage secret soit dissimulé dans cette pièce, lorsque le jeune Elfe poussa un cri de victoire.

— Viens voir ! Ça sonne creux !

Gerremi colla son oreille contre la boiserie et, lorsque Enendel frappa dessus, il dut admettre qu'il avait raison. Les coups portés résonnaient en écho derrière. Un élan d'adrénaline chanta dans ses veines, son cœur se mit à battre à tout rompre.

— Excellent ! le félicita-t-il, tu m'impressionnes, Enendel. Maintenant, j'imagine qu'il faut trouver un mécanisme d'activation.

Cette tâche se révéla beaucoup plus ardue que la précédente. Ils essayèrent de tirer et de pousser tout ce qu'ils voyaient, mais rien ne leur permit d'ouvrir le passage.

Gerremi se rappela alors avoir été frappé par un curieux détail lorsqu'il était entré dans la pièce, la nuit précédente. Le foyer de la cheminée avait été vidé pour y ranger un coffre... et les bûches reposaient sous la table.

Il jeta un coup d'œil rapide vers l'âtre. On y avait placé six bûchettes, prêtes à être allumées. Se pouvait-il que...

— Enendel ! Pousse les bûches et regarde dans la cheminée.

L'Elfe s'affaira et, après quelques minutes d'inspection, il désigna une dalle très légèrement surélevée. Il s'appuya dessus, tandis que Gerremi poussait la cloison creuse.

Le jeune Dragon poussa un petit cri de victoire lorsqu'il nota que le panneau pivotait sur lui-même.

— On est bons ! s'enthousiasma Enendel, mais je ne vais pas pouvoir rester comme ça indéfiniment, il faut trouver un objet pour maintenir cette dalle enfoncée. Les bûches ne pèsent pas assez lourd.

— Je sais ! Suis-moi.

Lorsque Enendel retira ses mains de la dalle, le panneau émit un grincement et se referma. L'Elfe se hâta de suivre son ami hors de la salle.

Le jeune Dragon désigna un petit arbre en pot placé dans la niche adjacente à celle de la Déesse Mériase.

— Aide-moi à le porter, on va l'allonger dans la cheminée.

Cette manipulation était si délicate qu'ils s'y reprirent une dizaine de fois. Heureusement, aucune patrouille de gardes ne vint les déranger dans leurs opérations.

Le passage secret menait à un escalier de pierre aux marches couvertes de moisissures et de toiles d'araignées. Enendel s'y engagea en premier, suivi de près par Gerremi.

« Personne ne doit jamais venir ici. C'est si mal entretenu », songea le jeune Dragon tout en prenant soin de ne pas glisser.

L'escalier était long et sinueux. Gerremi frissonna. Son imagination fertile commençait à lui jouer des tours. Il avait l'impression qu'Erenor les attendait à chaque tournant. Fort heureusement, aucun obstacle ne vint perturber leur descente.

Lorsqu'ils arrivèrent en bas des marches, Gerremi fut littéralement cloué sur place. La pièce dans laquelle ils se trouvaient était longue d'une centaine de mètres et remplie d'étagères vides. Une ancienne bibliothèque, de toute évidence. Une odeur de poussière humide flottait dans l'air glacial. Pris à la gorge, le jeune homme retint une quinte de toux.

Enendel tendit la lanterne à son ami et, tout en veillant à rester dans la lumière, il progressa lentement vers le fond de la pièce. Sa main était crispée sur la poignée de son épée.

La seule issue était une porte à doubles battants, au bois mangé par la mousse. Elle donnait accès à un petit laboratoire rempli d'étagères sur lesquelles s'étalaient des ingrédients alchimiques, des herbes médicinales et une vaste collection de pierres.

Après s'être assuré que la pièce était vide, Gerremi s'approcha des rayonnages, fasciné par les cristaux, mais il fut déçu de constater qu'ils étaient tous ordinaires.

Lorsque Enendel huma l'odeur de miel qui se dégageait de la marmite placée dans la cheminée, son ventre se mit à grogner bruyamment.

— Oh, ce ventre maudit…, râla-t-il.

Gerremi soupira. Si, selon Erenor, il était un très mauvais espion, que dire d'Enendel ?

Le jeune Elfe maudit son ventre une fois de plus et se dirigea vers une penderie.

Gerremi préféra s'intéresser à une table placée au fond de la pièce. Elle présentait une large collection de livres écrits dans une langue runique qu'il ne connaissait pas, mais qu'Erenor devait maîtriser à la perfection.

Son attention se porta sur un carré de tissu bleu, brodé d'un cygne argenté. Un symbole qui ne lui était pas inconnu. Gerremi se mit à fouiller sa mémoire à la recherche de cet emblème, mais il était incapable de se rappeler où il l'avait aperçu. Il rangea ce mystérieux dessin dans un coin de sa tête et s'intéressa à un carnet à la couverture de cuir noir, caché sous un amas de feuilles vierges.

Le cœur de Gerremi se mit à battre la chamade lorsqu'il reconnut l'écriture légère et rapide d'Erenor. La première page portait la date du 15ème jour de Greana.

— Enendel ! viens voir !

L'Elfe accourut aussitôt.

Le 15ème de Greana :

J'ai l'impression que jamais je ne réussirai. C'est une tâche si dure... Comment se confronter à son passé ? Pourquoi cette tâche m'incombe-t-elle ? Je n'ai que vingt et un ans...

— Tiens-donc ! s'étonna Enendel, lui qui prétendait en avoir dix-huit. Je savais bien qu'il n'était pas net. Il nous ment depuis le début.

Gerremi, déçu, acquiesça d'un signe de tête.

Même si, au fond de lui, il avait toujours su qu'Erenor leur cachait une partie de la vérité, en avoir la preuve tangible avait brisé l'admiration secrète qu'il lui vouait. Il se força à mettre de côté son amertume et poursuivit sa lecture :

Ce que vous me demandez est peine perdue. Certains de mes camarades soupçonnent déjà quelque chose et je crains qu'ils m'empêchent d'atteindre mes objectifs.

— Ça, c'est bien vrai, commenta Enendel, on va t'empêcher de nuire, mon grand...

Ma chère mère, si seulement tu pouvais être à mes côtés en ces moments de doute…

Gerremi voulut tourner la page pour en savoir plus, mais Enendel lui fit signe de se cacher dans l'armoire.

Le jeune Dragon eut tout juste le temps de remettre maladroitement le carnet à sa place et de s'enfermer dans la penderie, avant que la porte du laboratoire ne s'ouvre.

Son sang se glaça dans ses veines lorsqu'il risqua un coup d'œil à travers la serrure de l'armoire. Erenor était poussé sans ménagement par une femme à la carrure masculine, qu'il identifia comme Mme Branas, une surveillante cruelle, spécialiste de la supervision des retenues et surnommée, à juste titre, l'*Ogresse* par tous les élèves.

Une troisième personne pénétra dans le bureau. Gerremi étouffa un cri lorsqu'il reconnut M. Jon. Erenor n'avait pas choisi les personnes les plus tendres d'Edselor pour se faire prendre en escapade nocturne.

— Alors, jeune homme, lança l'Ogresse d'une voix abominable, on traîne dans les passages secrets après le couvre-feu ? Le règlement n'interdit-il pas toute sortie des dortoirs pour les élèves après dix heures du soir ?

— Pardonnez-moi, Madame, balbutia Erenor.

C'était la première fois que Gerremi l'entendait bégayer. Le jeune Dragon songea qu'il devait jouer la comédie. Cette image de l'étudiant apeuré était incompatible avec le rôdeur assuré et calculateur qu'il était.

— Je… j'ai découvert ce passage secret il y a peu de temps… cet après-midi, en fait… et je suis venu ici après le dîner pour réviser mes cours de mathématiques et d'Alchimie. Je me suis rendu compte, en pleine nuit, que j'avais oublié un devoir sur les probabilités et quelques cristaux de valeur dans cette pièce, alors, je suis allé les chercher. J'ai payé mes pierres une fortune, je ne pouvais pas les laisser... si quelqu'un me les prend...

— Je pense que personne ne vient jamais ici, répliqua M. Jon d'une voix sarcastique, vous auriez pu passer prendre vos... pierres précieuses – il jeta un regard dubitatif aux étagères remplies de cristaux ordinaires – dès la levée du couvre-feu, à six heures, vous les auriez retrouvées intactes et vous n'auriez eu aucun ennui.

Erenor ne répondit pas. Il se contenta de baisser la tête tout en jetant un regard inquiet vers les liasses de parchemins que Gerremi avait déplacées avec maladresse sur le bureau.

— Vous allez venir avec moi, Erenor, poursuivit le professeur d'un ton amusé, je vais vous ramener à votre dortoir. Demain, vous aurez une entrevue avec la Directrice. Vous prenez votre cours et vos cristaux de valeur ?

Mme Branas quitta le laboratoire tandis qu'Erenor rangeait quelques pierres plus brillantes que les autres dans un coffret et ramassait la totalité de ses ouvrages, y compris son journal intime.

M. Jon, qui attendait son élève, semblait étudier la pièce dans ses moindres détails. Lorsque ses yeux se posèrent sur l'armoire, Gerremi crut que son cœur s'était arrêté de battre.

— Vous vous dépêchez ? rugit l'Ogresse, je n'ai pas que ça à faire !

— Nous partons, Erenor ? demanda M. Jon, Mme Branas commence à s'impatienter.

Lorsqu'ils eurent quitté la pièce, Gerremi et Enendel s'autorisèrent un soupir de soulagement.

— On a eu de la chance, si tu veux mon avis, lui dit le jeune Elfe.

— Oui..., tu peux le dire... entre l'Ogresse et M. Jon, nous n'avions plus qu'à creuser notre tombe.

« Il y a quelque chose qui me perturbe, ajouta-t-il, tu as vu ce qu'Erenor a écrit sur la page de son cahier ? Outre le fait qu'il nous a menti sur toute la ligne, tu as compris, comme moi, qu'il a été envoyé en mission ?

— Oui, c'est ce que j'ai compris. Il se pourrait même qu'il travaille pour Morner. Ses livres sont écrits en runes. C'est une langue utilisée au nord de la Terre des Mondes, notamment sur les Terres de Glace, qui sont alliées aux Mornéens. Qu'est-ce que tu en dis ?

Gerremi ne répondit pas. Erenor n'était pas l'étudiant qu'il prétendait être, c'était une évidence. Mais ils n'avaient aucune preuve suffisante pour accuser leur camarade d'affiliation à Morner. Les livres runiques ne prouvaient rien. Erenor pouvait tout aussi bien être un espion de l'Empereur, chargé de repérer d'éventuels Mornéens infiltrés. Quelle meilleure couverture que celle d'un étudiant ?

— Que fait-on maintenant ? demanda le jeune Elfe. Tu préfères qu'on rentre ou qu'on essaye de trouver un peu plus d'informations ?

Il avait visiblement envie de continuer l'aventure, mais Gerremi n'était pas de cet avis. Un pressentiment s'insinuait en lui, comme si quelque chose de grave était sur le point de se produire. Ils devaient retourner à leur chambre.

Le chemin du retour fut beaucoup plus rapide que l'aller. Cependant, à peine avaient-ils atteint le seuil du troisième étage, qu'ils entendirent des éclats de voix venir à leur rencontre.

Gerremi sentit son sang se glacer. Il entraîna Enendel derrière une imposante statue de Maezul.

Dame Togy, habillée d'une robe de soirée jaune citron, riait aux éclats. Elle ne cessait d'échanger des regards complices avec un homme roux que Gerremi identifia comme M. Mertot, son professeur de sciences. À en juger par leurs timbres de voix volubiles, le jeune Dragon se douta que les enseignants n'avaient pas lésiné sur le vin. Il grimaça.

— J'ai oublié qu'on est le Julcari, 25ème de Physanile, chuchota-t-il, Dame Jérola a organisé une fête spéciale pour les enseignants, aujourd'hui. C'est pour ça qu'on en voit partout.

— Dépêchons-nous de rentrer, lança Enendel, tout en jetant un dernier regard aux professeurs qui s'éloignaient dans un éclat de rire.

Les garçons étaient à une centaine de mètres de leur dortoir, lorsqu'une voix féminine retentit à leurs oreilles. Le cœur battant la chamade, les membres tremblants, Gerremi fit volte-face, tout en réfléchissant à l'excuse qu'ils allaient pouvoir donner en guise de défense.

— Alissa, Séléna ? s'étonna-t-il.

Il poussa un immense soupir de soulagement à la vue de ses amies. Enendel, quant à lui, faillit éclater de rire.

Hugues se tenait derrière les filles. Il tremblait comme une feuille et ne cessait de jeter des regards apeurés tout autour de lui.

Gerremi ouvrit une porte sur sa gauche – qui abritait une salle d'étude – et fit signe à ses amis d'entrer.

— Que faites-vous ici ? interrogea-t-il en refermant la porte.

Il jura intérieurement lorsqu'il s'aperçut que celle-ci ne fermait pas complètement.

— Je me suis réveillé en pleine nuit, répondit Hugues, et il n'y avait personne dans la chambre. Je me suis inquiété, alors je vous ai cherchés dans le dortoir, mais je ne vous ai pas trouvés. Puisque j'ai pensé que vous étiez avec Séléna et Alissa, j'ai décidé d'aller voir chez les filles.

— Il est tombé sur nous par hasard, ajouta Alissa, nous n'arrivions pas à dormir alors nous sommes allées nous promener dans les couloirs du dortoir. C'est ce que nous avons l'habitude de faire en pleine insomnie. C'est là que nous avons trouvé Hugues. Nous avons réussi à le cacher de deux patrouilles de gardes. Quand nous lui avons dit que vous n'étiez pas chez nous, il nous a demandé de le raccompagner jusqu'à son dortoir.

— Je ne voulais pas retomber sur d'autres gardes tout seul, confirma Hugues.

— Et vous, que faites-vous ici ? demanda Séléna, à voir l'expression de vos visages, on pourrait croire que vous venez d'apercevoir un espion de Morner dans le château.

— C'est presque cela, grinça Enendel.

Il lui raconta tout ce qu'il avait appris sur Erenor dans sa pièce secrète. Il lui parla de la mission qu'on lui avait attribuée, bien qu'il ignorât en quoi celle-ci consistait. Il expliqua également comment leur camarade s'était fait prendre par M. Jon et par l'Ogresse – Alissa et Séléna esquissèrent une grimace compatissante. Enendel acheva son récit en faisant part de ses doutes sur l'affiliation d'Erenor à Morner.

— Vous pensez vraiment qu'Erenor est un traître ? demanda Séléna.

Enendel acquiesça. Gerremi et Alissa, indécis, préférèrent ne rien répondre. Hugues, pour sa part, se balançait d'un pied sur l'autre, en scrutant les alentours d'un regard angoissé.

— On ferait peut-être mieux de rentrer…, murmura-t-il.

Enendel, qui ne semblait pas l'avoir entendu, poursuivit d'un ton ferme :

— Si tu voyais son laboratoire, Séléna, je pense que tu ne dirais pas la même chose. Il a un nombre incalculable de pierres avec lesquelles il rend folles ses victimes. J'en ai fait les frais, cet été, sur la route menant à Edgera. Il sait parler une langue inconnue à notre Empire, une langue runique, proche de celle des Nains de Morja. Il n'y a qu'au nord de la Terre des Mondes qu'on les trouve.

— Peut-être, mais je doute qu'Erenor ait un quelconque rapport avec Morner, trancha-t-elle, et je pense savoir ce que je dis.

Gerremi la contempla d'un air abasourdi.

— Comment ça ? questionna-t-il.

Séléna voulut répondre, mais Hugues lui coupa la parole.

— J'ai entendu un bruit métallique, balbutia-t-il, des soldats viennent par ici.

Ils se plaquèrent contre le mur attenant à la porte. Deux gardes vêtus d'une très belle armure de couleur or passèrent devant leur cachette, sans y prêter attention.

— C'est l'Élite Impériale, expliqua Séléna, les meilleurs soldats de l'Empire. Ce sont eux qui gardent le palais et ils sont généralement envoyés dans des missions de haute importance. J'ignore ce qu'ils font dans l'école.

Les yeux d'Enendel se mirent à pétiller d'émerveillement. Depuis toujours, le jeune Elfe rêvait de faire partie de cette faction, la plus puissante et la plus prestigieuse de l'Armée.

Gerremi sentit un élan de fierté monter en lui lorsqu'il songea à Fédric. S'il n'avait pas été assigné à la Forteresse de Blovor, son frère aîné aurait pu être missionné à Edselor. Il faisait, lui aussi, partie de l'Élite Impériale.

Lorsque les gardes eurent disparu derrière l'arche du dortoir des hommes, Alissa poussa doucement la porte. Elle se ravisa à l'entente d'autres pas. Deux personnes approchaient... un homme et une femme, à en juger par leurs voix.

Lorsqu'ils passèrent devant leur cachette, sans même y jeter un coup d'œil, les yeux de Gerremi s'arrondirent d'étonnement. Il s'agissait de la Directrice en personne. Elle était accompagnée d'un homme brun, à la silhouette élancée.

— C'est le Seigneur Célestin Réorgi, l'Intendant de l'Empire, expliqua Séléna, l'homme qui a la charge de l'Empire en l'absence de mon père... C'est étrange qu'il soit ici, il me semblait que Dame Jérola n'avait convié que des professeurs à sa réception... je sais qu'ils s'apprécient, mais...

— Ils ont pris le chemin opposé aux gardes, fit remarquer Enendel, ils ont l'air de dire qu'ils ont identifié un problème... Je pense qu'on devrait les suivre.

Tous approuvèrent d'un signe de tête, sauf Hugues qui semblait en avoir assez vu pour aujourd'hui. De toute évidence, c'était la première fois qu'il transgressait un règlement.

— Ta chambre est de l'autre côté. Si tu préfères y retourner, personne ne t'en voudra, lui dit gentiment Alissa.

Mais le jeune homme désapprouva d'un signe de tête.

— Les Gardes d'Élite sont partis par-là et je ne veux pas me retrouver face à eux. Du moins, pas tout seul. Je pense que je vais venir avec vous.

— Alors, dépêchons-nous ! ordonna Enendel, la Directrice et l'Intendant risquent de nous échapper.

Au terme d'une marche interminable à travers un labyrinthe de couloirs luxueux, ils parvinrent à un cul-de-sac, dont la seule issue était une porte en bois. La Directrice la poussa et disparut dans la pénombre, suivie de près par le Seigneur Réorgi.

Les jeunes gens se cachèrent dans une salle vide pour leur laisser de l'avance.

— Ça m'a tout l'air d'être l'entrée d'une tour, observa Enendel, restez ici ! Je vais jeter un coup d'œil. Je risque moins de problèmes que vous si je me fais prendre. Attendez mon signal pour bouger.

Il vérifia que le couloir était vide et s'élança vers la porte.

Après quelques longues minutes d'attente, Enendel revint vers ses amis.

— La porte mène bien dans une tour. Il y a un escalier en colimaçon derrière, qui arrive dans un salon. J'imagine que l'Intendant et la Directrice ont emprunté un passage secret, car je ne les ai vus nulle part.

Le petit groupe suivit Enendel jusqu'à l'entrée d'une grande pièce circulaire au sol recouvert de parquet ciré, éclairée par des torchères de marbre. Sur le mur du fond, deux statues d'aigles en chasse, à la symétrie parfaite, exposaient toute leur majesté.

Le mobilier regroupait deux divans placés face à face, une table basse, un grand miroir sur pied qui ne semblait pas refléter la lumière des torchères, un tapis de fourrure et une armoire en bois d'ébène.

— Il y a peut-être une cloison amovible, fit valoir Enendel.

Il se mit à étudier les murs, aidé par Alissa.

Tandis qu'Hugues s'intéressait au contenu de l'armoire – il ne découvrit que de vieilles feuilles de papier –, que Séléna soulevait le tapis à la recherche d'une trappe dissimulée, Gerremi s'approcha du miroir. Sa première impression avait été la bonne. La glace ne reflétait pas les flammes des torchères, seul son propre reflet lui apparaissait, noyé dans les ténèbres.

Il posa la main sur la surface du miroir, dans l'espoir qu'il lui révèle un passage – il était évident que le mystérieux objet était la clé – mais rien ne se produisit.

Enendel et Alissa n'eurent pas plus de chance avec les murs. Aucune cloison ne sonnait creux.

— Il doit y avoir un enchantement, réfléchit la jeune fille, mon père m'a souvent parlé des *Disiren Moerin*, les « murs de dissimulation » en langue commune. C'est une invention des Elfes, qui consiste à enchanter un mur ou une cloison pour dissimuler une pièce ou un jardin secret. Seul un sortilège elfique peut l'ouvrir, mais à Edselor... je pense qu'il faut plutôt utiliser des pouvoirs de Dragon.

— Le miroir doit être un indice, fit valoir Gerremi, ce n'est pas un miroir normal. Il ne reflète pas la lumière des torchères.

Alissa s'approcha de la glace et l'examina avec méticulosité. Ses longs cheveux ondulaient gracieusement à chacun de ses gestes.

— Peut-être faut-il que la personne postée en face produise de la lumière ? suggéra Séléna, je suis de signe Soleil, je pourrais peut-être lui lancer un de mes pouvoirs ?

Gerremi et Alissa échangèrent un regard entendu et lui firent signe de procéder.

Séléna vint se poster en face du miroir et tira un rayon de lumière aveuglante. Le sort se disloqua au contact de la glace et rien ne bougea dans la pièce. La Princesse poussa un soupir découragé.

— En fait, je doute qu'il faille lancer un simple pouvoir, intervint Alissa, ce serait trop facile.

Gerremi s'avança vers le miroir. Une idée lui était venue en tête lorsque Séléna avait lancé son rayon solaire.

Il observa son reflet ténébreux, presque indéterminable. La lumière devait provenir du Dragon lui-même, non d'un pouvoir. Le seul moyen qu'il connaissait pour cela était de faire appel à son aura.

Ce serait la première fois qu'il tenterait l'exercice sans la supervision de son professeur. Et s'il se produisait une catastrophe ? Gerremi se força à chasser cette pensée de son esprit. Il allait bien falloir qu'il utilise ses pouvoirs tout seul, un jour ou l'autre…

Il ferma les yeux et respira profondément pour chasser son appréhension. Il imagina son corps baigné d'une immense lumière d'or éclatante, aussi pure que le soleil du mois de Lalize.

Lorsqu'il rouvrit les yeux, le jeune Dragon découvrit avec satisfaction qu'un voile de lumière s'était formé autour de son corps. L'aura avait, certes, quelques défauts, notamment une étrange couleur marron près de la tête, mais elle brillait de mille feux devant le miroir.

— Regardez !

Hugues pointait le doigt vers le mur du fond. Les deux statues d'aigles tournèrent sur elles-mêmes, de sorte à se retrouver face à face, puis une porte apparut dans le mur, comme sortie de nulle part. Des applaudissements discrets vinrent saluer sa prestation.

— Félicitations, Gerremi ! lui dit Enendel en lui donnant une tape amicale dans le dos.

Séléna vint l'entourer de ses bras, puis Hugues lui serra la main.

— Il ne nous reste plus qu'à ouvrir cette porte ! s'exclama Alissa, bravo Gerremi !

Mais l'enthousiasme retomba lorsque Enendel leur apprit qu'elle ne disposait d'aucune poignée et que le panneau refusait de bouger.

— À tous les coups, il faut l'ouvrir avec des pouvoirs, fit valoir Alissa, pousse-toi, Enendel, je vais essayer.

Elle se concentra et envoya une rafale de vent contre le panneau de bois, mais celui-ci ne céda pas. À tour de rôle, tous tentèrent un pouvoir, en vain. Même Enendel échoua avec son épée.

— Il doit falloir lancer des pouvoirs très puissants, fit remarquer Alissa, les nôtres sont insuffisants.

Une vague de déception déferla sur l'ensemble des élèves. Ils s'apprêtaient à faire demi-tour et à retourner dans leurs chambres, lorsque Hugues leur fit signe de s'arrêter, le visage figé de terreur. Gerremi remarqua qu'il tremblait de tous ses membres.

— La porte d'entrée, balbutia-t-il, il y a quelqu'un derrière, j'ai entendu du bruit.

Gerremi sentit son sang se glacer lorsqu'il constata que son ami avait raison. Un son léger, semblable à des pas discrets, se faisait entendre dans l'escalier, de l'autre côté de la porte.

— Le passage ! lança Alissa, il faut à tout prix l'ouvrir ou nous sommes perdus !

Tandis qu'Enendel surveillait l'avancée de la personne dans l'escalier, Hugues, Séléna, Gerremi et Alissa s'acharnèrent sans ménagement contre la porte de bois.

Et si les pas appartenaient à l'Ogresse ou à M. Jon ? Gerremi sentit son corps geler à la suite de cette pensée. Mais était-ce seulement lié à ses émotions ? L'atmosphère semblait s'être considérablement rafraîchie. Séléna claqua des dents, tout en s'enveloppant dans son manteau d'intérieur.

— Que se passe-t-il ? s'enquit-elle.

— J'espère que c'est le passage qui nous annonce qu'il est sur le point de s'ouvrir…, lança Hugues, plein d'espoir.

Malheureusement, la porte secrète ne bougea pas d'un pouce. Il faisait tellement froid autour d'eux, qu'ils durent se serrer les uns contre les autres pour se réchauffer.

Gerremi avait déjà connu cette sensation de froid interne, il l'avait précisément ressentie lorsqu'un Spectre du Chaos l'avait attaqué dans le bois de Chir, puis lorsqu'il en avait combattu cinq dans la Forêt d'Astéflone. Mais comment de tels scélérats avaient-ils pu entrer dans l'université ?

Alissa cria lorsque la porte s'ouvrit à la volée, dévoilant une silhouette fantomatique entourée d'un halo violet.

Hugues émit un faible son, semblable à un glapissement de chien battu. Les autres restèrent littéralement cloués sur place, sauf Enendel qui dégaina son arme et se posta devant ses amis.

La créature matérialisa une épée et abattit sa lame sur le jeune Elfe qui l'esquiva avec habileté. Un combat acharné s'engagea alors entre les deux belligérants.

Gerremi put constater que son ami avait fait de très grands progrès depuis qu'il était entré dans l'Armée. Il portait ses coups avec une rapidité et une précision qui semblaient parfois surprendre son ennemi.

Pour aider son ami, le jeune Dragon projeta une volée de flammes vers le monstre, complétée par un rayon solaire de Séléna et par une rafale d'Alissa. La combinaison des trois pouvoirs fit vaciller la créature. Enendel en profita pour lui asséner un coup d'épée au niveau de la tête. Sous le choc, le Spectre poussa un râle déchirant.

Il contre-attaqua aussitôt à l'aide d'un rayon noir qui frappa Alissa au visage. La jeune fille fit une embardée et s'assomma sur le coup.

— Alissa ! hurla Gerremi en se précipitant vers elle.

Enendel bondit devant son ami et s'engagea dans un combat enragé avec le Spectre, soutenu par les rayons solaires de Séléna.

Gerremi en profita pour tirer Alissa jusqu'à l'armoire, où Hugues la prit en charge.

— Veille sur elle ! lui ordonna le jeune Dragon.

Il se posta aux côtés de Séléna et attaqua le Spectre à coup de volées de flammes et de rayons d'eau, soutenant Enendel dans son combat au corps à corps.

La créature fit un geste circulaire de la main. Gerremi et Séléna furent projetés contre un divan, qu'ils renversèrent.

Le Spectre para ensuite une attaque d'Enendel, fit pleuvoir une série de frappes mortelles sur le jeune Elfe, puis le désarma. Il s'apprêtait à lui abattre son arme sur le torse lorsque trois cercles de lumière vive le frappèrent au visage.

— Laisse-le ! hurla Séléna tout en se redressant.

Le Spectre tourna les yeux vers la source de l'attaque. Il poussa un cri de surprise lorsqu'il reconnut la Princesse d'Hesmon.

— Vous, ici ? grogna-t-il de sa voix glaciale.

Il se mit à psalmodier en langue inconnue. L'air se chargea d'électricité puis la lame de son épée vira au rouge vif. Séléna tenta de lui envoyer un rayon de lumière dans la tête, mais l'arme du Spectre l'aspira.

Gerremi se releva, se couvrit de flammes et fonça sur le Spectre à toute vitesse. L'attaque ne lui causa que peu de dommages, mais il fut si surpris, qu'il baissa sa garde. Enendel en profita pour le frapper à nouveau.

— Partez ! ordonna-t-il, je vous couvre !

— Non, on va t'aider à le tuer ! hurla Gerremi.

Il revint à l'attaque avec un rayon d'eau qui fut également aspiré dans l'arme du Spectre. Ce dernier matérialisa un bouclier dans sa main gauche, para l'attaque d'Enendel et lança son épée vers Séléna.

La Princesse l'esquiva de justesse en se jetant à plat ventre. Lorsque l'arme heurta le mur du fond, une déflagration d'eau et de lumière explosa dans la salle. Séléna fut projetée quelques mètres en arrière et ne bougea plus d'un pouce.

— Séléna ! hurla Enendel.

Tandis qu'il se jetait sur le Spectre, la porte de la pièce s'ouvrit à la volée. Une silhouette de femme, encadrée par deux gardes, apparut sur le seuil. Dame Yénone…

Tout alla si vite que Gerremi ne saisit qu'une infime partie des évènements. Les gardes se déployèrent autour de la créature puis une série de rafales de feuilles tranchantes et d'ondes blanches lui déferla dessus. Tandis que les soldats faisaient danser masses et épées, deux halos blancs surgirent de nulle part et frappèrent le monstre à la tête.

Quelques secondes plus tard, la pièce devint entièrement noire. Des hurlements et des bruits grinçants résonnèrent de toutes parts, puis, lorsque tout se dissipa, le Spectre avait disparu.

— Votre Altesse ? s'enquit un garde en se précipitant vers Séléna.

La Princesse remuait faiblement. Le soldat lui administra une potion revitalisante puis l'aida à s'asseoir sur un divan au velours déchiré – le seul meuble de la pièce encore en l'état à l'exception du miroir qui avait miraculeusement résisté aux pouvoirs du Spectre et des élèves.

Dame Yénone se dirigea vers Alissa. La jeune fille commençait tout juste à reprendre connaissance. Elle lui fit boire une potion de soin et la força à rejoindre Séléna sur le sofa.

Lorsqu'elle se fut assurée qu'aucun autre élève n'était blessé, elle se posta devant eux, les bras croisés sur sa poitrine. Jamais Gerremi n'avait vu sa professeure dans cet état. Avec sa robe de soirée déchirée, ses cheveux décoiffés et ses yeux noirs, réduits à deux fentes, elle ressemblait à une furie.

— Quelqu'un peut-il m'expliquer ce qui s'est passé ? fulmina-t-elle.

Personne n'osa répondre. Un silence pesant flotta sur l'ensemble de la salle.

À la grande surprise de ses amis, Hugues s'avança en tremblant vers leur professeure. Gerremi ne put qu'admirer le courage dont il faisait preuve.

— Tout est ma faute, ma Dame…, balbutia-t-il, j'ai oublié de prendre mon devoir de mathématiques en remontant au dortoir… il est resté dans le salon que nous avons trouvé, hier soir. Alors, je suis allé le chercher. Je n'aurais pas eu le temps demain, je…, je ne connais pas le château et je n'ai pas le sens de l'orientation. Mes amis m'ont accompagné parce que je ne voulais pas y aller tout seul. Mais on s'est perdus et on est arrivés là par hasard. Et… le Spectre est arrivé…

Le regard de Dame Yénone pétilla de colère. Visiblement, ce n'était pas une excuse convenable à ses yeux.

— Imbéciles, vous vous rendez compte de ce que vous avez fait ? Sachez que je saurai punir votre audace. Demain, vous vous rendrez chez la Directrice. Elle saura quoi faire de vous et de votre stupidité.

Elle toisa ses élèves, un à un, comme si elle les voyait pour la première fois.

— Jamais je n'aurais cru cela de vous. Vous me décevez énormément, tous. Gerremi, Alissa, Hugues, je pensais que vous étiez raisonnables, quant à vous, Altesse, je pense sincèrement que votre comportement est indigne d'une princesse. Votre père aura vent de cette aventure, croyez-moi. Et... Monsieur Galarelle – le jeune Elfe baissa les yeux –, je trouve votre conduite inexplicable. Nous acceptons de vous loger au sein de notre école alors que vous n'êtes même pas un Dragon et vous osez enfreindre nos lois ? Ne vous étonnez pas si Dame Jérola vous renvoie à l'auberge !

Une grimace douloureuse apparut sur le visage d'Enendel. Gerremi remarqua qu'il tremblait de la tête aux pieds. Il évitait tout particulièrement de regarder les soldats, de peur que l'un d'eux le reconnaisse comme un collègue.

— Mesdemoiselles, suivez-moi, lança sèchement Dame Yénone, je vous reconduis à vos chambres. Messieurs, je vous laisse suivre les gardes.

Elle se tourna vers les soldats et ajouta :

— N'ayez crainte, la Princesse est en sécurité à mes côtés.

Tout en suivant les militaires, Gerremi ne put s'empêcher de penser à son renvoi. Comment expliquerait-il à ses parents son exclusion de l'École Edselor ? Son père était si fier d'avoir un Dragon dans sa famille... jamais il ne lui pardonnerait son retour à Istengone. En moins de trois mois, Gerremi avait déjà réussi à salir son patronyme. Même Yasmina ne voudrait plus entendre parler de lui… jamais Monsieur Elborn ne la laisserait se marier à Gerremi Téjar, le Dragon raté qui a déshonoré sa famille.

Sans qu'il ne sache pourquoi, ses pensées s'orientèrent vers Stève, Viktor et Bruce. Tandis qu'il retournerait vivre dans son village natal où ses voisins se riraient de lui, ces imbéciles deviendraient des Dragons Confirmés. Le jeune homme en eut la nausée.

Le lendemain, Gerremi eut toutes les peines du monde à se concentrer en cours. Sans compter qu'il était épuisé.

Parmi ses amis, tout aussi peu motivés que lui, Alissa était sans conteste la plus atteinte. Le jeune Dragon la surprit à pleurer à chaudes larmes en plein cours d'Alchimie.

— Mes parents ne me le pardonneront jamais, sanglota-t-elle, mon père va me tuer…

Séléna, les yeux embués, se mordit les lèvres et lui pressa doucement la main.

Erenor, également repéré en escapade nocturne, s'était enfermé dans un mutisme absolu.

Comme Gerremi pouvait s'y attendre, Stève avait été informé de leur mésaventure. Le jeune homme, friand de ragots, laissait traîner ses oreilles partout. Il était toujours au courant des derniers commérages avant tout le monde.

Soutenu par sa fiancée, il se fit un plaisir de les coincer à la sortie du cours d'Alchimie.

— J'ai appris que vous vous promeniez après le couvre-feu et que vous vous êtes fait prendre comme des rats… vous n'êtes vraiment pas doués. J'ai croisé la Directrice en revenant du réfectoire, ce matin, elle était dans une colère noire…

Il fit mine de frissonner, ce qui fit rire Tania aux éclats.

— Je suis navré de vous l'annoncer, mais je pense que votre escapade nocturne sera la goutte d'eau qui fera déborder le vase. À mon avis, vous n'allez pas rester longtemps à Edselor.

« Ne vous sentez pas concernée, votre Altesse, ajouta-t-il à l'intention de Séléna, d'une voix mielleuse, vous serez celle qui s'en sortira le mieux.

Gerremi voulut répliquer, mais la Princesse lui fit signe de rester tranquille.

— N'aggravons pas notre cas, lui intima-t-elle.

Elle désigna Mme Branas – que le jeune homme n'avait pas remarquée – d'un bref signe de tête. La surveillante, adossée au mur, les fixait d'un œil mauvais. Un affreux rictus étirait sa mâchoire inférieure proéminente.

Hugues, le regard embué de larmes, tenta, tant bien que mal, de se dissimuler derrière Gerremi lorsque la surveillante lui jeta un regard venimeux.

— Inutile de vous cacher et de pleurer comme une mauviette, Hugues Pât, lorsqu'on fait des bêtises, on les assume pleinement. Lancer des pouvoirs intempestifs sur un professeur, se promener après le couvre-feu… faire l'idiot, c'est une seconde nature chez vous, non ? Oh, comme il me tarde d'être Sameri matin. Je ne vais pas vous ménager pendant ces trois heures de retenue, M. Pât, croyez-moi.

Un sourire sournois et satisfait fleurit sur son visage, ne présageant rien de bon pour la retenue du jeune homme. Ce dernier se mit à trembler de tous ses membres.

Gerremi et ses camarades suivirent Mme Branas à travers un dédale de couloirs et de patios fleuris qu'ils n'avaient pas encore eu le temps d'explorer. Si la situation n'avait pas été aussi grave, le jeune Dragon aurait pris beaucoup de plaisir à cette promenade.

Mme Branas les conduisit devant une double porte en bois massif. Deux Maezules aux yeux de saphir étaient gravés dessus.

De chaque côté de la porte, des fenêtres cerclées d'or laissaient entrevoir les étangs d'Edselor. Enendel, posté devant l'une d'elles, semblait accaparé par les étendues d'eau.

Le cœur de Gerremi se serra. Ainsi Dame Jérola l'avait convoqué, lui aussi… elle allait probablement lui demander de quitter Edselor et de se trouver un autre logement. Il pria de toutes ses forces pour, qu'au moins, leur mésaventure n'affecte pas son poste au sein de l'Armée. Si Enendel était renvoyé, il ne se le pardonnerait pas.

— Nous y sommes, se réjouit l'Ogresse en se frottant les mains, j'espère que Madame la Directrice va sévèrement vous punir. Plus que de simples retenues idiotes. Ce ne sont pas des devoirs supplémentaires que vous méritez, mais des heures entières de corvées : nettoyer les latrines, vider les fosses à purin, aider aux tâches les plus ingrates en cuisine… voilà ce qu'il vous faut ! Ou peut-être même un renvoi. Nous verrons bien…

Elle leur adressa un sourire machiavélique et frappa à la porte du bureau directorial. Dame Jérola leur ouvrit presque aussitôt, ce qui ne laissa guère le temps aux élèves de paniquer davantage.

Ils pénétrèrent dans une vaste pièce circulaire, entourée de colonnes de marbre reliées entre elles par des arches. Plantes, divans, statues ou fenêtres décoraient chaque niche. Sur les murs, Dame Jérola avait installé des peintures d'Edgera et de son école.

Au fond de la salle, derrière le bureau qui trônait sur une estrade recouverte d'un tapis rouge, un double escalier de marbre menait à une bibliothèque.

Séléna poussa un cri muet et tenta de se dissimuler derrière Enendel lorsqu'elle repéra son père, accoudé au manteau d'une cheminée monumentale.

Les élèves s'inclinèrent devant leur Souverain.

Dame Jérola les salua brièvement et leur indiqua les fauteuils placés devant son bureau.

Lorsque Stève leur avait assuré que la Directrice était de mauvaise humeur, il était en fait loin du compte. Dame Jérola était hors d'elle. Elle prit une profonde inspiration et lança d'une voix sèche :

— J'exige que vous m'expliquiez ce qui s'est passé la nuit dernière.

Ce fut Erenor qui prit la parole en premier. Il raconta la même version qu'à l'Ogresse et à M. Jon. Malgré son avis mitigé sur sa personne, Gerremi fut émerveillé par la tonalité assurée de sa voix. Le rôdeur mentait avec tant d'aplomb qu'on n'aurait pu soupçonner un mensonge.

— C'est la vérité, ma Dame, acheva Erenor, M. Jon et Mme Branas peuvent vous le confirmer.

— Moi, j'avais oublié mon devoir de mathématiques, mentit Hugues, le visage ruisselant de larmes, mais je ne suis pas courageux comme Erenor. Jamais je n'aurais pu aller le chercher tout seul… mes amis m'ont accompagné et on s'est perdus.

La Directrice les sonda, un à un, d'un étrange regard. Plus que de la colère, ses yeux exprimaient à présent une profonde lassitude, comme si le seul fait d'écouter les faux témoignages de ses élèves l'avait exténuée.

— Ah la jeunesse…, soupira-t-elle, estimez-vous chanceux, j'ai pris la décision de ne pas vous renvoyer, aujourd'hui. M. Galarelle, je vous autorise, bien entendu, à prolonger votre séjour parmi nous.

Une vague de soulagement coula sur l'ensemble des jeunes gens. La Directrice, qui semblait l'avoir remarquée, ajouta :

— Mais ne vous réjouissez pas trop vite. Je vais écrire une lettre à vos familles pour les tenir informées de votre entorse au règlement. Pour tous les élèves ici présents, je vous donne six heures de retenue. Cette semaine, au lieu de passer votre Sameri après-midi à vous promener dans Edgera, vos professeurs vous donneront du travail supplémentaire. Mme Branas vous supervisera. Pour m'assurer que vous ne recommencerez pas, je vais également vous condamner à des travaux forcés. M. Galarelle, cette fois-ci, vous êtes concerné. À partir de demain et jusqu'à fin Ultimane, vous allez aider mes employés deux heures par jour. Mademoiselle Léyza, M. Téjar et M. Pât, vous aiderez les concierges à nettoyer l'école. M. Yok et M. Galarelle, vous assisterez les jardiniers. Quant à vous, Altesse, je sais qu'il ne sied guère à une femme de votre rang d'aider les domestiques. J'ai donc une autre punition. Après vos cours, vous rejoindrez Mme Branas dans son bureau, elle vous donnera des textes à recopier. La prochaine fois que je vous surprends à traîner la nuit dans le château, c'est un renvoi définitif. Sur ce, vous pouvez disposer. Sauf vous, Princesse, votre père voudrait vous parler en privé.

Séléna et son père sortirent de chez Dame Jérola vingt minutes plus tard. Gerremi remarqua que son amie tremblait comme une feuille. Elle essuya ses yeux larmoyants d'un revers de manche.

— Il… il s'est passé quelque chose de très grave, hier soir, balbutia-t-elle, et cela… ne… concerne pas uniquement le Spectre que nous avons combattu.

Gerremi sentit son cœur se serrer lorsqu'il repensa au pressentiment qui l'avait rongé dans le laboratoire d'Erenor.

— Séléna, que s'est-il passé ? s'enquit-il.

— Il y a eu un attentat au palais, aux alentours de trois heures du matin, à peu près en même temps que notre rencontre avec le Spectre. Six Spectres du Chaos se sont infiltrés dans l'aile nord.

Ils ont été repoussés, mais on compte plus d'une cinquantaine de morts dans la Garde d'Élite... Père est désemparé...

Alissa serra Séléna dans ses bras et lui caressa les cheveux. La Princesse fondit en larmes.

— Ce n'est pas tout, sanglota-t-elle, un incendie a ravagé le quartier d'Amesa. D'après la Garde de l'Ombre, il serait d'origine criminelle et en lien avec l'attentat. Probablement pour retenir l'attention des gardes de la Cité et les empêcher de porter secours au palais. En plus de cela... les Irisier ont été assassinés.

Gerremi, Hugues et Enendel échangèrent un regard interrogateur, mais Alissa, qui, visiblement, connaissait les victimes, se mit à trembler.

— Non... c'est impossible, balbutia-t-elle, Bana Irisier... l'Alchimiste personnelle de ton père...

— Son corps a été retrouvé ce matin, avec celui de son époux, dans leur chambre. Ils ont été égorgés. Tous leurs domestiques ont été tués. D'après les experts, le meurtre remonte à hier soir.

Séléna poussa un cri de douleur et se laissa tomber à genoux.

Chapitre 8
Nouveaux suspects

La destruction partielle du quartier d'Amesa, l'attentat du palais impérial et l'assassinat de la famille Irisier jetèrent un froid glacial sur la Cité d'Edgera pendant des semaines entières.

Gerremi, dont les parents avaient été mis au courant, recevait des lettres de sa mère plus régulièrement. Elle lui répétait qu'elle était très inquiète à propos de l'insécurité qui régnait à la capitale et le priait sans cesse d'être prudent.

À la suite de l'attentat, Dame Jérola avait ordonné le renforcement de la sécurité au sein de son établissement. Elle avait posté trois bataillons de gardes supplémentaires, dont deux régiments d'Élite, à travers tout le château.

L'Empereur avait également tenu à envoyer des représentants de sa Garde de l'Ombre pour élucider le mystère de l'apparition du Spectre, mais, d'après Séléna, les résultats n'étaient pas concluants. S'ils avaient, tout d'abord, pensé à une tentative d'assassinat contre la fille de l'Empereur, cette piste était désormais écartée. Séléna avait assuré à son père que le Spectre s'était étonné de sa présence lorsqu'elle l'avait combattu.

La tentative de meurtre sur Dame Jérola était, pour le moment, l'hypothèse privilégiée, même si elle divisait les enquêteurs. Les Spectres du Chaos, peu célèbres pour leurs talents de discrétion, n'étaient jamais envoyés dans des missions d'assassinat. Le capitaine Martune, en charge de l'enquête, avait longuement fait valoir qu'envoyer un seul Spectre dans un château rempli de Dragons expérimentés et de soldats était une parfaite idiotie. La créature, seule, n'aurait pu mener à bien aucune mission, encore moins un meurtre. Selon lui, le Spectre avait été missionné pour attaquer le palais impérial avec ses frères, mais il avait été détourné de sa tâche initiale. Acte volontaire ou simple erreur de manipulation de la part des ennemis ? Il penchait même pour la deuxième option.

Si Gerremi et son groupe s'étaient promis d'aider la Garde de l'Ombre dans son enquête, il n'était plus question de se promener la nuit dans les couloirs d'Edselor. Les patrouilles étaient trop nombreuses, désormais, et leur peur d'être renvoyés de l'université, trop grande. Même Erenor avait cessé ses mystérieuses escapades nocturnes. Dame Jérola s'était montrée très clémente envers eux. Cela aurait pu être bien pire… De toute façon, leurs journées étaient si chargées qu'ils n'avaient presque plus le temps de songer à élucider le mystère du Spectre. Le rythme des cours devenait de plus en plus intense et les professeurs ne lésinaient jamais sur le nombre de devoirs. À cela s'ajoutaient les heures épuisantes de punition imposées par la Directrice. Ils n'avaient même plus le temps de se rendre aux séances organisées par leurs corporations. Alissa, à son grand regret, ne put assister à aucune conférence.

Tous les soirs, lorsque la cloche sonnait cinq heures, Gerremi, Alissa et Hugues devaient monter se changer et rejoindre Mme Liboir et M. Oblister, les concierges chargés de les superviser. S'ils se montraient plutôt bienveillants envers les punis, ils savaient également faire preuve de ruse à leur égard. La présence des jeunes était une excellente aubaine pour se dégager des tâches les plus ingrates, notamment le nettoyage des latrines et la vidange des fosses.

Stève, Bruce, Viktor et Myael avaient rapidement pris un malin plaisir à regarder leurs camarades récurer les toilettes. Un soir, Gerremi en eut tellement assez qu'il lança l'éponge crasseuse à la tête de Bruce. Cet acte lui valut cher. Il passa une heure supplémentaire à désinfecter les sanitaires de l'infirmerie.

La punition d'Enendel et d'Erenor était, elle aussi, un cauchemar. Si Dame Jérola avait stipulé deux heures de travaux forcés par jour, les jardiniers leur faisaient allègrement dépasser le quota horaire. Ils passaient parfois près de trois heures à tailler des rosiers et à répandre de l'engrais magique sur les plants de fleurs pour qu'ils ne périssent pas pendant l'hiver.

Bien entendu, ils faisaient toujours équipe et leur dernière séance de jardinage avait failli tourner au vinaigre. Si le jardinier en chef n'était pas intervenu, Enendel aurait enfoncé la tête d'Erenor dans les orties.

Les vacances de fin Ultimane furent les bienvenues, même si les élèves passèrent la plupart de leur temps à travailler en vue de leurs examens du premier semestre.

La première semaine du mois de Bordegèl, les cours reprirent de plus belle et le rythme de travail devint encore plus soutenu. Certes, Gerremi et ses amis avaient achevé leurs punitions, mais ils étaient submergés de devoirs et passaient le plus clair de leurs soirées à travailler. Heureusement, ils pouvaient compter sur la bonne humeur de Séléna pour les détendre.

Pour Enendel non plus, le mois de Bordegèl ne s'annonçait pas de tout repos. Il était passé du rang de recrue à celui de soldat. Il était monté en grade bien plus rapidement que ses collègues grâce à ses aptitudes au combat. En contrepartie, il devait travailler très dur. Désormais, il n'avait que peu de temps à consacrer à Fiara, ce que la jeune fille déplorait.

Parfois, Enendel passait la nuit en dehors de l'école ou ne rentrait pas au pensionnat avant dix ou onze heures du soir. Dame Jérola avait dû lui faire une dérogation spéciale stipulant que, s'il était vêtu de son armure de fonction, il avait le droit de circuler dans l'école pour regagner sa chambre. Elle avait, bien évidemment, précisé que tout écart du chemin menant au dortoir des hommes serait sanctionné. Une mesure très pesante pour Enendel.

Depuis qu'il était monté en grade, le jeune Elfe n'aspirait plus qu'à démarrer sa vie d'adulte, en commençant par obtenir sa propre maison où il vivrait comme bon lui semble, sans règles imposées.

— Je ne veux pas de location, dit-il à Alissa lorsque la jeune fille lui parla d'une tante qui louait une petite maison près du port, je préfère avoir quelque chose à moi. Si je reste encore une année à Edselor, mes économies me permettront d'acheter une demeure correcte, sans trop m'endetter. Bon, ce ne sera jamais la maison dont j'ai parlé à Fiara, mon salaire ne le permet pas, mais, si elle m'aime, elle ne me fera aucune remarque. Justement, cet achat sera un test.

Gerremi sut qu'il faisait référence à un sujet de dispute récurrent au sein de leur couple : la jalousie d'Enendel vis-à-vis du futur Magastel de sa petite amie.

Fin Ultimane, Fiara avait donné son accord au Seigneur Baroc – le directeur de la sécurité de la célèbre banque Vindary – pour qu'il la prenne comme disciple. L'homme l'avait repérée lors d'un duel Dragon à l'auberge de la Rose d'Irive.

Gerremi, qui avait assisté au match, avait dû admettre que la jeune femme était très douée, peut-être plus que sa sœur, Glorane, qui avait pourtant un titre de championne.

Dès le lendemain, le Seigneur Baroc s'était présenté à Edselor. Il avait proposé à Fiara de la prendre comme disciple pour la former à la magie Dragon défensive, ce qu'elle avait accepté.

Un soir, alors qu'il quittait la bibliothèque pour se rendre dîner, Gerremi surprit une conversation explosive entre Enendel et sa petite amie.

— Tu as commencé les tests de compatibilité avec l'autre ? s'alarma le jeune Elfe, cela veut dire que tu seras sa disciple à la fin du mois de Syravin ?

— Pour la énième fois, Enendel, ces tests sont purement professionnels et encadrés par l'école. Tout Magastel souhaitant former un apprenti doit s'y accommoder. Mêler sa magie à celle d'un autre Dragon n'est pas sans risques à forte dose, or, c'est ce qu'on demande à un Magastel et à son disciple. Les tests servent à déceler si deux Dragons sont compatibles, d'un point de vue énergétique. Se lier à une personne dont le magnétisme est antagoniste au nôtre peut-être très dangereux pour notre santé.

Elle poussa un profond soupir et ajouta d'une voix tremblante :

— Il faut que tu comprennes que je suis obligée de recevoir un Magastel, sans cela, je ne pourrai pas terminer ma scolarité, ni devenir un Dragon Confirmé. Ce n'est pas parce que je vais être formée par le Seigneur Baroc que mes sentiments vont changer à ton égard. Regarde Glorane ! Elle a un Magastel et un fiancé !

— Glorane, c'est différent. Son Maître est un vieillard. Toi, tu vas passer le plus clair de ton temps avec un homme qui te dévore de la tête aux pieds. Glorane m'a détaillé les étapes du rituel qui lie un Magastel et son disciple. Elle m'a expliqué la force du lien qui les unit après la cérémonie. Apparemment, vous devenez des sortes d'âmes sœurs. Ton Maître va te faire tourner la tête, oui !

— Pour ce qui est d'être jaloux, ça, tu es fort, Enendel, répliqua Fiara d'un ton cinglant, en revanche, quand il s'agit de passer du temps avec moi, c'est une autre histoire !

Gerremi préféra poursuivre son chemin. Les affaires de cœur de son ami ne le concernaient pas.

Alors qu'il quittait l'escalier principal pour se diriger vers le réfectoire, Enendel le dépassa d'un pas hargneux, sans même lui accorder un regard. Fiara, en pleurs, remonta vers son dortoir. Ni l'Elfe ni sa petite amie ne se présentèrent au dîner.

Les partiels commencèrent le 15ème de Bordégel. Ils se dérouleraient sur une semaine entière.

Le Lunedi matin, la classe de Gerremi fut convoquée à sept heures pour l'examen théorique d'étude du troisième signe.

Les élèves passèrent les trois premières heures de la matinée à disserter sur des sujets étudiés en cours. Gerremi tomba sur *Les foyers d'énergie aurique,* un thème relativement complexe où il devait expliquer d'où provenait l'aura et comment son énergie circulait à travers le corps pour activer le troisième signe des Dragons. Elle puisait sa source dans l'un des sept sites d'énergie du corps, appelés communément « points d'ancrage » : les reins pour une aura à dominance rouge, le nombril pour l'orange, le plexus pour le jaune, le cœur pour le vert, la gorge pour le bleu, les yeux pour le violet, et le haut du crâne pour le blanc. Pour améliorer la qualité de leur champ énergétique et augmenter la puissance de leur troisième signe, les Dragons devaient puiser dans leur point d'ancrage.

Tout en travaillant sur sa problématique et sur son plan d'étude, Gerremi jeta un coup d'œil à ses amis. Hugues, assis sur la table de devant, ne cessait de rouspéter contre son « sujet de merde » – fort heureusement, M. Jon ne l'entendit pas – et raturait sa feuille de brouillon avec frénésie.

Lorsque ses yeux se posèrent sur Alissa – qui avait déjà écrit trois pages –, le désespoir le gagna. Séléna lui fit comprendre, d'un regard, qu'elle ressentait exactement la même chose.

L'estomac de Gerremi se noua de stress lorsque, une heure plus tard, les premiers élèves – dont Erenor, Stève et Tania – rendirent leurs copies. Comment avaient-ils fait pour terminer aussi vite ? Il avait à peine fini de rédiger son introduction.

Gerremi pesta comme la cloche sonnait la fin de l'examen. Il avait pris tellement de temps à trouver une problématique et à construire un plan d'étude qui tienne la route, qu'il n'avait pas pu rédiger sa dernière partie, ni sa conclusion.

Bien entendu, il fut le dernier à quitter la classe. Profitant au mieux de la sortie des étudiants pour s'octroyer quelques précieuses minutes supplémentaires, il essaya, tant bien que mal, de conclure son devoir à moitié achevé.

— Gerremi, les trois heures sont terminées, rendez votre copie, ordonna M. Jon.

— Oui, oui, marmonna Gerremi tout en griffonnant quelques dernières notes de conclusion.

— Gerremi, pour la deuxième fois, posez votre plume immédiatement. Si je vous rappelle encore à l'ordre, c'est un zéro pour non-respect des consignes.

Le jeune Dragon obtempéra et jura en silence. « Je vais avoir une note catastrophique, surtout avec lui… », songea-t-il avec regret.

Il fallait absolument qu'il se rattrape en travaux pratiques s'il voulait sauver son année scolaire – l'étude du troisième signe avait un coefficient très fort dans la moyenne –, ce qui n'allait pas être une mince affaire. Malgré un travail acharné, son compagnon de route ne cessait de lui porter préjudice. S'il maîtrisait plutôt bien son pouvoir de télépathie, sa projection astrale et ses visions restaient hors de contrôle. Il lui arrivait souvent d'utiliser involontairement l'un de ces deux pouvoirs et de rater ses exercices, parfois même ses évaluations, ce qui avait le don de le mettre hors de lui. Il se donnait tellement de mal pour réussir…

À son grand étonnement, le manque de maîtrise de ses pouvoirs n'avait pas l'air de trop contrarier son professeur. Même lorsqu'il ratait ses travaux pratiques ou qu'il obtenait une note médiocre, il recevait moins de critiques que Stève, Bruce ou Hugues.

Après une longue pause, que Gerremi et Hugues transformèrent en séance d'entraînement, le jeune Dragon fut convoqué à onze heures et demie pour son examen pratique.

Sa séance d'exercice avait été prometteuse et lui avait redonné un peu de confiance en lui. Il avait réussi à converser par télépathie avec Hugues pendant cinq minutes. S'il reproduisait la même chose avec M. Jon, sa note devrait être correcte.

Lorsqu'il vit Alissa ressortir avec les yeux brillants en se plaignant qu'elle était beaucoup trop stressée, que cela s'était ressenti sur son pouvoir, que son aura n'était pas assez perceptible au niveau de ses pieds, que ses cheveux n'avaient pas suffisamment blondi, que ses yeux n'avaient pas rétréci, que sa peau n'avait pas du tout éclairci…, son estomac se contracta douloureusement. Si Alissa avait échoué, quelle chance avait-il ?

À l'instant même où il pénétrait dans la salle de classe, le ventre noué d'angoisse, M. Jon le salua selon le protocole des Dragons et le pria de s'asseoir sur la chaise placée en face de son bureau.

— Voici ce que j'attends de vous : vous allez faire apparaître votre aura et la maintenir allumée pendant trente secondes. Ensuite, je veux que vous utilisiez le pouvoir de votre troisième signe, enfin, l'un de ses pouvoirs, puisque le vôtre est particulier.

Un quart de la note portera sur la qualité de votre aura, le reste sera sur votre pouvoir.

Gerremi respira profondément pour mettre son stress de côté et ferma les yeux. Les ténèbres l'enveloppèrent. Il frissonna. Pour se réchauffer, il imagina son corps s'entourer d'un halo doré, brillant comme un soleil d'été.

Lorsqu'il sentit un champ magnétique brûlant l'envelopper, il visualisa un œil ouvert dont la pupille se dilatait petit à petit.

À son grand désespoir, une marée de stress le submergea. La chaleur qui enveloppait son corps disparut subitement. Il plongea alors dans un océan de glace et de nuit.

Gerremi tenta de réfréner son angoisse et de se focaliser sur son pouvoir de télépathie, mais sans succès. Sans même qu'il ne puisse se maîtriser, il fut projeté en avant vers le visage de M. Jon. Il poussa un cri lorsque leurs figures se collèrent, front contre front. Son champ de vision commença à se brouiller puis le noir complet se fit autour du jeune homme. Une épaisse lumière blanche s'imposa à lui, telle une étoile luisant dans la nuit. Il assista alors à une scène étrange.

M. Jon se trouvait dans une salle ronde, qui ne lui était que trop familière. Ses amis et lui avaient été attaqués par le Spectre du Chaos dans cette pièce, deux mois et demi plus tôt.

Le professeur d'étude du troisième signe était en compagnie d'un homme mat, aux longs cheveux blonds. Ce dernier s'approcha du miroir sur pied, fit scintiller son aura – d'un blanc éclatant, ponctué de nuances bleues, jaunes et vertes – et s'avança vers les deux aigles, à présent face à face. Il jeta une nuée de flammes, suivie d'une *Charge du Dragon,* sur la petite porte qui s'ouvrit à la volée. Gerremi fut presque déçu de l'apparente simplicité des pouvoirs nécessaires à l'ouverture du passage.

La porte donnait sur un escalier en colimaçon qui semblait s'étendre sur toute la hauteur du château. Les deux Dragons le descendirent au pas de course.

L'homme blond lâcha un juron lorsqu'un énorme livre à la reliure abîmée glissa de sa besace. L'ouvrage s'ouvrit à la première page qui portait le titre *La Magie noire de Morner.* Il le ramassa aussitôt et encaissa sans broncher les réprimandes de son compagnon.

Après une descente abrupte, les deux hommes arrivèrent au rez-de-chaussée.

— C'est ici, indiqua M. Jon en insérant une pierre lumineuse – semblable à celles du laboratoire d'Erenor – dans une fente du mur, apporte-lui le livre, j'ai des affaires à régler.

Lorsque l'homme blond s'engagea dans le passage, la pièce tout entière se mit à trembler, comme si un séisme venait de frapper l'université. Une violente lumière rouge envahit les lieux. Gerremi chuta à terre, les mains portées à ses yeux douloureux.

Une nouvelle image s'imposa à son esprit. Il visualisa brièvement la devanture bleue d'une boutique d'Alchimie, puis un nouveau flash le propulsa à l'intérieur de celle-ci.

Les lieux étaient plongés dans la pénombre nocturne. La seule lumière perceptible provenait d'une pièce attenante, qui abritait un laboratoire.

Gerremi eut un haut-le-cœur lorsqu'il découvrit l'espace de travail. Des centaines de bocaux au contenu répugnant s'étalaient sur des étagères murales. Au centre de la pièce, une femme brune s'affairait à tracer un pentagramme inversé à l'aide d'un produit rouge que le jeune Dragon identifia comme du sang. Des chandelles noires venaient compléter le dessin macabre.

Le cœur de Gerremi se figea lorsqu'il remarqua qu'un homme nu était ligoté au centre de l'étoile. Le supplicié tremblait de tous ses membres. Il ne cessait d'implorer la pitié de la sorcière, mais celle-ci n'y prêtait aucune attention.

— C'est presque prêt ! s'enthousiasma-t-elle, donne-moi le livre !

L'acolyte de M. Jon lui tendit un ouvrage à la reliure abîmée, que Gerremi reconnut comme celui qu'il avait fait tomber dans les escaliers du passage secret : *La Magie noire de Morner*.

Le jeune homme cria lorsqu'une douleur fulgurante lui déchira l'épaule droite.

À l'instant même où il sombrait dans un gouffre ténébreux, une lumière rouge explosa devant ses yeux, puis sa vision s'éclaircit. Il lui fallut quelques secondes pour se rendre compte qu'il était allongé par terre, dans la salle de classe de M. Jon.

Il se redressa et, lorsque ses jambes cotonneuses cessèrent de trembler, il s'aida du bureau pour se remettre debout. Que s'était-il passé ? Il n'en avait aucune idée.

M. Jon, en revanche, semblait tout à fait conscient de ce qui s'était produit. Il le fixait d'un regard empreint de peur, d'irritation et d'incrédulité mêlées.

— Sortez d'ici ! ordonna-t-il d'un ton sec, l'examen est terminé. Remballez vos affaires.

— Pardonnez-moi, Monsieur, mais je ne comprends pas ce qui s'est produit, s'excusa Gerremi, j'ai eu une sorte de vision…

— Partez ! ordonna M. Jon, ce que vous avez fait est très grave.

Gerremi jugea bon de ne pas insister. Il ramassa ses affaires et sortit au plus vite de la salle de classe. Il fallait qu'il trouve ses amis et qu'il leur parle de son examen. Ce qu'il avait vu était, en effet, très grave.

Le jeune Dragon retrouva ses compagnons au réfectoire. Ils étaient en pleine discussion à propos de leur partiel.

— Alors, comment ça s'est passé ? lui demanda Hugues.

Gerremi leur raconta en détail son évaluation : le pouvoir qu'il avait inconsciemment utilisé, sa vision, la peur de leur professeur lorsque celui-ci s'était dissipé et la façon dont il lui avait ordonné de sortir de sa salle de classe.

— Je n'ai rien compris. Je crois que j'ai eu une vision, mais ça ne ressemblait pas à celles que j'ai pu avoir jusqu'à maintenant. La dernière fois, je me suis retrouvé face au Roi Isiltor. Je pouvais lui parler, communiquer avec lui… cette fois, j'ai eu l'impression d'entrer dans la tête de M. Jon ! Une chose est sûre, je n'aurai pas la moyenne.

Il jeta un regard instinctif à Alissa, dans l'espoir qu'elle puisse lui en apprendre plus. La jeune fille semblait songeuse.

— Je pense que tu as plutôt utilisé ton don de projection astrale, dit-elle, tu as dû projeter ton esprit à l'intérieur de celui de M. Jon et accéder à un de ses souvenirs. Je comprends qu'il ait mal réagi, même si tu ne maîtrisais pas ton pouvoir. Entrer dans la tête des gens est une mauvaise chose. Lorsqu'il a mis fin à ta projection astrale, j'imagine que tu as, sans le vouloir, activé ton don de vision, ce qui t'a permis de voir l'Alchimiste et son rituel.

Gerremi enfouit son visage dans ses mains. Ses visions et sa projection astrale ne cessaient de le desservir. Quand arriverait-il à maîtriser ces maudits pouvoirs ?

— Très bien, lâcha Gerremi, donc mon esprit serait entré dans celui de M. Jon… – cette idée le répugnait tant, qu'il repoussa son plat de pâtes. Eh bien, si c'est le cas, notre professeur est un traître, tout comme l'Alchimiste et l'homme blond.

— Mais bien sûr ! s'exclama Séléna en portant une main à son front.

Tout le monde sursauta.

— Cela expliquerait l'entrée du Spectre de Morner au sein de notre école. Ce monstre n'a pas pu entrer seul à Edselor, le capitaine Martune l'a confirmé à mon père. Il n'aurait jamais pu se téléporter dans le château. Il y a des protections magiques, sans compter qu'Edselor est soigneusement gardée. Je pense que le Spectre avait pour mission d'attaquer le palais avec ses congénères, mais M. Jon et ses acolytes ont dû l'en détourner. Un Spectre du Chaos suit les ordres de son maître, en l'occurrence Isiltor, comme un chien. Il n'aurait jamais pu prendre seul la décision de bafouer sa mission. Pour faire entrer le monstre, les traîtres ont dû utiliser la magie noire de leur livre. D'où le rituel que tu as vu...

— C'est possible, concéda Alissa, mais il ne faut pas tirer de conclusions hâtives. Gerremi, il n'y avait pas de date qui coïnciderait avec le $25^{\text{ème}}$ de Physanile dans ta vision ?

— Non. Mais la version de Séléna se tient. L'Alchimiste avait besoin du livre de magie noire pour exécuter son rituel. Sachant que les Spectres du Chaos sont, apparemment, les plus beaux chefs-d'œuvre de la magie mornéenne, d'après le livre *Controverses historiques hesmonnoises*, cette explication me semble très plausible. Maintenant, il nous reste à savoir pourquoi ils ont fait entrer ce monstre à Edselor.

— Séléna, tu ferais mieux de le dire tout de suite à ton père, conseilla Hugues, lui il saura ce qu'il faut faire de ces sales traîtres ! J'ai toujours su que ce professeur n'était pas net. Il faut absolument qu'on le surveille. Gerremi, tu pourras nous montrer à quoi ressemblent l'acolyte de M. Jon et l'Alchimiste ?

Gerremi acquiesça d'un signe de tête. À tout hasard, il observa les tables des professeurs et des surveillants, mais l'homme recherché ne s'y trouvait pas. Seuls Mme Branas, M.

Hénoy et deux professeurs qu'il ne connaissait pas y étaient assis.

— En tout cas, soupira-t-il, il va vraiment falloir que j'apprenne à contrôler mon troisième signe, autrement, jamais je ne m'en sortirai. Et toi, Séléna, comment s'est passé ton examen ?

Séléna était passée juste avant Alissa.

— Je pense avoir plutôt bien réussi les travaux pratiques. Au départ, je voulais soigner une plaie que je me suis faite au coude, hier. Mais, finalement, j'ai changé d'avis. Quand j'ai commencé à faire briller mon aura, un chat est entré dans la pièce. J'ai réussi à établir une sorte de contact psychique avec lui et je lui ai dit de sauter sur les genoux de M. Jon. Si seulement j'avais su que notre professeur était un traître, j'aurais ordonné au chat de lui crever les yeux.

Dans leur groupe d'amis, Hugues était le seul à ne pas s'être encore présenté à l'examen pratique d'étude du compagnon de route. Il était convoqué à deux heures – dans moins d'une heure – et, depuis qu'il avait appris que M. Jon était un traître, il était complètement paniqué à l'idée de se retrouver seul avec lui. Il ne cessait de jeter des regards anxieux à sa montre à gousset.

Si, durant toute la semaine, Gerremi réussit à mettre de côté sa vision pour se concentrer sur ses examens, cette dernière l'obséda à nouveau dès le dernier jour des partiels.

Le Sameri après-midi, il décida de se rendre à la boutique de l'Alchimiste renégate, en compagnie d'Hugues et d'Alissa – Séléna avait prévu de passer son congé de fin de semaine chez son père et Enendel était de service.

À sa plus grande joie, Hugues et Alissa avaient noué de très bonnes relations avec Marta Ophra, la codirectrice de la corporation d'Alchimie, qui leur avait donné de précieuses informations sur le magasin en question. La jeune femme connaissait à peu près toutes les boutiques alchimiques de la ville. Comme elle devait passer la soirée chez son Magastel, qui habitait un petit manoir situé à proximité des quartiers commerçants, elle leur proposa de les conduire au magasin qu'ils recherchaient.

— Les Potions Otrava, c'est ainsi que se nomme la boutique dont vous parlez, est réputée pour ses produits exotiques. C'est une bonne échoppe, on y vend des articles de qualité. Ma corporation fait souvent affaire avec eux. Nous n'avons jamais été déçus. M. Otrava part régulièrement en voyage aux quatre coins du continent pour trouver de nouveaux ingrédients alchimiques. Il y a deux ans, il est parti en Ecmual, chez les Nâgas. Il est revenu avec une dizaine de tonneaux remplis d'algues magiques. Son stock a été vendu au prix fort, mais tout est parti en moins de deux semaines.

« Ma corporation en a acheté dix kilos, ajouta-t-elle avec fierté, de pures merveilles. Elles donnent des potions beaucoup plus durables. C'est là !

Le cœur de Gerremi bondit dans sa poitrine lorsqu'il reconnut la devanture bleue de la boutique, en plein cœur d'une ruelle attenante à la place des halles. En guise de décoration, les propriétaires avaient installé d'étranges guirlandes composées de fioles de potion tout autour de la porte d'entrée et des fenêtres. Lorsque le soleil se cachait, les flacons se mettaient à luire de différentes couleurs.

— Mme Otrava s'occupe de la boutique, leur apprit Marta, c'est une femme d'une gentillesse exceptionnelle. Elle connaît beaucoup de choses. Je suis persuadée qu'elle va vous plaire.

Gerremi grimaça. Si leur guide avait été mise au courant pour sa vision, elle aurait eu un tout autre discours.

— Oui, je suis persuadé que je vais l'adorer, maugréa Hugues.

L'intérieur de la boutique était à l'image de la façade : simple et fonctionnel. Des étagères présentant des extraits d'animaux en bocaux ou diverses fioles de potions, s'étalaient le long des murs. Elles alternaient avec des tonneaux remplis de poudres, d'épices, d'herbes et de champignons. Au milieu de la pièce, la gérante avait installé quatre bacs surmontés d'une pancarte indiquant : *Herbes des Terres de Rovan, promotion spéciale*. Au fond, à côté du comptoir, Gerremi remarqua deux portes. L'une devait mener aux appartements du couple, l'autre était, sans aucun doute, le laboratoire de sa vision.

Une trentaine de clients évoluaient dans la pièce. Ils se massaient autour des récipients contenant les herbes de Rovan ou se servaient allègrement dans les tonneaux laissés à leur disposition. Le commerce des Otrava était, visiblement, très florissant.

Le cœur de Gerremi s'emballa de plus belle lorsqu'une femme aux cheveux bruns, attachés en chignon, s'avança vers eux.

— Marta ! s'exclama-t-elle en lui serrant chaleureusement la main, comment vas-tu ? Tu viens pour la corporation ?

— Non, Alana, je venais faire découvrir ta boutique à deux de mes confrères. M. Hugues Pât et Mademoiselle Alissa Léyza et peut-être à un troisième adhérent – elle adressa un sourire à Gerremi.

Lorsque le regard de l'Alchimiste croisa celui du jeune homme, une lueur de panique s'alluma dans ses yeux marron. Elle porta une main instinctive à sa taille – où le Dragon devina qu'elle devait cacher une dague –, puis, jugeant son geste inapproprié, elle la reporta sur le rebord d'un tonneau.

Trois hommes de grande taille se détournèrent aussitôt des ingrédients alchimiques pour venir se placer discrètement autour des jeunes gens. Des mercenaires, de toute évidence. M. Jon, qui avait probablement intercepté sa vision, avait dû avertir la traîtresse qu'elle risquait d'être démasquée.

Mme Otrava leur adressa un léger signe de tête, puis, comme si de rien n'était, tous trois repartirent s'intéresser aux rayonnages. Si l'attention des mercenaires semblait entièrement accaparée par les ingrédients, Gerremi savait qu'il n'en était rien. Leurs moindres faits et gestes étaient surveillés.

Marta, qui n'avait rien remarqué de suspect, s'engagea dans une conversation animée avec Mme Otrava à propos des marchandises que son époux avait ramenées des Terres de Rovan.

Alissa, Hugues et Gerremi firent mine de s'intéresser à des bocaux contenant des ailes de chauve-souris et des dents de lapin.

— Son laboratoire est placé derrière la porte de droite, souffla Gerremi à Hugues et Alissa, mais nous sommes surveillés, cela ne sert à rien de nous attarder ici…

— Au moins, nous aurons vu à quoi ressemblent la traîtresse et sa boutique, fit valoir la jeune fille.

Elle attrapa un panier destiné à collecter les achats et prit un peu de chaque herbe. Hugues et Gerremi l'imitèrent, même si le jeune Dragon ignorait les effets de la plupart de ces plantes.

Lorsqu'ils s'approchèrent du comptoir pour payer leurs articles, les mercenaires cessèrent immédiatement de contempler les herbes de Rovan ou les bocaux de soufre, et dirigèrent leurs regards vers les jeunes gens.

Gerremi sentit son estomac se nouer. Et si Mme Otrava ordonnait à ses hommes de main de les tuer, lorsqu'ils auraient quitté sa boutique ? Un accident était si vite arrivé… Le jeune

Dragon savait de source sûre qu'à Edgera, plus d'une personne disparaissait tous les jours de cette manière.

« Ne sois pas idiot, elle ne tentera rien. Elle sait déjà qu'elle est soupçonnée de trahison. Si elle essaye de tuer les amis de la Princesse, elle sera arrêtée. Ni M. Jon, ni son acolyte, ni les autres traîtres de leur réseau – car Gerremi était persuadé qu'ils étaient bien plus que trois – ne pourront prendre sa défense. Elle sera arrêtée et pendue », se rassura-t-il.

Par mesure de sécurité, Gerremi, Hugues et Alissa décidèrent à l'unanimité de rentrer à Edselor.

À leur grand soulagement, Marta les raccompagna, bien qu'elle fût déçue de ne pas pouvoir leur offrir un verre à la taverne de l'Oie Blanche – le fief de sa corporation – comme ils étaient convenus le matin même. La présence de la jeune femme ne leur permettrait peut-être pas de survivre s'ils devaient affronter tueurs à gages et mercenaires, mais elle les rassurait.

Le lendemain soir, lorsque Séléna revint à Edselor et les rejoignit dans leur salon, elle explosa de colère.

— J'ai parlé à mon père de M. Jon, de l'homme blond et de l'Alchimiste. Il n'a rien voulu entendre, rien ! Il m'a dit qu'on ne pouvait pas se baser sur les visions d'un Dragon débutant pour faire arrêter des gens. Il faut des preuves concrètes, en particulier lorsque l'on accuse un professeur d'Edselor. Visiblement, ce poste est sacré… Il m'a dit que Dame Jérola n'avait aucun soupçon sur ses enseignants, alors lui non plus puisqu'il lui fait confiance les yeux fermés. Il préfère attendre que sa Garde de l'Ombre lui rapporte des « preuves réelles ».

Elle se laissa tomber sur le fauteuil placé devant la cheminée et enfouit son visage dans ses mains. Alissa lui pressa doucement l'épaule.

— Je ne laisserai pas tomber. Un jour, vous m'écouterez, père.

Durant la semaine qui suivit les partiels, les élèves furent exemptés de cours pour donner le temps aux enseignants de corriger les écrits.

Pour fêter la fin des examens, le Martasi soir, Glorane proposa au groupe de Gerremi de venir faire la fête avec elle. Épuisés par leurs partiels et accablés par le complot qui se tramait contre l'Empire, ils acceptèrent la proposition avec enthousiasme. Un peu de légèreté leur ferait le plus grand bien.

Si Alissa s'était, tout d'abord, montrée réticente à venir – les amis de Glorane buvaient sans modération et pouvaient se montrer très frustes après quelques verres –, elle avait finalement accepté de les accompagner, rassérénée par les promesses d'Hugues. Il lui avait assuré que, cette fois-ci, il se limiterait en matière d'alcool.

— J'avais beaucoup trop bu la dernière fois et je n'ai pas arrêté de vomir après. Je boirai une pinte, pas plus, promit-il.

Gerremi et Enendel, pour leur part, avaient bien l'intention de se défouler. Ils veilleraient simplement à ne pas finir ivres ou malades.

Seule Séléna, qui voulait passer la soirée avec son frère, manquerait à l'appel.

La fête se déroulait dans la Taverne d'Inior : un établissement prisé des étudiants edgerans pour son ambiance psychédélique, situé en plein cœur du quartier des Artistes, à l'ouest de la Cité. Glorane, qui connaissait personnellement le gérant, avait privatisé le bistro pour la soirée.

La salle commune faisait toute la hauteur de la maison et dévoilait un plafond étrange, décoré de lustres colorés aux formes indéfinissables. Les murs étaient surchargés de grands miroirs et de tableaux abstraits aux couleurs vives.

Tout autour d'une piste de danse circulaire, tables et comptoir étaient posés sur des estrades multicolores de différentes hauteurs. Sur la plateforme du fond, plus haute que toutes les autres, un groupe jouait une musique festive. La soirée avait à peine commencé que la piste de danse était déjà investie par une trentaine d'étudiants.

Pour cette fête exceptionnelle, Glorane ne s'était pas contentée d'une soirée entre amis. Elle avait amené toute sa corporation de duels et invité plein d'autres étudiants, Dragons ou non. Les jeunes étaient une centaine dans la taverne.

Comme chaque soirée, lorsque l'ambiance commença à monter, Agatta et Jerys – son petit ami – lancèrent l'ouverture d'un concours de boisson. Pour la première manche, la jeune femme coucha son adversaire au bout de cinq pichets, sous les acclamations de ses supporters.

— En', chéri, vas-y ! hurla Fiara tout en lui déposant un baiser au coin des lèvres, tu vas tous les mettre à terre. Les Elfes tiennent bien l'alcool, non ?

Il lui fit signe de baisser la voix.

— Pas vraiment, murmura-t-il.

Puisque Agatta avait gagné la première manche, elle avait le droit de désigner les prochains participants et, visiblement, Enendel n'avait aucune envie de l'être.

— Glorane et Hugues ! brailla-t-elle.

Gerremi ricana tout en se faisant servir une nouvelle pinte de bière. La dernière soirée qu'ils avaient passée en compagnie de Glorane et d'Agatta, un mois plus tôt, avait été un baptême du feu pour Hugues. Pour la première fois de sa vie, il avait réussi à outrepasser sa timidité pour mener un concours de boisson sans merci. Contre toute attente, il avait battu tout le monde.

Gerremi ne l'avait jamais vu aussi libéré et sûr de lui. À la fin de la soirée, il était même monté sur les tables pour encourager ses camarades à danser.

Malheureusement, le lendemain avait été très rude pour Hugues puisqu'il était tombé malade.

Encouragé par les cris de ses camarades, Hugues oublia la promesse qu'il avait faite à Alissa juste avant la soirée. Il s'avança d'un pas conquérant vers la table du concours de boisson, sous une ola générale.

Un élan de fierté monta en lui, annihilant sa peur et son manque d'assurance. Ce soir, il n'était plus Hugues, le fils de paysans aux pouvoirs répugnants, il était, en quelque sorte, une vedette que les gens acclamaient.

En le regardant s'installer en face de Glorane, Alissa soupira et porta une main à son front.

— Je savais bien qu'il n'allait pas résister, râla-t-elle.

— Laisse-le, Alissa, dit Gerremi, il s'amuse. Toi aussi, tu devrais profiter de la soirée. Tiens, bois ça – il lui donna les deux pintes d'hydromel qu'il venait de commander –, cette boisson est délicieuse.

— Sans façon, merci.

Gerremi s'éloigna en direction du troupeau humain agglutiné autour de la table du concours de beuverie.

Alissa soupira et reporta son attention sur Enendel et Fiara qui s'engageaient dans une danse collée serrée.

Si elle aurait aimé pouvoir mettre sa retenue de côté et rejoindre Marta sur la piste de danse – la jeune femme ne cessait de l'appeler –, elle se savait incapable de le faire. Quant à boire pinte sur pinte pour se désinhiber, comme le faisait Hugues, il n'en était pas question. Ses parents lui avaient donné une éducation très stricte, basée sur l'importance de l'honneur familial et le respect du patronyme. Les Léyza faisaient partie de la noblesse hesmonnoise depuis plus de trois cents ans. Ils s'étaient toujours illustrés dans les hautes sphères intellectuelles de la société. En tant que fille aînée de la famille, il incombait à Alissa de représenter son clan avec distinction et fierté. Elle se devait d'être humble, raffinée et réfléchie en toutes circonstances. Que dirait son père s'il savait que sa fille, après avoir déshonoré sa famille en récoltant un mois de travaux forcés pour avoir enfreint le règlement de son université, rentrait chez elle avec quelques verres dans le sang ?

Puisque les élèves n'étaient pas autorisés à sortir ou à pénétrer dans l'enceinte d'Edselor après l'heure du couvre-feu, Alissa avait proposé à Hugues, Gerremi et Enendel de les loger chez ses parents pour la nuit. Elle le regrettait presque, désormais. Si elle avait payé des chambres d'auberge, peut-être se serait-elle autorisé un ou deux verres de vin, dans la limite du raisonnable ?

Perdue au beau milieu d'une foule d'étudiants en délire, abandonnée par ses amis fêtards, elle maudit son manque d'audace. Pourquoi ne parvenait-elle jamais à quitter sa réserve ? Elle sursauta lorsque des voix qu'elle ne connaissait que trop bien s'élevèrent depuis l'estrade des bardes. Ces derniers avaient invité trois étudiants à venir chanter avec eux. Gerremi, Hugues – qui avait battu Glorane au concours de boisson – et une fille blonde qu'elle ne connaissait pas braillaient une chanson à propos de danse et de rencontres amoureuses dans une cacophonie totale, sous les hourras déchaînés des spectateurs.

Quelque peu jalouse de leur légèreté, Alissa reporta son regard sur la foule des danseurs. Au fond d'elle, une petite voix la suppliait de les rejoindre. Elle jeta un bref coup d'œil aux deux pichets d'hydromel que Gerremi lui avait laissés. « Allez au diable, père, vous et tous vos préceptes, j'ai dix-huit ans maintenant. Peu importe si vous me voyez joyeuse ce soir », songea-t-elle avec rage.

À peine eut-elle terminé sa première pinte, qu'elle engloutit le deuxième pichet. Gerremi avait eu raison de commander cette boisson délicieuse, aux notes de miel caramélisé. La taverne d'Inior avait la réputation de servir le meilleur hydromel d'Edgera.

Alors que la tête commençait à lui tourner, la jeune fille se leva et commanda un troisième pichet. Elle avait totalement oublié son père, désormais.

— Alissa !

La jeune fille sursauta puis, pichet en main, elle s'avança vers Enendel, Fiara, Glorane, Agatta, Jerys et Marta qui sautaient en l'air au son d'une musique entraînante couverte par les voix atroces de leurs amis.

Lorsqu'elle commença à danser, elle nota, non sans satisfaction, que nombre de garçons la lorgnaient du coin de l'œil. Elle se déhancha un peu plus, tout en faisant signe à un homme brun de venir la rejoindre. Ce dernier ne se fit pas prier. Tandis qu'elle s'engageait dans une chorégraphie en duo, son cœur exulta. Elle ne s'était jamais sentie aussi libre.

Elle eut même l'occasion d'apprendre que son cavalier se nommait Garil Octerrion et qu'il étudiait les mathématiques dans une université prestigieuse d'Edgera.

Gerremi, Hugues, Enendel et Alissa quittèrent la taverne aux alentours de trois heures du matin, lorsque l'euphorie festive commença à s'essouffler. Les garçons durent redoubler d'efforts et d'ingéniosité pour extraire leur amie de l'auberge. Elle, qui était venue à reculons, était, en fait, celle qui s'était le plus amusée, à part Hugues peut-être.

Lorsqu'ils avaient vu la sobriété d'Alissa dégringoler à toute vitesse et Hugues boire à n'en plus pouvoir, Gerremi et Enendel avaient décidé d'arrêter l'alcool, soucieux de conduire leurs amis en toute sécurité au manoir des Léyza.

Le chemin du retour fut une véritable torture. Alissa se prenait pour une danseuse et une chanteuse professionnelle – elle chantait malheureusement très faux – et voulait poursuivre la fête dans tous les établissements de divertissement qu'elle croisait.

Hugues, tout aussi ivre qu'elle, saluait avec entrain chaque passant. Parfois, il lui prenait l'envie de les serrer dans ses bras. Gerremi et Enendel devaient sans cesse le retenir par la manche pour l'empêcher d'aller discuter avec les promeneurs.

— On peut aller là, dit Alissa d'une voix pâteuse, il y a une bonne ambiance.

Elle désignait une maison basse à la devanture rouge, dont les fenêtres étaient masquées par d'épais rideaux écarlates. Des hommes d'un certain âge entraient et sortaient de l'établissement, pichets à la main, en riant aux éclats ou en se fustigeant.

Hugues approuva d'un signe de tête, mais Gerremi et Enendel refusèrent.

— C'est la taverne préférée de mon capitaine et de quelques collègues du bataillon, expliqua le jeune Elfe, et crois-moi, Alissa, il ne vaut mieux pas que tu entres dedans. C'est un établissement qui présente des spectacles de femmes dénudées. Il n'y a aucune fille parmi les clients, ça ne va pas te plaire. Il est temps de rentrer, maintenant. De toute façon, il vaut mieux éviter de traîner après quatre heures du matin. Surtout dans le quartier de Naara.

Alissa grogna et se laissa entraîner vers le Parc de Tyfana, près duquel vivait la famille Léyza.

Lorsqu'ils arrivèrent devant le manoir familial – une haute demeure à la façade fleurie, pourvue de flèches élancées et de balcons ouvragés –, Alissa fut prise d'un terrible mal de ventre et d'une violente nausée. Elle tituba et vomit sous le porche d'entrée.

La porte s'ouvrit au même instant sur une domestique au visage aimable et – la jeune fille poussa un cri – sur son père.

Le Seigneur Léyza, un homme d'une cinquantaine d'années, grand et mince, écarquilla les yeux d'incrédulité et de fureur mêlées.

Gerremi, Hugues et Enendel lui lancèrent un timide « bonsoir, Monseigneur, nous sommes désolés » puis s'appliquèrent à relever Alissa.

— Oh, non, père… je vais avoir des ennuis…, maugréa la jeune fille.

— Oui, cela tu peux le dire, ma fille, grinça le Seigneur Léyza.

Chapitre 9
Le match de promotion

Les élèves d'Edselor eurent les résultats de leurs partiels à la fin de la semaine. À son grand soulagement, Gerremi avait obtenu une moyenne acceptable, qui aurait pu être bonne sans l'étude du troisième signe. Il avait reçu un huit sur vingt en théorie et un trois en pratique.

Ses matières phares étaient l'Histoire, la littérature et l'Art Dragon. En pratique, Dame Togy avait été enchantée par sa prestation et il avait obtenu dix-neuf sur vingt.

— Tu devrais songer à changer de corporation, Gerremi, le taquina Hugues, et t'inscrire en Art Dragon.

— Tu plaisantes ! rétorqua-t-il, il n'y a presque pas de garçons dans ce milieu !

Gerremi avait également obtenu de bons résultats en théologie, en Combat Dragon et, à son grand étonnement, en herbologie. Il n'avait pourtant jamais été attentif ni appliqué dans ce cours.

Alissa, pour sa part, fut sans conteste la meilleure. Elle brillait dans toutes les disciplines – dans les cours de Dragon comme dans les cours ordinaires – et fut la seule élève de la classe à obtenir la note maximale dans trois matières. Même l'examen qu'elle avait le moins réussi, et dont elle avait osé se plaindre – l'étude du troisième signe – avait été un succès pour elle.

Séléna fut relativement fière de ses résultats, en particulier dans le cours de M. Jon, où elle avait obtenu la meilleure note de la classe à l'examen pratique : seize sur vingt. Elle avait battu Alissa de deux points. La Princesse fut cependant déçue de ses résultats en Alchimie et en Art Dragon. Selon Dame Togy, ses pouvoirs étaient lancés avec beaucoup trop de force et manquaient d'adresse.

Hugues obtint des résultats convenables un peu partout – ses notes furent même très bonnes en Alchimie –, excepté en Combat Dragon et en étude du troisième signe où il frôla la catastrophe aux examens pratiques.

Gerremi n'eut pas de nouvelles des résultats d'Erenor. Depuis leur mésaventure, en Physanile, ils ne s'adressaient plus du tout la parole. Tous les membres du groupe se méfiaient du rôdeur, à l'exception de Séléna qui croyait dur comme fer à son innocence.

Elle était d'ailleurs la seule à apprécier sa compagnie. Il lui arrivait, parfois, de dîner avec lui et de passer des soirées entières à ses côtés. Lorsque ses amis lui demandaient pourquoi elle tenait tant à Erenor, ils n'obtenaient jamais de réponse satisfaisante. Séléna leur avait simplement dit que, lorsqu'on apprenait à le connaître, c'était un ami très précieux. Malheureusement, ami précieux ou non, Erenor n'avait jamais rien voulu lui révéler à propos de ses missions mystérieuses.

Pour fêter la fin de leurs premiers examens, les élèves d'Edselor eurent droit à une surprise. Le Venesi, à six heures du soir, l'école au complet fut réunie dans le hall marbré.

Une marée d'étudiants s'entassait devant l'estrade où trônait Dame Jérola, dans son fauteuil d'ébène. Pour l'occasion, elle avait revêtu une longue robe de satin rouge, brodée de fils d'or. Ses cheveux étaient relevés en une coiffure savamment élaborée, surmontée d'un diadème d'argent. Gerremi songea qu'elle avait dû passer tout son après-midi à la réaliser.

Le jeune homme soupira. Il ne comprendrait jamais l'engouement des femmes – les aristocrates en particulier – pour leur mise en beauté.

Autour de la Directrice, les bancs étaient occupés par six professeurs : trois femmes et trois hommes. Gerremi se figea lorsqu'il reconnut le visage mat et les longs cheveux blonds de l'acolyte de M. Jon.

— C'est lui ! chuchota-t-il à ses amis, c'est le traître que j'ai vu dans l'esprit de notre professeur.

— Messire Uléry ? s'étonna Alissa, c'est impossible... il est adorable... c'est le meilleur professeur d'Alchimie d'Edselor. Rien à voir avec la vieille folle que nous avons en cours. Il fait énormément pour la corporation, notamment lorsqu'il s'agit de préparer les réceptions. Il aime beaucoup les festivités et il a de très bonnes relations avec les étudiants. Il vient parfois nous rendre visite, lors de nos séances. Le Julcari avant les examens, il m'a aidée à travailler sur ma potion du sommeil.

— Mon père a de bonnes relations avec les Uléry, ajouta Séléna, leur famille est très influente dans la Cité de Kirse. Mis à part Jestyn – elle désigna le traître d'un signe de tête – et son frère aîné, Invien, qui travaille comme diplomate, ils y vivent tous.

Les yeux interrogateurs d'Hugues ne cessaient de faire la navette entre l'homme blond et Gerremi, comme si son ami avait fait erreur sur la personne. Lui aussi, de toute évidence, devait porter une admiration sans bornes au Seigneur Uléry. Cette pensée l'irrita.

— Je sais ce que j'ai vu, trancha-t-il, cet homme a donné le livre de magie noire à Mme Otrava. S'il est aussi adorable que vous le laissez entendre, il cache bien son jeu. Sale enflure...

Lorsque tous les professeurs, surveillants et domestiques d'Edselor eurent pris place dans les galeries courant derrière les deux rangées de colonnes, Dame Jérola se leva de son trône. Un large sourire éclairait son visage.

— Mes chers élèves, j'ai le grand plaisir de vous annoncer que le match promotionnel annuel aura lieu le Sameri, 8ème de Rosemer. Pour les étudiants qui nous rejoignent cette année, ce duel Dragon opposant deux professeurs élus par l'école sera présenté devant toute la Cité d'Edgera. C'est un évènement crucial, qui nous permet de mettre en avant le personnel de notre prestigieuse université et de vanter ses mérites. Nous promettons aux citoyens d'Edgera un spectacle de toute beauté et de toute puissance. Bien entendu, que serait notre match annuel sans le soutien inestimable de la corporation de duels ? Leur équipe de direction a travaillé à mes côtés durant tout le mois de Bordégel pour organiser cette journée promotionnelle. Je vous demande de chaleureux applaudissements pour les directeurs de la congrégation de duels.

Une ovation fit vibrer les murs de la salle. Sur invitation de Dame Jérola, Agatta et ses deux codirecteurs montèrent sur l'estrade puis saluèrent la foule. Séléna, Hugues, Alissa et Gerremi applaudirent avec entrain leur amie.

Lorsque le silence fut revenu, la Directrice s'éclaircit la gorge et reprit :

— Comme chaque année, la journée débutera à dix heures sur le terrain de duels, qui sera transformé en véritable stade pour l'occasion. Nous commencerons les démonstrations avec un spectacle d'Art réalisé conjointement par les étudiants de nos corporations d'Art Dragon et de musique, avec le soutien de Dame Togy. Je vous demande de les applaudir chaleureusement.

Des applaudissements fusèrent de toutes parts comme Dame Togy, coiffée d'une étrange choucroute, et dix-sept élèves choisis pour la démonstration montaient sur l'estrade. Gerremi nota que la corporation d'Art Dragon avait volontairement sélectionné ses six uniques garçons.

— Nous commencerons les combats à onze heures, ajouta Dame Jérola, les deux champions de la corporation de duels s'affronteront dans un match amical, puis, après le déjeuner, ce sera au tour de nos enseignants de nous présenter le fameux combat que tous nos concitoyens attendent avec impatience.

Elle marqua une pause et sourit à pleines dents.

— Mais, avant toute chose, il nous faut élire nos représentants. Vous aurez une semaine entière pour désigner les deux professeurs qui auront l'honneur de représenter Edselor cette année. Le choix se fera parmi nos six concurrents.

D'un geste de la main, la Directrice invita les enseignants assis sur les bancs à se présenter au public. Hormis Dame Yénone et Messire Uléry, Gerremi ne connaissait personne. Les concurrents étaient : M. Brehi, Dame Lirana – les deux autres professeurs de Combat Dragon –, Messire Rales : un homme de toute petite taille qui enseignait les mathématiques et Mme Rivia : une ex-capitaine au visage sévère, reconvertie dans l'enseignement de l'Histoire.

Tandis que les candidats présentaient leurs motivations, les surveillants passaient dans les rangs des élèves pour leur distribuer des feuilles de parchemin indiquant les modalités de vote et le récapitulatif du parcours des professeurs.

Gerremi sentit une bouffée de colère monter en lui lorsque ses yeux se posèrent sur le résumé de Messire Jestyn Uléry.

La deuxième surprise de la soirée fut la fête des corporations. Chaque confrérie avait privatisé une salle du château pour y organiser une réception. Comme à son habitude, Stève ne put se retenir de faire savoir à tout le monde qu'il avait joué un rôle clé pour permettre à sa corporation de combat en armes d'obtenir la salle de bal de l'école.

— Les élèves de première année ne peuvent être à la tête d'une corporation, mais, l'année prochaine, je sais d'ores et déjà que je ferai partie de la direction, glissa-t-il à un confrère.

— Il ne se tait donc jamais ? demanda Gerremi avec agacement.

Les résultats de l'élection des deux professeurs eurent lieu le Dislarion suivant.

La première concurrente désignée fut Dame Yénone. Toute l'école applaudit à tout rompre l'enseignante, mais Glorane fut sans conteste celle qui manifesta le plus d'enthousiasme. Elle ne cessait de pousser des cris hystériques tout en sautant au cou de ses amies.

Le second professeur élu fut Messire Uléry, au grand désespoir de Gerremi. Lorsque la Directrice l'invita à saluer la foule, une ovation majoritairement féminine monta depuis la marée d'élèves.

— C'est le plus beau professeur de l'école ! s'extasia une étudiante de quatrième année, s'il m'avait proposé de devenir mon Magastel, j'aurais dit oui tout de suite.

Ses copines approuvèrent à coup de gloussements. Gerremi eut une envie soudaine de les rabrouer. Si elles savaient ce qu'il était, elles lui cracheraient dessus.

— Cela va être une journée passionnante, commenta Alissa d'une voix tremblante d'excitation, les matchs de promotion d'Edselor sont époustouflants. Nous allons apprendre beaucoup de choses qui nous permettront d'avoir des notes encore meilleures !

— Parle pour toi, marmonna Gerremi, tu es excellente dans toutes les matières, que demander de plus ?

Un sourire timide fleurit sur le visage de la jeune fille. Elle baissa les yeux et fit mine de lisser un pli de sa robe.

— Il va falloir faire très attention à M. Jon et à Erenor pendant ce match, ajouta-t-il, s'ils ont réussi à se tenir tranquilles jusqu'à maintenant, j'ai un très mauvais pressentiment. Quelque chose me dit qu'ils ne resteront pas sagement dans les gradins à regarder la progression du combat.

— Il faudra également garder un œil sur Mme Otrava, observa Séléna, il est évident qu'elle va assister au match, comme tous les citoyens d'Edgera.

Le Sameri, 8ème de Rosemer, le taux d'excitation des étudiants était à son comble. Depuis déjà plus d'une semaine, les paris allaient bon train. Beaucoup d'élèves de première année pensaient que Dame Yénone allait avoir la victoire facile puisqu'elle était professeure de Combat Dragon. En revanche, les étudiants plus âgés prétendaient que le match allait être très serré entre les deux concurrents.

Les élèves furent convoqués sur le terrain de duels à huit heures et demie pour l'ouverture de la journée promotionnelle. Pour l'occasion, il avait été modifié de toutes parts. Des tribunes supplémentaires avaient été rajoutées et certains gradins avaient été transformés en loges destinées aux familles les plus aisées.

Au beau milieu des tribunes, on avait installé un grand plateau en bois, abrité d'un toit.

Dame Jérola trônait au centre d'une table. Elle était accompagnée de quatre hommes que Gerremi ne connaissait pas et des trois codirecteurs de la corporation de duels.

Assise à la droite de la Directrice, Agatta rayonnait. Une petite fiole de potion était posée devant elle.

L'enthousiasme de Gerremi, d'Enendel – qui était en congé, aujourd'hui –, d'Alissa et d'Hugues ne fit que croître lorsque Séléna les convia à regarder le match depuis la loge impériale. Cette dernière était placée de façon stratégique et offrait une vue imprenable sur le terrain et sur l'ensemble des spectateurs. Ils n'auraient pas pu rêver meilleure place pour surveiller les traîtres.

Le jeune Dragon repéra M. Jon dans les loges réservées aux professeurs. Il était en pleine discussion avec une femme d'un certain âge, dont les cheveux gris étaient attachés en chignon.

Erenor, pour sa part, était assis entre deux élèves de quatrième année et ne semblait guère intéressé par les conversations alentour. Il était concentré sur le rouleau de parchemin qu'il tenait entre les mains.

Les citoyens d'Edgera arrivèrent dès neuf heures, en masse. Enendel poussa un gémissement lorsqu'il tourna la tête vers la loge voisine, où s'installaient un homme à la musculature avantageuse, une femme à l'allure gracile et trois enfants en bas âge.

— C'est mon capitaine, expliqua-t-il à Gerremi, l'une des dernières personnes que je souhaitais apercevoir aujourd'hui, avec cet imbécile d'Erenor et avec l'autre paon.

Son ami montrait du doigt une loge située quelques mètres plus loin, dans laquelle Stève regardait d'un œil supérieur les citoyens modestes investir les gradins du bas.

À son grand désespoir, le jeune Dragon fut incapable de trouver Mme Otrava dans la foule.

— Je vais demander à Erenor de nous rejoindre, prévint Séléna, tandis qu'Alissa se levait pour saluer ses parents et son frère, qui s'installèrent dans une loge non loin de la leur.

Enendel voulut retenir la Princesse, mais un domestique se précipita à sa rencontre et lui présenta une assiette de toasts, qu'il ne put refuser.

Séléna revint quelques minutes plus tard, accompagnée d'Erenor. Le rôdeur esquissa un large sourire lorsqu'il pénétra dans la loge impériale. Enendel grimaça de dégoût.

L'Empereur et son fils furent les derniers à s'installer. Tous les citoyens s'inclinèrent lorsque le monarque et ses enfants se postèrent au balcon de leur loge et commencèrent à saluer la foule.

Gerremi, qui n'avait jamais eu l'occasion de rencontrer le Prince héritier, constata qu'il ressemblait beaucoup à sa sœur. Il avait le même visage aux traits arrondis et les mêmes cheveux blonds.

Lorsque la famille impériale eut terminé de saluer la foule, Dame Jérola s'avança vers le public. Elle présenta son école en quelques mots et expliqua le déroulement de la journée : le spectacle d'ouverture, le duel des élèves, le déjeuner, puis le combat des professeurs. Le principe des duels Dragon était simple : deux concurrents allaient s'affronter sur un terrain particulier, à l'effigie d'un signe Dragon. Cela pouvait être un désert, une forêt, une banquise, une Cité, une terre enflammée, un océan… le but du jeu était d'épuiser l'énergie vitale de l'adversaire par le biais de pouvoirs. Le premier concurrent qui ne pouvait plus produire de magie serait considéré comme perdant. La fin d'un match pouvait également se traduire par l'abandon d'un compétiteur ou par son élimination pour non-respect des dogmes du Code International des Dragons.

À la fin de son commentaire, vivement applaudi, l'un des codirecteurs de la corporation de duels s'avança vers le public. Il avala le contenu de la potion qu'il tenait à la main – censée amplifier sa voix – et s'éclaircit la gorge.

— Bienvenue à tous, citoyens d'Hesmon. Je me nomme Emeric Thendel, étudiant en cinquième et dernière année à l'École Edselor et codirecteur de la congrégation de duels. Je serai votre commentateur durant cette journée. En espérant que celle-ci sera une véritable partie de plaisir pour tous. Accueillons dès à présent nos corporations de musique et d'Art Dragon pour un spectacle d'ouverture haut en couleur.

Un tonnerre d'applaudissements fusa depuis la foule. Lorsque, une vingtaine de secondes plus tard, le stade devint entièrement noir, les acclamations se transformèrent en cris étouffés.

Une musique douce s'éleva des ténèbres. Une flamme apparut au centre du terrain. Les douze danseurs de la corporation d'Art se tenaient en cercle tout autour.

Aiguillés par une musique de plus en plus entraînante et une chanteuse à la voix céleste, ils effectuèrent un spectacle de danse, d'acrobatie et de pouvoirs Dragon, jouant sur un jeu de lumière, de feu et de glace. Leur prestation fut saluée par une ovation. Gerremi était si ébahi qu'il ne pensa même plus à observer M. Jon ou à chercher Mme Otrava.

— Quel spectacle ! s'exclama le commentateur à la fin de la prestation, de toute beauté ! Maintenant, chers spectateurs, passons aux duels. Accueillez bien fort notre arbitre : le célèbre Seigneur Réorgi, Intendant d'Hesmon, ainsi que ses deux juges : Dame Galantay et Dame Urvent. Tous trois ont eu le plaisir d'étudier à Edselor par le passé.

Un tonnerre d'applaudissements explosa dans le stade comme le Seigneur Réorgi, suivi de deux femmes munies de rouleaux de parchemin, pénétraient sur le terrain. Tous saluèrent la foule selon le protocole des Dragons.

— Nos premiers concurrents sont tous deux élèves à Edselor et membres de la corporation de duels Dragon. Accueillez Mademoiselle Glorane Assala, championne en titre, et Monsieur Rimy Denish.

Gerremi, Enendel, Alissa, Séléna et Hugues hurlèrent pour encourager leur amie comme elle pénétrait d'un pas décidé sur le terrain de duels.

À leur grande déception, Rimy parvint à vider Glorane de toute son énergie vitale après un match serré d'une demi-heure sur un terrain inhérent au signe Force.

Gerremi était resté bouche bée lorsqu'une potion avait transformé l'herbe du stade en la reconstitution exacte du cirque de l'Arène du soleil. Les concurrents s'étaient affrontés autour d'un ring surmonté de trois cordes et entouré d'objets hétéroclites dont on pouvait se servir pour ralentir la progression de l'adversaire.

Le visage de Glorane se peignit d'une profonde déception comme elle remettait à Rimy la médaille inhérente à son titre de championne.

Le combat des professeurs eut lieu à deux heures de l'après-midi.

— Chers citoyens d'Hesmon, nous vous souhaitons un très bon retour parmi nous, les accueillit Emeric. Nous allons maintenant passer au clou du spectacle : le combat de nos enseignants. Je vous prie de faire une ovation pour notre première concurrente. Elle est professeure de Combat Dragon à Edselor et, du fait de son métier et de son expérience, elle a déjà connu maints duels : Dame Berbra Yénone.

Des applaudissements et des cris de joie s'élevèrent de toutes parts lorsque la jeune femme entra sur le terrain d'un pas décidé. Elle salua la foule puis s'inclina devant l'arbitre et ses juges. Son salut lui fut aussitôt rendu par les membres du jury.

— Accueillez maintenant notre deuxième concurrent : Messire Jestyn Uléry, professeur d'Alchimie à l'École Edselor. Lui aussi, déjà sélectionné il y a trois ans pour un match comme celui-ci, a de l'expérience dans le domaine du Combat Dragon.

Derrière le commentateur, une dizaine d'hommes s'affairaient à positionner la roulette de bois qui servait à déterminer aléatoirement le type de terrain sur lequel les concurrents allaient se battre.

Sur ordre de l'Intendant, la roue tourna pendant quelques secondes, puis stoppa sur un motif représentant trois cercles entrelacés.

— Nos concurrents devront se battre sur un terrain à l'effigie du signe Foyer.

L'une des deux juges sortit d'un coffre une fiole de potion qu'elle brisa sur l'herbe. Le terrain s'enfonça dans le sol pour offrir une vue plongeante à tous les spectateurs, même les premiers gradins. La pelouse se transforma alors en la reproduction du forum des halles d'Edgera.

Le bâtiment orné d'arcades qui faisait office de marché couvert trônait au centre de la place. Comme dans la réalité, l'agora était bordée de hautes maisons blanches abritant échoppes et tavernes.

Gerremi fut frappé par l'exactitude de certains détails, notamment le grand tonneau rempli de paille, placé contre le mur des halles, où un homme se disant fils de bonne famille et philosophe amoureux de la vie en toute simplicité avait élu domicile. La potion avait même reconstitué les innombrables chandelles colorées que la tenancière de l'auberge du Rossignol Chantant plaçait sur le rebord de ses fenêtres dans un ordre méthodique.

Vues d'en haut, les ruelles partant de l'agora formaient une étoile à huit branches. Un coup d'œil plus attentif permit à Gerremi de repérer la devanture bleue de la boutique des Otrava.

Un tonnerre d'applaudissements, mêlé à de nombreux cris d'étonnement, s'éleva du public pour saluer l'effet spectaculaire de la potion.

Les deux concurrents se positionnèrent face à face, au milieu de la place, se saluèrent puis s'éloignèrent vers les coins opposés. Le combat commença lorsque l'arbitre baissa les bras.

Messire Uléry plongea dans une ruelle étroite, mais Dame Yénone le faucha à l'aide d'une onde blanche qui le propulsa contre la paroi d'une maison.

Avant même qu'il n'ait eu le temps de se relever, la jeune femme le piégea au cœur d'un tourbillon de lames. Messire Uléry le fit exploser d'un mouvement du poignet, puis passa à l'attaque avec un rayon de lumière et feu. Dame Yénone le bloqua à l'aide d'un énorme tronc d'arbre.

Après avoir paré une pluie de rayons solaires et de boules de feu, elle riposta en tirant dix rochers en rafale. Messire Uléry parvint à en esquiver quatre, mais reçut les six autres dans le ventre. Ce pouvoir sembla beaucoup l'affecter, car il se releva avec difficulté.

Lorsqu'il se remit debout, Dame Yénone avait déjà eu le temps de s'envoler et de se poster sur le toit d'une maison. Elle fit sortir de sa bouche une longue langue fourchue qui attrapa son adversaire au niveau du torse et l'éjecta contre un tonneau.

Le traître se releva, esquiva une grosse balle blanche en se plaquant au sol, et contre-attaqua à l'aide de boules de feu. Un cri se fit entendre comme Dame Yénone, frappée par le pouvoir, tombait du toit. Lorsqu'elle toucha les pavés, une explosion de lumière lui jaillit au visage.

— Dame Yénone a fait usage de *Langue du Dragon* pour envoyer son adversaire contre le tonneau, puis elle a enchaîné avec *Jet'lunir*, un pouvoir de signe Lune qui a produit la grosse boule blanche, esquivée par le Seigneur Uléry, annonça le commentateur. Notre professeur d'Alchimie a ensuite pris l'offensive avec un pouvoir nommé *Firebol*, de signe Feu. C'est ce qui a donné cette tempête de boules de feu. Il a ensuite utilisé S*olaréclat,* de signe Soleil.

La professeure de Combat Dragon se releva et s'élança sur son adversaire à une vitesse considérable. Celui-ci tira un rayon de flammes pour briser l'attaque adverse, mais sans succès. Dame Yénone le cloua au sol et lui fit subir une sorte de massage qui avait l'air particulièrement douloureux.

Messire Uléry se dégagea à l'aide d'un jet de flammes montantes. Sa collègue fut propulsée dans les airs. La jeune femme atterrit sur le toit d'une maison et le dévala.

Elle se releva d'un bond et produisit une onde blanche qui dissimulait une série de dix rochers et une multitude de petits éclairs. Messire Uléry se protégea à l'aide d'un bouclier corporel bleu – un pouvoir de signe Magie nommé *Magicprotection,* censé atténuer la puissance des attaques que l'on recevait, selon Emeric – mais sa protection ne sembla pas suffisante. L'homme poussa un cri lorsque la combinaison de pouvoirs s'abattit sur lui. Il roula sur le sol.

Gerremi et ses amis applaudirent à tout rompre la prestation de leur professeure.

— Quels sont les signes du traître ? demanda Hugues. J'ai perdu le parchemin qu'on nous a donné, avec la biographie des professeurs marquée dessus.

Il fouilla frénétiquement dans sa besace à la recherche de la feuille escomptée, mais sans succès.

Dame Yénone leur avait dit, en classe, qu'elle était de signe Bois et Lune. Son ascendant était la Foudre, ce qui lui permettait de maîtriser des pouvoirs d'électricité. Techniquement, un Dragon ne pouvait jamais utiliser un élément qu'il craignait ou auquel il résistait.

— Il est de signe Feu et Soleil, répondit Alissa, son troisième signe est le Vent. Ce sont de loin les éléments qu'il maîtrise le mieux.

En bas, la partie devenait de plus en plus serrée. Tantôt, Messire Uléry prenait l'avantage grâce à ses pouvoirs de signe Feu et Soleil, fatals sur Dame Yénone, tantôt, c'était elle grâce à sa persévérance et à sa technique d'attaque irréprochable. À présent, Gerremi comprenait pourquoi tous les élèves les plus âgés d'Edselor avaient hésité à parier sur la victoire de la professeure de Combat Dragon.

Après s'être fait balayer par une langue fourchue, Dame Yénone lança un croissant de lune, suivi de quatre boules de pierre, sur son adversaire. L'homme tomba à terre sous la puissance dévastatrice de l'attaque. La jeune femme continua de prendre l'avantage avec une sorte de *Charge du Dragon* aérienne. Le professeur d'Alchimie s'entoura d'un bouclier corporel bleu qui absorba partiellement le pouvoir. Il saisit alors son adversaire à la taille et l'envoya valser.

Dame Yénone atterrit la tête la première dans un tonneau. Elle s'aida de ses ailes pour mieux se dégager de la barrique. Avant même qu'elle n'y parvienne, Messire Uléry provoqua une immense explosion de flammes, mêlée à une déflagration de lumière. Le résultat fut époustouflant : le terrain tout entier sembla s'embraser. Une chaleur accablante se dégagea de l'explosion, comme si, tout à coup, le soleil qui brillait dans le ciel était tombé au sol et l'engloutissait dans un torrent de lumière et de feu.

Un cri de femme se perdit au cœur de la déflagration. Lorsque tout redevint calme, les spectateurs découvrirent que Dame Yénone était allongée sur le sol, dans une mare de débris de bois, incapable d'exécuter le moindre mouvement.

— C'était une très belle combinaison de la part de Messire Uléry, annonça la voix du commentateur, mélange d'*Eternalflame* et de *Sunblow*. Ces pouvoirs, de signe Feu et Soleil, ont, tous deux, été d'une efficacité remarquable sur notre professeure de Combat Dragon dont les signes respectifs sont la Lune et le Bois. Et voici les arbitres qui viennent vérifier si Dame Yénone a utilisé toute son énergie vitale.

L'Intendant et ses juges s'avancèrent en courant vers la professeure de Combat Dragon qui se releva et leur montra qu'elle avait encore de la magie en réserve.

Lorsque l'arbitre fit signe de reprendre le match, Messire Uléry attaqua à nouveau avec un rayon de flammes, qui fut contré par un bouclier de pierre. Le feu s'évanouit à l'instant même où il touchait le roc.

Avant que le professeur d'Alchimie n'ait eu le temps de préparer une nouvelle offensive, Dame Yénone frappa dans ses mains et le terrain devint entièrement noir. Seul un maigre croissant de lune cristallin brillait dans le ciel. Une potion fut immédiatement jetée sur la Cité reconstituée afin que seuls les spectateurs, les juges et l'arbitre puissent voir dans l'obscurité.

Gerremi remarqua alors que Messire Uléry courait en trébuchant sur les pavés.

L'homme fut balayé par une série de rayons blancs qui le projetèrent au sol.

Il rampa jusque derrière un tonneau pour esquiver trois nouveaux rais de lumière pâle. Mais son adversaire, très habile dans le noir, lui envoya une énorme boule lunaire à la figure.

— Et voici que Dame Yénone revient à l'attaque avec *Notche,* expliqua Emeric, un pouvoir qui a pour effet de plonger le terrain dans une obscurité profonde. Cela permet aux Dragons de signe Lune, Spectre ou Enfer d'augmenter la puissance de leurs pouvoirs. Laissez-moi ajouter que seuls ces signes peuvent voir dans la nuit créée par *Notche*.

Malgré l'obscurité ambiante, Messire Uléry n'avait pas dit son dernier mot. Des rayons solaires, des rafales de vent et de flammes fusaient de toutes parts.

La professeure de Combat Dragon ne put éviter le souffle d'un *Vent de Fer*, qui la projeta dans les feuilles d'un buisson en forme de cheval.

Loin d'être abattue, elle leva les bras au ciel et la petite lune devint ronde. Un hurlement à glacer le sang retentit et une horde de loups-garous se jeta sur Messire Uléry. À tout hasard, celui-ci frappa deux fois des mains et une partie des lycanthropes se transformèrent en poignards. Les bêtes restantes furent balayées par une nouvelle explosion de flammes.

L'homme courut ensuite se cacher à l'intérieur d'une boutique de chapelier. Dame Yénone semblait l'avoir remarqué, car elle se précipita aussitôt sur la maison, une étrange boule blanche tournoyant entre ses mains. Avant qu'elle n'ait pu lancer son pouvoir, Messire Uléry tira un rayon bleu ciel qui projeta son adversaire contre le bâtiment des halles.

— Scélérat ! marmonna Gerremi, les dents serrées.

Lorsque Dame Yénone se releva et se dirigea vers la cachette de son adversaire, la clarté revint sur le terrain et la lune laissa la place à un soleil voilé. Gerremi vit sa professeure cligner des yeux, trop habituée à l'obscurité.

Messire Uléry s'avança prudemment dans une ruelle perpendiculaire à la place du marché tout en cherchant du regard son adversaire.

Lorsqu'il la repéra, il lui lança un rayon de lumière, qui fut entièrement contré par un épais tronc d'arbre.

Ensuite, l'arbitre fit signe d'interrompre le match.

— Voici la mi-temps ! s'écria le commentateur, le match reprendra dans environ une demi-heure. En attendant, profitez de cette belle journée. L'université est ouverte à tous les habitants d'Edgera. Des étudiants vont vous proposer une visite guidée de notre école et, pour ceux qui souhaitent rester dans les tribunes, nos valets vont vous apporter des collations.

Une ovation explosa dans le stade.

Gerremi, qui avait une fois de plus oublié de surveiller M. Jon, soupira de soulagement lorsqu'il le vit assis à sa place. Il était en pleine discussion avec la vieille dame au chignon.

— Je viens de trouver les Otrava ! s'exclama Séléna.

Elle désigna un homme râblé et une grande femme brune, assis sur les gradins supérieurs, qui achetaient un pain fourré au valet chargé de rassasier les spectateurs.

Chapitre 10
Empoisonnement

Parmi les visiteurs et les pensionnaires d'Edselor, les conversations étaient toutes orientées vers le duel.

Gerremi n'aurait jamais songé qu'un Dragon puisse apprendre à utiliser autant de pouvoirs. Il s'imagina, un instant, combattre Morner avec la puissance de Dame Yénone... qui n'en rêverait pas ?

— À votre avis, qui va gagner ? demanda Hugues, moi, j'étais sûr que ce serait Dame Yénone, mais, finalement, je ne sais pas. Le traître se débrouille plutôt bien. Et il a un avantage sur notre professeur grâce à ses signes Feu et Soleil.

Personne n'en savait rien. Alissa pensait même que Messire Uléry serait susceptible d'avoir la victoire.

Erenor, bien entendu, ne prononçait pas le moindre mot. Il veillait à rester à l'écart du groupe et griffonnait sans cesse sur son parchemin. Gerremi se demanda s'il s'agissait de simples notes sur le match ou encore d'inscriptions mystérieuses dans une langue étrangère. Si seulement il pouvait lire les annotations de son camarade ou accéder à ses pensées...

Soudain, une idée lui traversa l'esprit. S'il parvenait à se concentrer, peut-être pourrait-il utiliser sa projection astrale pour placer son esprit derrière Erenor et visualiser ses notes, sans que celui-ci ne s'en aperçoive ?

Depuis son échec au partiel, Gerremi avait redoublé d'efforts pour apprendre à maîtriser ce pouvoir. Même s'il était loin d'être au point, il se sentait beaucoup plus confiant qu'en Bordégel. D'ailleurs, en étude du troisième signe, ses résultats s'étaient sensiblement améliorés. « Je peux réussir, je peux tenir cette maudite projection astrale au moins quelques secondes, ce sera suffisant », s'encouragea-t-il.

Le jeune Dragon se leva sous prétexte d'aller aux latrines et parcourut les gradins, jusqu'à se retrouver en face de la loge impériale. Il se dissimula alors derrière un homme de très grande taille.

Gerremi ferma les yeux et fit le vide en lui, oubliant tout ce qui se trouvait autour. Lorsqu'il sentit un voile de chaleur entourer son corps, il pensa très fort à Erenor et à la feuille qu'il tenait entre les mains. Mais rien ne se passa comme prévu. Au moment même où Gerremi visualisait le parchemin, une horrible détonation résonna dans sa tête, comme si l'intérieur d'une mine obscure avait explosé. Un froid glacial perça la chaleur de son corps et disloqua son aura en quelques secondes. Son épaule droite se déchira puis une sensation de malaise l'envahit. « Pas maintenant, résiste ! » s'ordonna-t-il en luttant contre la douleur qui lui lancinait le bras.

À son grand soulagement, le mal disparut brutalement. Une image se forma alors devant ses yeux. Une lune brillait dans le ciel. Un homme et une femme se faisaient face dans les ténèbres de la nuit. Soudain, la fille chuta à terre, le garçon la domina de toute sa hauteur. Un visage apparut sur la surface de la lune. Même si on ne parvenait pas à le distinguer clairement, on pouvait voir qu'il s'agissait d'un homme. Il avait les cheveux sombres, longs, et tenait une petite fiole de potion dans la main.

Une lumière jaune aveugla le jeune Dragon, puis un nouveau flash lui montra une femme qui se tordait de douleur dans les ténèbres.

Lorsque l'image disparut de son esprit, Gerremi fut pris de vertiges. Il tituba et se retrouva allongé en plein milieu des gradins. De nombreux visages étaient penchés sur lui. Parmi eux, il reconnut l'homme de grande taille, celui derrière lequel il s'était assis.

— Comment vous sentez-vous, Monsieur ? s'enquit une femme aux longs cheveux roux.

— Cilia, emmène-le voir l'un de ses professeurs ou emmène-le à l'infirmerie.

— Je vais très bien, merci, protesta Gerremi.

Il prit appui sur les bancs pour se lever et s'appliqua à cacher ses vertiges.

Les gens autour de lui le laissèrent tranquille, mais la femme rousse tint tout de même à le raccompagner à sa loge. Elle fut d'ailleurs déconcertée lorsque Gerremi lui apprit qu'il regardait le match en compagnie de la fille de l'Empereur.

Lorsque la femme rousse se fut éloignée, le jeune Dragon raconta sa vision à ses amis. Bien sûr, il ne dit rien quant à ses intentions d'espionner Erenor, de peur d'être entendu par celui-ci. En effet, le rôdeur ne cessait de le fixer de ses yeux perçants, presque clairvoyants.

Personne ne semblait comprendre plus que Gerremi le sens de sa vision.

— C'était totalement stupide, avoua le jeune homme, mais, au moins, je ne me suis pas assommé. Du moins, je n'en ai pas eu l'impression.

Une demi-heure plus tard, le commentateur annonça à l'ensemble du public que le match était sur le point de recommencer.

Dame Yénone semblait plus en forme qu'à la fin de la première manche, même si sa posture trahissait une certaine fatigue. Son collègue, pour sa part, était toujours égal à lui-même.

Lorsque l'Intendant leur fit signe de commencer le duel, ce fut le professeur d'Alchimie qui lança la première attaque. Il jeta une volée de flammes qui encercla Dame Yénone et la propulsa dans le ciel. Celle-ci retomba avec fracas sur le toit des halles, le dévala et poussa un cri lorsque son dos heurta les pavés. Les supporters de Messire Uléry firent une ovation.

L'homme remercia la foule d'un signe de la main et lança une série de rayons solaires sur son adversaire, que celle-ci contra à l'aide d'un bouclier de métal. Elle enchaîna immédiatement sur un nouveau pouvoir *Notche.*

Aveuglé par les ténèbres nocturnes, le professeur d'Alchimie tituba et glissa sur un pavé. Dame Yénone en profita pour se relever et récupérer de l'énergie en s'enveloppant dans un cocon de plantes.

Tandis que Messire Uléry cherchait inlassablement son chemin dans le noir, la jeune femme frappa dans ses mains et un soleil vint masquer la lune. Une affreuse lueur rougeâtre envahit le terrain. Le professeur d'Alchimie plaqua aussitôt ses mains sur ses yeux.

Dame Yénone fit apparaître une dizaine de reflets d'elle-même, entourés d'une fine particule blanche, qui chargèrent de concert sur son adversaire. Messire Uléry fut violemment projeté contre une caisse de bois. Cette dernière vola en éclats sous l'impact du pouvoir.

Acclamations et cris de joie montèrent depuis les supporters de Dame Yénone pour saluer cette action. L'enseignante leva la main en guise de remerciements.

— C'était une combinaison parfaitement réussie ! s'écria le commentateur, d'abord l'utilisation d'*Eclipsia*, de signe Lune ou Soleil, qui a pour but de faire baisser la garde de l'adversaire, puis l'usage de *Mysterywave* : une attaque de Lune qui permet au lanceur de créer une dizaine de clones de lui-même. Tous les clones chargent ensuite sur l'ennemi. Il est impossible d'esquiver ce pouvoir. Couplé à *Notche,* il devient encore plus dévastateur.

Malheureusement, quelques minutes plus tard, Dame Yénone commença à perdre l'avantage. Malgré l'obscurité, Messire Uléry parvint à la frapper à l'aide d'une violente rafale solaire, suivie d'une tornade. La professeure de Combat Dragon fut projetée contre le mur d'une taverne.

La femme se releva, tant bien que mal, puis contre-attaqua avec son pouvoir *Mysterywave* qui fut beaucoup moins fulgurant que la première fois. Gerremi fut même frappé par sa lenteur. Tous les reflets de Dame Yénone couraient au ralenti, ce qui permit à Messire Uléry de les esquiver sans difficulté.

La femme tituba et s'étala de tout son long.

— Mais que se passe-t-il ?! s'écria Emeric. Normalement *Mysterywave* ne peut pas être esquivé.

Gerremi remarqua que Séléna leur montrait Dame Yénone :

— Elle ne se sent pas bien, c'est inquiétant.

Allongée par terre, la jeune femme se tenait la tête entre les mains.

L'Intendant fit signe de stopper le match et se précipita vers la professeure de Combat Dragon, ses deux juges sur ses talons. Dame Jérola se leva de son siège, adressa quelques mots à Emeric et descendit en trombe sur le terrain.

— Veuillez nous excuser d'interrompre le match, lança-t-il, mais il se trouve que l'un de nos concurrents n'est pas en mesure de poursuivre. N'ayez crainte, je doute que ce soit important. En attendant que Dame Yénone se sente mieux, nous vous proposons un nouveau spectacle d'Art Dragon spécialisé dans l'illusion et, bien entendu, de nouvelles collations. Je vous tiendrai informés quant à l'évolution de l'état de santé de notre concurrente.

L'Empereur recommanda à ses enfants de ne pas quitter la loge et prit la direction du terrain.

Des infirmiers accouraient vers Dame Yénone, sous les regards inquiets de la Directrice, de l'Intendant, des juges et de Messire Uléry.

— Gerremi, cela ne ressemble-t-il pas à ta vision ? s'enquit Séléna, la femme que tu as vue à terre, ce n'était pas Dame Yénone, à tout hasard ?

Le jeune Dragon sentit les battements de son cœur doubler la cadence. Sa vision, pourquoi n'y avait-il pas pensé plus tôt ?

Enendel jeta un coup d'œil rapide autour de lui, comme pour chercher la source de l'incident. Il poussa un cri lorsque ses yeux se posèrent sur le divan vide d'Erenor.

— Erenor n'est plus ici, s'enquit-il, comment a-t-il fait pour s'en aller si vite ?

Séléna balaya la loge impériale d'un regard interrogateur. Lorsqu'elle fit remarquer sa disparition aux gardes, ils lui répondirent qu'il était parti aux latrines.

— M. Jon est parti, lui aussi…, commenta Alissa, je ne l'aperçois nulle part. En revanche, l'Alchimiste est toujours là.

Gerremi se leva d'un bond, l'esprit hanté par sa vision et par l'homme qu'il y avait aperçu. Cheveux bruns, longs… il pouvait s'agir d'Erenor ou de M. Jon. L'un d'eux devait être responsable de l'accident et s'ils étaient partis, ce n'était sûrement pas pour de bonnes raisons.

— Il faut aller jeter un coup d'œil dans le château, lança-t-il, Séléna, tu n'as qu'à prétexter que tu te sens mal et que tu veux aller à l'infirmerie.

La Princesse désapprouva. Partir ainsi alors que son père lui avait ordonné de rester à sa place lui vaudrait sûrement la plus grosse correction de sa vie. Et, de toute façon, les gardes de la loge ne la laisseraient jamais s'éclipser avec ses amis pour seule compagnie.

— Allez-y sans moi, dit-elle, je resterai ici pour surveiller le terrain et l'Alchimiste.

Hugues, qui n'avait guère envie de tenter une nouvelle aventure, lui en fut entièrement reconnaissant et décida de rester à ses côtés.

Alissa, Enendel et Gerremi décidèrent donc de partir seuls. Prétextant que la jeune fille avait besoin d'aller à l'infirmerie, ils gagnèrent l'intérieur de l'école sans difficulté.

Ils venaient de quitter le vestibule, lorsque Enendel leur fit signe de se cacher. Ils ouvrirent une porte à l'aveuglette et s'enfermèrent dans une salle de réunion. Deux voix s'élevaient dans le couloir, accompagnées de pas précipités.

— N'y va pas, Rodric, tu ne peux pas l'avoir.

Gerremi sentit son cœur accélérer. Rodric était le prénom de M. Jon. Il poussa doucement la porte de la salle et réprima un cri de stupeur. Son professeur était accompagné du Seigneur Uléry.

— Ne te mêle pas de ça, Jestyn, et retourne sur le terrain. Alana et toi, vous avez déjà donné tout ce que vous pouviez. Maintenant, c'est à moi d'agir. Donne-moi la potion.

Le Seigneur Uléry tendit à son collègue une fiole de verre contenant un produit bleu, puis il lui attrapa la manche.

— Rodric, je t'en prie, tu vas te faire prendre.

— Je sais ce que je fais, répliqua M. Jon d'une voix tranchante, l'effet de la potion va bientôt diminuer et Berbra pourra reprendre son match là où elle l'a laissé, je n'ai que très peu de temps. Il faut que j'aie cette vermine. Ro' m'attend.

D'un mouvement fluide et rapide, M. Jon se dégagea de la saisie de son collègue.

Lorsque son manteau vola, Gerremi crut apercevoir une longue dague pendue à sa ceinture. Un frisson lui parcourut l'échine, l'enseignant allait sans aucun doute commettre un meurtre.

Lorsque M. Jon disparut dans le couloir, Messire Uléry soupira et enfouit sa tête dans ses mains.

Il prit ensuite la direction du terrain de duels, tout en maudissant le caractère borné de son collègue.

— Cela explique bien des choses, dit Gerremi d'une voix tremblante d'excitation, Messire Uléry et sa sorcière ont empoisonné Dame Yénone à l'aide d'une potion pour que M. Jon et un acolyte dénommé « Ro' » aient le temps de se débarrasser de quelqu'un. Une personne qui travaille à l'école, de toute évidence… Je suis sûr d'avoir vu le fourreau d'une dague à la ceinture de notre professeur, à tous les coups, ils vont commettre un meurtre.

— Gerremi, tu penses qu'ils vont faire entrer un nouveau Spectre de Morner pour faire diversion ? s'enquit Enendel.

— J'en doute. Personne ne les embêtera, aujourd'hui. Toute l'école est sur le terrain de duels. Il n'y a plus que des gardes dans le château. Je suis d'ailleurs persuadé que leur fameux Ro' est un soldat.

— Un traître dans l'Armée…, marmonna Enendel, cela ne présage rien de bon…

— Et que ferait Erenor dans l'histoire ? demanda Alissa.

— Il ne doit pas avoir la même mission que les traîtres, répondit Enendel, il ne travaille pas avec eux, autrement, M. Jon ne l'aurait jamais renvoyé dans sa chambre la nuit de l'attentat. Je pense que, cette nuit-là, Erenor a dû compromettre leurs plans. Peut-être que M. Jon s'attendait à trouver ce laboratoire libre ou peut-être comptait-il y trouver sa victime ? En attendant, Messire Uléry devait se rendre chez son amie l'Alchimiste pour y invoquer le Spectre. Si l'école avait été sens dessus dessous à cause du monstre, M. Jon aurait eu le champ libre pour tuer.

— Mais leurs plans ont été déjoués, ajouta Gerremi, le Spectre n'a pas retenu beaucoup de soldats et il nous est tombé dessus. Ce qui n'aurait jamais dû se produire… en tout cas, ils vont recommencer aujourd'hui…

— On devrait aller visiter le laboratoire d'Erenor, suggéra Enendel.

— Non, je pense qu'il n'y a plus personne là-bas, objecta Alissa d'une voix posée, nous devrions plutôt aller à la Tour nord, là où le Spectre nous a attaqués. D'après ta vision, Gerremi, le passage permet d'accéder à tous les étages de l'université et en dehors ?

Le jeune Dragon opina d'un signe de tête.

— Allons-y, lança-t-il.

Ils montèrent les escaliers vers le second étage, s'engagèrent dans le couloir principal, puis bifurquèrent sur la gauche. À leur grande satisfaction, ils atteignirent rapidement l'endroit escompté.

Lorsqu'ils arrivèrent en haut de l'escalier en colimaçon, Enendel colla son oreille contre la porte, puis leur fit signe d'entrer.

Alissa ne put s'empêcher de pousser une exclamation de surprise en découvrant ce qu'il y avait à l'intérieur.

— Erenor ? s'étonna Gerremi.

Leur camarade faisait face à la porte secrète cachée dans le mur du fond. Il cherchait visiblement à activer le passage.

Le rôdeur se retourna brusquement au son de leurs voix, tenta de dissimuler quelque chose derrière son dos et les dévisagea, un à un.

— Vous n'êtes pas sur le terrain de duels avec les autres ?

— Malheureusement non, ironisa Enendel, on se promène, comme toi. Mais pas pour les mêmes raisons. En fait, on chasse les espions de Morner et, visiblement, on a tapé dans le mille.

Pour toute réponse, Erenor soupira et leva les yeux au ciel.
Un silence tendu s'abattit sur la pièce.
— Séléna n'est pas ici ? finit par demander le rôdeur.
Alissa fit non de la tête.
— Pourquoi ? cracha Enendel en dégainant son épée, tu t'es dit que tu aurais peut-être une chance de la tuer, aujourd'hui ? Eh bien, sache que c'est raté. Elle est auprès de son frère et entourée de Gardes d'Élite, je doute que tu parviennes à toucher un seul de ses cheveux. De toute façon, je ne te laisserai jamais lui faire le moindre mal.

Pour la première fois de sa vie, Gerremi perçut une étrange lueur dans les yeux inexpressifs d'Erenor, comme s'il avait peur.
— Tant mieux si elle est sur le terrain… il ne faut pas qu'elle se promène seule alors que l'école est entièrement vide. C'est la fille de l'Empereur, elle risque très gros, aujourd'hui.
— Oui, c'est ce que nous avons cru comprendre, répondit Gerremi, il se trame quelque chose de très malsain. Nous savons que ce n'est pas un hasard si Dame Yénone s'est sentie mal en point après la première mi-temps. C'est toute une organisation de la part de certains traîtres. Un complot se trame contre l'Empire et, visiblement, l'université est visée.

Erenor les observa d'un regard méfiant.
— Vous êtes au courant de ce que renferme Edselor ? demanda-t-il.
— Ce que renferme Edselor ? s'étonna subitement Alissa, qu'est-ce que renferme l'université ?

Erenor ne répondit pas.
Gerremi jura en silence, tout en maudissant son amie pour ses paroles naïves. Maintenant que leur camarade savait leurs connaissances limitées, il ne ferait aucun effort pour satisfaire leur curiosité. Ils allaient devoir changer de tactique.

— Nous sommes déjà au courant qu'un complot se trame à Edselor depuis un bon moment, Erenor, lança-t-il, mais nous ignorions qu'il s'agissait de dérober un secret… nous pensions plutôt que le complot était lié à un assassinat… comment étais-tu au courant qu'une tentative de vol allait avoir lieu aujourd'hui ?

Erenor prit une profonde inspiration et les toisa, un à un, de ses yeux noirs.

— Je le savais, c'est tout. J'ai quitté le match dès que j'en ai eu l'occasion, c'est-à-dire à la mi-temps. Je suis venu dans cette pièce parce que je sais qu'on peut rejoindre un endroit stratégique du quatrième étage par ici et il faut à tout prix que j'empêche certaines personnes d'emprunter ce chemin. Ta vision a confirmé mes soupçons.

Enendel voulut rebondir sur ses paroles, mais Gerremi lui fit signe de se taire.

— Nous savons qui sont les traîtres, dit-il dans l'espoir de le faire parler davantage, il se trouve que ce sont M. Jon, Messire Uléry, une Alchimiste nommée Alana Otrava, qui tient une boutique non loin des halles et un autre homme, un certain Ro', que l'on ne connaît pas. J'imagine que tu les soupçonnes aussi ?

Un long silence s'abattit sur la pièce. S'il avait paru accessible pendant quelques minutes, Erenor se renfermait à présent derrière une carapace de glace.

— Peut-être pourrions-nous chercher des indices ensemble ? proposa Alissa d'un ton conciliant, tout en s'efforçant de ne pas prêter attention au regard meurtrier d'Enendel, après tout, nous sommes sur la même piste, non ?

Erenor désapprouva d'un signe de tête.

— Je ne crois pas. De toute façon, quel bénéfice tireriez-vous d'un espion de Morner ? Vous me détestez, tous, alors, pourquoi voudriez-vous travailler avec moi ? Je ne vous dirai rien de plus si ce n'est que ce complot est beaucoup plus complexe que vous ne le pensez. Le meilleur conseil que je puisse vous donner est d'oublier cette histoire et de faire profil bas. Tous aussi incompétents que vous êtes, vous allez finir par vous faire tuer. Plus d'une personne en a déjà fait les frais.

Une poignée d'angoisse noua l'estomac de Gerremi. Il songea au meurtre de la famille Irisier, le jour de l'attentat, ou encore à l'assassinat que M. Jon voulait commettre. Il ne faisait aucun doute qu'Erenor pensait à eux.

Le jeune Dragon soupira et fit signe à ses amis de quitter les lieux. Erenor ne leur apprendrait rien de plus. Il valait mieux le laisser seul.

À présent, tous – sauf Enendel – étaient d'accord sur un point : le rôdeur n'était pas le traître qu'ils soupçonnaient depuis le départ. Gerremi pensait même qu'Erenor était affilié à la Garde de l'Ombre.

Tandis qu'il progressait dans les couloirs de l'école, les dernières paroles de son camarade tournaient en boucle dans sa tête. Il leur avait conseillé de se tenir en dehors de cette histoire… il avait entièrement raison, cela devenait très dangereux. Néanmoins, il ne pouvait laisser un complot ébranler son Empire, les enjeux étaient trop grands. Il savait trop de choses, désormais, pour pouvoir fermer les yeux.

Arrivés en bordure du terrain de duels, ils virent Erenor les dépasser d'un pas raide, en ne manquant pas de bousculer Enendel au passage. Il gardait la tête basse, comme s'il se reprochait quelque chose. Le jeune Elfe faillit répliquer, mais Alissa lui fit signe de rester tranquille.

Lorsque les jeunes gens regagnèrent la loge impériale, Gerremi remarqua que l'Empereur était revenu. Tandis qu'il demandait à Alissa si elle se sentait mieux, Enendel et lui se hâtèrent de rejoindre Hugues et Séléna.

Erenor, pour sa part, griffonnait des notes sur son parchemin.

— Avez-vous réussi à les surprendre ? demanda la Princesse, pleine d'espoir.

— Non, mais nous avons appris plein de choses, chuchota Gerremi, nous savons que M. Jon, Messire Uléry et Mme Otrava travaillent avec un autre traître surnommé « Ro' ». Nous savons également ce qu'ils cherchent…

Interrompu par de nombreux applaudissements, il n'eut pas le temps de finir sa phrase. Le match était sur le point de reprendre.

Il jeta un bref coup d'œil vers les loges des professeurs et fut soulagé de voir M. Jon à sa place. Messire Uléry, quant à lui, reprenait sa position initiale sur le terrain.

Dame Yénone revint peu après, sous un tonnerre d'acclamations. Sa démarche était plutôt convaincante, même si elle semblait au bord de l'épuisement.

— Voici notre candidate de retour parmi nous pour terminer son combat ! annonça le commentateur d'une voix pleine d'entrain, nous pouvons tous saluer sa volonté de fer – des milliers de cris montèrent depuis le public – cela signifie que le match peut recommencer. Chers spectateurs, merci de votre patience !

Les deux adversaires se saluèrent lorsque l'Intendant leur en donna l'ordre, puis les pouvoirs fusèrent.

De son côté, Gerremi décida de tout raconter à Hugues et à Séléna. Le match captivait beaucoup trop l'Empereur et le Prince pour qu'ils puissent s'intéresser à leur conversation. Il leur raconta comment il avait changé d'avis à propos d'Erenor et comment celui-ci leur avait maladroitement révélé que l'université abritait un secret convoité par les traîtres.

Au grand étonnement de tout le monde, Séléna esquissa un large sourire.

— Mais bien sûr ! s'exclama-t-elle.

Ses amis la regardèrent avec des yeux ronds. Elle leur fit signe de se rapprocher.

— J'étais au palais, hier soir, et Alexiana Jérola est venue passer la soirée avec nous. Après le repas, mon père et elle sont partis se promener dans les jardins. J'ai réussi à surprendre une de leurs conversations. Père demandait des nouvelles de « l'Artéfact ». Il s'inquiète d'un nouvel attentat. Des agents de la Garde de l'Ombre ont capturé et interrogé un traître à l'Empire il y a quelques jours et ils ont appris des choses relativement inquiétantes. Il y aurait tout un réseau ennemi qui cherche à s'emparer de l'Artéfact. Dame Jérola lui a répondu qu'il n'avait pas à s'en faire. Elle lui a dit que le « Trophée » est caché dans une salle que personne ne peut atteindre et que monter un attentat contre Edselor serait voué à l'échec. Les soldats chargés de défendre l'école sont en état d'alerte permanent. Elle lui a dit qu'avoir placé le Trophée au sein de son établissement était une très bonne décision. S'il était resté au palais, il serait déjà aux mains de Morner à l'heure qu'il est.

Séléna s'arrêta un instant pour reprendre son souffle, puis poursuivit d'une voix vibrante d'excitation :

— Dame Jérola cache le Trophée de Clairvoyance. Les Pierres de Vision ont toutes été rassemblées début Physanile, quelques semaines avant l'attentat du $25^{\text{ème}}$. Heureusement que père et Alexiana ont anticipé sa tentative de vol en plaçant le Trophée à Edselor… mais il y a eu une fuite. M. Jon, Messire Uléry ou d'autres acolytes ont su que l'Artéfact n'était plus au palais. Ils ont tenté de détourner un Spectre, avec l'aide de Mme Otrava, pour faire diversion pendant qu'ils se chargeaient de dérober l'objet.

— Mais ils ont échoué, trancha Enendel, ils ont échoué grâce à nous. Le monstre n'a retenu l'attention de personne, si ce n'est la nôtre et celle de votre professeure de Combat Dragon.

— C'était Ro' qui était chargé de récupérer le Trophée, fit valoir Gerremi, Messire Uléry devait travailler sur le rituel avec son amie Alchimiste et M. Jon avait des comptes à régler avec un gêneur. Je pense à Erenor. Il devait être au courant de leur manigance et, naturellement, M. Jon s'est arrangé pour le dégager de son chemin. Mais il y a eu un imprévu. Rappelez-vous l'Ogresse. C'est elle qui a repéré Erenor en escapade nocturne. Je vous parie qu'il a quitté son laboratoire pour remonter chercher quelque chose à la chambre et qu'elle lui est tombée dessus à ce moment-là. Si elle n'avait pas été là, je suis sûr que M. Jon l'aurait tué.

— Si tu dis vrai, Gerremi, je ne vais plus jamais la regarder de travers, fit Séléna. Elle devrait même être médaillée.

— En ce qui concerne la journée d'aujourd'hui, poursuivit le jeune Dragon, c'était le moment idéal pour s'emparer du Trophée. Il n'y a que des gardes dans l'établissement. Je pense d'ailleurs que Ro' est un gradé. Un capitaine ou un officier, une personne qui peut agir très facilement. Rappelez-vous la conversation qu'on a entendue entre M. Jon et Messire Uléry : notre professeur prévoyait de le rejoindre, probablement à la salle du Trophée, après avoir coincé son ennemi. L'ennemi devait être Erenor.

« Il ne fait aucun doute qu'ils ont minutieusement préparé cette journée. Messire Uléry s'est porté volontaire pour le match afin d'écarter les soupçons. Il avait prévu d'empoisonner Dame Yénone bien en amont, pour donner le temps à ses acolytes de dérober le Trophée. Mais ils ont encore échoué… Erenor est toujours vivant et l'Artéfact n'a pas été volé, le château serait en alerte dans le cas contraire.

— M. Jon a peut-être perdu trop de temps, risqua Enendel, l'effet de la potion sur Dame Yénone a dû se dissiper plus vite qu'il ne le pensait. Il a sûrement jugé que tuer Erenor serait impossible et décidé de rejoindre Ro' directement dans la salle du Trophée. Une chance qu'ils n'aient pas réussi à mettre la main sur l'Artéfact.

— Je vais reparler à mon père des traîtres, lança Séléna d'une voix ferme, maintenant, nous avons assez de preuves contre M. Jon, Messire Uléry et Mme Otrava. J'espère sincèrement qu'il les fera pendre pour traîtrise envers l'Empire. Je lui demanderai également d'enquêter sur un dénommé Ro'.

Une dizaine de minutes plus tard, la fatigue commença à gagner les deux combattants. Dame Yénone semblait à bout de forces. Elle peinait à utiliser ses pouvoirs. Messire Uléry, pour sa part, était beaucoup moins entreprenant qu'au départ. S'il n'était pas aussi fatigué que son adversaire, ses attaques devenaient moins fulgurantes, moins belles et moins puissantes.

Il parvint malgré tout à jeter une explosion de lumière sur Dame Yénone, suivie d'un torrent de flammes, qui balayèrent la jeune femme.

Lorsqu'il la vit remuer faiblement sur le sol, l'Intendant s'approcha d'elle, lui demanda de matérialiser un pouvoir – l'enseignante tendit une main tremblante en avant, mais aucune étincelle de magie n'en sortit – et fit un signe de la tête à ses deux juges.

— Notre arbitre nous annonce la fin du match, annonça Emeric, ce dernier pouvoir *Sunblow,* mêlé à *Firewave,* a malheureusement vidé Dame Yénone de toute son énergie vitale.

L'Intendant donna une fiole de potion à la professeure de Combat Dragon et l'aida à se relever. Il fit signe aux deux concurrents de se saluer, puis leva la main de Messire Uléry en signe de victoire, sous un tonnerre de cris et d'applaudissements.

Gerremi et le reste de son groupe furent les rares élèves à ne pas saluer la prestation du professeur d'Alchimie. Hugues frappa du poing sur le divan.

— Ce scélérat ne méritait pas la victoire…, bougonna-t-il.

Une fois que tous les gradins furent vidés, Séléna resta seule en compagnie de son père. Gerremi et les autres avaient trouvé plus sage d'attendre leur amie à l'intérieur de l'établissement, dans leur salon préféré.

La Princesse revint environ une heure plus tard, le visage rouge de colère. Elle tremblait de la tête aux pieds.

— Je n'en peux plus ! Il ne m'écoute jamais et, pire que tout, il me prend pour une gamine idiote !

Elle prit une profonde inspiration et se mit à caricaturer son père d'une voix nasillarde :

— Enfin, Séléna, il n'y a aucun Artéfact dans votre université. Les Trophées dont tu me parles ne sont que des mythes de l'Ère Première. Nous ne sommes même pas sûrs qu'ils aient réellement existé, même si le grand-père de ton amie Alissa pense le contraire. De nombreux historiens très sérieux s'entendent pour dire que les Trophées de Destruction et de Clairvoyance ne sont que de pures inventions. Quant à tes professeurs et à l'Alchimiste, je peux t'assurer que la Garde de l'Ombre n'a aucun soupçon sur eux. Nous avons déjà enquêté sur leur compte. Si tu y tiens vraiment, je peux demander d'ouvrir une nouvelle enquête, mais ce sera une perte de temps et d'argent. Et tu sais pertinemment que le capitaine Martune n'aime pas que l'on se permette de lui apprendre son métier… Oublie cette histoire de traîtres et de complots, ma fille. Ce n'est pas ton rôle de traquer les félons. Concentre-toi plutôt sur tes études.

« Si le Trophée n'a pas encore été dérobé, c'est uniquement parce que nous avons eu de la chance, ajouta-t-elle. Mais cela ne va pas durer, ce n'est qu'une question de temps. Puisque mon père ne veut pas m'entendre, je tâcherai d'arrêter tous ces traîtres moi-même !

Tout le monde la regarda bouche bée, sans oser prononcer un mot.

— Vous m'aiderez si vous le désirez, acheva-t-elle d'un ton plus calme, en tout cas, je ne les laisserai pas faire de mal à mon Empire.

— Mais, Séléna, renchérit Hugues, si on se met en travers de leur chemin, ils vont nous tuer comme ils cherchent déjà à tuer Erenor... quelle chance pouvons-nous avoir face à eux ? À tous les coups, ils ont tout un réseau d'assassins à leurs bottes. On n'a pas les moyens de s'opposer à ça.

Séléna lui jeta un regard foudroyant. Hugues baissa aussitôt les yeux et marmonna un léger « pardon », à peine audible.

— Je me moque de ce qui pourrait m'arriver ! S'il le fallait, je mourrais pour protéger mon Empire, que mon père le veuille ou non.

Enendel lui jeta un regard approbateur, puis se tourna vers l'ensemble de ses amis.

— Moi, je me battrai jusqu'au bout à tes côtés, j'en fais le serment.

Alissa et Gerremi se levèrent et posèrent tous deux une main sur l'épaule de Séléna. Celle-ci ne put s'empêcher d'esquisser un léger sourire, qui vint immédiatement adoucir son visage.

Hugues hésita longuement, puis il promit qu'il ferait également de son mieux pour aider l'Empire, même s'il ne voyait pas comment il pourrait y parvenir.

Chapitre 11
Morner, nouvelles conquêtes

Assis sur son trône, Isiltor balayait sa salle d'audience d'un regard agacé. Les membres de la Cour mornéenne, qui avaient le droit d'assister aux entrevues publiques, ne cessaient d'aller et de venir, parlant de sujets plus insipides les uns que les autres.

Le Roi crispa ses doigts sur les accoudoirs de son trône. Comme il aimerait les dégager… Malheureusement, cette coutume d'accueillir les courtisans pendant les heures d'audience était implantée depuis des siècles.

Sur les coups de onze heures, le valet d'Isiltor lui apprit qu'un messager sollicitait une audience, une annonce qui sonna comme un glas à ses oreilles. Il en avait enfin terminé avec tous ces nobliaux venus se plaindre de vaines rivalités familiales ou d'impôts fonciers trop élevés à leur goût.

Le messager s'avança sous les regards intéressés des courtisans, ôta son capuchon – dévoilant un visage carré, à la mâchoire sertie de crocs – et s'inclina longuement devant son Roi.

Il était accompagné du célèbre général Eor'sic et de dix soldats qui tenaient captifs une immense créature à la peau verte et aux crocs acérés, deux femmes Elfes apeurées et deux petits êtres au visage triangulaire, dont les longues oreilles en pointe dépassaient allègrement de leurs chevelures touffues.

— Votre Illustre Majesté, dit le général tout en s'inclinant, voici un présent pour vous, de la part de l'Armée mornéenne. L'Île de Stantor, sur l'Archipel de Grêse, a été vidée des Lutins et des Elfes venus échapper à la Couronne de Morner. Il ne reste que les Orcs légitimes là-bas. Ces peaux vertes sont des combattants hors pair et j'ai le plaisir de vous annoncer que dix chefs de tribus ont choisi de s'allier à nous. Les charges d'Orcs détruisent les lignes ennemies avec plus d'efficacité qu'un bataillon de cavaliers. Mais leur particularité réside dans le dressage des Ogres. Admirez la bête, votre Majesté.

Le général fit un signe de la main éloquent vers la créature verte. Un soldat la titilla aussitôt avec sa lance pour la faire rugir.

Cette action eut l'effet escompté. Des cris de terreur et d'admiration mêlées montèrent depuis la masse des courtisans lorsque l'Ogre se mit à grogner méchamment.

Isiltor se leva de son trône pour mieux contempler la marchandise. La bête le regarda de ses grands yeux jaunes, creux et avides de combat. Elle avait une carrure impressionnante : deux fois la taille d'un Mornéen, des muscles saillants et des crocs si longs qu'ils auraient pu embrocher un sanglier adulte sans trop d'efforts.

— Ce sont de bons chiens, ajouta le général, puissants, peu intelligents et belliqueux, ils n'attendent que de fracasser quelques crânes ennemis.

Isiltor approuva d'un signe de tête, puis reporta son attention sur les Elfes. Il attrapa le visage d'une femme qui fondit aussitôt en larmes, et l'examina sous tous les angles.

— Hum… Nous les arrangerons quelque peu, dit-il, elles n'ont pas le sang de mes Elfes de Thoraine dans leurs veines. Ces femelles se soumettront à mes ordres. Elles mettront au monde de braves guerriers, bien plus puissants que des Elfes ordinaires. Si elles sont robustes, nous les ferons combattre.

La plus courageuse des Elfes s'agenouilla devant le Roi et entoura ses genoux de ses bras, en position de suppliante.

— Je vous en prie, Monseigneur, je jure que je n'ai rien contre votre peuple. Par pitié, laissez-moi retrouver mon fils et mon époux…

Isiltor la propulsa en arrière d'un coup de pied et, presque aussitôt, deux gardes lui sautèrent dessus.

— De quel droit oses-tu toucher le Roi ? hurla un soldat.

Il lui décocha une gifle magistrale qui la projeta à terre. L'Elfe éclata en sanglots.

— Débarrassez-moi de ces Elfes, ordonna le Roi. Qu'on les emmène à la Tour d'Ifares. Mes mages tortionnaires attendent de nouveaux cobayes avec impatience.

Des larmes roulèrent sur les joues translucides des femmes, mais Isiltor n'y prêta aucune attention. La pitié est réservée aux faibles.

— Quant aux Lutins, continua le Roi, je veux que vous les enfermiez dans les camps qui leur sont réservés. On ne peut pas les faire combattre. Leurs bras ne sont pas assez longs pour brandir une épée. Je veux également que vous entraîniez les Orcs et leurs Ogres, tout en vous assurant de leur fidélité. La guerre contre Hesmon est proche.

Le général salua son Souverain et sortit avec ses soldats et les captifs. Le messager s'avança alors vers Isiltor. Il s'inclina à nouveau, puis le Roi l'invita à le suivre dans son bureau. Le reste de l'audience se déroulerait en privé.

— Les Terres de Stec sont entièrement tombées sous notre bannière, mon Roi. Nos alliés de l'Empire du Milieu vous apportent la victoire militaire sur la Cité d'Iris. Ils n'accusent que très peu de pertes humaines. Le Compte Dirial d'Iris s'est rendu il y a une semaine, après deux jours de siège. Il a été exécuté et remplacé par un nouveau seigneur fidèle à Morner. L'Empereur Barount du Milieu vous a rapporté une victoire et des centaines de prisonniers.

Le visage d'Isiltor se fendit d'un immense rictus à faire froid dans le dos. Ses yeux rouges étaient maintenant réduits à deux fentes. Sa peau pâle s'étira en de nombreuses rides.

Il lança une bourse bien garnie à son messager. Celui-ci se confondit en remerciements.

— J'apprécie cette nouvelle, elle me met de très bonne humeur, susurra-t-il d'une voix mielleuse, donnez-moi d'autres informations, messager.

L'homme acquiesça d'un signe de tête.

— La nouvelle que je m'apprête à vous offrir n'est pas réellement réjouissante. Le Roi Thorid de Morja a confirmé, il y a trois jours, qu'il s'opposerait fermement à Morner.

Une lueur de colère s'alluma dans les yeux d'Isiltor. Le messager se tassa sur sa chaise et baissa la tête.

— Mais j'ai une autre information qui va vous réjouir, votre Grandeur. Le Royaume d'Evarlas est tombé bien bas ces derniers temps, la deuxième phase test du virus tueur est un franc succès. Les médecins n'arrivent pas à endiguer l'épidémie. Les Evarlassiens meurent les uns après les autres. Par mesure de sécurité, l'Empereur Edjéban a fait fermer ses frontières.

— Parfait, susurra Isiltor tout en soupesant une petite bourse dans sa main, d'autres informations, messager ?

— Oui. Votre agent hesmonnois a beaucoup de travail en ce moment et sa mission est devenue très périlleuse. De nombreux soupçons pèsent sur lui et il craint que la Garde de l'Ombre hesmonnoise ne finisse par découvrir sa traîtrise. Il m'a donc transmis un message.

— Eh bien qu'en est-il ? demanda Isiltor d'une voix pressante, avide d'en savoir davantage sur le sujet qui l'importunait le plus : les deux héritiers du Pouvoir Suprême.

— À propos de Salamoéna, rien de notable pour le moment – Isiltor jura intérieurement – mais votre espion s'intéresse à un Elfe qui accompagne les deux Dragons Suprêmes.

Les oreilles d'Isiltor frémirent à l'entente de ce mot. Il se redressa dans son fauteuil.

— Il se nomme Enendel Galarelle. C'est un soldat au potentiel exceptionnel. Il a beau n'être dans l'Armée que depuis le mois de Greana, la façon dont il manie l'arc et l'épée dépasse de loin la technique de certains guerriers qualifiés.

— Enendel…, murmura Isiltor, ce nom m'est familier…

Tout en essayant de se remémorer où il avait entendu ce prénom, le Roi tira sur une cordelette cachée sous son bureau. Un valet accourut aussitôt.

— Avez-vous d'autres informations, messager ? – l'homme fit non de la tête – dans ce cas, mon domestique va vous raccompagner hors du palais. Voici pour vous, avec mes remerciements.

Le Roi lui jeta la bourse. Le coursier l'attrapa au vol.

— Greber, veuillez raccompagner mon messager.

Le valet s'inclina puis s'exécuta.

Lorsque la porte se referma, Isiltor enfouit son visage dans ses mains. L'heure était grave… Le Royaume de Morja, célèbre pour sa neutralité au sein des conflits, s'opposait à lui…

Depuis la chute de l'Ère Seconde, les Nains s'étaient juré de ne plus jamais se mêler des affaires des autres peuples. Si Isiltor ne comptait pas sur le soutien du Roi Thorid dans sa guerre, il n'aurait jamais pu imaginer qu'il puisse se dresser ouvertement contre lui. Il ne faisait aucun doute qu'Edjéban allait essayer de tirer profit de cette donnée. Peut-être même avait-il déjà tenté de contacter le souverain nain…

— Je n'ai pas le choix, si je veux détruire Hesmon, il va falloir que j'agisse très rapidement, marmonna-t-il pour lui-même, Thorid ne peut pas s'allier à Edjéban, ce serait un désastre…

Mais lancer un assaut dans les mois suivants était-il raisonnable ? Même privé de ses alliés, l'Empire d'Hesmon restait un ennemi redoutable.

Depuis qu'Edjéban avait reconstitué le Trophée de Clairvoyance, Isiltor avait tout misé sur son larcin. Avec ses généraux, ils étaient même convenus de ne pas lancer d'assaut sans l'Artéfact. Le risque d'échec était beaucoup trop grand. Morner et ses alliés étaient puissants, mais pas invincibles.

D'un autre côté, si Isiltor se fiait à l'efficacité de ses espions, il pouvait toujours attendre son Trophée… ces incapables avaient échoué deux fois. Non, il ne pouvait pas compter dessus.

Pris d'un accès de rage, il frappa violemment du poing sur son bureau. Papiers, parchemins et livres sautèrent sur place.

Une statuette décorative décolla de son support et se brisa en mille morceaux sur le sol. Ses espions auraient de ses nouvelles, s'ils n'étaient pas démasqués avant.

L'espace d'un instant, Isiltor songea au virus tueur qui rongeait Evarlas. Pourquoi ne pas l'implanter en Hesmon ? Mais il balaya bien vite cette idée. Une maladie hautement contagieuse pouvait rapidement devenir incontrôlable si trop de pays en souffraient... Hesmon entretenait de nombreux partenariats commerciaux avec ses voisins des Plaines de Faraid, des Terres de Servanel et avec certaines villes des Terres de Stec. On ne pouvait pas prendre le risque de créer une pandémie mondiale.

« Je suis pris par le temps, songea-t-il avec dépit, Edjéban et Thorid ne doivent pas s'allier, il faut que je lance un assaut très rapidement… tant pis pour le Trophée ».

Il prit une profonde inspiration et tira sur la cordelette cachée sous son bureau.

— Majesté ? s'enquit son valet.
— Fais quérir les ministres et les généraux et rassemble-les pour un Conseil extraordinaire. Nous entrons en guerre.

Chapitre 12
Le retour de Yasmina

— Citoyennes et citoyens d'Hesmon, je viens vous apporter les nouvelles de la Terre des Mondes. Tout d'abord, sachez que l'Armée mornéenne s'est mise en marche. Leurs troupes s'apprêtent à traverser les Terres de Syrial pour marcher sur la Forteresse de Blovor. Le Royaume d'Evarlas, les alliés sur qui comptait notre Empereur, nous apporte une bien triste nouvelle. Une épidémie s'est répandue comme une traînée de poudre à travers leurs terres, tuant des milliers d'hommes, de femmes et d'enfants. Par sécurité, notre Empereur a fait fermer ses frontières. Plus aucun Evarlassien ne peut venir en Hesmon et il est fortement déconseillé de se rendre chez eux. Rassurez-vous, la Couronne ne rapporte aucun cas de contaminations sur nos terres. En revanche, nos alliés ne savent pas s'ils auront réussi à endiguer l'épidémie avant le début des combats. Mais n'ayez crainte, chers sujets, notre Empire est puissant. Nos hommes sont de fer et nos défenses sont d'acier. Nous lutterons avec acharnement pour détruire ce mal ! Gloire à l'Empereur Edjéban et vive l'Empire !

Tous les élèves, les professeurs et le personnel d'Edselor avaient été réunis en ce Lunedi matin pour écouter les nouvelles apportées par un héraut. Si des applaudissements respectueux vinrent saluer le discours du crieur public, le cœur y était absent. Il régnait une atmosphère pesante, lourde d'angoisse, sur le hall marbré de l'université.

Une seule personne ne semblait que peu affectée par cette menace : Stève. Il n'avait presque pas écouté les nouvelles, répétant sans cesse que Morner n'était pas un royaume aussi puissant qu'il en avait l'air, que lui-même pourrait battre ses soldats démoniaques avec une main dans le dos. D'ailleurs, il avait certifié que si la guerre éclatait au nord de l'Empire, il s'arrangerait pour aller au combat. Décapiter quelques Mornéens raffermirait ses muscles trop peu sollicités à Edselor.

Gerremi serra les poings, pris d'une envie soudaine de le frapper. Comme si la guerre était un jeu… Sa seule satisfaction fut de constater que les amis de Stève ne croyaient pas en ses bêtises. Ils ne cessaient de lui jeter des regards dubitatifs. Même Tania, qui avait pour habitude de boire ses paroles tout en lui susurrant qu'il était l'homme le plus beau et le plus brave de tout l'Empire, ne semblait pas convaincue par ses prouesses. Sa tête de crapaud le dévisageait avec inquiétude et lui miaulait qu'il valait mieux qu'il reste à ses côtés.

Myael – qui n'arrivait toujours pas à trouver sa place dans le groupe des coqs, mais qui les suivait comme un toutou – tenta, lui aussi de le raisonner, mais sans succès. Un croche-pied discret vint remercier ses précieux conseils. Le jeune homme s'étala de tout son long sur le sol. Tania dut embrasser son fiancé avec passion pour le calmer.

Enendel, qui ne prenait son service qu'à onze heures, fit semblant de vomir devant cet écœurant spectacle et Alissa pouffa de rire. Au moins, auraient-ils eu un peu d'amusement aujourd'hui.

Lorsque la fin de la semaine arriva, Gerremi eut réellement de quoi se réjouir. Dans sa chambre, deux lettres avaient été posées sur son lit. La première était de Fédric. Si le jeune Dragon entretenait des correspondances régulières avec ses parents, les missives de son grand frère étaient beaucoup plus rares à cause de ses longues et rudes journées de travail. Au moins, Gerremi apprit que tout se passait pour le mieux dans la Forteresse de Blovor.

Sur la deuxième lettre, le jeune homme reconnut l'écriture soigneuse et appliquée de sa mère. Une vague de joie le submergea lorsqu'il apprit que ses parents, son autre frère, Kaël, les parents d'Enendel et Yasmina viendraient passer un mois à la capitale. La jeune fille venait de terminer son année scolaire. Elle avait maintenant trois mois pour réviser ses trois dernières années et passer son diplôme du Supérieur.

Lorsque Gerremi songea au jour des retrouvailles, l'envie pressante de revoir sa petite amie le disputa à une certaine angoisse. Si Yasmina lui avait maintes et maintes fois prouvé à quel point elle était attachée à lui à travers ses lettres, il ne pouvait s'empêcher d'appréhender le moment où ils se reverraient. Et si elle avait changé ? S'il ne la reconnaissait plus ? Il se força à chasser ces pensées invasives. Il s'inquiétait pour rien… leurs retrouvailles seraient probablement merveilleuses. Ils s'aimaient de façon réciproque, c'était le principal.

Les visiteurs arrivèrent à Edgera deux semaines plus tard. Gerremi et Enendel retrouvèrent leurs parents le Venesi soir, devant l'auberge des Trois Pommes où ils avaient loué des chambres.

La soirée de retrouvailles fut tout simplement parfaite, remplie d'anecdotes croustillantes sur Istengone et d'éclats de rire. Depuis que la nouvelle de la guerre s'était répandue à travers le village, certains habitants devenaient complètement paranoïaques.

Les voisins de la famille Téjar avaient dévalisé la forge et les échoppes d'alimentation, et clôturé leur maison dans l'espoir que ces petites palissades de fortune arrêteraient les soldats de Morner, s'ils venaient jusqu'à Istengone.

Yasmina et son père arrivèrent à Edgera le lendemain matin.

Lorsque sa fille lui avait fait part de son désir de rendre visite à Gerremi, à la capitale, M. Elborn s'en était réjoui. Il comptait sur ce voyage pour créer de nouvelles alliances commerciales.

Tandis que l'homme partait prospecter, Gerremi et Yasmina étaient convenus de se retrouver devant le forum des halles, en début d'après-midi.

Lorsqu'il reconnut sa petite amie, le cœur du jeune Dragon se mit à battre à tout rompre. Yasmina était plus belle que jamais. Ses cheveux d'or cascadaient en boucles gracieuses dans son dos et sa robe couleur azur épousait les courbes harmonieuses de son corps à la perfection.

La jeune fille écarquilla les yeux quand elle le vit et se jeta dans ses bras. Gerremi l'enlaça de toutes ses forces. Il s'était inquiété pour rien, comme toujours. Leurs retrouvailles étaient tout simplement magiques.

Le reste de la journée le fut tout autant. Le jeune homme fit découvrir à son amie le parc de Tyfana, le quartier d'Arsila et ses spectacles de rue improvisés, le quartier sud et ses arènes, et le quartier culturel. Ils terminèrent leur parcours sur l'esplanade du palais impérial.

— Quelle Cité magnifique ! s'étonna Yasmina en se penchant au rebord pour mieux apprécier la vue imprenable qu'on avait sur la ville, je comprends que tu te plaises, ici. J'espère simplement que tu n'oublies pas Istengone. Tu te souviens des heures que l'on passait à rire sous le grand pin, avec Enendel ? ou mieux, de nos promenades en amoureux dans la Clairière d'Erasmok, quand nous n'avions pas cours ? On parlait souvent de l'avenir – elle lui adressa un clin d'œil entendu. Figure-toi que j'ai réussi à convaincre mes parents de t'épouser. Le jour de mes dix-huit ans, ils m'ont promis qu'ils m'autoriseraient à quitter Istengone pour intégrer une université de littérature à

Edgera. Nous pourrons peut-être envisager le mariage ? Et, à la fin de tes études, un retour chez nous ? La Cité Impériale est splendide, mais je ne sais pas si je m'y verrais élever des enfants.

Ces paroles eurent l'effet d'une bombe dans le cœur de Gerremi. Il avait toujours été terrifié à l'idée de se marier et il se sentait beaucoup trop jeune pour songer à fonder une famille. Il voulait avant tout terminer sa scolarité.

Les étudiants ne quittaient l'université d'Edselor qu'au terme de cinq années d'études. Ensuite, ils devaient se spécialiser dans une discipline Dragon et travailler sur une thèse, sous la supervision de leur Magastel. Si leur travail était validé, ils obtenaient leur titre de Dragon Confirmé. En règle générale, cela prenait trois ans.

Gerremi ne se voyait pas vivre avec une femme avant cette étape ultime. Et retourner à Istengone ? Après avoir goûté au dynamisme de la capitale ? Très peu pour lui.

Pour ne pas vexer Yasmina, il se contenta de hocher la tête, mais, au fond de lui, il espérait qu'elle oublierait rapidement son projet de mariage.

Pour la soirée, Gerremi avait promis à Yasmina de lui faire rencontrer ses amis, ce qu'elle attendait avec impatience. Elle avait tout particulièrement hâte de revoir Enendel et de discuter avec Séléna. Ils s'étaient donné rendez-vous à six heures, devant les halles.

Lorsque Yasmina ne vit ni Enendel, ni Séléna, simplement Alissa et Hugues, une grimace de contrariété naquit sur son visage. Le jeune homme leur apprit qu'Enendel avait été appelé en urgence pour un entraînement spécial et que Séléna voulait passer le plus de temps possible en compagnie de son père et de son frère, avant qu'ils ne partent pour la Forteresse de Blovor. L'Empereur et son fils avaient décidé, en début de semaine, de rejoindre leurs troupes au nord de l'Empire.

Dès les premiers échanges entre les deux filles, Gerremi sut que la soirée allait être très tendue. Yasmina salua froidement Alissa, tout en la détaillant d'un regard mauvais. À son grand soulagement, elle se montra plus avenante avec Hugues.

Après les salutations, Yasmina se blottit contre Gerremi et l'embrassa avec passion. « Elle n'a jamais été aussi expressive… », s'étonna le jeune Dragon.

— Tu te souviens de notre escapade dans la tannerie de mon père ? lui chuchota sa petite amie au terme d'une longue promenade dans le quartier commerçant, nous nous y étions cachés pour fuir Veruka. C'est là que tu m'as embrassée pour la première fois. Je m'en souviendrai toujours… même si ce moment a été gâché par M. Asiner, qui nous a dénoncés. Mon père était dans une telle colère… Nous n'avons jamais couru aussi vite de notre vie, je crois.

Ils rirent aux éclats à l'évocation de ce souvenir. Cependant, un seul regard jeté à Hugues et à Alissa suffit à faire mourir l'allégresse de Gerremi. Tous deux semblaient s'ennuyer à mourir.

Depuis le début, Yasmina ne leur avait montré que peu d'intérêt. Elle leur avait adressé deux ou trois fois la parole pour leur demander le métier de leurs parents ou encore la mention qu'ils avaient obtenue au diplôme du Supérieur. Quand Alissa lui avait dit qu'elle avait eu les félicitations du jury, Yasmina ne lui avait plus adressé un mot.

— Gerremi, en parlant de notre avenir, si tu souhaites définitivement rester à Edgera, sache que je te suivrai, affirma-t-elle. Nous nous trouverons une agréable demeure pour fonder une famille. Cela te permettra d'être – elle marqua une courte pause – toujours aussi proche de tes nouveaux amis.

Gerremi acquiesça d'un bref signe de tête, tout en priant pour que Yasmina cesse une bonne fois pour toutes avec ses discussions sur l'avenir.

Le jeune Dragon rentra à Edselor sur les coups de neuf heures. Sur injonction de son père, qui refusait qu'elle traîne de nuit dans les rues de la capitale, Yasmina avait été contrainte d'écourter la soirée. Étonnamment, Gerremi ne s'en plaignit pas. Bien qu'Hugues et Alissa, lassés de la jeune fille, les eussent laissés en tête à tête pour le dîner, Yasmina s'était montrée susceptible et très portée sur sa future vie d'épouse.

Le jeune Dragon rejoignit ses deux amis dans leur salon habituel. Même si Séléna et Enendel ne devaient pas rentrer avant Dislarion soir, les jeunes gens s'étaient donné pour mission de continuer les recherches sur l'emplacement du Trophée.

Un jour plus tôt, Hugues avait trouvé un énorme livre sur l'École Edselor à la bibliothèque. L'ouvrage présentait un plan détaillé du château, étalé sur les dernières pages.

— Si l'on en croit Erenor, le Trophée est situé non loin de la Tour nord mais cela ne nous avance pas…, réfléchit Alissa, il y a beaucoup d'endroits où il pourrait être. Il doit se trouver dans un passage secret extrêmement bien gardé. Peut-être au niveau de ce couloir ? – elle montra sur le plan un long corridor à l'air sinueux, rempli de salles de classe. À mon avis, ces salles doivent toutes être abandonnées.

Hugues approuva d'un signe de tête, mais Gerremi ne parvenait pas à s'y intéresser. Il repensait sans cesse à sa soirée avec Yasmina. Pourquoi sa petite amie s'était-elle conduite ainsi ? Jamais elle n'aurait agi de cette façon l'année précédente. Elle était jalouse d'Alissa, il l'avait bien remarqué… ce qui était ridicule. Alissa n'était qu'une amie et… par les Douze ! Il avait le droit de se lier d'amitié avec des femmes !

Le lendemain, Gerremi retrouva Yasmina aux alentours de dix heures, devant l'auberge où elle logeait. Cette fois-ci, ils passeraient la journée entière en tête à tête.

Lorsqu'elle le vit, sa petite amie lui sauta dans les bras et l'embrassa avec ardeur. Gerremi, que la soirée de la veille avait un peu refroidi, se laissa faire, mollement. Enfin, il préférait tout de même ces baisers fougueux aux conversations sur le mariage.

— Que t'arrive-t-il ? s'énerva Yasmina, tu n'aimes plus mes baisers ?

— Bien sûr que si ! Pourquoi dis-tu cela ?

Pour toute réponse, la jeune fille le foudroya du regard. Gerremi tenta, tant bien que mal, de se rattraper en lui glissant des mots doux, mais sa tentative fut vouée à l'échec. Yasmina refusa de lui adresser la parole pendant vingt bonnes minutes.

Pour lui changer les idées, le jeune Dragon décida de l'emmener visiter les jardins du palais impérial, mais, à son grand désarroi, la promenade vira au cauchemar. Yasmina, qui avait cessé de lui en vouloir, lui raconta divers scénarios où elle s'imaginait arpenter les roseraies de ce parc dans sa robe de mariée ou accompagnée de leurs futurs enfants.

— Écoute, Yasmina, commença Gerremi, à bout de nerfs, j'ai encore sept ou huit ans d'études devant moi et je ne tiens pas à me marier maintenant, pas avant d'avoir obtenu mon titre de Dragon Confirmé. Je t'ai expliqué en quoi cela consistait.

Profondément déçue, la jeune fille se montra glaciale pendant tout le reste de l'après-midi. Sur le chemin de l'université, Gerremi fut soulagé de rencontrer Séléna et Enendel. Au moins, il ne serait plus seul avec Yasmina.

La jeune fille, le visage radieux, s'inclina avec respect devant sa Princesse, tout en ne manquant pas de lui faire savoir combien elle était ravie de la rencontrer.

Elle se jeta ensuite dans les bras d'Enendel et se mit à lorgner Gerremi du coin de l'œil. Était-ce sa manière de le rendre jaloux pour lui faire payer son amitié avec Alissa ? Il n'en savait rien, mais, si c'était le cas, cela n'avait pas le moindre effet.

Séléna, comme à son habitude, se montra très avenante envers Yasmina et lui proposa même de passer la soirée en leur compagnie, ce que la jeune fille accepta volontiers. Comme le réfectoire d'Edselor n'acceptait pas d'invités de dernière minute, la Princesse proposa de leur offrir le repas dans un restaurant huppé de la ville.

Yasmina était aux anges. Durant tout le dîner, elle ne cessa de rire à gorge déployée aux plaisanteries de Séléna et de la complimenter. Si Enendel fut couvert d'éloges et Gerremi de baisers, Alissa et Hugues furent totalement délaissés.

Lorsque Yasmina les quitta, devant le portail d'Edselor, Alissa poussa un long soupir de soulagement.

— Quelle plaie ! dit-elle, je me demande comment tu as fait pour supporter une telle sangsue, Gerremi.

Le jeune homme haussa les épaules, tout en faisant de son mieux pour masquer sa déception. Il n'avait pas revu Yasmina depuis des mois entiers. Pourquoi fallait-il qu'elle gâche les seules journées qu'ils auraient l'occasion de passer ensemble ?

Durant la semaine qui suivit, la situation ne cessa d'empirer. Yasmina, en voyant Enendel rentrer à Edselor tous les soirs, avait rapidement compris que le château n'accueillait pas seulement des Dragons, mais aussi d'autres visiteurs. Aussi, avait-elle pris l'habitude de venir voir Gerremi à la fin de chaque journée de cours.

Ils passaient toute la fin d'après-midi ensemble, jusqu'à ce qu'arrive l'heure salvatrice du repas. Yasmina rentrait alors à son auberge et ne réapparaissait plus avant la fin de la journée suivante.

Le Julcari soir, alors que Gerremi rentrait d'une promenade explosive dans le parc du château – au cours de laquelle Yasmina avait fait la connaissance de Glorane, d'Agatta et de Marta –, il laissa sa colère éclater.

— Je ne la supporte plus ! Si seulement vous l'aviez vue l'année précédente, vous auriez sans doute eu beaucoup plus d'affection pour elle. Le pire, c'est que quand je lui dis que je n'en peux plus de ses crises de jalousie, elle s'énerve et elle ne m'adresse plus la parole, sauf pour me demander si je la trouve plus belle qu'Alissa. Et elle ne veut rien entendre dès que je lui dis que je l'aime.

Alissa et Hugues échangèrent un regard désapprobateur.

Hormis Enendel, la seule qui semblait avoir un autre point de vue sur Yasmina était Séléna.

— Gerremi, je pense qu'il ne faut pas juger trop sévèrement Yasmina, expliqua-t-elle, sa réaction est tout à fait normale quand on voit ce que tu es devenu. Tu as pu développer des pouvoirs, tu as vécu de nombreuses aventures, tu as découvert d'autres façons de vivre, tu as de nouveaux amis… Elle t'envie et, compte tenu de ton expérience, elle craint de ne plus avoir de valeur à tes yeux. Elle doit penser que si elle n'est plus à la hauteur, tu vas te tourner vers d'autres femmes. Comme elle sait que tu es ami avec Alissa, elle a tout de suite vu en elle une rivale potentielle. Je suis persuadée que si je n'étais pas la fille de l'Empereur, elle aurait réagi exactement de la même façon avec moi.

— Mais c'est faux ! protesta Gerremi, jamais je ne rejetterai Yasmina parce que j'ai une expérience différente de la sienne. Justement, je me ferai une joie de partager avec elle ce que j'ai appris. Mais quoi que je lui dise, elle ne veut rien entendre. Quand on voit comment elle s'énerve lorsque je commence à lui dire qu'elle a beaucoup changé…

Séléna haussa les épaules.

— Dans ce cas, tu ferais mieux de t'expliquer avec elle et de la rassurer quant à l'amour que tu lui portes, s'il est encore sincère. Mets-la en confiance au lieu de subir passivement ses crises de jalousie. Tu verras qu'elle redeviendra comme avant.

La Princesse lui lança un regard perçant qui le déstabilisa, comme si elle sondait son esprit.

— Et si tu ne sais plus où tu en es avec elle, alors, dis-lui simplement que tu as besoin de recul pour réfléchir à votre relation. Gerremi, cesse d'être lâche avec Yasmina. Parle-lui sincèrement !

Cette nuit-là, Gerremi ne parvint pas à trouver le sommeil. Il ne cessait de méditer sur les conseils de Séléna. Elle avait raison, il fallait qu'il parle à Yasmina…

Le lendemain, comme à son habitude, Gerremi retrouva son amie devant l'université aux alentours de six heures du soir. En la voyant, il sentit son cœur se serrer. Que ressentait-il pour elle ? En cet instant précis, il était incapable de le dire, trop de sentiments contradictoires se bousculaient dans son cœur.

— Tes amis ne sont pas avec toi ? s'étonna Yasmina.

Gerremi fit non de la tête. La jeune fille esquissa un étrange sourire, à la fois soulagé et déçu. Sans doute aurait-elle aimé passer plus de temps avec Séléna… À Instengone, personne ne pouvait se vanter d'avoir discuté avec la fille de l'Empereur.

Yasmina le toisa de ses grands yeux bleus, sans même l'embrasser, ce qui l'étonna fort. À quoi jouait-elle au juste ? Avait-elle enfin compris que sa jalousie excessive ne servait à rien ? Ou essayait-elle de l'attendrir d'une autre manière, beaucoup plus subtile, mais encore plus déconcertante ?

— Je crois que j'ai quelque chose à te dire…, risqua-t-elle en rejetant l'une de ses longues mèches d'or en arrière.

Gerremi sentit son estomac se contracter douloureusement.

— Moi aussi, il faut que je te parle, lança-t-il d'une voix tremblante.

— Je pense que c'est par rapport à Alissa ?

Gerremi voulut répondre, mais Yasmina le devança d'une voix faible et chevrotante.

— Sache que je suis désolée d'avoir été aussi injuste envers elle. Jalouse ou non, je n'aurais jamais dû me comporter comme je l'ai fait.

Elle prit une profonde inspiration et se mit à triturer le pendentif de son collier.

— Je veux juste que tu me comprennes. Cela fait plus de six mois que tu as quitté Istengone et tout a changé. Tu as une nouvelle vie maintenant et – elle esquissa une grimace douloureuse – de nouveaux amis qui t'apportent beaucoup de bonheur. Moi, je n'ai rien de tout cela. Mon amoureux est à des lieues de moi, en compagnie de femmes que je ne connais pas. J'ai peur que tu en aimes une autre.

Le jeune Dragon sentit son cœur s'alourdir. Avant de piquer ses crises de jalousie, pourquoi ne lui avait-elle pas fait part de ses craintes, comme elle venait de le faire ? Il aurait sûrement eu une meilleure opinion d'elle, peut-être même aurait-il pu l'aider à surmonter sa peur et à sympathiser avec Alissa.

Quoi qu'il en soit, une chose était sûre : il ne savait plus à quoi s'en tenir avec Yasmina. Elle le déconcertait au plus haut point. Était-elle honnête ou essayait-elle simplement de le manipuler pour qu'il reste à ses côtés, en feignant de s'excuser pour son comportement ?

Le jeune Dragon tenta de chercher les réponses à ses questions sur le visage de sa partenaire, mais sans succès, celui-ci demeurait aussi muet qu'une pierre, aussi troublant qu'un mirage.

Gerremi respira un grand coup.

— Je vais être honnête avec toi, Yasmina, dit-il d'une voix qui se voulait ferme, j'ai beaucoup réfléchi à notre relation et je ne sais plus où j'en suis. Trop de choses ont changé depuis que j'ai quitté Istengone, et, à présent, j'ai besoin de prendre du recul. Peut-être qu'un jour, on s'aimera comme avant, mais, là, maintenant, je ne suis plus sûr de rien.

Lorsque ses yeux croisèrent ceux de la jeune fille, Gerremi crut que son cœur allait exploser. Le regard de son amie, embué de larmes, semblait éteint. Ses lèvres tremblaient.

— Ça ne nous empêche pas de rester amis, ajouta-t-il maladroitement, et Enendel t'apprécie toujours. De plus, mes amis n'ont pas tous un avis négatif sur toi, Séléna t'aime bien, tu sais… et moi aussi. Je veux juste qu'on réfléchisse tous les deux à notre relation avant qu'elle n'empire. J'ai besoin d'un peu de temps pour savoir où j'en suis.

Il ferma les yeux dans l'attente d'endurer la colère de Yasmina, mais, à son grand étonnement – et soulagement –, la jeune fille se contenta d'acquiescer.

— Tu as peut-être raison, lâcha-t-elle entre deux sanglots, va rejoindre Alissa. J'ai tout de suite remarqué qu'elle te plaisait. Moi, je vais rentrer à l'auberge. J'espère que mon père quittera rapidement cette Cité.

— Yasmina, j'aimerais qu'on reste amis, lança Gerremi.

Le bras en compote, il lui posa une main maladroite sur l'épaule. La jeune fille eut aussitôt un mouvement de recul. Gerremi sentit son cœur se déchirer.

— Enendel m'apprécie toujours ? sanglota Yasmina.

— Oui, ne t'inquiète pas. Il passera te voir demain.

Cette affirmation sembla quelque peu rassurer la jeune fille. Elle lui murmura un léger « au revoir » à peine audible et s'éloigna dans la pénombre du parc d'Edselor.

Gerremi retourna à l'intérieur du château, le cœur lourd de chagrin. Il avait profondément blessé Yasmina et il s'en voulait pour cela. Son ex-petite amie cesserait-elle de lui en vouloir, un jour ?

À peine le jeune Dragon avait-il quitté le hall, qu'un homme de grande taille, aux longs cheveux blonds, fit irruption dans le couloir. Son cœur se serra lorsqu'il reconnut Enendel. Le visage de son ami, aussi rouge qu'une pivoine, semblait au bord de l'explosion.

— Enendel ? s'enquit Gerremi.

L'Elfe prit une profonde inspiration et essuya discrètement une larme qui roulait sur sa joue.

— Je ne veux plus jamais entendre parler des femmes, encore moins lorsqu'elles sont des Dragons ! fulmina-t-il, Fiara et son *futur Magastel* ont réussi leurs tests de compatibilité. Et qu'a-t-elle décidé de faire pour fêter cet heureux évènement ? De le fêter chez lui ! Oh, elle m'a invité pour la forme, mais, au fond d'elle, je suis sûr qu'elle savait que je dirais non. Qu'elle aille avec ce gros tas puisqu'elle l'aime tant ! Moi, je ne veux plus entendre parler d'elle. Qu'ils aillent en enfer tous les deux !

Gerremi passa son bras autour de ses épaules pour le réconforter.

« Quelle journée infernale… », déplora-t-il intérieurement.

La semaine suivante, plus personne n'entendit parler de Yasmina, à part Enendel qui la voyait à peu près tous les soirs. Elle refusait d'adresser la parole à Gerremi et ne vint même pas le voir avant de rentrer à Istengone, ce que le jeune Dragon déplora.

Sa seule consolation fut de constater qu'au sein de l'école comme de la Cité, les traîtres semblaient se tenir à carreau. Enendel, qui, en quittant le travail, prenait toujours soin de passer devant la boutique de Mme Otrava, n'avait rien noté d'anormal.

Le Martasi soir, Séléna leur raconta que la Garde de l'Ombre travaillait sur une nouvelle piste. Les félons avaient donc tout intérêt à se faire les plus discrets possible. Malheureusement, elle n'avait pas été autorisée à en savoir plus. Le capitaine Martune n'avait même pas voulu entendre parler de ses soupçons à propos de M. Jon, de Messire Uléry et de leurs acolytes. Il lui avait gentiment dit de laisser travailler les professionnels et de se mêler de ses affaires.

— Nous allons continuer de travailler dans notre coin, puisque personne ne veut nous écouter, ragea-t-elle tout en faisant les cent pas dans leur salon privé, ils nous prennent pour des gamins idiots et incapables… Je vais leur prouver qu'ils ont tort.

« Concernant notre enquête, ajouta-t-elle, j'ai appris qu'il n'y a aucun capitaine, ni officier, dont le prénom commence par « Ro' » à Edselor. Il s'agirait donc soit d'un garde tout à fait ordinaire, soit d'un nom de code. Cela ne nous avance pas…

— Et parmi le personnel ? demanda Alissa.

— Peut-être, je ne me suis pas renseignée sur tout le monde.

Le lendemain matin, les deux classes de première année furent réunies dans un petit amphithéâtre pour deux heures de cours théorique d'étude du troisième signe.

Le soleil qui réchauffait la pièce et les bancs pourvus de coussins moelleux étaient une invitation au repos, si bien que Gerremi eut beaucoup de peine à suivre le cours.

— Le monde est formé par un réseau de lignes énergétiques, expliqua M. Jon, chaque élément naturel possède son propre rayonnement magnétique, qui le relie à la Terre. Il est très important pour un Dragon de réussir à ressentir cette force puisque c'est ce qui lui permet d'emmagasiner plus d'énergie dans son aura et de lancer des pouvoirs de grande ampleur. Grâce à ce procédé, vous serez à même d'amplifier votre compagnon de route, mais également vos pouvoirs Dragon. C'est ce que l'on appelle la connexion tellurique. Le principe est d'utiliser le flux énergétique que vous offre la Terre et de le travailler pour vous renforcer.

Tandis qu'Alissa prenait consciencieusement des notes sur sa feuille de parchemin, Gerremi ne cessait de songer à Fédric, son grand frère, qui se préparait à accueillir Morner dans la Forteresse de Blovor.

Pendant le petit-déjeuner, un héraut leur avait appris que les troupes mornéennes avaient franchi les Terres de Syrial et entamaient maintenant leur marche sur les Terres de Stec. Les généraux attendaient le début des combats dans trois mois. Le capitaine de Fédric ne devait pas le ménager…

Assis à gauche de Gerremi, Hugues avait complètement abandonné le cours. Il avait sorti son livre sur Edselor et prenait soin de recopier le plan du quatrième étage, tout en veillant à bien se dissimuler derrière Alni Varen, un élève corpulent dont Stève avait horreur. Des rivalités familiales, d'après ce que Gerremi avait cru comprendre. La famille Varen résidait également à Ornégat et contrôlait une grande partie des mines de la région, un marché qu'elle disputait aux Perden, la famille maternelle de Stève.

— Gerremi, regarde ! s'exclama Hugues, je viens de remarquer quelque chose.

Il lui présenta le plan du quatrième étage affiché sur le livre et disposa à côté celui du deuxième, figurant sur la carte du château qu'ils avaient reçue en début d'année.

— La configuration est presque pareille, à part ces couloirs dans l'aile nord où nous sommes persuadés que le Trophée est caché…

Gerremi lui donna un coup de coude discret dans les côtes pour lui faire comprendre que M. Jon avait les yeux tournés vers lui.

— Vous avez une question, Hugues ? demanda l'enseignant, ou une remarque à nous faire partager ?

Le visage du jeune homme se décomposa. Il tenta, tant bien que mal, de dissimuler son livre sous ses rouleaux de parchemin tout en murmurant un léger « Non, Monsieur ».

— Dans ce cas, taisez-vous.

Le visage d'Hugues s'empourpra lorsque les autres étudiants tournèrent vers lui des regards curieux.

Après avoir rappelé ses élèves à l'ordre, M. Jon se lança dans de longues explications sur le travail avec les énergies telluriques et le respect de ces dernières.

Hugues rangea son livre dans son sac et se concentra sur son plan du deuxième étage. Il veilla à ne pas croiser le regard désapprobateur de Séléna qui, visiblement, jugeait que le moment était mal choisi pour s'intéresser au Trophée et à sa localisation.

— Hugues, je pense sincèrement que tu devrais écouter. Le prochain contrôle va tomber là-dessus.

— Et alors ? De toute façon, que j'écoute ou pas, la note sera la même. Je n'ai jamais obtenu plus de sept sur vingt avec ce traître.

La dernière demi-heure de cours fut dédiée à un travail théorique sur l'énergie végétale et ses vertus sur l'aura d'un Dragon. Les élèves devaient réfléchir à ce que les forces de la nature pouvaient apporter à leur troisième signe.

Tout en griffonnant de brèves notes sur son parchemin, Gerremi ne pouvait s'empêcher de jeter des coups d'œil par les fenêtres. Celles-ci donnaient sur un jardin intérieur décoré d'une fontaine, de statues de Dieux et de cerisiers en fleur. Son cœur se serra lorsqu'il remarqua un couple assis sur un banc. Si Yasmina s'était montrée différente, serait-il resté avec elle ? Pourraient-ils reprendre leur relation, un jour, et s'embrasser à nouveau comme les amoureux qu'il avait devant les yeux ?

— Vos dessins sont très intéressants, Hugues. Je comprends maintenant pourquoi vous n'avez pas pris une seule note sur le cours.

Gerremi sursauta. M. Jon venait de surgir derrière Hugues et regardait ses croquis du quatrième étage d'un œil dépréciateur. À en juger par la façon dont Séléna observait leur professeur, le jeune Dragon sut qu'ils se posaient la même question : comment M. Jon avait-il réussi à se glisser aussi discrètement derrière Hugues ? Contrairement à de nombreuses pièces du château, le sol de l'amphithéâtre était recouvert de parquet et il régnait un silence de plomb dans la salle. Ils auraient dû entendre leur professeur arriver…

Hugues était si pâle, que Gerremi se demanda s'il n'allait pas faire un malaise.

— Levez-vous, Hugues, et suivez-moi.

Le jeune homme regarda son professeur avec des yeux ronds, au bord de la panique. Il se leva et le suivit au centre de la pièce, tremblant comme une feuille.

— Si j'ai bien compris, vous n'estimez pas avoir besoin de suivre mon cours. Je suppose que l'utilisation des énergies telluriques n'a plus de secrets pour vous... Dans ce cas, je veux que vous vous mettiez à ma place et que vous nous parliez des différentes connexions possibles entre l'énergie minérale et l'aura d'un Dragon. Je suis sûr que vos explications vont inspirer vos camarades pour leurs devoirs.

M. Jon s'assit derrière son bureau et fixa Hugues d'un regard moqueur.

— Eh bien, allez-y, qu'attendez-vous ?

Il patienta quelques minutes, les bras croisés. Hugues, terrifié, était incapable de prononcer le moindre mot.

— Non ? Rien du tout ?

Le professeur poussa un profond soupir et dit d'une voix tranchante :

— Il me semble que je vous répète depuis le début de l'année de faire preuve d'un peu plus de sérieux. Vos résultats sont catastrophiques et vous osez vous permettre de rester les bras croisés ? Vous vous moquez du monde. Puisque vous n'avez rien écouté du cours, je vais vous donner le double de travail.

Il prit une feuille de parchemin et nota quelques phrases.

— Vous me rendrez deux dissertations sur les sujets suivants pour Martasi prochain. Cinq pages, minimum, par devoir. Si vous ne les faites pas, inutile de vous représenter dans mon cours avant la fin de l'année.

— Sale bâtard ! fulmina Hugues sur le chemin du réfectoire, c'est toujours sur moi que ça tombe. Viktor non plus n'écoutait rien au cours, il écrivait des lettres. J'ai même vu Tania s'endormir. Mais non, c'est moi qui m'en prends plein la figure avec des devoirs supplémentaires. J'espère sincèrement que la Garde de l'Ombre va lui tomber dessus et qu'il sera pendu en public.

Tous ses amis acquiescèrent en silence.

— Ne t'inquiète pas, Hugues, lui glissa Séléna, nous allons t'aider pour tes devoirs. Tu pourras prendre mes notes, si tu veux. Au moins, tu nous as appris quelque chose d'important, aujourd'hui. Si, un jour, on doit se rendre à la salle du Trophée pour empêcher les traîtres de le voler, nous aurons une idée de la cartographie du quatrième étage. Il suffira de se caler sur le plan du deuxième.

En fin de semaine, l'Empereur et son fils, accompagnés d'une centaine de Gardes d'Élite, s'élancèrent vers le nord de l'Empire. En l'honneur de leur départ, un grand défilé avait été organisé.
Exceptionnellement, toutes les écoles et universités suspendirent leurs cours pour permettre aux élèves d'admirer la marche solennelle de l'Empereur et de son cortège armé.
La seule qui ne prit aucun plaisir à admirer le défilé militaire fut Séléna. La Princesse fondit en larmes lorsque les deux seuls membres de sa famille quittèrent la Cité Impériale.

Chapitre 13
Examens et visions

Le mois qui suivit le départ de l'Empereur fut très difficile pour Séléna. Plus que son père, qui était souvent amené à se déplacer à travers l'Empire, son frère lui manquait terriblement.

À la mort de leur mère, l'Impératrice Maera, quatorze ans plus tôt, Séléna et Matian s'étaient rapprochés, puis ils étaient devenus inséparables. Ils passaient la plupart de leur temps libre ensemble et n'avaient aucun secret l'un pour l'autre.

Comme si l'absence de son aîné n'était pas suffisante, Séléna avait dû endurer seule l'assassinat de M. Larroquil, le banquier familial – l'homme était mort empoisonné peu après le départ de l'Empereur – et les partiels de fin d'année se rapprochaient à grands pas. Séléna et ses amis travaillaient tellement qu'ils n'avaient plus le temps de se rendre aux séances et aux sorties organisées par leurs corporations. La Princesse loupa un spectacle de duels Dragon dans l'arène du Soleil, qu'Agatta avait réussi à privatiser pour l'occasion. Un évènement apparemment exceptionnel dont ses confrères parlèrent pendant des jours entiers.

La jeune fille se demandait sans cesse comment les autres membres de leur corporation – notamment Rimy, le nouveau champion de duels – faisaient pour combiner sorties, fêtes et études.

— Tu devrais dormir, Séléna, la journée va être longue, demain. Le 1er de Syravin marque l'entrée dans l'été. En l'absence de ton père, tu dois présider la cérémonie des offrandes au Dieu Solen et à la Déesse Tyfana. Cette étape est cruciale pour éviter la sécheresse estivale et pour que les moissons soient prospères.

Perdue dans ses pensées, la Princesse sursauta. Célestin Réorgi, l'Intendant d'Hesmon et le meilleur ami de son père, venait de pénétrer sur la terrasse surplombant le Jardin de l'Impératrice.

La jeune fille lui adressa un léger sourire et reporta son attention sur la quiétude du jardinet. Lorsqu'elle ne séjournait pas à Edselor et que le doute l'empêchait de trouver le sommeil, Séléna aimait s'abandonner à la douceur de ce parc d'inspiration evarlassienne, que son père avait fait construire pour sa mère, peu après leur mariage.

La Princesse ne se lassait jamais d'admirer ses fontaines, ses bassins, ses statues et ses robiniers en fleurs dont la délicieuse odeur de nectar sucré lui rappelait le parfum de sa mère. Si elle fermait les yeux, elle pouvait presque sentir la douceur de sa présence.

La jeune fille poussa un profond soupir et essuya discrètement les larmes qui roulaient sur ses joues.

— Le palais me semble vide sans mon frère et mon père, murmura-t-elle, ils me manquent.

Célestin lui posa une main affectueuse sur l'épaule.

— Je le sais, répondit-il, ton père me manque également. Il a toujours été comme un frère pour moi.

Séléna se blottit dans les bras de son oncle de cœur et, incapable de se retenir plus longtemps, elle laissa éclater tout son chagrin.

— J'ai peur, Célestin, maintenant que père est parti, je suis persuadée qu'il va y avoir une catastrophe... mais personne ne veut m'écouter... Si le capitaine Martune avait accepté de me croire, M. Larroquil, notre banquier, serait encore en vie. Gerremi a eu une prémonition concernant son empoisonnement.

Nous sommes persuadés que c'est Alana Otrava qui en est l'auteure. Le jour du meurtre, elle l'a suivi jusque dans la taverne où il a été empoisonné. Gerremi et Hugues l'ont vue.

Célestin poussa un profond soupir et prit le visage de la Princesse entre ses mains.

— Séléna, nous en avons déjà discuté. Mme Otrava a fait l'objet de nombreuses enquêtes, cela n'a rien donné. Sa présence dans la taverne, en même temps que M. Larroquil, peut très bien être une mauvaise coïncidence. Je ne dis pas qu'elle est exempte de tout soupçon, loin de là, mais j'ai confiance en notre Garde de l'Ombre. L'enquête progresse petit à petit. Il y a deux semaines, nous avons mis la main sur une espionne ennemie et sur ses sbires, qui ont joué un rôle clé dans l'attentat du 25ème de Physanile, c'est déjà un grand pas.

Séléna acquiesça d'un signe de tête, sans grande conviction. La Garde de l'Ombre avait, en effet, arrêté Mme Asert, une Prêtresse du Dieu Solen, pour affiliation à Morner. Si sa pendaison lui avait redonné un tant soit peu d'espoir, elle savait que ce n'était pas suffisant.

— Célestin, dis-moi, si Gerremi parvenait à avoir une vision précise contre ceux que nous soupçonnons, est-ce que tu l'écouterais ?

L'Intendant soupira et plongea ses yeux bleus dans les siens.

— Séléna, le pouvoir de vision chez un Dragon est extrêmement bancal, en particulier chez les débutants. Pour faire arrêter quelqu'un, on ne peut pas se baser sur une seule prémonition sans mener d'enquête au préalable. La Justice hesmonnoise est très claire là-dessus…

— Est-ce que tu l'écouterais ? réitéra la Princesse d'une voix ferme.

— Oui, bien sûr que je l'écouterais. Si Gerremi a de nouvelles visions concernant des traîtres potentiels et s'il souhaite m'en faire part, il peut venir m'en parler, je jugerai par moi-même. Mais vos actions envers l'Empire s'arrêteront là.

Son visage s'assombrit.

— Je suis on ne peut plus sérieux. Des enquêteurs ont été tués pour obtenir la tête de Mme Asert. Nombre de gens qui ont mis leur nez dans cette affaire ont été assassinés. Estime-toi heureuse d'être la fille de l'Empereur. Je suis persuadé que c'est l'unique raison pour laquelle tes amis et toi, vous n'avez pas encore été inquiétés… mais jusqu'à quand ?

Il poussa un profond soupir et reprit d'une voix tendue :

— Il faut que tu cesses une bonne fois pour toutes avec ces histoires de complots, Séléna, et que tu te concentres sur tes devoirs impériaux. Tu viens d'avoir dix-neuf ans, tu n'es plus une petite fille. Tu dois être un modèle pour le peuple. Tes seules préoccupations doivent être de réussir brillamment tes études et de remplir correctement tes obligations d'infante. Au cas où tu l'aurais oublié, défendre l'Empire n'en fait pas partie. Tu peux me promettre de bien te comporter, désormais ?

Ces dernières paroles embrasèrent l'âme de la jeune fille, mais elle s'appliqua à n'en rien laisser paraître. Elle déglutit et, tout en luttant pour ne pas ciller, elle planta son regard dans celui de l'Intendant :

— Je te le promets.

— Merci. Tu devrais retourner te coucher, à présent. Je veux que tu sois exemplaire à la cérémonie de demain. La communauté religieuse tout entière compte sur toi.

La discussion entre Célestin Réorgi et Séléna fit souffler un vent d'espoir sur Gerremi. Pour la première fois depuis l'attentat de Physanile, une personne acceptait enfin de lui donner du crédit, bien que la Princesse l'eût assuré que l'Intendant était très sceptique en ce qui concernait ses pouvoirs.

À son grand désarroi, malgré ses efforts quotidiens – après les cours, Gerremi dédiait trente minutes à ses visions –, il n'eut aucune prémonition intéressante, hormis la vague image d'un homme encapuchonné muni d'une besace, quittant une boutique glauque des bas quartiers. Pas de quoi faire tomber des traîtres.

Si, pendant près de cinq jours, Séléna ne l'avait pas supplié de raconter sa vision au Seigneur Réorgi, il aurait refusé de le faire.

Sans surprise, cette entrevue, qui lui prit tout son Sameri après-midi, se solda par un échec. L'Intendant refusa de prendre son étrange prémonition au sérieux. Une décision qui mit Séléna hors d'elle – elle était persuadée que l'homme de sa vision était Messire Uléry – mais qui n'ébranla en rien la volonté de Gerremi. Le jeune Dragon était déterminé à poursuivre ses efforts. Son instinct lui disait que les traîtres n'allaient pas se tenir tranquilles jusqu'à la fin de l'année. Puisque les combats contre Morner se rapprochaient à grands pas, ils allaient forcément tenter de s'emparer du Trophée dans les semaines à venir.

Le Lunarion, 13ème de Syravin, la classe de Gerremi fut convoquée à sept heures précises pour l'examen théorique d'étude du troisième signe, qui serait suivi, l'après-midi, par l'évaluation pratique.

Le jeune Dragon gardait un souvenir cuisant des partiels précédents, mais cette fois-ci, il était sûr de son coup. Il ne tenterait pas une projection astrale – il maîtrisait toujours assez mal ce pouvoir et, de toute façon, M. Jon ne le laisserait même pas retenter l'exercice – mais il tâcherait d'obtenir une vision à propos de son professeur. Il savait que cela allait être très complexe et lui vaudrait une note exécrable, mais il n'en avait que faire. S'il réussissait, il prouverait au Seigneur Réorgi qu'il poursuivait les bons suspects.

Lorsque les élèves pénétrèrent dans la salle de classe, Gerremi fut profondément déçu de voir que son examinateur n'était pas l'homme auquel il s'attendait. C'était une femme d'un certain âge, aux cheveux retenus par un filet incrusté de pierres précieuses, qu'il avait déjà eu l'occasion de croiser dans l'école. La dame leur fit signe de s'installer sur les tables portant leurs noms, puis les salua selon le protocole des Dragons.

— Bonjour à tous, je me nomme Liliana de la Maison Ofera. Je suis professeure d'étude du troisième signe et je serai votre examinatrice pour cet examen final.

Comme en Bordegél, les élèves avaient trois heures pour réaliser leur dissertation. Gerremi fut contraint de travailler sur *La canalisation du flux aurique à travers les forces élémentaires* – le sujet le plus ennuyeux qu'ils avaient abordé en classe et sur lequel il ne voulait absolument pas tomber.

Malgré sa déception, il réussit à mieux gérer son temps qu'au partiel précédent. S'il fut l'un des derniers à sortir de classe, il put terminer la rédaction de sa conclusion et relire l'ensemble de son travail.

En pratique, sa prestation fut relativement bonne. Il demanda à Dame Ofera si elle pouvait se remémorer un souvenir et lui, grâce à son troisième signe, tâcherait de le deviner. Chose qu'il réussit à la perfection. La vieille dame pensait au mariage de sa petite-fille avec un général du Royaume d'Evarlas, en Physanile dernier.

Les prestations de Gerremi furent très correctes dans la plupart des autres matières, sauf en mathématiques où les dérivées eurent raison de sa bonne volonté.

Contrairement au cours d'étude du troisième signe, Gerremi remarqua que tous leurs professeurs habituels étaient présents.

Lorsque, le Julcari soir, il questionna M. Hénoy, leur surveillant référent, sur la raison de l'absence de M. Jon, celui-ci lui expliqua simplement qu'il était tombé malade et qu'il ne pourrait pas assurer la surveillance des examens de toute la semaine.

— C'est un mensonge, soupira Enendel lorsque Gerremi raconta à ses amis sa discussion avec M. Hénoy, j'ai aperçu votre professeur, tout à l'heure, sur la place des halles. Il quittait la ruelle de Mme Otrava. Je l'aurais volontiers suivi, mais je ne pouvais pas manquer à mes devoirs. Nous devions nous rendre sur le port. En tout cas, je t'assure qu'il me paraissait en pleine forme.

— Il a trouvé un prétexte pour ne pas avoir à nous faire passer les examens, expliqua Gerremi, il sait parfaitement de quoi Séléna et moi nous sommes capables grâce à nos troisièmes signes. Quant à Messire Uléry, je l'ai aperçu ce matin même. Il ne semblait rien faire d'extraordinaire, mais si son collègue est passé chez l'autre sorcière, ça ne présage rien de bon…

— J'ai longuement réfléchi à son sujet, dit Enendel, si, avec tout ce qu'elle fait, elle n'est pas inquiétée, c'est qu'elle fait partie de la Garde de l'Ombre. Des agents doubles, cela s'est déjà vu.

Séléna se mordit les lèvres et serra les poings.

— Si c'est le cas, c'est très grave ! En qui pouvons-nous avoir confiance s'il y a des traîtres partout ? Je n'en peux plus, j'ai l'impression qu'on tourne en rond et que ces bâtards sont à tous les coins de rue.

Alissa lui passa un bras réconfortant autour des épaules.

— Pour le moment, il faut avoir confiance en nous-mêmes et s'appuyer sur les pouvoirs de Gerremi, répondit Enendel, nous avons cet avantage que la Garde de l'Ombre, aussi puissante soit-elle, n'a pas. On arrivera à les coincer. Le Seigneur Réorgi n'est pas complètement réfractaire à notre aide, c'est déjà un bon point.

La nuit même, Gerremi ne parvint pas à trouver le sommeil. Un pressentiment, aussi violent que le soir du 25ème de Physanile, ne cessait de le ronger. Quelque chose de grave était sur le point de se produire et cela concernait le Trophée de Clairvoyance, il en était sûr.

Ses pensées s'orientèrent ensuite vers Fédric. Il n'avait reçu aucune nouvelle de son aîné depuis un mois. Allait-il lui écrire avant le début des combats ?

Il était près de quatre heures du matin lorsque Gerremi sombra dans un sommeil agité. Il fit toute une série de rêves étranges. Mais celui qui le frappa le plus fut sans conteste le dernier.

Il marchait dans un couloir sinistre, éclairé par quelques torches, qui débouchait sur un étroit escalier de pierre. Gerremi descendit prudemment les marches couvertes de mousse et de poussière.

Par réflexe, il passa la main à sa taille et découvrit, avec soulagement, qu'il portait son épée. Elle se révélerait probablement utile dans un tel endroit.

Arrivé en bas de l'escalier, un long couloir aussi noir que le néant semblait s'enfoncer dans les profondeurs de la terre. Le jeune Dragon attrapa un vieux bâton et fit brûler son extrémité en guise de torche.

Après une marche interminable et fatigante, Gerremi gagna une salle immense décorée de nombreux piliers et d'arcades de marbre. Son plafond était si haut qu'on devait se tordre le cou pour l'apercevoir. Sa seule issue était une porte en bois devant laquelle – Gerremi fut saisi d'un sentiment de panique – étaient empilés une vingtaine de corps humains. Des Gardes de l'Élite Impériale, à en juger par leurs armures dorées.

Le jeune Dragon dégaina son épée.

Il s'approcha prudemment de la porte, sur laquelle était attaché un morceau de miroir. En se regardant, il poussa un cri d'effroi. Ce n'était pas son image que l'objet reflétait, mais celle de M. Jon.

Gerremi – ou plutôt, le professeur d'étude du troisième signe – poussa un cri et recula. À ce moment précis, le miroir brilla d'une étrange lueur blanchâtre et l'aspira à travers la porte.

Une violente lumière bleue l'accueillit, puis une force magnétique, d'une puissance insoupçonnée, le cloua au sol. L'estomac retourné, le jeune homme dut lutter de toutes ses forces pour ne pas rendre son repas.

Gerremi rampa vers un lac souterrain au fond duquel reposait…

— Le Trophée de Clairvoyance ! s'exclama-t-il.

Il était là, à quelques mètres de profondeur de lui. En face, sur l'autre rive, se tenait la silhouette de Messire Uléry. L'homme lui adressa un vague signe de la main et lui montra la coupe auréolée de bleu.

Tout à coup, la vision de Gerremi se brouilla et une série d'images se succédèrent. Il vit Messire Uléry pénétrer dans la pièce, un agenda ouvert à la date du Venesi, 18ème de Syravin entre les mains. Une autre image montra les traîtres en train d'étudier les parois de la caverne.

M. Jon inséra un cristal dans une fente minuscule puis l'eau s'évapora comme par enchantement. Les deux hommes descendirent jusqu'au Trophée par un escalier taillé à même la roche.

Armés chacun d'un pendentif en cristal, ils enlevèrent, une à une, les Pierres de Vision du calice pour les déposer dans un coffre en bois massif.

Une dernière image montra la fuite de la caisse et des traîtres à travers un portail magique.

Gerremi se réveilla en sursaut au son d'une voix. Il lui fallut un certain temps pour comprendre qu'il s'agissait d'Enendel.

— Ce soir…, balbutia le jeune Dragon, ils vont prendre le Trophée… ils vont le donner à Morner… à Isiltor, ce soir…

Hugues dévisagea son ami d'un air inquiet.

— Calme-toi, lui intima Enendel, et habille-toi. Tu as ton examen d'Histoire dans deux heures.

Durant tout le petit-déjeuner, Gerremi ne fit que penser à son cauchemar. Ce n'était pas un rêve ordinaire… ça, il l'avait bien senti. Habituellement, jamais il ne parvenait à se souvenir de ses songes et là, il pouvait aisément le revivre dans sa tête, comme s'il l'avait vécu.

D'après ce qu'il avait vu, le Trophée de Clairvoyance risquait d'être dérobé par M. Jon et Messire Uléry le soir même. Il fallait à tout prix qu'il les empêche d'y parvenir… et pour cela, la seule solution était de se rendre sur place avant les deux traîtres. Prévenir Dame Jérola ou la Garde de l'Ombre ne leur servirait à rien, on leur rirait au nez, comme d'habitude. Sans compter que Mme Otrava y était sans aucun doute affiliée… Quant au Seigneur Réorgi, Gerremi savait qu'il était en Conseil annuel des ministres, ce Venesi. D'après Séléna, les sessions étaient souvent très longues. Elles commençaient en début d'après-midi pour se terminer tard dans la soirée. Gerremi ne pouvait se permettre de perdre autant de temps. S'ils voulaient avoir une chance d'arrêter les traîtres, ils devaient agir au plus vite.

— Tu es sûr qu'il ne s'agit pas d'un simple rêve ? demanda Enendel d'une voix inquiète, lorsque Gerremi raconta son songe à ses amis.

— Non, je pencherais plus pour une vision. Tout était clair : j'étais M. Jon et j'avais pour mission de prendre le Trophée. Lorsque je suis entré dans la salle de l'Artéfact, j'ai découvert une vingtaine de Gardes d'Élite tués, comme si quelqu'un était déjà passé avant moi. À tous les coups, c'est Ro' le responsable. Otrava a peut-être quelque chose à voir dans l'histoire aussi… Je me suis dirigé vers une porte derrière laquelle il y avait un lac souterrain. Le Trophée de Clairvoyance se situait au fond de l'eau. Messire Uléry m'attendait.

« Ensuite, il y a eu cette série d'images à la fin de mon rêve…, Messire Uléry tenant un agenda ouvert à la date d'aujourd'hui, la fuite des traîtres par un portail magique… je n'ai jamais fait de cauchemar qui ressemble à celui-là.

— Moi, ça me paraît étrange, avoua Hugues, surtout les images qui ont défilé à la fin de ton rêve : la date sur le calendrier, l'emplacement du Trophée… Ça me paraît vraiment trop précis. Tu as peut-être un troisième signe puissant et tu t'es peut-être entraîné à le maîtriser, mais tu n'es qu'en première année. Tu n'as jamais eu de visions comme ça, en cours. Moi, personnellement, je pense qu'on ne devrait même pas y aller. À tous les coups, c'est un piège de Jon. Ce fumier sait comment déclencher les troisièmes signes, surtout s'il a l'autre Uléry ou la Otrava avec lui. Ils peuvent se servir de potions pour amplifier ses pouvoirs.

— Je suis d'accord avec Hugues, approuva Alissa, à mon avis, tout ce que souhaitent les traîtres, c'est t'attirer là-bas pour te tuer. Ils savent que tu peux voir clair dans leur jeu. Mais en y réfléchissant bien, ils doivent se douter que tu ne viendras pas seul dans cette salle. Si Séléna t'accompagne, ils pourront mettre la main sur la fille de l'Empereur. Rien de plus précieux qu'une princesse captive pour faire plier un monarque ennemi.

Elle s'arrêta un instant pour reprendre son souffle et rejeta en arrière la longue boucle brune qui lui tombait devant les yeux.

— N'y va pas, Gerremi, supplia-t-elle, à mon avis, ils ont tout prémédité. Ils nous attendent, cela ne fait aucun doute. Tu dois avertir le Seigneur Réorgi.

— Il est en Conseil, aujourd'hui, fit remarquer Séléna.

— Dans ce cas, écris-lui une lettre. Hugues et moi, nous terminons nos examens en début d'après-midi. Nous pouvons aller lui porter le message.

Hugues approuva d'un signe de tête.

— Cela ne servira à rien, protesta Gerremi, le temps qu'il la lise, les traîtres auront déjà mis la main sur le Trophée. Ils n'ont pas choisi cette date au hasard. Ils devaient savoir que Messire Réorgi n'était pas à même de leur mettre des bâtons dans les roues, aujourd'hui. À tous les coups, ils sont au courant qu'il a accepté de donner du crédit à mes visions.

— Raison de plus pour te tuer, affirma Alissa.

— Écoutez, il est probable qu'il s'agisse d'un piège, concéda Enendel, mais si ça n'en est pas un, ces bâtards s'empareront de notre Artéfact. Si Morner combine la puissance du Trophée de Clairvoyance et du Trophée de Destruction, alors, notre Empire est fichu, nos ennemis seront beaucoup trop puissants. Je suis pour me rendre à l'endroit de la vision de Gerremi ce soir, au moins pour jeter un coup d'œil. J'ai une permission demain et vous, vous n'avez aucun examen à passer. Si la traque nous prend trop de temps, nous ne risquons pas grand-chose. Et si ça tourne mal, on n'aura qu'à alerter la Garde. Ils n'auront pas d'autre choix que de nous aider, cette fois-ci.

— Je suis d'accord avec Enendel, approuva Séléna, mais il faut quand même prévenir le Seigneur Réorgi par lettre.

Lorsqu'ils eurent terminé de petit-déjeuner, les élèves se rendirent en salle d'Histoire pour deux heures d'écrit. Enendel, qui était de service, leur promit qu'il tâcherait de repérer les suspects dans la Cité.

À quatre heures de l'après-midi, une fois son oral de littérature terminé, Gerremi se hâta de rejoindre ses amis dans leur salon privatisé, qui avait quelque peu changé d'aspect.
Les fauteuils avaient été poussés pour laisser la place à une table posée sur tréteaux, remplie d'ingrédients alchimiques. Les guéridons croulaient sous des parchemins et des piles de livres.
Alissa s'affairait à remuer le contenu jaunâtre d'un chaudron posé au-dessus des flammes de la cheminée et Hugues découpait des tiges de lilas. Seule Séléna manquait à l'appel.
— Gerremi ! s'exclama le jeune homme, ça y est ! On a tous décidé d'y aller, finalement. Séléna est partie surveiller M. Jon et Messire Uléry. Là, on fait des potions pour ce soir. Marta nous a gentiment prêté tout un tas de bouquins sur des potions de défense, de protection et tout ça… c'est pas mal du tout. Viens donc m'aider.
Gerremi opina, puis s'installa à côté d'Hugues pour découper les plantes. Il remarqua qu'une dizaine de petites fioles de verre remplies d'un liquide bleuâtre étaient déjà disposées sur la table.
— Ce sont des potions de métamorphose, expliqua Hugues, si quelqu'un est touché par l'une d'entre elles, il se transformera en objet de la vie quotidienne pour quelques minutes.
— Vous êtes parfaits ! s'enthousiasma Gerremi. Vous avez trouvé un moyen de monter au quatrième étage ?
— Oh oui ! s'exclama Alissa, nous emprunterons le passage de la Tour nord. Il devrait nous amener ici – elle tapota un long couloir rectiligne sur le plan du livre –, si on estime que les Trophées se cachent par-là, c'est notre meilleure option. Nous

savons, à présent, qu'il faut utiliser de puissants pouvoirs Dragon pour ouvrir ce passage et cette potion – elle montra un flacon rouge posé sur un divan – nous permet de maximiser la puissance de nos pouvoirs pendant trente secondes. Hugues et moi sommes allés les acheter tout à l'heure, avant de déposer ta lettre au palais.

Gerremi remercia chaleureusement ses amis.

Séléna revint une demi-heure plus tard, tout essoufflée.

— Messire Uléry fait passer ses examens, il sera occupé jusqu'à six heures, expliqua-t-elle, quant à M. Jon, je l'ai vu quitter son bureau il y a deux heures. Je pense qu'il est parti chez sa sorcière. Comme sa fenêtre est restée entrouverte, je suis parvenue à convaincre un oiseau d'y entrer. J'ai réussi à voir à travers ses yeux et j'ai pu lui demander de me rapporter cette feuille, laissée en évidence sur un guéridon.

La Princesse tendit à ses amis une moitié de feuille de parchemin. L'écriture, propre et soignée, malgré quelques bavures, leur était totalement inconnue.

Apparemment, il s'agissait d'une liste d'ingrédients alchimiques – relativement rares d'après Alissa – à acheter en vue du Venesi, $18^{\text{ème}}$ de Syravin. En revanche, puisque la lettre était coupée en deux, ils ne purent en apprendre davantage.

Des ingrédients alchimiques, Venesi $18^{\text{ème}}$ de Syravin… ces deux éléments suffirent à conforter les jeunes gens dans leur quête. Les potions que leurs ennemis s'apprêtaient à réaliser avec ces plantes et ces poudres serviraient probablement à tuer les Gardes d'Élite de la salle du Trophée.

Le soir, lorsque Enendel revint du travail, tous les préparatifs pour l'escapade nocturne étaient terminés.

Gerremi, Séléna, Alissa et Hugues avaient passé la totalité de leur après-midi à fabriquer des potions, à perfectionner leurs pouvoirs Dragon et à s'entraîner à l'épée. Ils s'étaient donné rendez-vous au deuxième étage, devant l'escalier principal, aux alentours de onze heures du soir.

Avant d'aller dîner, Alissa se chargea de leur distribuer les potions et d'expliquer à Enendel leurs effets.

— Chaque personne en a dix, résuma-t-elle, deux d'entre elles, les noires, peuvent provoquer une petite explosion. La grise permet de créer une barrière de flammes entre nous et un ennemi. Les trois bleues métamorphosent une personne en objet, celle-ci – la jeune fille désigna une fiole de petite taille – paralyse un ennemi pour une minute et la rouge sert à augmenter la puissance de nos pouvoirs Dragon pour trente secondes. Enfin, la verte nous permet de nous fondre dans le décor.

Lorsque la montre à gousset de Gerremi indiqua dix heures, le jeune Dragon sauta de son lit, le cœur tremblant d'excitation. Il enfila un pourpoint de cuir et attacha le fourreau d'Edrasmée à sa taille. Il s'approcha ensuite du lit d'Hugues.

— Hugues, debout !

Le jeune homme, qui ronflait bruyamment, se réveilla en sursaut et tomba de son lit. Il atterrit sur le parquet en poussant un juron.

Erenor, plongé dans un sommeil profond, bougonna, puis se retourna, le visage face au mur.

— C'est l'heure ? marmonna Hugues.

Au même moment, Enendel sortit de la salle de bain, vêtu de son armure de fonction. Il s'avança dans l'obscurité pour prendre le bouclier et l'épée posés au pied de son lit, mais il trébucha sur un livre – qu'Hugues avait oublié de ranger la veille – et se rattrapa à l'armoire dans un fracas d'acier.

— Silence, bande de crétins ! maugréa Erenor.

Lorsque Hugues et Enendel furent fin prêts, les trois amis sortirent le plus silencieusement possible de leur chambre. À l'instant même où le jeune Dragon refermait la porte, la voix d'Erenor s'éleva, rauque et encore ensommeillée.

— Où allez-vous ?

— Nulle part, répondit Gerremi à voix basse, dors.

Mais Erenor n'avait, visiblement, aucune envie de se recoucher. Il alluma sa bougie de chevet et étudia minutieusement la situation.

Gerremi s'apprêtait à refermer la porte – non seulement, les explications auraient été trop longues, mais, en plus, il n'entretenait plus aucune relation cordiale avec Erenor –, lorsque le jeune homme se leva. Il les toisa tous, un à un, puis dit d'une voix nonchalante :

— Vous avez pour objectif de vous rendre à la salle du Trophée, n'est-ce pas ?

Plus personne n'osa faire un geste, ni même prononcer un mot. Comment Erenor était-il au courant de leurs intentions ? Les avait-il espionnés ? Le rôdeur semblait avoir lu dans leurs pensées, car il ajouta :

— À mon avis, vous auriez dû vous montrer beaucoup plus prudents et plus discrets en exposant vos projets. N'importe qui pourrait être au courant de ce que vous avez en tête.

Cette dernière phrase glaça le sang de Gerremi. Il se demanda, un instant, si Erenor voulait parler de M. Jon et se remémora les réflexions d'Hugues et d'Alissa. Ses amis étaient persuadés que leur professeur d'étude du troisième signe lui avait envoyé la vision du Trophée pour l'attirer dans un piège.

— En plus, continua Erenor, je parie que vous tâcherez d'atteindre le quatrième étage par le passage de la Tour nord, non ? Eh bien, si j'ai un conseil à vous donner, c'est de ne pas l'emprunter. J'ai déjà eu l'occasion de le prendre au cours de l'année et c'est l'un des plus risqués.

Il s'interrompit un instant, le regard rempli d'inquiétude.

— Bien entendu, durant mes nombreuses promenades dans le château, je ne tentais pas de dérober notre Trophée, loin de là. J'essayais de le localiser pour mieux le protéger, comme vous le faites d'une certaine manière.

Enendel regarda le cadran de l'horloge du couloir. Onze heures moins le quart. Ils devaient se dépêcher. Déjà que ce n'était pas une mince affaire de se déplacer librement lorsque le château était rempli de gardes… Il fit signe à ses amis d'y aller, mais Gerremi n'était pas de cet avis.

— Pourquoi ne peut-on pas emprunter le passage de la Tour nord ? demanda-t-il.

— Il est gardé, lâcha tout simplement Erenor, j'ai voulu m'y rendre il y a une semaine et j'ai failli me faire prendre. Vous comprenez, c'est l'un des passages les plus stratégiques du château. Si vous tenez à vous retrouver face à un barrage de gardes, allez-y, vous ne serez pas déçus !

Gerremi sentit son ventre se nouer d'angoisse. Son excitation s'était muée en profonde amertume.

Un silence de plomb s'abattit sur le couloir.

— Et comment pouvons-nous monter au quatrième étage sans passer par l'escalier principal ? lâcha Gerremi d'une voix découragée.

Erenor ne répondit pas. Il se contenta de regarder l'horloge du couloir. Ses yeux sombres réfléchissaient ardemment. Au bout d'une minute, qui sembla durer une heure, il se tourna vers ses camarades.

— Il y a le passage de l'aile ouest, le passage de la cheminée d'ivoire… mais trop de gardes les empruntent, vous vous ferez prendre à coup sûr. Autrement, il y a un autre passage qui passe par les anciens vestiges de l'école. Peu de gens savent qu'il existe et personne ne l'emprunte jamais. À cause des risques d'effondrement, la Directrice l'a fait sceller, mais j'ai réussi à déjouer ses serrures. Je suis tombé sur ce passage par pur hasard. Je me suis félicité lorsque j'ai vu qu'il menait au quatrième étage.

— Où se situe-t-il ? le pressa Enendel, la voix tremblante d'excitation.

— Au premier étage, non loin de notre salle d'étude du troisième signe. En continuant dans le couloir, vous parviendrez à un cul-de-sac décoré par une affreuse statue blanche. Utilisez ceci – le rôdeur leur tendit une boule de cristal aux reflets arc-en-ciel – et il s'ouvrira. En revanche, j'aimerais grandement que vous me rendiez cet objet quand vous reviendrez. Les cristaux d'Iz sont rares et très coûteux, évitez de le perdre.

Gerremi attrapa la pierre, qui se révéla être assez lourde, et la rangea dans sa besace. Il remercia chaleureusement Erenor, puis referma la porte de la chambre. Il était presque onze-heures… ils avaient tout intérêt à se dépêcher.

À peine avaient-ils franchi l'angle du couloir, qu'ils entendirent une porte s'ouvrir dans leur dos. Tous trois stoppèrent, le cœur battant la chamade, et firent volte-face. Erenor, habillé d'une tenue de cuir noir, venait à leur rencontre.

— Je vous accompagne, lâcha-t-il, je connais le quatrième étage comme ma poche et je pense que je pourrai vous être utile. Les seuls endroits dans lesquels je ne me suis pas encore aventuré sont les anciennes salles de classe de l'aile nord et la salle à manger des professeurs.

Pour la première fois, Enendel ne s'opposa pas à la présence d'Erenor. Gerremi lui en fut reconnaissant. Le rôdeur était un allié de choix. Dommage qu'il n'ait jamais voulu travailler avec eux…

Ils rejoignirent le deuxième étage sans difficulté. Erenor, qui marchait en tête du groupe, parvenait à détecter le moindre bruit avant tous les autres et savait toujours s'arranger pour se tenir à distance des gardes.

Lorsqu'ils arrivèrent au pied de l'escalier, ils virent la porte située sur leur droite s'ouvrir à la volée et leurs deux amies apparaître, les cheveux et les vêtements tachés de poussière et de toiles d'araignées.

— Vous auriez pu vous dépêcher, se plaignit Alissa, à cause de vous, nous avons passé une demi-heure à jouer avec les araignées dans le placard. Sans compter qu'il n'y avait de place que pour une personne…

Elle s'interrompit à la vue d'Erenor. Séléna, pour sa part, semblait rayonner, comme si rien n'aurait pu lui procurer plus de joie que de voir son groupe d'amis au complet.

À la grande surprise de tous, Erenor lui rendit son sourire. Mais pas une esquisse ironique, comme il en avait l'habitude. Il lui sourit de manière sincère et chaleureuse.

— Très bien, commenta Enendel d'une voix étrange, alors, nous avons un changement de programme.

Il expliqua, en quelques mots, l'impossibilité de se rendre à la Tour nord et leur obligation de passer par un passage secret du premier étage, un chemin qu'Erenor avait proposé de leur montrer.

Cette partie du trajet se révéla beaucoup plus ardue que la précédente, malgré le professionnalisme d'Erenor.

Tout d'abord, ils manquèrent de se faire prendre par un Garde d'Élite. Alissa avait éternué au mauvais moment, alertant immédiatement le soldat. Les six amis durent courir le plus vite possible pour mettre le maximum de distance entre eux et le garde.

Ensuite, arrivés près de la salle de classe de M. Jon, ce fut une tout autre histoire. Ils furent contraints de s'entasser dans un placard lorsque M. Hénoy fit irruption dans le couloir.

Le surveillant chantait tout en laissant ses yeux voguer d'un tableau à l'autre. Soudain, il décida de s'asseoir sur un banc installé dans une alcôve.

Gerremi jura en silence et pria pour qu'il déguerpisse au plus vite. Pourquoi fallait-il qu'il vienne se promener par ici ?

M. Hénoy s'éloigna une quinzaine de minutes plus tard, qui furent sans aucun doute les plus longues et les plus pénibles que Gerremi n'ait jamais eues à attendre.

Le jeune Dragon poussa un soupir de soulagement lorsqu'ils sortirent de l'atmosphère étouffante du placard et entreprit d'étirer ses muscles meurtris.

— Que faisait M. Hénoy ? s'enquit Alissa.

— Il est insomniaque, répondit Erenor, il aime déambuler la nuit dans le château. Une vraie plaie pour les amateurs d'escapades nocturnes. Je crois qu'il n'y a pas une seule nuit où je ne l'ai pas croisé.

La statue dont leur avait parlé Erenor fermait le couloir. Si elle ne dissimulait pas de passage secret, Gerremi n'aurait jamais compris pourquoi elle avait été plantée là. Sa laideur tranchait en tous points avec la décoration harmonieuse du château. Elle représentait un corps de femme avec des ailes et des serres de corbeau. Un long bec crochu défigurait son visage encadré par des cheveux en forme de serpents. Ses longues mains griffues étaient jointes et formaient une surface plane.

— Donnez-moi le cristal, ordonna Erenor.

Gerremi lui tendit l'éclat transparent. Il le déposa entre les mains de la statue et leur fit signe de se reculer. Le cristal brilla d'une intense lueur orangée, si forte qu'ils durent se protéger les yeux, puis un son cristallin se fit entendre.

Gerremi pria de toutes ses forces pour que personne ne remarque la lumière ou la mélodie.

Il lui semblait entendre le cliquetis d'une armure ou encore des pas précipités dans le lointain. N'était-ce qu'une impression ou quelqu'un les avait-il vraiment repérés ?

La tête de la statue tourna trois fois sur elle-même, puis le corps fit un pas sur le côté. Un trou assez grand pour laisser passer un homme apparut dans le mur.

— Dépêchons…, les pressa Erenor.

Chapitre 14
Gargale

À l'instant même où Alissa s'apprêtait à passer son corps dans le trou, à la suite de Séléna, une voix puissante s'éleva dans le couloir.

— Arrêtez-vous !

Gerremi risqua un coup d'œil en arrière et sentit son sang geler dans ses veines. M. Hénoy courait à leur rencontre, une lanterne brandie devant lui. Il était accompagné par deux Gardes d'Élite. Gerremi reconnut sans peine celui auquel ils avaient échappé tout à l'heure. Il jura. Ils avaient dû être attirés par le bruit et la lumière provoqués par l'ouverture du passage.

— Dépêchez-vous ! leur intima Erenor, tandis qu'Enendel s'engouffrait dans le trou, suivi d'Hugues puis de Gerremi.

Le rôdeur ordonna au groupe de ne pas l'attendre. Il retira le cristal, puis il sauta dans l'ouverture béante. Il amortit sa chute à l'aide d'une roulade au sol et se mit à courir.

Un juron, suivi d'un fracas d'acier, leur indiqua que M. Hénoy et au moins un garde étaient parvenus à les suivre, avant que le passage ne se referme.

Erenor rattrapa rapidement l'ensemble du groupe.

Concentré sur sa course, Gerremi n'avait qu'une vague idée de l'endroit où ils se trouvaient : une grande salle en ruine, apparemment. De temps à autre, leurs lanternes éclairaient un pilier dégarni ou un sol irrégulier auquel il manquait quelques dalles de pierre.

— Par ici, indiqua Enendel en montrant un escalier qui s'élevait en cercles vertigineux sur leur droite.

Ils montaient les marches, quatre à quatre, lorsqu'un cri les stoppa dans leur élan. Gerremi entendit Erenor pester contre Hugues. De toute évidence, son ami venait de tomber dans les escaliers.

— Continuez ! Tant pis pour lui, lança la voix du rôdeur.
— Non ! rétorqua Enendel.

Il redescendit l'escalier en hâte et aida Hugues à se relever.

Au même moment, la tête de M. Hénoy apparut au niveau de la première marche. Le surveillant écarquilla les yeux à la vue de l'armure d'Enendel. Le jeune Elfe comprit aussitôt que l'homme, dans la pénombre, l'avait pris pour un garde ordinaire.

— Je me charge de prendre les autres, risqua Enendel.

Malheureusement, lorsque les Gardes d'Élite accoururent et éclairèrent le jeune Elfe, M. Hénoy changea immédiatement d'avis.

— Cours, intima Enendel à Hugues, je les retiens.

Le jeune homme obtempéra. Arrivé au quatrième tournant, il s'arrêta pour reprendre son souffle. Il nota alors qu'Enendel s'appliquait à verser le contenu d'une fiole de potion par terre. Aussitôt, un mur de flammes les sépara de leurs poursuivants. M. Hénoy, dans un mouvement de recul, trébucha et tomba par terre.

Enendel gravit l'escalier en toute hâte et rattrapa Hugues sans difficulté. Lorsqu'ils atteignirent le sommet, un claquement sonore se fit entendre, signe que la barrière de flammes avait disparu.

— On a de la chance que M. Hénoy ne soit pas un Dragon, fit remarquer Hugues, à bout de souffle, il me l'a dit lorsque je suis entré à l'école.

Certes, c'était une chance, mais, derrière le surveillant, il y avait deux Gardes d'Élite qui, eux, étaient largement capables de les rattraper.

Alissa, en tête du groupe, leur montra un autre escalier sur leur droite, qu'ils empruntèrent aussitôt. Cette fois-ci, tout le monde tint à ce que Hugues passe le premier.

Erenor, qui fermait la marche, les avertit que les deux gardes les avaient déjà presque rattrapés. Il n'avait pas mentionné le nom de M. Hénoy. Gerremi se douta que le surveillant devait se trouver loin derrière.

Au bout d'une montée interminable, pendant laquelle Séléna et Alissa durent faire usage de leurs propres potions de flammes – les gardes montaient deux fois plus vite qu'eux –, ils atteignirent un large couloir terminé par une porte.

— La sortie est là-bas, les encouragea Erenor.

Au moment même où Hugues se jetait sur la poignée pour ouvrir la porte, un bruit infernal, suivi d'un séisme, ébranla le couloir. Les jeunes gens furent projetés à terre.

Une violente lumière rouge éclaira l'endroit. Gerremi remarqua qu'elle venait d'en haut et qu'il s'était trompé sur la configuration du lieu. Ils n'étaient pas dans un couloir, mais plutôt dans une pièce rectangulaire au plafond démesuré.

— Qu'est-ce que c'était ? s'enquit Enendel.

— Je n'en sais rien. Il ne faut pas nous attarder ici, répondit Gerremi d'une voix rauque.

Un nouveau tremblement se fit sentir à l'instant où les deux gardes apparaissaient en haut des marches.

— La porte est bloquée, gémit Alissa en tirant de toutes ses forces sur la poignée.

Elle tenta deux pouvoirs pour faire voler le bois en éclats, mais sans succès.

— Il nous faut le cristal, ça doit être le seul moyen d'ouvrir la porte…

Lorsqu'elle se retourna pour demander la pierre à Erenor, elle poussa une exclamation de surprise. Les deux soldats s'avançaient vers eux.

— Je crois qu'on va avoir de sérieux ennuis, murmura Hugues.

— Non, désapprouva Séléna, je vais arranger la situation.

Avant même que quelqu'un n'ait eu le temps de prononcer le moindre mot, la Princesse les dépassa d'une démarche altière et assurée.

En la voyant venir à leur rencontre, les deux soldats s'arrêtèrent, visiblement surpris d'avoir poursuivi une personne à laquelle ils ne s'attendaient pas.

M. Hénoy apparut au même moment en haut des marches, à bout de souffle. Il poussait des glapissements de chien battu, comme si sa course effrénée l'avait vidé de toutes ses forces.

— Votre Altesse ? balbutia le soldat placé à gauche, c'est impossible... que faites-vous ici ?

— Je n'ai pas beaucoup de temps, se défendit Séléna d'une voix ferme, alors mes explications vont être les plus brèves possible. Mes amis et moi avons longtemps étudié l'université dans ses moindres détails et nous sommes au courant du secret qu'elle abrite : le Trophée de Clairvoyance. Grâce au troisième signe de Gerremi, qui lui procure des visions, nous avons vu que des traîtres s'apprêtent à le dérober ce soir. Deux de nos professeurs sont parmi eux : Monsieur Jon et le Seigneur Uléry. Nous pensions donc les en empêcher. Si je n'ai prévenu personne quant à mes intentions, c'est uniquement pour gagner le plus de temps possible, autrement, il est évident que j'aurais au moins alerté la Directrice.

Les deux gardes la dévisagèrent en silence. Ils semblaient pensifs et Gerremi était persuadé qu'ils se demandaient s'ils devaient la dénoncer, au risque de la faire renvoyer. Si Séléna se faisait prendre, Dame Jérola ne ferait aucune exception pour elle. Le Code International des Dragons l'obligeait à traiter tous ses élèves de la même façon.

— Croyez-moi, ajouta Séléna, si personne ne tente de protéger le Trophée ce soir, il sera dérobé. En tant que Princesse d'Hesmon, je ne peux laisser l'Empire de mon père courir à la ruine. Si, au moins, vous pouviez nous accompagner jusqu'au Trophée ou aller prévenir d'autres soldats, votre aide nous serait très précieuse.

Le plus grand des deux gardes s'inclina devant Séléna, aussitôt imité par son collègue.

— Soit, je me rendrai ce soir à la salle du Trophée avec d'autres collègues et je ne manquerai pas d'avertir la direction quant à tout ce que vous m'avez dit. En revanche, il serait plus sage que vous et vos amis retourniez dans vos dortoirs. Vous n'êtes que des Dragons débutants. Vous allez tomber sur des ennemis bien plus expérimentés que vous, surtout s'il s'agit de professeurs.

Son collègue, resté jusqu'alors silencieux, détaillait Enendel de la tête aux pieds.

— Vous êtes un garde ? demanda-t-il d'un ton soupçonneux.

Le jeune Elfe acquiesça d'un signe de tête. Il expliqua qu'il était aussi un ami de la Princesse et qu'on l'avait autorisé à la protéger.

— Pardonnez-moi, votre Altesse, reprit-il, mais il va falloir qu'on vous ramène à vos dortoirs. Nous ne pouvons vous faire risquer la mort, ni même à vos amis, soldats ou élèves…

À peine avait-il prononcé ces mots, qu'une énorme statue de pierre tomba depuis le plafond et atterrit avec fracas sur le sol. La pièce s'ébranla dans un nuage de poussière.

Avant d'être projeté à terre, Gerremi eut le temps d'apercevoir un garde attraper Séléna et se retirer dans un coin de la pièce, bouclier levé.

Son collègue le tira aussitôt par le bras, lui évitant de recevoir une montagne de gravats sur la tête. Le corps tremblant, le jeune Dragon l'en remercia cent fois.

Lorsque la secousse sembla avoir pris fin, un hurlement retentit dans la salle. Gerremi remarqua qu'il provenait d'Hugues, étendu un peu plus loin sur le sol. Son ami criait de terreur, la tête à moitié enfouie dans ses bras.

Le jeune Dragon comprit très vite sa réaction. La statue de pierre qu'il avait vue tomber du plafond, quelques secondes plus tôt, tournait sur elle-même en poussant des grognements indignés. Une affreuse lumière rouge émanait de son regard.

Gerremi nota qu'elle mesurait au moins quatre mètres de hauteur et qu'elle ressemblait fortement à la statue qu'ils avaient aperçue à l'entrée du passage secret. Elle était tout aussi laide avec sa tête hybride, mi-femme, mi-corbeau, ses doigts crochus et ses longues serres.

À quelques mètres de la gargouille, Enendel, Erenor, Alissa et M. Hénoy se relevaient péniblement de leur chute. Lorsqu'elle aperçut le monstre, la jeune fille hurla à son tour, puis esquiva de justesse un débris de dalle projeté par la créature.

— Qu'est-ce que c'est que ce monstre ?! cria un garde.

— C'est Gargale ! hurla Erenor, la gargouille protectrice du passage. Normalement, elle trône en haut de cette salle, mais elle n'est pas vivante, c'est juste une statue décorative ! Je ne sais quel maléfice nous est tombé dessus !

« Messire Uléry ou l'autre sorcière... avec leurs potions et leurs rituels répugnants, ils doivent pouvoir rendre les objets vivants. Ils devaient savoir que nous passerions par ici, qu'Erenor nous accompagnerait et nous montrerait ce chemin », songea Gerremi avec hargne.

Le garde qui l'avait sauvé de la lapidation l'empoigna par la manche et le propulsa vers son collègue.

— Protège les civils, Jack, je m'occupe du monstre ! hurla-t-il.

Le dénommé Jack mit Gerremi à l'abri derrière lui, avec Séléna, Hugues, M. Hénoy, Alissa et Erenor, et s'empressa de les faire reculer jusqu'à l'escalier.

Son collègue s'élança vers la créature. Il lui grimpa dessus avec l'agilité d'un chat et lui asséna une dizaine de coups d'épée à différents endroits. Le monstre hurlait et se débattait dans tous les sens.

Enendel s'était, lui aussi, glissé vers la gargouille. Il enchaîna plusieurs frappes au niveau des jambes et de l'entrecuisse, puis esquiva un coup de pied furieux en plongeant sur le côté.

Jack donna son bouclier à Séléna et sortit un arc. Il réussit à planter une flèche dans l'œil gauche de la gargouille.

Gerremi compléta le trait du garde en faisant naître un petit geyser sous le monstre. Il n'avait appris à maîtriser *Aquaéclat* que récemment, mais c'était rapidement devenu son pouvoir Dragon préféré. Initialement de signe Eau, il devenait plus puissant s'il était combiné avec du Feu.

La gargouille vacilla, un doigt posé sur son œil douloureux, puis une explosion de lumière, qui dissimulait un ensemble de deux troncs d'arbre et quelques jets d'urine, lui jaillit à la figure.

Alissa, Séléna et Hugues tentèrent une nouvelle attaque combinée – une onde noire et grinçante remplie d'excréments, portée par une rafale de vent – qui vint frapper Gargale au bas-ventre. Déstabilisée, cette dernière recula de quelques pas.

Tandis qu'Enendel et le Garde d'Élite rouaient la gargouille de coups d'épée, Gerremi tira un rayon de flammes, complété par une étrange boule noire qui explosa en une dizaine de petites silhouettes fantomatiques au contact du monstre.

Le jeune Dragon se retourna et vit Erenor poursuivre le combat en criblant leur ennemie de boules translucides et de rayons verdâtres.

Enendel et le Garde d'Élite chargé du corps à corps lancèrent une attaque simultanée. Gerremi en profita pour s'élancer vers la porte, cristal en main, mais le monstre le balaya d'un coup de bras. La roche multicolore fut projetée vers le mur. Enendel se rua dessus et la rattrapa de justesse.

Le Garde d'Élite se propulsa dans les airs et utilisa toute la force de ses bras pour planter son épée dans la gorge de Gargale, soutenu par les pouvoirs des élèves et par les flèches de son collègue. La gargouille poussa un hurlement glaçant et se recula. Ses yeux rouges s'éteignirent, puis elle s'affaissa dans un grognement.

Un grand fracas retentit et l'ensemble de la pièce trembla. Les murs et le plafond s'ébranlèrent, délivrant une pluie de gravats.

Gerremi se recula dans un coin isolé et, en désespoir de cause, il se protégea la tête de ses mains. Il savait que c'était idiot, mais c'était le seul réflexe qui lui venait à l'esprit.

Sous le fracas des pierres, il entendit les hurlements aigus et stridents d'Alissa et de Séléna, mêlés à des cris plus rauques.

Il crut entendre un léger « On est mort ! » puis le seul bruit perceptible fut celui de l'effondrement. Le vacarme était si fort qu'il lui déchirait les tympans. Gerremi hurla à s'en abîmer la voix. « Je vais mourir », songea-t-il avec terreur.

Après un laps de temps indéterminé, le fracas cessa. Gerremi porta les mains à ses oreilles douloureuses, dévorées par les acouphènes, et balaya la pièce d'un regard circulaire.

Les seuls éléments perceptibles étaient une montagne de poussière étouffante et un immense mur de pierre dressé devant lui.

Le cœur rongé par l'inquiétude, le jeune homme chercha frénétiquement une présence, mais sans succès. Il était seul. Où étaient ses amis, avaient-ils pu s'enfuir ? Étaient-ils blessés ou bien – cette pensée le fit trembler de la tête aux pieds – décédés ?

— Vous m'entendez ?! hurla-t-il.

Sous les bourdonnements de ses oreilles meurtries, il crut entendre un vague toussotement qui le rassura quelque peu. Au moins y avait-il une personne vivante derrière ce mur…

— Gerremi ? C'est Enendel.

Le cœur du jeune Dragon explosa de soulagement.

— Je suis avec Séléna, Alissa, Erenor, Hugues, les deux Gardes Impériaux et M. Hénoy. Tout le monde est vivant, mais M. Hénoy est blessé, comme Alissa et Erenor – le cœur de Gerremi se serra. S'il arrivait quoi que ce soit à ses amis, il ne se le pardonnerait pas – mais rien de grave, ne t'inquiète pas. Ils sont conscients. À vue d'œil, je dirais qu'ils ont quelques contusions et qu'ils sont sous le choc. Tu dois continuer, Gerremi, on va s'en sortir. Ne t'inquiète pas pour nous.

La voix de son ami était faible, mais il parvint à saisir l'essentiel du message.

— Il faut donner les premiers soins aux blessés, lança un Garde d'Élite, Jack, allez avertir le capitaine Grévan et la Directrice au sujet des traîtres, soldat ! – Gerremi devina qu'il s'adressait à Enendel – aidez-moi à m'occuper de vos camarades. Jeune homme, derrière le mur, vous m'entendez ?

Le Dragon s'autorisa un soupir de soulagement lorsqu'il constata que son audition avait retrouvé un volume plus ou moins normal.

— Oui !

— Restez où vous êtes, nous allons vous sortir de là. Vos amis vont bien, votre surveillant également. Tout est sous contrôle. Ne quittez surtout pas cet endroit, suis-je clair ?

Gerremi opina et jeta un regard circulaire autour de lui. Les battements de son cœur doublèrent la cadence lorsqu'il s'aperçut que la porte était de son côté. Le cristal d'Erenor luisait contre le mur, à quelques pas de celle-ci. Il le ramassa.

Enendel avait raison, il devait continuer seul. Ils avaient perdu beaucoup trop de temps à combattre la gargouille et, même si l'Armée et Dame Jérola feraient tout pour protéger l'Artéfact, le jeune Dragon savait que les renforts n'arriveraient jamais à temps. Les traîtres avaient trop d'avance, désormais.

Gerremi se dirigea vers la porte, la pierre bien en main, et plaça le cristal devant la serrure. La roche se mit à briller d'une puissante lueur orangée. Un déclic se fit entendre et le panneau s'ouvrit à la volée. Le jeune Dragon se retrouva face à une échelle, qui débouchait elle-même sur une trappe.

Chapitre 15
La Salle aux Piliers

Gerremi poussa le carré de bois posé au-dessus de sa tête de quelques centimètres et jeta un coup d'œil derrière. Le passage menait dans l'alcôve d'une salle de classe abandonnée.

Les rayons de lune filtrant par les fenêtres mettaient en lumière un mobilier renversé et couvert de toiles d'araignées.

L'air était glacial, Gerremi frissonna. Jamais il n'aurait pensé qu'une telle pièce puisse exister à Edselor et encore moins au quatrième étage qui était, apparemment, la partie la plus luxueuse du château.

Le jeune Dragon traversa la salle d'une traite et ouvrit la porte avec précaution. Elle donnait sur un couloir marbré.

Alerté par un cliquetis d'armure, Gerremi referma immédiatement le panneau.

Après s'être assuré qu'aucun garde ne se trouvait dans le couloir, il s'y engagea prudemment. Sur la porte de la salle de classe, un écriteau avait été cloué dans le bois : *Risque d'effondrements, ne pas entrer.*

À tout hasard, Gerremi partit à gauche.

Après une ou deux minutes de marche rapide, il pénétra dans un immense corridor offrant une large collection de tableaux historiques, de torchères élégantes et de sculptures sur socle.

Il se cacha dans une niche abritant la statue de l'Empereur Edjéban pour laisser passer une patrouille de soldats.

Il régnait un calme absolu dans le château. De toute évidence, l'alarme n'avait pas encore été donnée, ou alors... – son estomac se noua – le garde dénommé Jack s'était fait tuer avant d'avoir pu alerter les secours.

L'espace d'un instant, Gerremi songea à prévenir d'autres soldats, puis il se ravisa. Le temps qu'il se confie aux militaires, qu'on le questionne – parce qu'on ne le croirait pas sur parole, de prime abord – et que le château se mette en alerte, les traîtres seraient déjà repartis avec le Trophée en main. Non, il devait continuer seul, du moins, en attendant que Jack – s'il était encore vivant –, son collègue ou ses amis se chargent de donner l'alarme.

Gerremi soupira de soulagement lorsque, tout au fond du couloir, il repéra les escaliers principaux, gardés par quatre soldats. Ce point de repère ne pouvait pas mieux tomber… il allait lui faire gagner un temps précieux. D'ici, il savait comment rejoindre l'aile nord, où était caché le Trophée. Puisque la configuration du quatrième étage suivait celle du deuxième, il lui fallait imaginer qu'il se rendait dans les locaux de la corporation de duels Dragon en partant des escaliers principaux.

Gerremi s'apprêtait à quitter sa cachette lorsque des éclats de voix féminines le mirent en alerte. Il fit de son mieux pour se tapir dans l'ombre de la statue.

Dame Yénone et Dame Togy avançaient dans sa direction. Elles s'arrêtèrent à quelques pas de la niche.

— Je ne peux pas le croire ! s'énerva la professeure de Combat Dragon, une patrouille de gardes a encore surpris deux élèves en escapade nocturne. Ils les ont trouvés près des appartements de Rodric. Messire Bruce Arembler et Messire Viktor Théorsec. Lorsqu'ils les ont questionnés, les étudiants ont simplement répondu qu'ils voulaient voir à quoi ressemblait le quatrième étage. Ces imbéciles d'élèves vont me rendre folle !

Gerremi sentit son cœur s'emballer. Bruce, Stève et Viktor ne faisaient jamais rien séparément, encore moins braver les interdits. Si les deux amis d'Or'cannion traînaient au quatrième étage, celui-ci devait être avec eux. Visiblement, il n'avait pas été repéré. Avait-il réussi à faire preuve d'adresse pour échapper aux gardes ? C'était lui accorder beaucoup d'honneur, mais c'était la seule explication plausible.

Gerremi songea qu'il devait être dans un état lamentable. Sans ses amis, Stève n'était rien d'autre qu'un pleurnichard.

Lorsque les deux professeures se furent éloignées, Gerremi eut le champ libre pour se remettre en marche. Il était bientôt une heure du matin, il ne pouvait plus se permettre de perdre du temps.

Le jeune homme bifurqua vers la gauche, juste avant les escaliers principaux.

Après une longue course, au cours de laquelle il manqua de se faire repérer au moins quatre fois, il pénétra dans un corridor aux murs remplis de torchères murales de toutes tailles et de toutes formes, posées à différentes hauteurs.

« Drôle d'endroit, très peu en accord avec le reste du château », songea-t-il. Il savait, néanmoins, qu'il avait atteint l'aile nord de l'établissement. Il y était presque…

Le couloir était terminé par une fourche. Gerremi s'arrêta un instant et scruta avec précision les deux chemins. L'un, sur la droite, ressemblait beaucoup à celui sur lequel il se trouvait : long, laid et vivement éclairé. L'autre, en revanche, était beaucoup plus court et ne comportait qu'un escalier à son extrémité.

Gerremi arracha une torche de son support et s'engagea dans le couloir de gauche, tout en priant pour avoir fait le bon choix.

Il descendit les marches de l'escalier, quatre à quatre, et déboucha sur une arcade de pierre derrière laquelle s'alignaient des portes de bois et des porte-manteaux.

Encore une fois, le jeune Dragon s'étonna du calme qui régnait dans le château. L'alerte aurait déjà dû être donnée depuis longtemps et ces couloirs, s'ils étaient proches de la salle du Trophée, devraient être bondés de gardes… Il ne faisait aucun doute que Jack avait été tué, désormais. Seuls ses amis étaient en mesure d'alerter la Directrice… mais qu'étaient-ils devenus ?

« Pense à l'Empire, s'ordonna-t-il, les traîtres sont déjà dans la salle du Trophée, c'est une évidence, tu dois les arrêter et gagner du temps. Lorsqu'il ne verra pas Jack revenir, Enendel et l'autre Garde d'Élite mettront Edselor en alerte. Ils sont peut-être en train de le faire à l'instant même ».

Au bout du couloir, le jeune homme eut de quoi se réjouir. Il découvrit une vieille porte grinçante portant l'écriteau : « défense d'entrer », derrière laquelle il faisait noir et froid.

Gerremi sentit l'excitation le gagner quand il nota qu'il se tenait au sommet d'un vieil escalier de pierre, mangé par l'humidité et la moisissure.

Il s'apprêtait à descendre lorsqu'une voix puissante retentit dans son dos.

— Zone interdite ! Arrêtez-vous ou je vous abats !

Le cœur battant la chamade, les membres tremblants, le jeune Dragon fit volte-face et aperçut deux armures brillantes, munies de lanternes, à l'autre bout du corridor.

Mû par la panique – les gardes avaient bien dit qu'ils étaient capables de l'abattre ? – il balança sa torche et descendit l'escalier à toute vitesse, manquant de glisser à plusieurs reprises.

Après une longue descente, le jeune homme courut à toutes jambes dans un couloir rectiligne. Il poussa un cri lorsqu'une flèche fusa dans son dos et le manqua de quelques centimètres.

Gerremi ouvrit la première porte qui lui tombait sous la main et, guidé par la faible lueur du cristal coincé dans sa ceinture, il traversa en toute hâte une pièce remplie de caisses de bois et de vieilles armoires. Son cœur hurla de soulagement lorsqu'il remarqua qu'une petite porte était dessinée dans le mur du fond.

À peine Gerremi avait-il franchi le seuil, qu'un cliquetis d'armure se fit entendre. Il reprit sa course, puis, quelques minutes plus tard, il s'arrêta, à bout de souffle. Il s'autorisa un soupir de soulagement lorsqu'il nota que les bruits de pas avaient disparu.

Les muscles tremblants, Gerremi jeta un coup d'œil rapide à l'endroit dans lequel il se trouvait – un long couloir de pierre au sol marbré, éclairé par quelques torches, pas vraiment ce qu'il recherchait, mais on s'en rapprochait petit à petit – et poursuivit sa route.

Lorsque les gardes s'apercevraient qu'il ne s'était pas caché dans une caisse ou dans une armoire, ils franchiraient le seuil de la porte et ils le chercheraient sans relâche, jusqu'à ce qu'il soit obligé de les bloquer à l'aide d'une potion.

En parlant de potions… le jeune Dragon porta une main à sa hanche et sentit son cœur se glacer. Il n'avait plus sa besace. Seuls le fourreau de son épée et le cristal d'Erenor pendaient à sa ceinture.

Un sentiment de panique s'empara de lui. Comment allait-il s'en sortir ? Comment pourrait-il arrêter trois ou quatre traîtres de force bien supérieure à la sienne sans potions ?

Gerremi déglutit. Il était fichu et il le savait. Pourquoi n'avait-il pas pris le temps de s'assurer qu'il était en possession de tous ses objets avant de quitter le passage de Gargale ?

Lorsqu'il songea aux soldats qui l'avaient poursuivi, son estomac se noua d'angoisse. S'ils étaient capables de le descendre sans ménagement, quelle chance aurait-il avec les Gardes d'Élite qui protégeaient la salle ? Allaient-ils lui tirer dessus sans sommation, sans même lui laisser le temps d'expliquer la raison de sa présence ? En admettant qu'il y ait encore des Gardes d'Élite en vie... vu le temps qu'il avait perdu, les traîtres s'étaient sûrement déjà débarrassés d'eux.

« Peu importe ce qui arrivera, je défendrai mon Empire et son Artéfact. Je dois penser à mon peuple avant tout, comme Fédric. Les secours ne devraient plus tarder, tout ce qu'il me reste à faire, c'est retenir les traîtres jusqu'à leur arrivée », s'encouragea-t-il.

Quelques secondes plus tard, il parvint à une porte à doubles battants, encadrée de torches bleutées.

Le jeune Dragon s'avança prudemment, colla son oreille contre le panneau de bois, puis tenta de le pousser. À son grand étonnement, il s'ouvrit sans difficulté.

Lorsque Gerremi voulut refermer la porte, il constata avec surprise qu'elle avait été brûlée sur les bords. Le bois avait viré au noir et s'effritait par endroits. Il remarqua alors qu'il pataugeait dans des débris de verre, ou plutôt – il ramassa un échantillon qui se mit à briller d'un éclat bleuté – des morceaux de cristal d'Iz. Les traîtres étaient déjà passés par ici.

Mû par un regain d'adrénaline et de colère mêlées, le jeune Dragon décida d'accélérer le pas. Son cœur se mit à battre la chamade lorsqu'il s'aperçut qu'il était dans un long tunnel légèrement pentu et faiblement éclairé, comme dans sa vision.

Au bout du chemin, il aperçut six torches empilées avec soin. Une étrange fumée violette s'en dégageait et dessinait une petite trappe sur le mur du fond. Le jeune homme passa la volute de vapeur puis descendit à toute allure l'escalier en colimaçon qui se trouvait devant lui.

Arrivé en bas, il tomba sur une vieille statue décapitée. Gerremi remarqua que son chef gisait un peu plus loin sur le sol. Une Thronda, de toute évidence. Il avait lu dans un livre anthropologique de la bibliothèque d'Edselor que les Nains avaient souvent recours à des statues ensorcelées nommées « Throndas » ou « Gardiennes » en langue commune, pour protéger tombes ancestrales et trésors familiaux.

Le jeune Dragon dégaina son épée, respira un grand coup pour se redonner du courage et s'avança d'un pas résolu vers la lumière qui luisait à l'autre bout du tunnel. La salle aux piliers et l'entrée secrète de la caverne du Trophée, de toute évidence.

Gerremi pénétra dans une immense pièce au sol marbré de blanc et de noir. Des centaines de piliers, parfaitement alignés, soutenaient un plafond haut perché, décoré de voûtes sur croisées d'ogive. Quelques mètres en dessous, des poutres de marbre de forme légèrement arrondie reliaient les colonnes entre elles. Gerremi nota que des Maezules aux yeux de rubis, de saphir et d'émeraude étaient gravés sur chaque pilier.

Si le jeune homme avait trouvé cette salle impressionnante dans sa vision, elle l'était encore plus dans la réalité. Jamais il n'avait eu l'occasion de pénétrer dans un lieu aussi majestueux.

Il traversa prudemment la pièce, tous les sens en alerte. Tout semblait calme, mais il se doutait que ce n'était qu'une mascarade, les ennemis étaient tout près. Sa main était tellement crispée sur la poignée de son épée, qu'elle en devenait douloureuse.

Gerremi sentit les battements de son cœur doubler la cadence lorsqu'il aperçut la porte menant à la salle inondée, derrière l'ultime rangée de piliers, puis l'adrénaline mourut dans ses veines. Il se figea d'horreur à la vue d'une trentaine d'armures de Gardes d'Élite empilées.

Non loin de la pyramide de cadavres, un homme richement vêtu gisait contre une colonne. Une rivière de sueur froide lui coula dans le dos lorsqu'il reconnut…

— Stève, murmura-t-il.

Le visage de son camarade était couvert de sang et d'hématomes. Son nez tordu dans un angle inquiétant attestait une profonde lésion. Par réflexe, Gerremi lui prit le pouls. Il soupira de soulagement lorsqu'il s'aperçut que Stève était vivant.

— Bonsoir, Gerremi.

Le jeune Dragon sursauta, fit volte-face et poussa un cri. L'homme qui se tenait devant lui n'était pas du tout celui auquel il s'attendait. Il était grand et vieux. Ses oreilles étaient pointues et son visage possédait les mêmes traits fins et rectilignes qu'Enendel, bien qu'il fût ridé de toutes parts.

À en juger par sa longue barbe effilée, Gerremi songea qu'il devait s'agir d'un métis, mi-Homme, mi-Elfe. Tous les livres d'anthropologie s'entendaient pour dire que les Elfes pur-sang étaient imberbes.

Les yeux de l'individu, aussi violets qu'un ciel d'orage, le fixaient d'un regard mi-foudroyant, mi-amusé.

Sur un geste de sa main, dix hommes encapuchonnés, armés d'arcs et d'épées, se déployèrent en cercle autour d'eux, interdisant à Gerremi toute retraite.

Le jeune Dragon repéra vingt archers supplémentaires embusqués derrière les piliers les plus proches de l'entrée principale.

Gerremi dut lutter pour ne pas laisser la panique le submerger. Il était pris au piège, comme un rat. Il se força à respirer profondément pour garder le contrôle de lui-même.

— Je suis satisfait de voir que ma vision a marché à merveille, jeune homme, lança le métis de sa voix caverneuse, mais... – il regarda autour de lui d'un air dubitatif – il y a une chose à laquelle je ne m'attendais pas... vous voir seul. La gargouille que vous avez combattue, animée par mes soins, était programmée pour tuer vos compagnons et vous laisser vivants, vous et la Princesse hesmonnoise. Où est-elle ?

— Elle est en sécurité, répondit Gerremi d'une voix plus tremblante qu'il ne l'aurait voulu, vous ne pourrez pas l'atteindre.

Le vieil homme jura. Il ramassa un long bâton posé contre un pilier et s'approcha du jeune Dragon. Lorsqu'il posa son arme sur sa nuque, Gerremi sentit une marée de glace l'emprisonner.

— Nous ferons sans, tant pis… Vous devez vous demander qui je suis, n'est-ce pas ? Je me nomme Esalbar Asgardal, Mage personnel du Roi Isiltor. Grâce à quelques amis, qui ont réussi à briser les sortilèges protégeant cette pièce, j'ai ouvert un portail magique, juste là-bas – il désigna de la tête une énorme lueur violette qui brillait à l'autre bout de la salle. Il mène à la Cité d'Iris, d'où j'ai fait venir quelques alliés, et je compte bientôt l'emprunter à nouveau. Mais, avant, il me faudrait un objet volé par les vôtres, un objet qui revient de droit à mon souverain et qui se trouve juste derrière cette porte. Vous allez m'aider à le récupérer. Nous allons le faire tous les deux.

— Espèce de scélérat, marmonna Gerremi, je préfère mourir plutôt que de laisser notre Trophée aux mains de Morner.

Pour toute réponse, Esalbar se mit à murmurer quelques formules incompréhensibles. Son bâton se chargea d'électricité et lui envoya une violente décharge à l'intérieur du corps. Gerremi sentit tous ses membres se disloquer et une chaleur insupportable le consumer.

— Peut-être désireriez-vous connaître le même sort que votre camarade ? – il désigna Stève d'un signe de tête. Mes espions l'ont trouvé non loin du couloir menant à cette salle, alors qu'ils s'apprêtaient à tuer les Gardes d'Élite et à déjouer les enchantements. Nous ne pouvons pas nous permettre de garder un témoin, n'est-ce pas ? J'aurais pu le tuer d'un claquement de doigts, mais je me suis montré magnanime. Cette limace, tout juste bonne à pleurer sa mère, ne méritait pas un sort aussi radical. J'ai décidé de jouer un peu avec, avant de le geler de l'intérieur et de le mettre de côté pour en faire un cobaye. Je manque toujours de prisonniers pour mes expériences scientifiques.

Gerremi tenta une nouvelle fois de se débattre, mais Esalbar le calma à coup d'ondes électriques. Le jeune homme eut l'impression que ses organes explosaient de l'intérieur. Il hurla de toute la force de ses poumons. Heureusement, le mal prit fin rapidement.

— Vous en voulez encore ? demanda Esalbar.

Gerremi fit non de la tête.

— Dans ce cas, tenez-vous tranquille.

Un froid polaire s'abattit sur la salle lorsqu'un Spectre du Chaos les rejoignit, suivi de près par un rôdeur.

Quand celui-ci souleva sa capuche, Gerremi écarquilla les yeux de surprise et d'horreur mêlées.

— Messire Réorgi…, bégaya le jeune homme, c'est impossible…

L'homme fut pris d'un fou rire dément, incompatible avec son élégance habituelle.

— À qui vous attendiez-vous, jeune homme, à vos professeurs ? À l'Alchimiste que vous vous évertuez à poursuivre ? Je pense qu'ils ne causeront plus de tort à personne. Vous pouvez vous féliciter, Gerremi, vous m'avez permis de me débarrasser de ces ordures.

Gerremi était abasourdi, il n'en croyait pas ses oreilles. Comment M. Jon, Messire Uléry ou Mme Otrava pouvaient-ils œuvrer pour la cause de l'Empire ? Tant de preuves les incriminaient… le rituel diabolique qu'il avait vu lorsqu'il était entré dans l'esprit de M. Jon, l'empoisonnement de Dame

Yénone durant le match et celui de M. Larroquil… comment pouvait-il s'être trompé ? Il se força à respirer profondément pour calmer sa colère. Erreur de jugement ou pas, il devait garder son sang-froid à tout prix… S'apitoyer sur son sort ne l'aiderait pas à sauver son Empire. Esalbar ignorait comment atteindre le Trophée, c'était déjà un point positif.

— La jeunesse et l'incompétence dans toute leur splendeur, soupira Esalbar, heureusement que nous pouvions compter sur vous, Gerremi. Entre la Garde de l'Ombre et les fouineurs, Célestin Réorgi avait beaucoup d'ennemis. Dommage pour Edjéban, ses défenseurs ont tous lamentablement échoué.

Une lueur d'avidité enflamma ses prunelles violettes. Gerremi devina que ces discussions devaient sérieusement l'ennuyer et qu'il n'attendait qu'une chose : le Trophée.

« Je dois gagner du temps. Les secours vont arriver et il ne sera plus question pour ces scélérats de voler l'Artéfact, mais de les combattre. Il faut que je les fasse parler en attendant », songea-t-il.

— Si M. Jon, Messire Uléry et Mme Otrava ont œuvré contre vous, c'est tant mieux, lança Gerremi à l'Intendant, j'imagine qu'ils vous ont empêché de prendre le Trophée le 25ème de Physanile ?

— Précisément, répondit le Seigneur Réorgi d'une voix sèche, l'Artéfact était reconstitué depuis quelque temps déjà et le Roi Isiltor nous avait ordonné de le récupérer – Gerremi sentit une étincelle de soulagement s'allumer en lui : si l'Intendant avait envie de parler, c'était une excellente chose. Contrairement aux autres espions, j'étais persuadé qu'Edjéban cachait le Trophée à Edselor, non dans son palais. Il a une bonne capacité d'anticipation et il suit les conseils d'Alexiana Jérola à la lettre. Malheureusement, le Roi Isiltor n'a pas voulu m'écouter. Je n'avais aucune preuve tangible de ce que j'avançais. La seule personne qui m'a soutenu est Dame Juliana Irisier, l'Alchimiste personnelle de l'Empereur. Nous devions détourner trois Spectres du palais pour les envoyer sur Edselor et faire diversion pendant que je récupérais l'Artéfact.

Il prit une profonde inspiration et poursuivit d'une voix venimeuse :

— Rodric Jon a anticipé nos agissements. Je suis sûr qu'il a commandité le meurtre des Irisier. Juliana a été tuée en début de soirée, j'ai dû me débrouiller tout seul pour la suite. Bien évidemment, rien ne s'est passé comme prévu. Mon rituel visant à détourner les Spectres a été brisé par Jestyn Uléry et Alana Otrava, une Alchimiste affiliée à un réseau d'assassins. Un seul Spectre a été introduit à Edselor et il n'est pas du tout arrivé là où je l'espérais.

— Vous n'auriez pas pu prendre le Trophée, de toute façon, l'interrompit Gerremi d'une voix tranchante, Dame Jérola vous aurait empêché de descendre là-bas, elle était à vos côtés dans la salle de la Tour nord.

L'Intendant balaya cette idée inconvenante d'un geste de la main.

— À cette heure, ma mission était déjà un échec, le château était en alerte. Je ne pouvais pas prendre le risque de me rendre à la salle du Trophée. Je suis donc resté avec votre garce de Directrice pour l'aider à retrouver le Spectre.

« Cette soirée était une occasion en or de récupérer l'Artéfact. Par la suite, je n'ai eu aucune opportunité de le prendre. J'étais surveillé et menacé de mort en permanence. J'ai déjoué cinq tentatives d'assassinat. Je soupçonne, encore une fois, Rodric d'avoir fait des siennes.

Le Seigneur Réorgi frissonna à l'évocation de ce souvenir.

— Comme si les assassins de l'autre bâtard n'étaient pas suffisants, la Garde de l'Ombre pouvait me tomber dessus à tout moment. Pour me couvrir, il a fallu que je leur livre quelques-uns de mes contacts qui ont été torturés et abattus, paix à leurs âmes. Cette action m'a offert plus de tranquillité et plus de marge de manœuvre. Une nouvelle opportunité de récupérer le Trophée s'est offerte à moi le jour du match de promotion. Mais, là encore, mes ennemis ont senti le coup venir. Ils ont su s'arranger pour que Jérola me prenne comme arbitre. Malgré tout, je ne pouvais pas laisser passer ma chance. J'ai tenté d'empoisonner Jestyn, mais ma potion s'est révélée un vrai désastre et, en plus, ce n'est pas la bonne personne qui l'a bue. Un coup de Rodric, encore. J'espère sincèrement que mes assassins ont réussi à tuer cet enfant de catin. Enfin, s'il ne s'est pas manifesté, c'est qu'il doit être sacrément amoché.

« Ces deux échecs ont été très décevants aux yeux du Roi Isiltor. Je n'ai pas reçu beaucoup de remerciements. Bon, en y réfléchissant bien, je n'aurais pas pu m'emparer du Trophée, la deuxième fois. Je n'étais pas au courant de l'existence de la salle inondée, je ne l'ai appris que bien plus tard. À l'origine, c'était une simple caverne renfermant un lac souterrain, que votre Directrice a fait modifier après l'attentat de Physanile pour y placer le Trophée.

L'Intendant poussa un long soupir puis son visage se fendit d'un sourire.

— Peu importe. Aujourd'hui, tout est différent. Je tiens à vous remercier pour votre coopération, Gerremi. Vous avez fait pencher la balance en ma faveur. Votre dernière vision, aussi insignifiante soit-elle, m'a permis d'arrêter Jestyn et de faire tomber ses alliés. Dommage qu'Edjéban n'ait jamais voulu vous donner du crédit, j'aurais travaillé avec vous sans hésitation.

Gerremi, rongé par la colère et la culpabilité, serra les poings. Il voulut répliquer, mais Esalbar lui coupa la parole.

— Assez parlé. Le Trophée est caché derrière cette porte, mais je ne peux l'ouvrir. Jeune homme, vous allez vous en approcher et vous forcer à provoquer une vision. Je veux que vous me disiez comment faire pour la déverrouiller. Si vous refusez, vous subirez le même sort que votre camarade. À moins que vous ne préfériez être abattu par mes rôdeurs ?

Mû par un élan de courage, Gerremi se releva et se força à prendre un air navré.

— Je ne peux pas le faire, Messeigneurs, pardonnez-moi. Je ne suis qu'en première année et je ne peux pas avoir des visions à volonté. Ce sont toujours elles qui me tombent dessus et non le contraire.

Un coup de bâton le frappa dans le dos. Il tomba à genoux.

— Menteur, grogna Esalbar, faites-le immédiatement ou votre esprit partira en volutes de fumée.

Une lueur démoniaque s'alluma dans les yeux de l'Intendant. Gerremi le vit esquisser un sourire victorieux qui lui donna la nausée.

— Amenez donc notre prisonnier, il rendra peut-être notre ami plus coopératif.

À peine avait-il prononcé ces mots qu'un autre Spectre du Chaos s'avança. Gerremi sentit son cœur se serrer lorsqu'il découvrit que le monstre tenait captif...

— Hugues ! hurla-t-il.

L'Intendant eut un long rire sarcastique.

— Le général De Manec – il désigna le Spectre – vient de trouver ce pauvre bougre près de la bibliothèque. Quelle idée saugrenue de se promener seul quand on ne sait pas se défendre et que notre cervelle ne nous permet pas la moindre réflexion.

Il dégaina son épée et la posa sur le cou de sa victime. Une mince entaille se dessina sur la peau d'Hugues qui poussa un cri de douleur et se mit à pleurer toutes les larmes de son corps.

Saisi d'un pincement au cœur, Gerremi s'approcha de la porte et posa ses mains sur le bois glacial.

« Je n'aurai qu'à leur mentir, songea-t-il, je leur indiquerai une fausse combinaison pour ouvrir cette porte, tout en les convainquant de relâcher Hugues, puis j'essayerai de m'enfuir avec lui ». Cette pensée lui redonna tout l'espoir dont il avait besoin, aussi s'arrangea-t-il pour paraître le plus abattu possible.

— Si je le fais, promettez-moi de laisser Hugues s'en aller, promettez-moi de ne lui faire aucun mal.

L'Intendant esquissa un grand sourire.

— Entendu, Gerremi, mais attention ! pas de mensonges ni d'entourloupes, ou je vous jure que la tête de votre ami reposera à jamais dans les abysses de cette salle.

Gerremi ferma les yeux, fit briller son aura et pensa de toutes ses forces à l'ouverture de la porte. Une étrange sensation se répandit alors dans son corps, comme si on tirait son âme vers le haut. Quel était ce pouvoir ? Il avait beaucoup travaillé sur son troisième signe, mais il n'avait jamais rien ressenti de semblable.

À son grand étonnement – et à sa grande déception – il vit que son pouvoir fonctionnait de manière optimale. À peine avait-il songé à l'ouverture de la porte, que les ténèbres l'enveloppèrent, puis s'éclaircirent une dizaine de secondes plus tard.

Il se trouvait dans la même salle que celle qu'il venait de quitter, à une exception près : il y était seul.

Comme s'il avait toujours su ce qu'il fallait faire, Gerremi s'approcha de la porte et frappa trois fois. Il sortit la boule de cristal d'Erenor et marmonna une phrase dans une langue inconnue. Une lueur dorée illumina la porte. Celle-ci pivota sur ses gonds, donnant accès à une caverne inondée aux trois quarts.

À peine Gerremi avait-il posé un pied à l'intérieur, qu'il fut pris de vertiges. Il bascula en arrière dans un trou noir, et atterrit douloureusement sur son dos.

Lorsqu'il reprit conscience, le jeune Dragon remarqua avec horreur qu'il était allongé devant la grotte qu'il venait de quitter. La force magnétique qui s'en dégageait était telle, qu'elle le plaquait au sol et lui oppressait la poitrine.

Un étau de colère lui enserra le cœur. Pourquoi ne pouvait-il pas maîtriser ses maudits pouvoirs ? Pourquoi avait-il utilisé sa projection astrale ? Il avait simplement demandé une vision pour savoir comment ouvrir la porte, pas le faire réellement !

« J'ai agi comme un traître, songea le jeune Dragon avec fureur, pourquoi je ne peux pas me maîtriser ? » Une réponse lui vint alors à l'esprit : Esalbar était un mage puissant... à tous les coups, il avait dû amplifier ses pouvoirs.

Le métis fit luire son bâton et l'abattit vers Gerremi qui glissa sur le sol jusqu'au pilier le plus proche. Il poussa un cri de douleur lorsque sa hanche heurta le marbre de la colonne.

— Merci beaucoup pour cette projection astrale, Gerremi, lança l'Intendant d'un ton joyeux, vous nous avez été très utile. À la place de votre professeur d'étude du troisième signe, je vous aurais octroyé la note maximale.

Gerremi trembla sous le poids de la colère. Celle-ci se mua en fureur au moment où les deux Spectres entrèrent dans la caverne, tenant toujours Hugues captif. Le jeune homme, glacé jusqu'aux os, vomit lorsqu'il franchit le seuil.

— Vous avez promis que vous le libéreriez ! hurla Gerremi.

L'Intendant s'apprêtait à répliquer, mais Esalbar fut plus rapide.

— Pardon ? Oh, mais je ne vous ai fait aucune promesse, c'est le Seigneur Réorgi qui vous a promis de libérer le paysan et, ici, c'est moi qui décide.

Il se tourna vers l'Intendant et ses rôdeurs :

— Veillez à ce que personne ne nous dérange.

Le cœur empli de haine, Gerremi se releva et sauta sur son épée. Un rayon noir, tiré par le Mage, lui frappa aussitôt le torse et le fit basculer en arrière.

D'un geste de son bâton, Esalbar fit surgir des cordes de nulle part, qui l'emmaillotèrent. Le jeune homme jura. Il tenta de s'enflammer dans l'espoir de briser ses liens, mais un nouveau sort du Mage l'en empêcha. Une marée glacée lui emprisonna le corps, comme si l'eau d'un lac gelé avait pénétré dans ses veines et le noyait de l'intérieur. La vague glaciale se répandit jusqu'à la partie inférieure de son cou, puis stoppa.

Le jeune Dragon essaya de bouger, tant bien que mal, mais son corps était totalement engourdi.

— Vous êtes tenace, jeune homme, lança Esalbar d'un ton mauvais, mais voilà un sortilège qui vous dissuadera de tout mauvais acte.

D'un coup de bâton, il projeta Gerremi dans la salle du Trophée – assailli par la vague de puissance, le jeune homme se vomit dessus –, puis s'avança vers l'eau lumineuse.

Esalbar pointa son arme vers l'Artéfact, tout en marmonnant des paroles incompréhensibles. Aussitôt, une vague d'énergie envahit la pièce et l'envoya valser contre un mur. Les Spectres tombèrent au sol.

Le Mage se releva avec peine.

— C'est bien ce que je pensais, grogna-t-il, l'eau est ensorcelée contre nous, ce qui signifie que seul un allié d'Hesmon peut la traverser.

Il se tourna vers Gerremi, puis se ravisa quelques secondes plus tard. Il préféra s'intéresser à Hugues, qui l'implora du regard de le laisser partir.

— Enlève-lui ses liens, ordonna le Mage au Spectre qui le tenait captif, et amène-le-moi !

La créature s'exécuta. Esalbar passa une amulette de cristal autour du cou d'Hugues et le conduisit jusqu'à l'étang, le bâton posé sur sa nuque.

Le jeune homme tremblait de tous ses membres. Un seul regard jeté à Gerremi, enchaîné et partiellement figé, suffit à le faire hurler de terreur.

— Chut… Avancez, mon garçon, et vous aurez la vie sauve, lui susurra Esalbar.

— Comment pouvez-vous lui promettre la vie sauve ? lança Gerremi d'une voix faible, oppressée par la vague de puissance émise par l'Artéfact, vous n'avez que faire des promesses faites à vos ennemis, vous n'avez aucun respect pour eux…

Gerremi regretta aussitôt son insolence. Esalbar balança Hugues dans l'étang – les deux Spectres pointèrent immédiatement leurs arcs vers le jeune homme – et s'avança vers lui. Il le frappa d'un coup de bâton sur la tempe. Gerremi, la vision brouillée par une centaine de points noirs, poussa un gémissement.

— Écoutez-moi bien, dit Esalbar à Hugues, vous allez me ramener les sept pierres qui sont à l'intérieur du Trophée. Vous les prenez, une par une, et vous les posez dans ce coffre.

Il désigna une caisse en bois massif qu'un nouveau Spectre venait d'apporter.

— Pour que vous réussissiez à accomplir votre tâche, je vous donne cette potion – il sortit de sa poche une fiole de verre remplie d'un liquide verdâtre. Couplée à votre amulette de cristal, elle vous permettra de ne pas subir les effets néfastes des Pierres de Vision et d'accroître votre souffle. Si vous refusez de coopérer, je tue votre ami et j'ordonne à mes Spectres de tirer.

Saisi d'une montée de panique, Hugues prit la potion du mage, avala son contenu et plongea sous l'eau. Une telle puissance se dégageait du Trophée, que le jeune homme eut toutes les peines du monde à l'atteindre.

Tout d'abord, il sembla à Gerremi que son ami ne parviendrait jamais à approcher l'Artéfact – cette pensée fit naître en lui une minuscule lueur d'espoir – mais il comprit rapidement qu'il s'était trompé. Aiguillé par la peur et au prix de nombreux efforts, Hugues parvint à extraire une pierre du Trophée et à la poser dans le coffre.

Lorsqu'il remonta avec la septième Pierre de Vision, à bout de forces, Esalbar la lui arracha des mains. Une lueur d'avidité insatiable brillait dans ses prunelles.

Il s'empressa de fermer le coffre – la vague magnétique mourut aussitôt – puis, d'un geste de son bâton, il fit léviter le Trophée et l'envoya hors de la caverne. Un nouveau sortilège fit apparaître des cordes autour d'Hugues.

— Les Pierres de Vision empêchaient tout sort de fonctionner. Mais, maintenant que le Trophée est vidé de son trésor, il n'est plus qu'une simple coupe ordinaire, s'enthousiasma-t-il.

Sa bouche s'étira en un immense rictus comme il savourait sa victoire.

Hugues, quant à lui, ne cessait de pleurer. Il jetait sans arrêt des regards désolés à Gerremi, comme s'il était persuadé que son ami ne pourrait jamais lui pardonner sa faiblesse.

L'Intendant pénétra dans la caverne au même instant.

— Maître Asgardal, intervint-il, il faut rentrer à Iris au plus vite. La salle aux piliers va bientôt être attaquée.

Esalbar acquiesça d'un signe de tête.

— Toi – le Mage désigna l'un des Spectres –, emporte le coffre. Prends soin de ces pierres.

Il se tourna ensuite vers une autre créature.

— Toi, occupe-toi de faire disparaître le Trophée dans la Cité d'Iris.

Les deux Spectres s'exécutèrent.

La coupe passa sans difficulté dans le portail magique, mais il fut beaucoup plus compliqué de déplacer le coffre.

À peine le revenant avait-il franchi le seuil de la caverne, titubant sous la puissance dégagée par les Pierres de Vision, que la porte de la salle aux piliers s'ouvrit à la volée.

Une quarantaine de gardes pénétrèrent à l'intérieur, suivis de près par un groupe de professeurs. Les nouveaux venus furent accueillis par une pluie de flèches.

— Emporte les pierres, imbécile ! hurla Esalbar au Spectre.

Avant que le revenant n'ait pu réussir son entreprise, il vacilla sous le choc d'une énorme vague blanche. Ses congénères matérialisèrent épées et masses dans leurs mains squelettiques et se jetèrent sur les défenseurs d'Edselor, épaulés par les flèches des rôdeurs.

Esalbar sortit en trombe de la caverne et pointa son bâton vers le plafond. Tout se mit à trembler, puis, sous les yeux horrifiés des Hesmonnois, les dragons sculptés sur les piliers s'animèrent. Ils s'extirpèrent de leurs supports et se jetèrent sans ménagement sur les gardes et les professeurs.

Le Mage s'affaissa sous l'énergie que lui avait demandée un si grand pouvoir.

Tandis que la bataille faisait rage, Gerremi essayait, tant bien que mal, de se libérer de son étreinte. Le sort de paralysie d'Esalbar s'était dissipé à l'instant même où il avait donné la vie aux Maezules de pierre, mais le jeune homme n'arrivait toujours pas à détruire ses cordes magiques. Ces dernières résistaient à tous ses pouvoirs.

— Gerremi, balbutia Hugues, essaye de nous sortir de là avec ta projection astrale.

— C'est ce que j'essaye de faire depuis tout à l'heure, mais je n'y arrive pas.

Pour la énième fois depuis que le Trophée avait été dérobé, le jeune Dragon se força à faire le vide dans son esprit. Au bout de quelques minutes d'effort, il parvint à faire luire son aura, mais, au lieu de rester vivace comme à l'accoutumée, elle s'éteignit petit à petit… jusqu'à disparaître entièrement. Gerremi jura.

Une lueur d'espoir grandit en lui lorsqu'un garde, retiré du combat à cause de sa jambe blessée, rampa jusqu'à eux. Le jeune Dragon songea qu'il avait dû être alerté par la lumière de son aura et il s'en félicita.

Le militaire dégaina un long poignard et trancha les cordes de Gerremi. Il s'apprêtait à couper celles d'Hugues lorsqu'une flèche le transperça au niveau du torse. L'homme poussa un cri déchirant et s'affaissa. À peine s'était-il relevé, qu'un deuxième trait se ficha dans son épaule. Un troisième carreau atterrit non loin de son cou. Il bascula en arrière.

Gerremi sauta sur le poignard du garde et libéra Hugues. Il dut plaquer son ami à terre pour lui faire esquiver une nouvelle flèche.

Hugues se releva et se dirigea vers le soldat.

— Laissez-moi, murmura l'homme, partez d'ici et rentrez à l'école, vous ne pouvez plus rien pour ma vie.

Gerremi lui posa une main sur l'épaule en signe d'apaisement et se précipita dans la salle aux piliers où les défenseurs d'Edselor et leurs ennemis livraient un combat sans merci.

Son cœur se mit à battre la chamade lorsqu'il remarqua qu'un rôdeur s'envolait vers le plafond. Célestin Réorgi, de toute évidence.

L'homme se positionna sur une poutre de marbre et s'appliqua à cribler ses ennemis de flèches. Un professeur d'une quarantaine d'années s'effondra dans une mare de sang lorsqu'un trait lui transperça la gorge.

Le jeune Dragon hurla, les yeux baignés d'horreur.

Dans un cri de rage, il se fit pousser des ailes dans le dos et s'élança vers son ennemi. Arrivé à son niveau, il enflamma son poignard et le jeta de toutes ses forces contre l'Intendant. L'homme esquissa un pas en arrière et s'entoura aussitôt d'un bouclier bleu vif. Le poignard rebondit contre ce dernier et pointa vers le sol. Il manqua de peu la tête d'Hugues qui l'esquiva en se jetant sur le côté.

— Gerremi, au secours ! hurla-t-il à la vue du cadavre de l'enseignant.

Ses paroles furent noyées au cœur d'une violente explosion lancée par Esalbar contre un groupe de professeurs.

D'un geste rapide, l'Intendant rangea son arc dans son dos et dégaina une épée.

— Mon cher Gerremi, ricana-t-il, ainsi vous voulez vous opposer seul à mon pouvoir et à ma puissance ? Vous êtes un jeune homme impétueux et très insouciant.

— Je ne suis pas seul, cracha Gerremi en montrant les gardes et les professeurs, ils vous trouveront. Je vais m'arranger pour qu'ils vous voient, sale traître.

Le visage de l'Intendant cessa presque aussitôt de sourire. Une lueur de haine s'alluma dans ses prunelles claires.

— Pas si je vous tue avant, siffla-t-il.

À l'aide d'un rayon bleu, le Seigneur Réorgi se propulsa contre Gerremi. Celui-ci vacilla et glissa de la poutre. Il parvint de justesse à se retenir au rebord.

— Brave petit imbécile…, ricana le traître, quelle chance peut avoir un novice face à un Dragon Confirmé ?

Il s'approcha doucement de Gerremi et effleura ses doigts de la pointe de sa lame. Au moment même où l'épée fendait l'air pour couper les mains du jeune homme, ce dernier sortit un couteau attaché à sa ceinture et lui transperça le pied. L'Intendant poussa un cri aigu et se recula, laissant tout juste le temps à Gerremi de se hisser sur la poutre et de lancer son pouvoir *Torentatia*. Un rayon d'eau s'abattit sur le traître.

Le jeune homme profita de son déséquilibre pour lui asséner un coup de poignard. Son adversaire esquiva l'attaque et lui saisit le bras. Il le retourna à l'aide d'une clé particulièrement douloureuse et le jeta un peu plus loin sur la poutre.

L'épée brandie, Messire Réorgi s'avança vers sa victime qui parvint in extremis à lui faucher les jambes grâce à *Waterwhip*. L'Intendant chuta et manqua de tomber dans le vide.

Gerremi tenta une *Charge du Dragon* pour le pousser définitivement de la poutre, mais le traître la contra à l'aide d'un bouclier psychique. Le jeune Dragon fut projeté en arrière.

Le Seigneur Réorgi fit alors sortir une langue fourchue de sa bouche qui vint emmailloter le corps de son ennemi. Tout en veillant à le maintenir prisonnier, il prit un petit lasso attaché à son carquois et l'enroula autour du cou de Gerremi. Ce dernier fut violemment tiré en avant.

Le Seigneur Réorgi rétracta aussitôt sa langue fourchue. Le jeune Dragon sentit la panique le gagner comme le lasso l'étranglait. À deux ou trois reprises, il tenta d'arracher la corde et d'enflammer son corps, mais en vain. Ses flammes furent systématiquement arrêtées par un nuage de sable.

Gerremi, les mains crispées sur son cou, se tordit de douleur sur le sol. Petit à petit, il commença à perdre connaissance. Tout ce qu'il voyait devenait flou. Ses pensées s'égaraient.

Plus il suffoquait, plus le visage de l'Intendant se gorgeait de fierté.

— Lorsque vous serez mort, je ne manquerai pas de saluer votre témérité, Gerremi, susurra l'Intendant. Peu de Dragons de votre âge auraient osé me défier.

Une violente secousse ramena brutalement le jeune Dragon à la réalité. L'étreinte qui lui enserrait le cou se relâcha aussitôt. Le souffle court, Gerremi respira à s'en décrocher les poumons.

Hugues venait de heurter l'Intendant avec une *Charge du Dragon*. L'homme passa par-dessus la poutre dans un cri.

— Gerremi, on doit redescendre. Un Spectre a réussi à voler le coffre contenant les Pierres de Vision et à se retirer du combat. Je ne sais pas si quelqu'un l'a remarqué, mais, avec un peu de chance, il n'aura pas encore eu le temps de les faire passer dans le portail. On doit les reprendre !

Gerremi se releva péniblement, la gorge toujours aussi douloureuse, puis ils s'empressèrent de redescendre au sol.

— C'est là-bas qu'il faut qu'on aille, dit Hugues en montrant du doigt la tache fantomatique du portail.

Les deux amis s'élancèrent au pas de course.

Tout autour d'eux, le combat se poursuivait dans un ballet de lames, de flèches et d'explosions magiques.

Deux Spectres supplémentaires étaient arrivés en renfort, contraignant les gardes et les professeurs à combattre avec davantage d'acharnement. La bataille tournait d'ailleurs à leur désavantage. Une trentaine de cadavres hesmonnois jonchaient le sol. À vue d'œil, les pertes ennemies étaient bien moindres.

Gerremi repéra le coffre dans lequel Hugues avait involontairement rangé les Pierres de Vision près d'un pilier décoré d'émeraudes. Une telle puissance s'en dégageait qu'il était impossible de se tenir à côté sans tituber.

— Ça ne sert à rien de le soulever, fit remarquer le jeune Dragon, trop d'énergie se dégage de lui. Il nous faudrait une pierre spéciale pour le transporter. Ton amulette en cristal est insuffisante. Tout ce qu'on peut faire, c'est veiller à ce que personne ne s'en empare.

Hugues approuva d'un signe de tête. Il avait eu tellement honte de lui-même, tout à l'heure, qu'il était prêt à accepter n'importe quelle tâche censée aider son Empire. Même s'il lui fallait dominer sa peur et son manque de confiance en lui.

Gerremi lui tendit une épée courte, qu'il avait dénichée sur un cadavre de garde. Son ami l'accepta sans broncher. Lui, pour sa part, dégaina Edrasmée.

— Là-bas ! Gerremi ! hurla Hugues en montrant une silhouette encapuchonnée, munie d'un bâton, qui courait dans leur direction, il y a un type qui s'avance vers nous, je crois que c'est Esalbar !

Gerremi jeta une volée de flammes vers le mage qui la para d'un mouvement de la main. Hugues tenta de lui tirer un rayon d'excréments à la figure, mais son pouvoir fut également brisé.

Esalbar leva son bâton vers le plafond. Aussitôt, une pluie d'éclairs rouges s'abattit sur les jeunes hommes. Gerremi plongea sous les débris d'une immense statue de dragon pour s'abriter, mais Hugues, moins rapide, n'eut pas cette chance. Il poussa un cri déchirant lorsque la foudre le frappa, puis il s'effondra sur le sol.

— Hugues ! hurla Gerremi.

Il s'élança vers son ami, transi de peur. Une vague de soulagement déferla sur son âme lorsqu'il s'aperçut qu'il respirait doucement.

— Gerremi..., murmura Hugues d'une voix faible, j'ai mal partout...

— Je vais appeler des secours, ne t'inquiète...

Une douleur fulgurante à la jambe gauche lui arracha un cri et l'empêcha de terminer sa phrase.

Son ventre se contracta d'horreur lorsqu'il découvrit qu'une longue flèche d'acier était plantée dans son mollet. Il tenta frénétiquement de retirer l'objet enfoui dans sa chair, mais sans succès.

Un second trait lui déchira la jambe droite. Il poussa un cri de douleur et s'affaissa.

Un rôdeur muni d'un arc s'approcha de lui. Le jeune Dragon trembla lorsqu'il reconnut la silhouette de l'Intendant.

— Vous pensiez sincèrement m'avoir vaincu, Gerremi ?

Le jeune homme tenta de répondre, mais sa voix se brisa dans un murmure.

Plus les secondes passaient, plus sa vue se brouillait. Le poids des flèches plantées dans ses jambes devenait insupportable et il perdait beaucoup de sang. Si quelqu'un ne le soignait pas rapidement, il risquait de trouver la mort. Cette pensée l'ébranla.

— Si je ne parviens pas à vous arrêter, parvint-il à articuler d'une voix faible, vous et vos complices, sachez que vous le serez quand même. En volant notre Trophée, le Royaume de Morner a réveillé la colère des quatre Dieux Primaires. La Création est contre vous. Je ne sais pas combien de temps sa vengeance prendra, mais elle arrivera tôt ou tard, ce n'est qu'une question de temps. Votre désir de puissance vous conduira à votre perte, comme sous l'Ère Seconde. C'est grâce à cela que l'Empire d'Hesmon aura la victoire. Les Pierres de Vision étaient censées préserver l'harmonie de notre monde, aucun Homme ne peut s'en emparer. Aucun être vivant ne peut rivaliser avec le Divin.

Un sourire éclaira le visage de l'Intendant. De toute évidence, il ne croyait pas un mot de ce que disait Gerremi.

— Que voilà de belles paroles spirituelles, ricana-t-il, mais, à présent, elles ne vous seront plus guère utiles. Esalbar m'a fait comprendre, tout à l'heure, qu'il vous veut vivant. Le Roi Isiltor a du travail pour vous. C'est dommage, j'aurais préféré vous voir mourir… en tout cas, vous êtes maintenant hors d'état de nuire.

Comme pour appuyer ses paroles, Gerremi sentit sa tête commencer à tourner. Le sang qu'il perdait à cause de ses blessures le vidait de toutes ses forces. Il se sentit vaguement léviter, puis il perdit connaissance.

Chapitre 16
Une nouvelle quête

Cela faisait des heures entières qu'Enendel et Séléna patientaient dans le bureau de Dame Jérola. Ils étaient accompagnés de M. Lohen, l'un des gardes qui les avaient protégés de la gargouille.

Une trentaine de minutes après le combat, en ne voyant pas Jack, son collègue, revenir, le militaire avait chargé Enendel d'alerter la Directrice au sujet de la tentative de vol du Trophée. Le jeune Elfe devait également lui demander de leur envoyer des secours médicaux.

À l'arrivée des renforts, M. Hénoy, Alissa et Erenor, blessés, avaient été conduits à l'infirmerie. Si Hugues, encore sous le choc de son combat contre Gargale, avait décidé de retourner à sa chambre, Séléna avait tenu à retrouver Enendel dans le bureau directorial.

Lorsque Dame Jérola rentra à son office, Enendel nota avec angoisse qu'elle était dévastée, ce qui ne présageait rien de bon pour le Trophée. Elle était accompagnée du Seigneur Veneck, le trésorier de l'école. Il arborait un visage aussi livide que la mort.

La Directrice contempla les jeunes, un à un, puis son regard exténué passa sur M. Lohen.

— Edselor a eu un problème, balbutia-t-elle, trois Spectres du Chaos sont apparus aux premier, deuxième et troisième étages, quatre autres se sont rendus à la salle du Trophée. Soixante gardes et deux professeurs sont morts. Je vous passe le nombre énorme de blessés. Quant au Trophée… les Mornéens… ont réussi à le prendre. Vous étiez au courant de son existence, je suppose ? Vous saviez que des traîtres allaient tenter de le – la Directrice réprima un sanglot – voler. Pourquoi n'avez-vous rien dit ?

Enendel crut que son cœur allait s'arrêter de battre, ainsi les traîtres avaient réussi leur coup… et Gerremi, que lui était-il arrivé ?

Séléna éclata en sanglots. Le jeune Elfe lui posa aussitôt une main réconfortante sur l'épaule.

— Ce n'est pas tout, reprit la Directrice, trois élèves ont été enlevés. Deux sont vos amis : Gerremi Téjar et Hugues Pât. Messire Stève Or'cannion a lui aussi disparu. Le Seigneur Réorgi m'a dit qu'il soupçonne tout un groupe de traîtres. Les têtes pensantes seraient deux de nos enseignants : Rodric Jon et Jestyn Uléry et une Alchimiste du nom d'Alana Otrava. Si j'avais su cela de mes professeurs… – elle réprima un nouveau sanglot. Nous avons alerté la Garde de l'Ombre et la Garde de la Cité, personne n'a vu ces deux ordures. Ma seule consolation est de savoir que l'Alchimiste a été tuée.

Enendel s'autorisa un léger soupir de soulagement. La mort de Mme Otrava était une très bonne chose.

— Pourquoi ne m'avez-vous rien dit ? poursuivit la Directrice d'une voix abattue, vous pensiez peut-être que vous étiez assez puissants pour les arrêter tout seuls ?

Personne n'osa prononcer un mot. Séléna voulut répondre qu'elle en avait déjà parlé à son père et même à la Garde de l'Ombre, mais qu'ils ne l'avaient jamais prise au sérieux, mais ses paroles moururent sur ses lèvres. Elle pleura de plus belle.

— Nous l'avions déjà signalé à l'Empereur et au capitaine Martune, relata Enendel en s'efforçant de masquer le tremblement de sa voix, mais ils étaient persuadés que nous avions tort. Puisque personne ne voulait nous écouter, nous avons décidé de travailler par nous-mêmes. Le Seigneur Réorgi a voulu nous aider, mais le complot était déjà bien trop avancé. Hier soir, Gerremi a eu une vision indiquant que le Trophée allait être dérobé. Nous avons tenté de pénétrer au quatrième étage pour arrêter les traîtres, mais nous avons été séparés dans le passage de Gargale, non loin de la salle de classe de M. Jon. Gerremi a jugé bon de poursuivre seul pendant que nous donnions l'alerte.

Dame Jérola semblait abasourdie. Elle se tourna vers son trésorier.

— Nous allons envoyer une lettre à l'Empereur pour l'avertir que Morner a le Trophée et je tâcherai de prévenir les familles de M. Téjar, de Messire Or'cannion et de M. Pât au sujet de l'enlèvement de leurs enfants. Il faudra également que je ferme l'université…

— Je crains que nous n'ayons pas le choix, ma Dame, approuva l'homme d'une voix éteinte.

La Directrice se moucha violemment et plongea ses yeux clairs dans ceux de Séléna et d'Enendel.

— Nous ferons tout notre possible pour récupérer vos amis et l'arme secrète de l'Empire. Nous tenterons également d'arrêter les traîtres. Des avis de recherche vont être postés dans tout Hesmon à leurs effigies. À présent, je veux que vous me promettiez une chose : ne vous mêlez plus jamais de ce qui ne vous regarde pas. C'est bien trop dangereux. Vous allez finir par vous faire tuer. Vous pouvez d'ailleurs vous estimer heureux d'être encore en vie et en Hesmon. Cela s'adresse tout particulièrement à vous, Altesse. Si nos ennemis vous mettent la main dessus, notre Empire perdra la guerre.

Dame Jérola se tourna vers le Garde d'Élite.

— Raccompagnez-les à leurs chambres et, s'il vous plaît, veillez sur la Princesse. Je ne veux pas qu'elle soit seule.

***

Lorsqu'il se réveilla, Gerremi se retrouva plongé dans le noir total. Un bandeau rugueux avait été placé sur ses yeux. Il n'avait aucune idée de l'endroit où il se trouvait. Il sentait simplement que ses mains étaient liées dans son dos et qu'il était traîné par terre, telle une misérable serpillière. Ses membres lui faisaient affreusement mal.

Au terme d'une glissade interminable dans le noir, Gerremi entendit une porte grincer.

— Enfermez-le ici, intervint un homme au timbre sec, que le jeune Dragon ne connaissait pas, nous le ferons parler lorsque ses plaies auront entièrement cicatrisé. Je verrai ensuite s'il faut le faire exécuter.

Cette dernière phrase l'emplit de terreur. Il trembla de tous ses membres.

— Ce prisonnier est la propriété du Roi Isiltor, Comte Artid, répondit la voix caverneuse d'Esalbar, c'est à moi de décider de son sort. Il va rester ici quelque temps puis il partira pour Morner.

Gerremi sentit des mains rudes l'empoigner et le forcer à s'asseoir sur un tas de paille. On lui coupa ses liens puis des fers lui encerclèrent pieds et mains. On lui arracha ensuite le bandeau qui lui masquait la vue.

Le jeune homme découvrit qu'il avait été jeté dans une pièce sombre et glaciale, empestant l'humidité et la moisissure. Les rayons du soleil qui parvenaient à franchir la minuscule fenêtre munie de barreaux laissaient entrevoir un oreiller dégarni étalé sur une couverture miteuse et un seau d'aisance. Apparemment, le jeune homme reposait sur sa couche.

Les geôliers quittèrent la pièce sans un mot.

Gerremi passa de longues minutes silencieuses à observer ses fers reliés au mur. Il vivait un cauchemar, il ne pouvait pas en être autrement...

Lorsqu'il leva les yeux, son cœur se figea. Hugues, la tête enfouie dans ses genoux et le corps secoué de sanglots, était enchaîné en face de lui.

— Hugues ? murmura Gerremi.

Son ami ne répondit pas et continua de pleurer.

Le jeune Dragon serra les dents lorsque le métal de ses menottes lui griffa la peau. Son corps se mit à trembler sous l'effet de la panique. Non, il ne rêvait pas. Cette douleur était bien réelle, tout comme celle qui lui tiraillait les jambes, là où les flèches du Seigneur Réorgi l'avaient blessé.

Lorsque Gerremi inspecta ses mollets, il constata qu'on avait grossièrement recousu ses blessures.

Une quinte de toux, sur sa droite, l'arracha à la contemplation de ses cicatrices. Le jeune homme crut qu'il allait défaillir lorsqu'il reconnut...

— Messire Uléry ? demanda-t-il d'une voix timide.

Pas de doute, c'était bel et bien l'homme qu'ils avaient soupçonné de traîtrise. À en juger par les ecchymoses qui lui mangeaient le visage, ses tortionnaires – le jeune homme trembla en songeant à ce mot – ne l'avaient pas ménagé.

Messire Uléry leur jeta un regard empli de culpabilité, comme s'il se sentait responsable de ce qui était arrivé aux élèves.

Gerremi ferma les yeux, en proie à un profond malaise. Son estomac se contracta si fort qu'il en eut la nausée. Ce n'était pas le Seigneur Uléry qui devait se sentir coupable de leur emprisonnement, mais bien lui. Le professeur avait été capturé par sa faute, par son arrogance et sa confiance aveugle en des pouvoirs qu'il ne savait pas maîtriser. Son incompétence avait fichu la vie de plusieurs innocents en l'air et il se détestait pour cela.

Pris d'un accès de rage, Gerremi donna un coup de pied dans le tas de paille situé devant lui, puis il laissa libre cours à ses larmes, en répétant qu'il était désolé.

— Ne culpabilisez pas, Gerremi, dit le Seigneur Uléry, vous n'y êtes pour rien. Si je suis enfermé ici, je ne peux m'en prendre qu'à moi-même... j'aurais dû me montrer plus prudent. C'est l'Intendant Réorgi qui m'a fait capturer, pas vous.

— Vous avez été capturé à cause d'une de mes visions, Messire...

— Le Seigneur Réorgi vous a manipulé, Gerremi, ce n'est pas votre faute. L'Intendant est rusé, il sait parfaitement comment mettre les gens dans sa poche. Des tas d'Hesmonnois haut placés ont été victimes de sa fourberie, au même titre que vous.

Il prit une profonde inspiration et poursuivit :

— Rodric et moi, nous avons su que Célestin Réorgi commençait à s'intéresser à vos visions lorsque vous êtes allé le rencontrer au palais, peu avant les partiels. Nous avons alors tenté de faire échouer vos prémonitions. Une tâche très délicate et chronophage. Rodric s'est fait porter pâle pendant ses examens pour s'y consacrer à plein temps, mais il était déjà trop tard. Il aurait fallu découvrir la supercherie plus tôt...

Gerremi redressa la tête et observa le professeur avec des yeux ronds. Il comprenait à présent pourquoi il n'avait obtenu aucune vision pendant les deux dernières semaines de cours.

— Comment avez-vous su que le Seigneur Réorgi est un traître ? demanda-t-il d'une voix faible.

— Rodric est un très bon ami. C'est lui qui m'a fait part de ses soupçons sur Célestin Réorgi. Greya Bamberg, la ministre des Finances du Roi Isiltor, a été assassinée en Claralba dernier par une amie de Rodric. Au cours de son meurtre, elle a réussi à récolter des informations très sensibles à propos de notre Intendant. Apparemment, il aurait entretenu une liaison avec Greya par le passé, et il serait dans les bonnes grâces d'Isiltor. En échange de sa traîtrise envers Hesmon, le Roi de Morner lui a fait maintes promesses de richesse et de pouvoir. Il lui a promis de partager une partie de la magie du Trophée de Clairvoyance, lorsqu'il aura mis la main dessus, et de renforcer le système immunitaire de son épouse grâce au Trophée de Destruction. Dame Assana Réorgi a une santé très fragile depuis son plus jeune âge. Chose très rare chez un Dragon.

— Pourquoi l'Empereur n'a-t-il pas écouté le témoignage de l'amie de M. Jon ? demanda Gerremi, si on l'a missionnée pour tuer une ministre mornéenne, elle doit faire partie de la Garde de l'Ombre, non ?

— Non. Le problème était là. Je ne la connais pas personnellement, mais je sais qu'elle travaille pour le compte d'une guilde informelle. Elle s'est tournée vers Rodric pour qu'il fasse part à l'Empereur de ses découvertes et, lui, il m'a demandé de l'aide puisque je connais personnellement notre souverain.

Il poussa un profond soupir et reprit d'une voix abîmée :

— J'ai maintes fois essayé de faire comprendre à l'Empereur qu'un traître siégeait au sein de son gouvernement, mais il lui accordait une confiance absolue. Célestin et lui sont très proches, aucune preuve n'était suffisante à ses yeux. Il aurait fallu prendre ce bâtard la main dans le sac. Célestin le savait bien. C'est un homme excessivement malin, qui a toujours réussi à se dégager de tout soupçon. Même la Garde de l'Ombre n'a rien trouvé pour le faire prendre.

« En attendant de réunir des preuves tangibles, Rodric et moi avons fait échouer toutes ses tentatives pour prendre le Trophée… jusqu'à aujourd'hui. Nous étions persuadés que

Célestin et ses sbires feraient un nouvel essai avant la fin de l'année. En fait, nous l'avons deviné lorsque les Nains de Morja ont déclaré publiquement qu'ils s'opposeraient à la politique expansionniste de Morner. Pour empêcher l'Empereur Edjéban et le Roi Thorid de se rapprocher, il fallait qu'Isiltor frappe vite et fort. Et, pour cela, il avait besoin du Trophée de Clairvoyance. Grâce à Ronal – Gerremi sentit les battements de son cœur accélérer, Messire Uléry devait probablement parler du fameux « Ro' » – qui faisait partie des deux concierges missionnés pour nettoyer la salle aux piliers, nous savions que les Mornéens ignoraient comment ouvrir la porte menant à la caverne du Trophée. Seuls l'Empereur, son enchanteur personnel, Dame Jérola, le Généralissime Almanter et le capitaine de la Garde de l'Ombre étaient au courant. Même Rodric et moi, nous l'ignorions.

Le Seigneur Uléry s'arrêta un instant pour reprendre son souffle.

— La seule personne capable de le leur révéler, c'était vous, Gerremi. Nous étions persuadés que le larcin allait se produire le 18ème de Syravin et que Célestin Réorgi et ses alliés allaient vous capturer après le Conseil des ministres pour vous forcer à obtenir une vision. Ce jour-là, Rodric, Alana et moi, nous avions prévu de l'empoisonner, avant qu'il ne puisse vous utiliser, mais il a anticipé nos actions.

— Il vous a capturé en se servant de ma vision, fit Gerremi d'une voix brisée, je suis désolé.

Messire Uléry poussa un profond soupir et rétorqua d'une voix tremblante :

— Il l'aurait fait sans votre vision, croyez-moi. Après mes examens, je devais acheter des ingrédients spéciaux pour préparer le poison, mais un groupe de rôdeurs m'a sauté dessus à la sortie de la boutique.

Le professeur porta ses mains à ses tempes et ferma les yeux.

— Je ne me souviens de rien si ce n'est d'avoir été roué de coups. Quand j'ai repris connaissance, j'étais enchaîné dans cette cellule. Des tortionnaires sont venus me chercher et ils m'ont fait endurer des… – l'enseignant eut un haut-le-cœur et se mit à trembler de tous ses membres – tortures…

Il déglutit et reprit :

— J'espère qu'il n'est rien arrivé à Alana, à Ronal et à Rodric. S'ils n'ont pas réussi à faire échouer le vol du Trophée, ce n'est pas normal…

— Vous pensez qu'ils les ont capturés, eux aussi ? demanda Hugues dans un murmure – c'était la première fois qu'il sortait de son mutisme.

— Le Seigneur Réorgi ne m'a pas parlé d'Alana Otrava, répondit Gerremi d'une voix rauque, mais il m'a dit qu'il avait envoyé des assassins contre M. Jon.

— Non…, balbutia Messire Uléry.

Ses épaules s'affaissèrent.

— Je suis sûr qu'il a survécu, murmura-t-il, Rodric est la personne la plus coriace que je connaisse… même les meilleurs assassins n'en viendraient pas à bout. Il a dû réussir à leur échapper. Il va nous sortir de là. Il a un très bon réseau de contacts, il va rapidement savoir que nous nous trouvons dans cette Cité, avec le Trophée… Normalement, aucun soupçon ne porte sur Ronal. Pour ce qui est d'Alana, en revanche…

La voix de Messire Uléry fut brisée par un sanglot. Il enfouit sa tête dans ses genoux et se mit à pleurer.

Une poignée d'heures plus tard, la porte de la cellule s'ouvrit, laissant entrer deux geôliers à l'armure gravée d'un cerf noir. Ils attachèrent un nouveau prisonnier sur la dernière paillasse libre.

Gerremi constata avec étonnement qu'il s'agissait de Stève. Esalbar lui avait enlevé son maléfice. Le Dragon était vivant, bien qu'il semblât en état de choc. Il se laissa attacher au mur sans protestation.

Les gardes sortirent aussitôt.

Stève observa, tour à tour, les gens avec qui il partageait sa cellule. Il adressa un regard craintif à Gerremi et à Hugues, puis son visage se figea lorsqu'il reconnut Messire Uléry.

— Monseigneur, balbutia-t-il, c'est impossible, comment vous êtes-vous retrouvé ici ? Moi, j'ai… j'ai… je me rappelle avoir été enlevé par des hommes encapuchonnés. Ils ont tué plein de Gardes d'Élite… il y avait des morts partout…

Sa voix fut noyée dans une marée de sanglots. Lorsqu'il sembla avoir repris ses esprits, il ajouta :

— Ils m'ont emmené dans une salle avec des colonnes… où il y avait un mage. Il m'a frappé de partout et il m'a jeté un sort.

La voix de Stève se brisa. Le jeune homme se mit à trembler comme une feuille, puis il pleura toutes les larmes de son corps.

Lorsque vint la nuit, les conditions de détention furent d'autant plus désagréables. La cellule était glaciale et les couvertures moisies qu'on leur avait données ne parvenaient pas à les réchauffer. Il régnait une odeur pestilentielle, qui prenait Gerremi à la gorge. La paille humide, imprégnée de la souffrance des prisonniers précédents, empestait la mort et la maladie.

Le jeune Dragon, après maints efforts pour se coucher dans une position non douloureuse, estima qu'il était préférable de rester assis. Son estomac grogna. À vrai dire, il n'avait rien mangé depuis la veille. Ici, d'après Messire Uléry, les repas étaient rares et maigres. Ils auraient droit à un morceau de pain le matin et le soir, accompagné de bouillie. Pas de quoi les maintenir en forme.

« M. Jon, si vous êtes en vie, ou n'importe qui, sortez-nous d'ici, je vous en prie... », pria Gerremi.

Ses pensées s'orientèrent vers sa famille et ses amis. Des larmes roulèrent sur ses joues. Que faisaient-ils à cette heure ? Étaient-ils au courant de sa disparition et du vol du Trophée ? « Probablement. Séléna, Alissa, Enendel et Erenor ont sûrement fait savoir à Dame Jérola que M. Jon, Messire Uléry et Mme Otrava sont les coupables », songea-t-il avec amertume.

Il pensa au nombre incalculable d'avis de recherche qui allaient être postés contre eux. Si jamais M. Jon et Mme Otrava se faisaient prendre, ils seraient exécutés... à tort.

Cette pensée ralluma en lui les braises de la culpabilité. Malgré tout ce que disait Messire Uléry pour le réconforter, il était entièrement responsable de leur infortune. Si les accusés venaient à mourir, comment pourrait-il vivre avec leurs morts sur la conscience ?

— Gerremi ?

La voix timide d'Hugues l'arracha à ses pensées.

— Tu peux nous sortir de là. Utilise ton pouvoir de projection astrale et préviens tout le monde à l'école, ou envoie des messages par télépathie à tous nos amis. Ou à la Directrice, appelle-la au secours. Je ne pense pas qu'elle nous abandonnera. Tu peux le faire, hein ?

— Non ! coupa la voix de Messire Uléry, ne faites pas cela. Vous attireriez vos amis dans un piège et vous condamneriez la fille de l'Empereur. C'est elle qu'ils veulent, Gerremi. Sa capture pourrait leur faciliter la victoire sur notre Empire.

Messire Uléry fut pris d'une violente quinte de toux et ajouta d'une voix rauque :

— Si vous utilisez vos pouvoirs, vous vous exposez à un grave danger. Vos fers sont ensorcelés, croyez-moi, j'en ai fait les frais. Ils drainent votre magie en un claquement de doigts et empêchent toute régénération. En conséquence, vous serez épuisé. Les nuits sont froides, ici, et la nourriture est rare. Vous pourriez mourir si vous vous obstinez à utiliser votre troisième signe.

Stève les observait avec des yeux ronds. De toute évidence, il s'étonnait qu'un Dragon issu d'une famille ordinaire, et gorgé de potions douteuses, puisse se téléporter ou engager une discussion télépathique sur une distance aussi grande.

Ce regard, plus éloquent que les paroles de Messire Uléry, encouragea Gerremi à utiliser son troisième signe. Au moins, il prouverait à Stève qu'il n'était pas un bon à rien.

S'il se sentait incapable de faire appel à son pouvoir de projection astrale – il était beaucoup trop fatigué pour cela et il le maîtrisait très mal –, la discussion télépathique restait une bonne option. Il devrait simplement veiller à formuler un message concis et rapide, pour que les fers ne lui drainent pas trop d'énergie.

Gerremi attendit que Messire Uléry s'endorme – ce qui fut relativement compliqué puisque le professeur s'était promis de garder un œil constant sur ses élèves – et il fit luire son aura. Son crépitement réveilla presque aussitôt l'enseignant.

— Gerremi ! hurla-t-il, cessez immédiatement !

Sa voix semblait lointaine, aussi faible qu'un murmure, aussi Gerremi décida-t-il de poursuivre son travail. Il se représenta mentalement le visage d'Enendel : les traits rectilignes de sa figure, ses yeux noirs et sa chevelure blonde aussi fine qu'un rideau de soie.

La représentation était si réaliste qu'il aurait pu croire que son ami se trouvait juste devant ses yeux. Alors, il put lui expliquer qu'il était prisonnier dans la Cité d'Iris, que le Trophée de Clairvoyance s'y trouvait, lui aussi. Il lui répéta que, pour l'instant, tout allait bien, qu'avec le groupe, ils ne devaient en aucun cas venir les secourir. Ils devaient plutôt demander à l'Empereur et à la Directrice d'Edselor d'envoyer des espions.

Il tenta également de lui expliquer la traîtrise du Seigneur Réorgi et l'innocence de M. Jon, de Messire Uléry, de Mme Otrava et de Ronal qui était finalement un concierge, mais une violente décharge électrique, produite par ses fers enchantés, brisa son pouvoir. Gerremi s'affaissa sur sa paillasse, les membres secoués de spasmes.

***

Enendel se réveilla en sursaut, le corps baigné de sueur. Il venait de faire un rêve étrange dans lequel Gerremi lui avait parlé.

Il jeta un coup d'œil instinctif vers le lit de son ami d'enfance, puis vers celui d'Hugues, désespérément vides. Cela faisait déjà deux jours que ses compagnons avaient disparu…

Enendel lutta pour retenir son chagrin. Pour le moment, il devait se raccrocher à l'idée qu'ils étaient vivants. Le rêve qu'il venait de faire en était la preuve… Connaissant les pouvoirs de Gerremi, il était persuadé que son ami avait tenté de le joindre par télépathie. D'après ce qu'il lui avait dit, Hugues et lui étaient retenus prisonniers dans la Cité d'Iris, avec le Trophée.

« Je ne vous laisserai pas tomber, je vais avertir Séléna et Alissa et nous verrons ce qu'il conviendra de faire. C'est une chance que je ne travaille pas aujourd'hui », songea-t-il avec détermination.

Enendel retrouva ses amies dans leur salon privatisé, aux alentours de onze heures. Alissa avait quitté l'infirmerie le matin même. Malgré un visage tuméfié et un bras en écharpe, elle semblait en forme. Séléna, pour sa part, était rongée par le chagrin et la colère.

Les deux filles avaient passé un début de matinée très mouvementé. La disparition d'Hugues, de Gerremi et de Stève avait été un choc pour nombre de leurs camarades de classe qui les avaient bombardées de paroles réconfortantes, mais également de questions.

Agatta, Glorane, Marta et même Fiara leur avaient apporté tout leur soutien en leur proposant de passer la journée en leur compagnie dans Edgera. Glorane les avait même invitées chez elle – avec Enendel, bien entendu –, ce qu'elles avaient poliment refusé, au grand soulagement du jeune Elfe. Gerremi et Hugues étaient en danger. Ils ne pouvaient pas se permettre de perdre du temps.

Erenor, que Séléna avait convié à leur réunion, pénétra dans le salon peu après Enendel. Ses blessures superficielles, qui se limitaient à quelques cicatrices et à une baisse ponctuelle de l'audition due au vacarme provoqué par l'effondrement, lui avaient permis de quitter l'infirmerie la veille.

Lorsque le jeune Elfe acheva le récit de son rêve, ses amis s'entendirent pour partir à la recherche d'Hugues, de Gerremi et du Trophée le plus rapidement possible. Bien évidemment, tous s'opposèrent à la décision de Séléna de les accompagner.

— Tu ne peux pas te livrer à l'ennemi, fit valoir Enendel, Isiltor sait que s'il te trouve, il aura le dessus sur ton père et sur notre Empire. Il vaut mieux que tu assures nos arrières à Edgera. Préviens l'Intendant Réorgi que le Trophée et nos amis se trouvent à Iris. Il enverra des espions les récupérer, tu géreras tout ça avec lui. Un peu de renfort ne sera pas de trop… mais ne viens pas avec nous, c'est beaucoup trop dangereux. S'il t'arrivait quoi que ce soit, je…

Enendel s'arrêta au beau milieu de sa phrase, craignant d'avoir eu des propos déplacés.

— Je sais ce que je fais, renchérit la Princesse d'une voix cassante, il est évident que je vais raconter à Célestin ce que Gerremi t'a dit et que je ne vous suivrai pas jusqu'en Morner s'ils ont déjà transféré nos amis. Mais je vous accompagnerai au moins jusqu'à la Cité d'Iris. Elle est à quelques lieues de la Forteresse de Blovor. S'il arrive quoi que ce soit, une retraite vers Hesmon sera envisageable. Et puis, j'ai confiance en nous. Enendel, tu es le meilleur guerrier que je n'ai jamais rencontré – cette remarque, inattendue, fit battre le cœur du jeune Elfe à tout rompre –, Alissa a le niveau d'un Dragon de troisième année, j'ai le pouvoir de soigner et de commander les animaux et, enfin, Erenor est un espion hors pair.

Cette déclaration fit naître un grand sourire sur le visage du rôdeur. Enendel lui lança un regard peu amène, qu'il prit soin d'ignorer.

Le jeune Elfe leva un sourcil interrogateur lorsqu'il remarqua qu'Erenor s'appliquait à dissimuler un collier en or – très peu compatible avec ses habits rudimentaires – à l'intérieur de son haut.

— Je dois me rendre au palais le plus vite possible, ajouta Séléna, Enendel, peux-tu m'accompagner ? Je préfère que tu racontes à Célestin le rêve que Gerremi t'a transmis – le jeune Elfe acquiesça d'un signe de tête. Pour couvrir notre départ, je vais lui dire que je me rends à Blovor pour rejoindre mon père et mon frère et que mes amis ont décidé de m'accompagner. Après cela, nous irons à la Milice d'Edgera pour que le général Serpa accepte de te détacher et de te placer dans mon escorte.

— Parfait, approuva le jeune Elfe.

— Il faut que j'aille prévenir mes parents, les avertit Alissa, je vous retrouve à Edselor en début d'après-midi. Les convaincre de me laisser partir pour Blovor ne va pas être une mince affaire…

— Sauf si je te soutiens, objecta Séléna. Enendel et moi, nous passerons chez toi au retour de la Milice. J'arriverai à convaincre tes parents de te laisser m'accompagner, crois-moi. Ils n'oseront rien refuser à leur Princesse.

Elle lui adressa un clin d'œil. Alissa la gratifia d'un sourire.

— Pendant que vous vous affairez, je vais commencer à faire des provisions pour le voyage, ajouta Erenor. Si vous avez des ingrédients alchimiques à acheter en vue de préparer des potions, faites-moi une liste, je vais vous les chercher.

— Merci, Erenor, dit Alissa, donne-moi une trentaine de minutes et je te prépare cela.

— Tout doit être prêt pour ce soir, les prévint Séléna, l'université ferme demain matin. Nous partirons à l'aube.

En rentrant de la Milice, Enendel ne put s'empêcher d'esquisser un sourire de fierté. Le général Serpa l'avait autorisé à partir pour la Forteresse de Blovor et la perspective d'une nouvelle aventure en compagnie de ses amis le réjouissait. Dommage que Gerremi et Hugues ne pussent y participer…

« Gerremi, si tu m'entends grâce à tes pouvoirs, sache que vous serez bientôt libérés. Nous allons nous mettre en route pour la Cité d'Iris. Il ne nous reste plus que quelques potions à réaliser et un plan à mettre au point. Tenez bon… », songea Enendel.

Annexes

Les différents signes Dragon, leurs faiblesses et leurs résistances

Signes Dragon	Signes Dragon très efficaces	Signes Dragon peu efficaces	Signes Dragon sans effets
Feu	Eau, Terre, Pierre	Insecte et Papier	Bois
Eau	Foudre, Bois, Excréments	Métal et Glace	Feu
Bois	Feu, Glace, Vent	Foudre et Terre	Eau
Foudre	Terre, Bois, Papier	Eau et Vent	Métal
Insecte	Feu, Vent, Poison	Lune et Terre	Soleil
Terre	Eau, Glace, Poison	Feu et Métal	Foudre
Lune	Soleil, Force, Insecte	Spectre et Sentiments	Esprit
Soleil	Lune, Sentiments, Insecte	Spectre et Enfer	Glace
Poison	Métal, Esprit, Magie	Insecte et Excréments	Sang
Spectre	Soleil, Enfer, Sang	Lune et Esprit	Sentiments
Esprit	Lune, Sentiments, Spectre	Soleil et Magie	Force
Magie	Esprit, Enfer, Sang	Force et Sentiments	Papier

Signes Dragon	Signes Dragon très efficaces	Signes Dragon peu efficaces	Signes Dragon sans effets
Force	Esprit, Magie, Spectre	Enfer et Pierre	Lune
Excréments	Papier, Insecte, Métal	Eau et Poison	Pierre
Glace	Pierre, Soleil, Métal	Bois et Excréments	Insecte
Métal	Foudre, Magie, Terre	Vent et Pierre	Poison
Enfer	Soleil, Sentiments, Force	Poison et Sang	Magie
Pierre	Eau, Terre, Bois	Feu et Glace	Vent
Foyer	Excréments, Enfer, Sang	Aucun	Foyer
Vent	Foudre, Pierre, Glace	Bois et Papier	Terre
Sentiments	Force, Lune, Spectre	Soleil et Esprit	Enfer
Papier	Feu, Vent, Magie	Foudre et Sang	Excréments
Sang	Excréments, Papier, Poison	Magie et Force	Spectre

Les mois de l'année et les jours de la semaine sur la Terre des Mondes

Rosemer : Avril (premier mois de l'année)
Vidavia : Mai
Syravin : Juin
Claralba : Juillet
Lalize : Août
Greana : Septembre
Rougeamor : Octobre
Physanile : Novembre
Ultimane : Décembre
Bordegèl : Janvier
Neigelan : Février
Sombrémer : Mars

Lunarion : Lundi
Martasi : Mardi
Mersendi : Mercredi
Julcari : Jeudi
Venesi : Vendredi
Sameri : Samedi
Dislarion : Dimanche

Les pouvoirs Dragon utilisés par chaque personnage

Les pouvoirs Dragon sont divisés en cinq catégories en fonction de leur puissance et de leur complexité :

Niveau basique
Niveau élémentaire
Niveau intermédiaire
Niveau supérieur
Niveau confirmé

Gerremi Téjar (signes Eau et Feu, compagnon de route : Esprit)
- ➤ Torentatia (pouvoir de signe Eau, niveau basique) : jette un rayon d'eau.
- ➤ Waterwhip (pouvoir de signe Eau, niveau basique) : permet d'utiliser un filet d'eau à la manière d'un fouet.
- ➤ Aquaéclat (pouvoir de signe Eau, niveau élémentaire) : devient plus puissant s'il est combiné avec du feu ; fait apparaître un geyser sous l'adversaire.
- ➤ Fireload (pouvoir de signe Feu, niveau basique) : charge enflammée sur un adversaire.
- ➤ Inflamation (pouvoir de signe Feu, niveau basique) : le Dragon enflamme son propre corps.
- ➤ Incendia (pouvoir de signe Feu, niveau élémentaire) : envoie une volée de flammes latérale sur l'adversaire.
- ➤ Charge du Dragon (pouvoir dit « polyvalent », niveau élémentaire) : le Dragon charge sur l'adversaire à toute vitesse, entouré des éléments de ses deux signes.

Pouvoirs du compagnon de route : prédire l'avenir, don de projection astrale et de téléportation, télépathie.

Séléna Vizia (signes Soleil et Lune, compagnon de route : Bois)

- Luciaeclat (pouvoir de signe Soleil, niveau basique) : un jet de lumière frappe l'adversaire.
- Ilumforce (pouvoir de signe Soleil, niveau élémentaire) : envoie trois cercles de lumière consécutifs.
- Sunblow (pouvoir de signe Soleil, niveau élémentaire) : génère une explosion de lumière.
- Moonalba (pouvoir de signe Lune, niveau basique) : jette un rayon lunaire.
- Plataluna (pouvoir de signe Lune, niveau basique) : envoie une onde blanche sur l'adversaire.
- Creakis (pouvoir de signe Lune, niveau élémentaire) : piège l'adversaire dans une onde grinçante.
- Charge du Dragon (pouvoir dit « polyvalent », niveau élémentaire) : le Dragon charge sur l'adversaire à toute vitesse, entouré des éléments de ses deux signes.

Pouvoirs du compagnon de route : communiquer avec la nature, commander aux végétaux et aux animaux, pouvoir de soin.

Alissa Léyza (signes Bois et Vent, compagnon de route : Magie)

- Greatesgrass (pouvoir de signe Bois, niveau basique) : génère une rafale de feuilles tranchantes.
- Grassbreath (pouvoir de signe Bois, niveau basique) : redonne de l'énergie.

- ➢ Coups d'arbres (pouvoir de signe Bois, niveau élémentaire) : envoie deux troncs d'arbre sur l'adversaire.
- ➢ Ariaspada (pouvoir de signe Vent, niveau élémentaire) : génère une lame d'air capable de trancher un adversaire.
- ➢ Iswind (pouvoir de signe Vent, niveau basique) : envoie une petite rafale de vent sur l'adversaire.
- ➢ Invio (pouvoir de signe Vent, niveau élémentaire) : envoie l'adversaire à une dizaine de mètres.
- ➢ Volettement (pouvoir dit « polyvalent », niveau basique) : permet au Dragon de léviter à quelques centimètres du sol en utilisant ses ailes.
- ➢ Charge du Dragon (pouvoir dit « polyvalent », niveau élémentaire).

Pouvoir du compagnon de route : changer d'apparence.

Erenor Yok (signes Spectre et Poison, compagnon de route : Lune)
- ➢ Jelaspectra (pouvoir de signe Spectre, niveau basique) : jette un rayon noir.
- ➢ Gostefear (pouvoir de signe Spectre, niveau élémentaire) : envoie une série de dix boules spectrales sur l'adversaire.
- ➢ Spectraltak (pouvoir de signe Spectre, niveau intermédiaire) : envoie une horde de Spectres sur l'adversaire.
- ➢ Poisonshoot (pouvoir de signe Poison, niveau basique) : un jet empoisonné frappe l'adversaire.
- ➢ Desaberai (pouvoir de signe Poison, niveau basique) : une vague empoisonnée s'abat sur l'adversaire.
- ➢ Charge du Dragon (pouvoir dit « polyvalent », niveau élémentaire).

Pouvoir du compagnon de route : décupler sa vue et son ouïe.

Hugues Pât (signes Foyer et Excréments, compagnon de route : Terre)

- Dorie (pouvoir de signe Foyer, niveau basique) : fait somnoler l'adversaire.
- Dropp'in (pouvoir de signe Excréments, niveau basique) : envoie une boule d'excréments sur l'adversaire.
- Pipsy (pouvoir de signe Excréments, niveau élémentaire) : quatre rayons d'urine s'abattent sur l'adversaire.
- Charge du Dragon (pouvoir dit « polyvalent », niveau élémentaire).

Pouvoir du compagnon de route : pouvoir de camouflage.

Stève Or'cannion (signes Foudre et Enfer, compagnon de route : Pierre)

- Rayowind (pouvoir de signe Foudre, niveau basique) : envoie un rayon de foudre sur l'adversaire.
- Elemaniast (pouvoir de signe Foudre, niveau basique) : charge électrique sur un adversaire.
- Lightnin'ball (pouvoir de signe Foudre, niveau basique) : envoie une boule électrique sur l'adversaire.
- Sudenshoc (pouvoir de signe Foudre, niveau élémentaire) : envoie une boule d'énergie qui plaque l'adversaire au sol.
- Cloche de la malchance (pouvoir de signe Enfer, niveau élémentaire) : l'adversaire vit sa plus grande peur.
- Inferon (pouvoir de signe Enfer, niveau élémentaire) : une onde rouge happe l'adversaire et le fait souffrir.

- ➢ Fityhell (pouvoir de signe Enfer, niveau basique) : le Dragon recouvre son poing d'une onde rouge pour frapper un adversaire.
- ➢ Dragon'speed (pouvoir dit « polyvalent ») : donne plus de vitesse.
- ➢ Charge du Dragon (pouvoir dit « polyvalent »).

Pouvoir du compagnon de route : transformer son corps en pierre.

Tania Jérny (signes Force et Bois, compagnon de route : Eau)
- ➢ Ironfoot (pouvoir de signe Force, niveau élémentaire) : un coup de pied propulse l'adversaire quelques mètres en arrière.
- ➢ Coups d'arbres (pouvoir de signe Bois, niveau élémentaire) : envoie deux troncs d'arbre sur l'adversaire.
- ➢ Charge du Dragon (pouvoir dit « polyvalent », niveau élémentaire).

Pouvoir du compagnon de route : respirer sous l'eau.

Viktor Théorsec (signes Force et Foudre, compagnon de route : Feu)
- ➢ Itefit (pouvoir de signe Force, niveau basique) : envoie un coup-de-poing sur l'adversaire.
- ➢ Shokleck (pouvoir de signe Foudre, niveau basique) : envoie une décharge à l'adversaire.
- ➢ Charge du Dragon (pouvoir dit « polyvalent », niveau élémentaire).

Pouvoir du compagnon de route : insensibilité aux brûlures.

Berbra Yénone (signes Bois et Lune, compagnon de route : Foudre)

- ➢ Creeperin (pouvoir de signe Bois, niveau intermédiaire) : des lianes poussent sur l'adversaire et l'enserrent.
- ➢ Coups d'arbres (pouvoir de signe Bois, niveau élémentaire) : envoie deux troncs d'arbre sur l'adversaire.
- ➢ Llamarbol (pouvoir de signe Bois, niveau intermédiaire) : fait appel à un tronc d'arbre pour qu'il encaisse une attaque à la place du lanceur.
- ➢ Greatesgrass (pouvoir de signe Bois, niveau basique) : génère une rafale de feuilles tranchantes.
- ➢ Éclipsia (pouvoir de signe Lune ou de signe Soleil, niveau supérieur) : une éclipse apparaît dans le ciel et aveugle les adversaires.
- ➢ Notche (pouvoir de signe Lune, niveau supérieur) : rend le terrain obscur, seuls les Dragons de signe Lune, Spectre et Enfer parviennent à voir.
- ➢ Mysterywave (pouvoir de signe Lune, niveau supérieur) : crée une vingtaine d'images du lanceur qui chargent sur l'adversaire. Ne peut pas être esquivé.
- ➢ Suavaluna (pouvoir de signe Lune, niveau supérieur) : envoie une série de dix rayons blancs.
- ➢ Moonawave (pouvoir de signe Lune, niveau supérieur) : génère une puissante vague blanche.
- ➢ Lateralmoon (pouvoir de signe Lune, niveau élémentaire) : envoie deux halos blancs qui fauchent l'adversaire.
- ➢ Plataluna (pouvoir de signe Lune, niveau basique) : envoie une onde blanche sur l'adversaire.

- Tienieblonda (pouvoir de signe Lune, niveau confirmé) : une force mystérieuse s'empare du terrain et happe les adversaires.
- Massage (pouvoir de signe Lune, niveau intermédiaire) : le Dragon fait un « massage » à l'adversaire, qui lui broie les os.
- Lycantrofia (pouvoir de signe Lune, niveau intermédiaire) : invoque une horde de loups-garous.
- Jet'lunir (pouvoir de signe Lune, niveau supérieur) : tire une énorme boule blanche sur l'adversaire.
- Litelec (pouvoir de signe Foudre, niveau intermédiaire) : envoie un nuage d'éclairs sur l'adversaire.
- Hurrikedge (pouvoir de signe Métal, niveau supérieur) : envoie une tornade de lames sur l'adversaire.
- Tiroc (pouvoir de signe Pierre, niveau intermédiaire) : tire une série de rochers sur l'adversaire.
- Rocaprotect (pouvoir de signe Pierre, niveau élémentaire) : protège le lanceur à l'aide d'un bouclier de pierre.
- Bouldâsfer (pouvoir de signe Pierre, niveau élémentaire) : envoie un projectile sur l'adversaire.
- Rocflock (pouvoir de signe Pierre, niveau intermédiaire) : projette une volée de pierres aussi tranchantes que des lames.
- Dragerocharge (pouvoir dit « polyvalent », niveau intermédiaire) : *Charge du Dragon* aérienne.
- Langue du Dragon (pouvoir dit « polyvalent », niveau élémentaire) : une longue langue fourchue sort de la bouche du lanceur pour saisir un adversaire.
- Dragon'speed (pouvoir dit « polyvalent », niveau basique).
- Dragonfall (pouvoir dit « polyvalent », niveau supérieur) : *Charge du Dragon* aérienne, plus rapide et plus puissante.

Pouvoir du compagnon de route : générer un orage.

Jestyn Uléry (signes Feu et Soleil, compagnon de route : Vent)
- Firebol (pouvoir de signe Feu, niveau supérieur) : génère une tempête de boules de feu.
- Eternal flame (pouvoir de signe Feu, niveau confirmé) : le terrain s'embrase et explose.
- Infieris (pouvoir de signe Feu, niveau élémentaire) : envoie un rayon de flammes que le lanceur peut maintenir brièvement.
- Firewave (pouvoir de signe Feu, niveau supérieur) : génère un torrent de flammes.
- Fuocolare (pouvoir de signe Feu, niveau supérieur) : une volée de flammes enserre l'adversaire et le propulse en hauteur.
- Solaréclat (pouvoir de signe Soleil, niveau confirmé) : un soleil s'écrase sur le sol et explose.
- Sunblow (pouvoir de signe Soleil, niveau élémentaire) : explosion de lumière.
- Sunaste (pouvoir de signe Soleil, niveau supérieur) : envoie un puissant rayon solaire sur les adversaires.
- Luciatérna (pouvoir de signe Soleil, niveau supérieur) : génère une rafale solaire.
- Take-off (pouvoir de signe Vent, niveau supérieur) : éjecte l'adversaire à pleine vitesse.
- Rafale (pouvoir de signe Vent, niveau intermédiaire) : le lanceur envoie une rafale de vent sur l'adversaire.
- Vent de fer (pouvoir de signe Vent, niveau intermédiaire) : un vent aussi dur que l'acier frappe l'adversaire.
- Tornadio (pouvoir de signe Vent, niveau supérieur) : envoie une tornade sur l'adversaire.

- ➢ Rejection (pouvoir de signe Vent, niveau supérieur) : Le lanceur s'entoure d'un bouclier de vent qui repousse tout ce qui lui arrive dessus.
- ➢ Transformer's (pouvoir de signe Magie, niveau intermédiaire) : transforme un adversaire en objet.
- ➢ Raymagia (pouvoir de signe Magie, niveau basique) : tire un rayon bleu pâle sur l'adversaire.
- ➢ Magicprotection (pouvoir de signe Magie, niveau intermédiaire) : atténue la puissance des attaques reçues.

Pouvoir du compagnon de route : générer une tornade.

Magalia Togy (signes Feu et Sentiments, compagnon de route : Soleil)
- ➢ Inflamation (pouvoir de signe Feu, niveau basique) : le Dragon enflamme son propre corps.
- ➢ Llamaball (pouvoir de signe Feu, niveau basique) : le lanceur façonne une boule de feu dans sa main.
- ➢ Crusaluz (pouvoir de signe Soleil, niveau supérieur) : génère un puissant rayon solaire.
- ➢ Cargalucia (pouvoir de signe Soleil, niveau basique) : le Dragon recouvre son corps d'un voile solaire.
- ➢ Turnspeed (pouvoir de signe Vent, niveau élémentaire) : le lanceur tourne rapidement sur lui-même. En combat ce pouvoir permet de faire ricocher une attaque adverse.

Pouvoir du compagnon de route : attirer sur soi tous les regards.

Célestin Réorgi (signes Esprit et Terre, compagnon de route : Magie)

- ➢ Contreshield (pouvoir de signe Esprit, niveau élémentaire) : le lanceur crée un bouclier psychique.
- ➢ Suelofol (pouvoir de signe Terre, niveau basique) : recouvre l'adversaire de sable.
- ➢ Langue du Dragon (pouvoir dit « polyvalent », niveau élémentaire) : une longue langue fourchue sort de la bouche du lanceur pour saisir un adversaire.

Pouvoir du compagnon de route : se cloner.

Rodric Jon (signes Lune et Glace, compagnon de route : Métal)

- ➢ Cleanup' (pouvoir de signe Foyer, niveau intermédiaire) : nettoie une surface.

Pouvoir du compagnon de route : recouvrir son corps d'une armure très solide et sans faille.

Retrouvez l'univers de la Prophétie de la Terre des Mondes sur le site internet qui lui est dédié

https://www.prophetiedelaterredesmondes.com

Vous y retrouverez de nombreuses informations sur le lore de la saga, des scènes bonus inédites, des jeux et toutes les dédicaces à venir.
Vous pouvez également suivre l'auteure Violaine Bruder sur Facebook, YouTube, Instagram et Tiktok.

Pour soutenir la Prophétie de la Terre des Mondes et l'auteure, n'hésitez pas à laisser votre avis sur internet.

© SUDARENES EDITIONS
Directeur de Publication : David Martin
Dépôt légal : second Semestre 2021
ISBN : 9782374640143
www.sudarenes.fr